Mareike Fallwickl, 1983 in Hallein bei Salzburg geboren, ist Schriftstellerin, Lektorin und Kolumnistin. Sie vermittelt Literatur auf diversen Plattformen und Bühnen und regt ihre zahlreichen Fans zum Lesen an. Ihr literarisches Debüt *Dunkelgrün fast schwarz* wurde 2018 als Lieblingsbuch der Buchhändler sowie für den Österreichischen Buchpreis nominiert. *Das Licht ist hier viel heller* ist ihr zweiter Roman.

Das Licht ist hier viel heller in der Presse:

»Fallwickl beherrscht die Klaviatur der verschiedenen Tonhöhen, Tempi und Lautstärken perfekt.« *Literaturhaus Wien*

»Das Buch hat Tiefe, Poesie, feine Charakterzeichnungen und zugleich eine unglaubliche Härte.« *emotion*

»Ein hochaktueller Roman über #metoo – und Männer, die zwar Kreide gefressen, aber noch immer nichts verstanden haben.« *LIFT*

Außerdem von Mareike Fallwickl lieferbar:

Dunkelgrün fast schwarz

Mareike Fallwickl

Das Licht ist hier viel heller

Roman

PENGUIN VERLAG

Die Autorin dankt
der Abteilung für Literatur im Österreichischen Bundeskanzleramt
für die Zuerkennung eines Stipendiums
für dieses Romanprojekt.

MIX
Papier | Fördert gute Waldnutzung
FSC® C104608

Penguin Random House Verlagsgruppe FSC® N001967

6. Auflage

in der Penguin Random House Verlagsgruppe GmbH,
Neumarkter Straße 28, 81673 München
produktsicherheit@penguinrandomhouse.de
(Vorstehende Angaben sind zugleich
Pflichtinformationen nach GPSR.)

Umschlag: Daniela Weichenberger nach einem Entwurf
von Frankfurter Verlagsanstalt, Frankfurt 2019
Umschlagmotiv: unsplash.com / @imleedhali
Druck und Bindung: Nørhaven A/S, Viborg
Printed in Denmark
ISBN 978-3-328-10650-0
www.penguin-verlag.de

10

Es ist 11.23 Uhr, und Wenger versucht, sich zu *Sturm der Liebe* einen runterzuholen. Er schaut zu der blonden Schauspielerin, sein Schwanz rührt sich nicht. Er wartet, bis die dunkelhaarige Schauspielerin ins Bild kommt, sein Schwanz rührt sich nicht. Aus der Unterhose hängt er, unter dem T-Shirt lugt er hervor, zwischen Bauch und Gummibund, ein schlaffes, häutiges Ding. Kaum zu glauben, dass es ihm so viel Ärger eingebracht hat. Auf dem Bildschirm ist jetzt der Typ zu sehen, der dieses Siegerlächeln mit viel Zahn hat. Ein typischer Macher. Wenger fragt sich, ob er auch so ein Lächeln hatte, als er noch ein Macher war. Damals hat er keine Vorlage gebraucht, um zu wichsen, da stand er unter Strom und griff sich bei jeder Gelegenheit in die Hose. Oder die Frauen nahmen das in die Hand, und da fällt ihm Valerie ein. An sie hat er lange nicht gedacht. Valerie mit der Lücke zwischen den Schneidezähnen und dem großen Leberfleck auf dem linken Oberschenkel. Sie benutzte immer Babyöl, so viel davon, dass es glitschte und schlatzte, eine Wonne bis rauf ins Hirn.

Das Kopfkino, in das Wenger eingetaucht ist, beeindruckt seinen Penis nicht im Geringsten. Wenger knetet ihn und schnaubt. Er hat keine Kontrolle mehr. Da ist es nur konsequent, dass auch sein Körper ihm nicht gehorcht. Weil nichts, wirklich gar nichts so läuft, wie Wenger es will. Er packt seinen nutzlosen Schwanz ein, lässt den Gummibund der Hose schnalzen und schaltet den Fernseher aus. Im selben Moment klingelt sein Handy. Gedämpft hört sich das Klingeln an, trotzdem nah, er hebt hastig die

Kissen hoch, die Jogginghose mit dem großen Saucenfleck, die Zeitungen.

»Ja?«

»Mäx! Alter Freund, was geht?«

»Sebastian«, seufzt Wenger und fragt sich, wieso er rangegangen ist.

Er hat doch gesehen, dass sein Agent anruft, das ist ja kein Festnetz wie damals, als das Abheben russischem Roulette glich und man nie wissen konnte, wessen Stimme einem ins Ohr schießen würde.

»Hast du den Umzug überstanden? Sorry noch mal, dass ich dir nicht helfen konnte, ich war –«

»Lass gut sein«, schneidet Wenger ihm das Wort ab, sagt dann nichts mehr.

»Na, jedenfalls«, setzt Sebastian neu an, »woran arbeitest du? Hast du schon die Short Story geschrieben für die Anthologie zum Thema Frauen und Flucht? Könnte ein vielbeachtetes Ding werden, ich hab auf der Messe in Leipzig einen Termin mit –«

»Ich bitte dich«, unterbricht Wenger ihn erneut, aber im selben Moment geht ihm die Energie verloren, er weiß nicht, wie er weitermachen soll mit diesem Satz. Mit dieser Freundschaft.

»Ich brauche deinen Text bis Ende März. Walser ist vielleicht dabei und eventuell Kehlmann.«

»Frauen und Flucht, hat dir jemand ins Hirn geschissen?«

»Mäx, das ist eine wichtige Sache.«

»Was könnte ich dazu denn schon liefern? Ich kenn mich damit so gut aus wie mit Gebärmutterhalskrebs. Außerdem, was soll der Schmarrn, Frauen und Flucht, und dann schreiben darüber nur Männer? Ich seh die Feministinnen bereits im Quadrat springen und ihre brennenden BHs schwenken.«

Sebastian lacht laut. Wenger stimmt nicht ein, weil er das nicht als Scherz gemeint hat.

»Apropos, hast du die Debatte mitbekommen um Emma Watson?«, fragt Sebastian. »Die macht doch einen auf Feministin, hat aber grad ihre Titten auf einem Magazincover gezeigt.«

»Nein.«

»Bist du am PC? Ich schick dir den Link.«

Wenger lässt den Blick durch sein Wohnzimmer schweifen. Türme aus Kartons, Wäschehaufen, leere Pizzaschachteln, Ginflaschen, eine vertrocknete Pflanze, einzelne Zeitungsblätter. In einer der Kisten muss sein Laptop sein.

»Nein.«

»Es sind aber sehr schöne Titten.«

»Nein, ich werde dafür nichts schreiben.«

»Mäx«, Sebastian schlägt jetzt einen wattigen Ton an, weich, verständnisvoll, »hör zu. So eine kleine Kreativpause wirft doch einen wie dich nicht aus der Bahn. Jeder hat das von Zeit zu Zeit, ist völlig in Ordnung. Keine Sorge, okay? Mit der Short Story kannst du wieder durchstarten, ein bisschen die Muskeln lockern, neuen Schwung finden.«

»Hast du dir das Exposé angesehen, das ich dir gemailt hab vor meinem Umzug? Vor über zwei Monaten, Seb. Und die Figurenskizzen?«

»Ja, natürlich! Das könnte was werden. Ist gut, dass du am Ball bleibst. Und es ist ja ein Entstehungsprozess, nicht wahr?«

»Du findest es also scheiße.«

»Das hab ich doch gar nicht gesagt.«

»Ich kenn dich seit fünfundzwanzig Jahren, denkst du, ich könnte nicht jeden Furz von dir deuten?«

Wenger knallt den Frust in seine Stimme. Ihm wird heiß, und vielleicht zittert die Hand, mit der er das Handy hält, ein wenig. Der Zorn legt einen Rahmen um sein Blickfeld, trübt ihm die Sicht. Er ist nicht irgendwer. Er hat es nicht verdient, dass Sebastian ihn monatelang auf eine Rückmeldung warten lässt, die dann nicht einmal eine richtige Rückmeldung ist. Dass er ihn abspeist mit Floskeln und diesem Lachen, das klingt wie Spott.

»Eine Witzfigur bin ich für dich«, zischt er. »Verdammt, Seb, ich schreibe keine Kurzgeschichten! Diesen intellektuellen Meta-Scheiß über flüchtende Frauen kaufen vielleicht dreihundert Leute, und die Hälfte davon sind traurige, ungefickte Sozialarbeitsstudentinnen mit Ökosandalen! Wenn das alles ist, wozu mein Name noch taugt, dann schneid ich mir jetzt gleich die Pulsadern auf, und du kannst live dabei sein.«

»Nun mach doch nicht gleich so ein Drama.«

»Du hast mich hofiert, als ich noch dein Goldesel war, den du melken konntest, und kaum lief es nicht mehr so gut, hast du mich fallengelassen wie ein angeschnäuztes Taschentuch.«

»Das ist doch nicht wahr, ich vertrete dich immer noch. Und streng genommen melkt man einen Goldesel nicht, das Gold kommt aus dem A–«

»Es kommt von da, wo du mich lecken kannst«, sagt Wenger und legt auf.

Er würde das Handy gern an die Wand werfen, es krachen hören, es zersplittern sehen. Er unterdrückt den Impuls, das Scheißding hat siebenhundert Euro gekostet. Als man noch den Hörer auf den Apparat knallen konnte, war der Effekt definitiv befriedigender. Er lässt das Smartphone auf die Umzugskiste plumpsen, die ihm als Couchtisch dient, zwischen Apfelbutzen und Werbeprospekte. Es klingelt erneut, Wenger schaut auf das Foto von sich und Sebastian auf dem Display. Sie haben gerötete Gesichter, von der Sonne oder vom Champagner. Im Hintergrund ein

halbes Segelboot und ein Stück vom Meer. Es muss Jahre her sein. Er hat die Jacht verkauft, damit Patrizia sie nicht bekommt nach der Scheidung, und er vermisst sie.
Er drückt den Anruf weg, starrt weiterhin auf das Handy. Ein paar Minuten später denkt er, dass Sebastian es wenigstens einmal noch hätte versuchen können.
Er gibt den Tastencode ein, öffnet die Facebook-App und sucht nach Valerie. Es dauert eine Weile, bis er sie findet, weil sie ihn erstens entfreundet hat und zweitens anders heißt, ihr alter Name steht in Klammern. Auf den drei Fotos, die für ihn zugänglich sind, sieht er auch, warum. Sie hat geheiratet. Einen Glatzkopf mit Brille, der auf den Bildern dreinschaut, als hätte man ihm einen Ferrari geschenkt. Bestimmt, weil Valerie auch ihm den Schaltknüppel einölt. Wenger betrachtet ihre Brüste, die aus dem weißen Kleid quellen, wie zwei verlorene Freunde.
Er weiß ja selbst, dass das nichts taugt, was er Sebastian geschickt hat. Sonst hätte er seinen Laptop längst ausgepackt. Sonst würde er weiterschreiben, diesen pulsierenden Rausch erzeugen, die Wörter fliegen lassen und die Finger. Stattdessen denkt er an das Schreiben wie an eine Party, die ohne ihn stattfindet, die Musik hört er schwach und das Gelächter, aber eingeladen ist er nicht, und aus lauter Trotz tut er so, als hätte er eh keine Lust, hinzugehen.
Mit knackenden Knien steht er auf, um sich einen Drink zu mixen. Er sucht nach einer *Lobsters*-Flasche Tonic Water, er ist ja ein Genießer, ein Kenner, er weiß um die Wichtigkeit eines guten Fillers, gießt aber mehr Gin ein, als er sollte, *Aeijst Styrian Pale Gin* aus der Südsteiermark, benannt nach dem Dialektwort für Äste, auf denen die Botanicals wachsen. Nach dem ersten Schluck muss er husten. Er wischt sich die Flüssigkeit vom Kinn und spürt die Bartstoppeln. Es amüsiert ihn, ungepflegt zu sein. Er

hat beschlossen, dass das dazugehört, dass er das jetzt darf. Keine Selbstbeherrschung mehr, keine Selbstoptimierung, sondern gutes altes Sich-Aufgeben, wie es kaum noch gemacht wird. Man darf sich ja nicht bemitleiden heutzutage. Weil man eh alles erreichen kann, wenn man nur will. Erreicht man es nicht, dann nur, weil man halt nicht genug will. Was Wenger will, ist seine Ruhe. Von den ganzen depperten Ratschlägen, von den Fragen nach seinen Plänen und von den Menschen sowieso.

Für den Cocktail mit den Schlaftabletten würde er nicht Gin nehmen, sondern Whiskey. Ein Klassiker, und auf jeden Fall ohne Blut. Ein leiser Rücktritt, eine stumme Anklage, die in ihrer Stummheit umso lauter wäre. Es besteht die Gefahr, dass man sich von diesem speziellen Mix nur übergibt und gar nicht stirbt, der ist ja nicht blöd, der Körper, aber Wenger würde einfach nach dem Speiben noch mehr trinken, bis er zu schwach wäre zum Kotzen. Das müsste doch funktionieren. Ausgefeilt war der Plan nicht, nur vorhanden, irgendwo in ihm. Er dachte daran, wie man an das vage Vorhaben denkt, nach Schweden zu fahren, »da will ich unbedingt mal hin, irgendwann werd ich das machen«, sagt man zu sich und zu anderen, bei Dinnerpartys zum Beispiel, wenn einer erzählt, dass er dort war. Und dann macht man es nie, oder vielleicht auf einmal doch.

Finden würde ihn Elisabeth, wenn sie mit den Einkäufen käme, und bis dahin hätte noch nicht einmal jemand bemerkt, dass er gestorben ist. Das würde die Leute recht schockieren.

»Als die Schwester gekommen ist, hat er schon gestunken«, würden sie raunen, »so lang hat ihn keiner vermisst. Dabei war er mal berühmt, weißt du, richtig berühmt war der. Und dann so ein Ende.«

Elisabeth würde die Polizei anrufen und weinen dabei. Die

Einkaufstaschen wären ihr aus den Händen gerutscht im ersten Schreck, und zum Leichengeruch würde sich etwas Saures mischen, vom geborstenen Glas mit Essiggurkerln. Die Vorstellung gefällt ihm. Es wäre ja nicht das erste Mal, dass einer sich umbringt nur aus Trotz.

Und das Begräbnis! Leidtun würde es ihnen, dass sie ihn fallengelassen haben, mit Scham würden sie zu Boden schauen, den Blicken der anderen ausweichen, jeder für sich geplagt von Gewissensbissen. Die Frauen bleich und mit wasserfester Wimperntusche, einander aus den Augenwinkeln begutachtend, mit der Frage im Kopf: Hat er die auch? Und die da drüben, hat er mit der? Die Männer verschämt wegen der Gefühlsduseleien, überfordert von der Situation, heimlich auf der Suche nach einer besonders Trostbedürftigen, mit der nach dem Leichenschmaus noch was geht. Wenger sieht sie vor sich, die Trauergemeinde, die Reporter und Kameras. Die früheren Freunde und die Möchtegerns, die ihn nicht persönlich gekannt haben, die sich bloß im Glanz seines Namens sonnen wollen. Die Menschen lieben es, wenn einer stirbt, auf den sie neidisch waren.

Wenger denkt über die Musik nach, die gespielt werden soll, während sein Sarg in die Erde rumpelt, das würde nicht leise gehen, nein, mit einem ratschenden, vorwurfsvollen Geräusch würde er ins Grab fallen. Vielleicht *Hateful* von The Clash. Oder *Electric Funeral* von Black Sabbath. Patrizia würde sich ärgern über derart Pietätloses, aber sie könnte es ihm nicht mehr reinwürgen. Das letzte Wort hätte er.

Mit besonderem Genuss stellt er sich die Schlagzeilen vor. *Einsam und vergessen: Starautor schreibt sein eigenes Ende!* Fette schwarze Lettern, daneben das Foto, auf dem er Mitte dreißig war, diesen Wahnsinnserfolg hatte und noch alle Haare. In seiner Fantasie schafft er es auf die Titelseiten der großen Zeitungen, im Internet wird sein Name in jede Timeline gespült, und die Verkaufszahlen seiner Bücher schießen noch mal in die Höhe. Ein kleiner zusätzlicher Nachlass für seine Kinder.

Das wäre ein Abgang mit Verve, ein selbstgewähltes Schlussmachen, kein langsames Abgleiten in die Bedeutungslosigkeit. In der er sonst sitzen würde, später, mit weißem Haar und verknöcherten Fingern, von seinen Romanen brabbelnd, verlacht von seinen Enkeln, die ihm erklären: »Opa, Bücher! Haben wir im Museum gesehen. Krass sinnlos, diese schweren Klumpen aus toten Bäumen.«

Woher weiß man im Leben, wann es Zeit ist zu gehen, wann man aufhören kann zu warten, weil nichts mehr kommen wird außer ein ewiges Zurückschauen?

Wenger nimmt einen großen Schluck, starrt die Umzugskartons an. Er hat keine Ahnung, in welchem davon seine Bücher sind.

Die Wohnung ist zu klein, eigentlich, trotzdem fühlt er sich verloren darin, er findet kein angenehmes Verhältnis zu den Räumen, aber das ist jetzt überall so, ganz egal, wo er ist. Das hat damit zu tun, dass keiner mehr da ist, der den Platz mit ihm teilt, seine Kinder nicht und Patrizia erst recht nicht. Eine Couch hat er und ein Bett, in der Küche einen Tisch und einen einzelnen Stuhl. Der Fernseher steht auf dem Boden, Wenger muss hinunterschauen, wenn er auf dem Sofa sitzt, er bekommt davon Nackenschmerzen, aber allein der Gedanke an Schrauben und eine Bohrmaschine ermüdet ihn derart, dass er den Kopf sowieso nicht mehr heben kann.

Er steht da und fühlt nichts.

Da hört er den Schlüssel in der Tür, schon kommt Elisabeth herein. Eine Wolke aus rot gefärbtem Haar, Tropfen aus Schnee darin, konzentrierte Fröhlichkeit.

»Naaa«, ruft sie munter, »geht's dir gut?«
Sie bringt kalte Luft, zwei Einkaufstaschen und ein Lächeln mit, das Wenger ihr aus dem Gesicht boxen möchte.
»Du schon wieder«, raunzt er sie an.
Ihrem Grinsen kann sein Grant nichts anhaben, er weiß, sie hat damit gerechnet. Sie ist gewillt, seine üble Laune zu ertragen, und das ärgert ihn noch mehr. Wenger sehnt sich jetzt sehr nach seiner Hose. Aber sie vor seiner Schwester anzuziehen, wäre ein falsches Statement. Sie würde lachen und »Ist doch nix, was ich nicht schon mal gesehen hätt« sagen, und dann stünde so vieles im Raum. Dass sie nackt gemeinsam gebadet haben, als sie noch Kinder waren, dass eine derartige Intimität bei erwachsenen Geschwistern nicht angebracht ist, aber auch, dass Elisabeth keinen Mann hat, bei dem sie hinschauen könnte. Und Wenger erträgt all das Ungesagte nicht, da kann man ja kaum noch atmen, wenn einem die Luft so abgeschnürt wird von dem, was man nicht fühlen will.
Sie wedelt mit einem Packen Post in der Luft herum, sieht sich nach einem Platz um, wo sie ihn hinlegen könnte.
»Hab ich aus deinem Briefkasten geholt«, sagt sie und schält sich aus dem Wintermantel. »Steht aber noch der alte Name drauf.«
Die Post legt sie auf den wachsenden Haufen aus Werbeprospekten und Zuschriften, den Wenger sich noch kein einziges Mal angeschaut hat. Wozu auch, nichts davon kann an ihn adressiert sein, er hat das Namensschild auf dem Briefkasten nicht ausgetauscht. Denn was taugt ein Versteck, wenn man außen hinschreibt: Hier bin ich?
»Weiß ich«, entgegnet er, »lass das so.«
Seine Schwester zuckt mit den Achseln und fragt nicht nach.
»Das ist nur für den Übergang«, hat er am Anfang gesagt, und geglaubt hat er es auch.

Nur ist es inzwischen so wie fast immer im Leben, dass der Übergang länger dauert als geplant und irgendwie nicht mehr aufhört.

Wenger trinkt seinen Gin Tonic mit einem Schluck aus.

»Um die Uhrzeit?«, fragt Elisabeth und runzelt die Stirn.

Wenger seufzt. Es ist nicht leicht, ein unverfängliches Gespräch zu führen, wenn man soeben noch drüber nachgedacht hat, sich umzubringen.

»Du solltest auch was trinken, dann wärst du entspannter«, sagt er.

Elisabeth reagiert nicht, nur die Runzeln auf ihrer Stirn werden tiefer. Ein einziges Stirnrunzeln, die Frau. Und dazu dieser pseudooffene Ich-verurteile-dich-nicht-Blick. Drei Jahre älter ist seine Schwester, und vielleicht erklärt dieser Altersunterschied das Mütterliche, das sie ihm gegenüber hat. Oder vielleicht liegt die Erklärung darin, dass ihre Mutter ihnen keine Mutter war. Es stimmt, Wenger hat Elisabeth gebraucht. Als er klein war, hat er sie gebraucht. Sie hat ihn umsorgt, ihm bei den Hausaufgaben geholfen und sich Geschichten ausgedacht für ihn, wenn er zu ihr ins Bett gekrochen ist. Sie hat geflüstert, ganz nah an seinem Ohr, um das Geschrei der Eltern im Wohnzimmer zu übertönen. Eigentlich hätte sie Schriftstellerin werden sollen, nicht er. Und Kinder hätte auch sie kriegen sollen.

Aber das ist bald fünfzig Jahre her. Jetzt hat er das Bemuttern satt. Sich zugrunde richten kann er allein. Es stört, wenn man mitten im Zugrunderichten steckt und dauernd jemand kommt, der einen aus dem Sumpf ziehen will.

Elisabeth schleppt die Einkaufstaschen in die Küche, er hilft ihr nicht. Er gibt ihr auch kein Geld, obwohl er davon wesentlich mehr hat als sie, schließlich arbeitet sie als Integrationslehrerin, und er kann sich nicht vorstellen, dass sie viel verdient. Nebenbei engagiert sie sich bei der Diakonie, ehrenamtlich. Sie muss sich halt irgendwie beschäftigen, die Tage sind lang und die Winter erst recht. Das Mütterliche ist ihr geblieben, ist zu ihrem vordersten Wesenszug geworden. Irgendwann entwickelt man keine neuen Fähigkeiten mehr, da muss man mit denen arbeiten, die man hat. Trotzdem hofft Wenger, dass Elisabeth bald das Geld ausgeht und der Wille, ihm zu helfen, auch. Er kann schlecht umgehen mit dieser Art der Zuwendung, hinter der so viel eigene Bedürftigkeit steckt.

»Ich hab die Schokolade gekauft, die du so gernhast«, ruft sie aus der Küche, und sie bräuchte gar nicht zu schreien, die Wohnung ist ja nicht groß. Sie taucht im Türrahmen auf und wedelt mit zwei großen Nougattafeln. Immerzu wedelt sie mit irgendwas. Wenger gießt sich einen neuen Gin Tonic ein. Er sollte jetzt Danke sagen, sie wartet auf ein Danke, er sieht es an ihrem Gesicht. Sie schaut ihn so direkt an. Er nickt. Elisabeth legt ein Lächeln über ihre Enttäuschung. Das kann sie, das ist sie gewohnt. Das macht sie schon ihr ganzes Leben lang. Sie dreht sich um, packt weiter die Einkäufe aus.

»Ich hab dir Gulasch gekocht«, ruft sie, »und Reisfleisch und Sellerieschaumsuppe. Ist wieder alles beschriftet.«

Er hört, wie sie die Plastikbehälter in den Kühlschrank schiebt. Auf jedem klebt ein kleiner Zettel mit ihrer sorgfältigen, runden Schrift, manchmal malt sie kleine Herzen oder Smileys dazu, und dann schafft er es kaum, das Essen runterzuschlucken, weil so viel in ihm aufsteigt. Sie hat aufgehört, ihm frische Zutaten zu kaufen, nachdem er alles vergammeln hat lassen. In den ersten zwei Wochen hat sie die verschimmelten Tomaten und Karotten entsorgt und die Nase über den McDonald's-Schachteln gerümpft, dann ist sie dazu übergegangen, ihm fertige Mahlzeiten zu bringen.

Und es ist unmöglich, die Gerichte nicht zu essen. Zum einen, weil Elisabeth eine fantastische Köchin ist, da kann kein labbriger Burger mithalten, zum anderen, weil der Hunger stärker ist als der Stolz. Spätestens in der Nacht übernimmt sein knurrender Magen die Kontrolle. Auch einer, der sich aufgegeben hat und um den sich keiner mehr schert, hat noch Hunger.

»Ich mag keinen Sellerie«, sagt Wenger.

Elisabeth packt die leeren Tupperdosen ein, die in der Küche rumstehen, er hat sie nicht mal abgewaschen. Sie kommt ihm entgegen, schnauft erschöpft. Er sollte ihr einen Kaffee anbieten, sie fragen, ob sie sich setzen will. Er sollte mit ihr reden. Bevor Patrizia ihn rausgeworfen hat, hat er einmal in der Woche mit seiner Schwester telefoniert, und das sogar gern. Am Telefon funktionierte ihre Beziehung, meistens rief er sie aus dem Auto an, erzählte, wohin er gerade fuhr, was er dort tun würde, hörte sich die Geschichten über die Jugendlichen in ihren Klassen an, die ständig was beschädigen, weil sie selber so kaputt sind. Aber wenn sie ihm gegenübersteht, kommen nur Bosheiten heraus aus ihm, weil er permanent Angst hat, dass sie herkommt und ihn in die Arme nimmt, und dann.

»Nächstes Mal back ich dir Palatschinken, die kannst du als Frittaten essen«, sagt sie und lächelt wieder, »dazu mach ich dir eine gute Rindssuppe.«

Wenger schaut auf ihren üppigen Busen in dem hellblauen Strickkleid. Dick ist Elisabeth nicht, aber dünn auch nicht. Eine hübsche Frau Ende fünfzig, er versteht nicht, warum sie keinen Mann gefunden hat. Sie ist gebildet und kann kochen, eine von den Guten, die einem nicht von einem Konkurrenten ausgespannt wird, weil es gar keine Konkurrenz gibt, die einem treu bleibt bis zum Tod. An ihren Zähnen ist ein bisschen Lippenstift. Als Wenger das sieht, rührt es ihn, und diese Rührung macht ihn aggressiv.

»Bin ich dein neues Betreuungsobjekt?«, giftet er. »Oder dein Ersatzkind, weil du keins kriegen hast können?«
Für einen Augenblick zuckt ein alter Schmerz durch ihre Augen, und ihm ist klar, dass er sie dort getroffen hat, wo er sie treffen wollte. Gut fühlt es sich trotzdem nicht an.
»Du bist mein Bruder«, sagt sie.
»Du tust, als wär ich ein halbverrecktes Tier, das du aufpäppeln musst, weil es sich was gebrochen hat.«
»Dein Herz ist gebrochen«, entgegnet sie ohne Ironie.
Wenger macht ein ächzendes Geräusch. Er hat nicht gefrühstückt, und jetzt ist er betrunken. Er möchte sich hinsetzen und das Gesicht in die Hände legen, doch es besteht die Gefahr, dass er dann anfängt zu weinen.
»Das freut dich doch«, zischt er. »Endlich bin ich wieder der Schwächere, der dich braucht.«
Elisabeth zieht die Schultern hoch und lässt sie wieder fallen, als könnte sie seine Worte abschütteln. Sie greift nach ihrem Mantel und schlüpft hinein.
»Jetzt stehst du nicht länger in meinem Schatten«, setzt er hinzu, in der Hoffnung, dass sie mit ihm zu streiten anfängt. Er würde sehr gern streiten, herumschreien, die Tür hinter ihr zuknallen, Dampf ablassen, diese hitzige Leere spüren, in die sich sofort ein bisschen Reue mischt, nachher.
»Weil ich nicht mehr auf der Sonnenseite des Lebens bin«, macht er weiter und findet das Wortspiel recht gelungen, aber er merkt, dass Elisabeth seine Provokationen abprallen lässt an ihrer Fettschicht, an ihrer Gutmütigkeit, ihrer Nachsicht.
»Ich hab's eilig«, sagt sie, »beim alten Steiner schaut's nicht gut aus. Ich fahr zu ihm, damit wer da ist, wenn er stirbt.«
Wenger bleibt der Mund offen stehen, die Gehässigkeiten fallen ihm ungesagt von der Zunge. Jetzt hat sie den Streit gewonnen, ohne überhaupt gestritten zu haben. Im Vor-

beigehen tätschelt sie seinen nackten Oberarm, die Berührung fühlt sich rau an. Er würde gern wissen, ob sie noch so riecht wie früher.

Die Tür fällt ins Schloss.

Wenger zieht seine Hose an, kratzt an dem eingetrockneten Fleck. Es ist sehr still. Er setzt sich aufs Sofa, der Stapel mit der Post fängt an zu rutschen, die Prospekte gleiten auf den Boden. Wenger sieht zu, versucht nicht, sie aufzuhalten. Obenauf liegt ein kleiner weißer Umschlag mit Handschrift. Wer schreibt denn heutzutage noch Briefe? Wenger nimmt ihn, dreht ihn um. Es steht kein Absender darauf, adressiert ist er an Albert Trattner. Das ist der Kerl, der vor ihm hier gewohnt hat. Wenger sieht sich um, als würde er beobachtet, reißt den Brief dann auf. Das Ratschen ist laut wie ein Vorwurf, und Wenger weiß, dass er nicht tun sollte, was er da tut. Die Post eines anderen zu lesen sollte man sich zweimal überlegen, man weiß ja nie, was einen da erwartet. Wenger ist so alt, dass ein Brief noch Bedeutung hat für ihn, weil es ein echtes Schriftstück ist, in das jemand Worte eingewebt hat und das Tage gebraucht hat statt Sekunden, um anzukommen. Aber die Neugier siegt über den Respekt. Zwei einzelne Blätter. Die Schrift ist gleichmäßig, leicht nach rechts geneigt, an manchen Stellen seltsam verschoben, als hätte die Hand gezittert. Er sieht ans Ende, es gibt keine Unterschrift. Dann liest er die Zeilen, und ein Gewicht legt sich auf seine Brust, drückt ihm auf die Haut und auf die Rippen, bis er kaum noch Luft bekommt. Er ist zu überrascht, um sich zu schützen. Es zerrt in ihm, genau dort, wo die Menschen ungern hinschauen, weil sie da nicht sehr schön sind. Als er den Brief sinken lässt, kann er vor Erregung nur langsam und flach atmen. Es ist absurd und merkwürdig, vielleicht sogar bedenklich, aber jetzt steht er, sein Schwanz. Jetzt steht er.

März 2017

Erinnerst du dich, dass Worte scharf sein können wie Messer? Weißt du noch um ihre Macht, um diese Schlingen, die sich auf dich legen, mit Eisenspitzen, die dir die Haut aufbrechen und die Knochen? Ich will eine Schlinge sein, ich will ein Messer sein, in Eisen gegossene Unbarmherzigkeit. Ich will dich aufbrechen, ich habe zu lange geschwiegen. Öffne deine Augen. Schau her. Schau nicht mehr weg. Jetzt ist die Stunde für meine Worte. Jetzt ist die Stunde für meine Rache.

Inzwischen bist du alt. Du hast mehr als die Hälfte der Zeit verlebt, die dir gegeben ist. Du hast manche Chancen genutzt, andere übersehen. Du hast Kinder bekommen, ein Haus gebaut, gearbeitet, geschlafen, gegessen, selten getanzt, ins Leere gestarrt mit dem Zweifel im Kopf, ob das alles war. Bin ich dir jemals nah genug gekommen, um einen Abdruck zu hinterlassen? Denkst du noch an mich, plagt dich das Gewissen, fragst du dich, was mit mir geschehen ist?

Ich hab dich geliebt, lass mich das einmal aufschreiben. Lass mich alles einmal aufschreiben. Ich schreibe es weg von mir, raus aus mir, runter von mir. Vielleicht fühle ich mich dann endlich wieder sauber. Vielleicht fühle ich mich dann endlich wieder.

Ich habe Angst vor dem Moment, in dem ich abends den Kopf niederlege. Ich fürchte mich nicht vor dem Aufwachen, auch nicht vor dem Tag mit all den Stunden, die sich vor mir auftürmen. Sie lassen sich füllen, und solange ich mich bewege, mich mit Menschen umgebe und ihnen zuschaue, gelangt keine Empfindung zu mir. Ich kann durch die Gassen schlendern, ich kann in einem Café sitzen und leise lächeln, ich kann aufs Meer schauen und mir vorstellen, wie salziges Wasser in meine Lunge dringt. Aber nachts bin ich verloren, mein Segel zerreißt. Sobald mein Kopf das Kissen berührt, fließt alles aus ihm heraus. Wie silbernes, mit einer Flüssigkeit verrührtes Pulver, Blut ist es nicht, oder vielleicht doch. Es rinnt an mir herunter, es ist kalt, und wo es mit meiner Haut in Kontakt kommt, hinterlässt es Wunden, wie Gefrierbrand. Jeden Abend atme ich voller Furcht in dieser Stadt, in der ich nicht zuhause bin, und wage nicht, mich zu rühren, denn dann würde ich das Silberne verteilen, immer weiter verteilen. Ich habe keinen Einfluss auf die Bilder, die mein Kopf hineinprojiziert in die Dunkelheit.

Ich sehe, was sie getan haben.

Ich warte auf den Schlaf. Er ist nicht mein Gegner, aber auch nicht mein Freund, und mit den Menschen ist es nicht anders. Ich habe nie zu den Frauen gehört, die sich Sprachlernkalender in die Küche hängen und glauben, eines Tages müssten sie nicht mehr dort stehen und Rindfleisch schneiden, eines Tages würde das wahre Leben kommen und sie abholen. Jetzt ist es eine ganz andere Art von Frauen, zu denen ich gehöre.

Was bleibt von einem Menschen, wenn man ihm alles nimmt, seine Sprache, seine Umgebung, seine Gewohnheiten, sein Selbstverständnis, wer ist er dann, zurückgeworfen auf sich selbst? Das Licht ist hier viel heller, obwohl das Meer es gierig verschluckt.

Bis zu meinen Zähnen ist mein Mund angefüllt mit Wut.

#partyhard

»Ziehst du das Kleid an, das ich dir gekauft hab?«
»Nein.«
Mama dreht sich um und sieht mich erstaunt an. Das hat sie nicht erwartet. Ihre Party, ihre Wünsche. So ist das in ihrem Kopf.
»Ich seh darin aus, als wäre ich nackt.«
»Ach, Blödsinn. Nude-Töne sind total angesagt. Wir hatten auf *Moutou* gerade einen Beitrag über Pastellfarben.«
»Das ist mir egal, ich zieh es nicht an.«
»Es ist von Ralph Lauren, es war teuer.«
»Und wenn ich mit Edding einen Strich in den Schritt male, sieht es aus, als hätte ich einen Landingstrip. Willst du, dass alle deine siebzehnjährige Tochter anstarren und sich Gedanken über ihre Intimrasur machen?«
»Ist das deine Art, mit deiner Mutter zu reden?«
Sie macht die Schnute, drückt das Kleid an sich.
»Dann behalt ich es eben selbst«, sagt sie.
»Kannst es ja als Nachthemd anziehen.«
Jetzt wird sie gleich sauer, ich sehe es in ihrem Gesicht. Die Falte zwischen ihren Augen verfügt über verschiedene Tiefengrade, ich kenne das Spiel ihrer Brauen und Mundwinkel. Nicht nur lesen kann ich ihre Launen, steuern kann ich sie auch. Ich weiß, welche Knöpfe ich drücken muss, damit es bei ihr raufknallt wie bei *Hau den Lukas* am Kirtag. Sie wieder runterzuholen ist ein bisschen schwieriger, aber auch dafür gibt es Triggerwörter. Und Entschuldigungen. Und Geschenke.
»Nur heute, Chloé, okay? Das wirst du doch wohl hinkriegen. Heute ist mein Geburtstag, da will ich nicht streiten.«

Ich könnte alles noch schlimmer machen, sagen, dass sie das Kleid sicher bloß von einem Shooting hat, dass es wohl niemand sonst mitnehmen wollte, aber ich schweige. Dann zwinge ich mich zu einem Lächeln. Die Leute sagen, ein Lächeln tue niemandem weh, doch das stimmt nicht.

»Ach«, sie zupft an den kurzen Haaren hinter meinem linken Ohr, »schade um deine schönen Locken. Du warst so hübsch!«

Sie legt die Hand auf meinen ausrasierten Nacken, der bis vor zwei Tagen noch bedeckt war von einer üppigen blonden Rapunzelwelle.

»Du siehst fremd aus«, sagt sie.

»Ich sehe nicht mehr aus wie du«, entgegne ich.

Ihre eigenen Locken hat sie auf spezielle Wickler gedreht, damit sie voluminöser werden, die Party beginnt in zwei Stunden. Ihre Nägel sind schon lackiert, geschminkt hat sie sich noch nicht. Sie wird besonders viel Make-up nehmen heute, da bin ich mir sicher, das gute, teure Zeug, damit niemand merkt, dass sie jetzt vierzig ist. Alle werden ihr sagen, dass sie keinen Tag älter aussieht als neunundzwanzig, sie wird abwinken und lachen dabei, die Komplimente aber aufsaugen wie Atemluft. Ihr Kleid wird eng sein und zu kurz, nur einen Tick zu kurz, sodass es noch als schick durchgeht. »Man könnte euch für Schwestern halten« wird der Satz sein, den ich am häufigsten zu hören bekomme. Sie wird lachen, jedes Mal, und mich festhalten, direkt neben ihr, sodass man uns gut vergleichen kann, gegen meinen leichten Widerstand drücken, ohne ein Wort zu sagen. Ich werde die Zähne sehr fest aufeinanderbeißen, damit mein Mund nicht aufgeht.

Sie seufzt und macht einen Schritt zurück. Wir haben uns zwei Stunden lang angeschrien, als ich vom Friseur zurückgekommen bin. Seither herrscht eine Art erschöpfte Waffenruhe, die wir aufrechterhalten, weil sie Geburtstag hat. Und über hundert Gäste erwartet, die sich nicht fragen sollen, warum ihre Tochter aussieht, als hätte sie geweint.

»Soll ich dir die Nägel machen?«, fragt sie und beäugt kritisch meine Hände.

»Die bleiben so«, antworte ich.

»Du könntest so viel aus dir –«

»Mama«, falle ich ihr ins Wort, »du wolltest doch nicht mehr streiten.«

»Schon gut«, sagt sie eingeschnappt und wendet sich zum Gehen. »Komm in einer halben Stunde runter in den Garten, du musst mir mit den Lampions helfen.«

»Es ist März«, murmle ich.

Als sie halb aus der Tür ist und ich das Gefühl habe, wieder Luft zu bekommen, schaut sie über die Schulter zu mir: »Und zieh dich um, du sollst doch schön aussehen heute Abend.«

Das ist es, was sie will. Noch mehr aber will sie schöner sein als ich.

Als ich sieben Jahre alt war, habe ich gebrannt. Das war in der Volksschule, ich ging in die zweite Klasse. Im Religionsunterricht haben wir einen Sesselkreis gebildet. Hinter mir stand eine Osterkerze, und ich weiß noch, dass ich mich plötzlich wunderte über den Geruch. Er war angesengt, aschig. Ich spürte nichts, noch nicht. Meine langen Locken waren zu einem Zopf geflochten, das Kleid hatte hinten eine Schleife. Als die Kinder anfingen zu schreien und mit dem Finger auf mich zeigten, drehte ich mich um. Ich sah das Flackern. Ich wusste, dass ich es war, die brannte. Aber ich war starr, wie in einem Vakuum, ich konnte nicht reagieren. Das Kleid brannte gut, am oberen Rücken habe ich eine walnussgroße Narbe. Trotz der Schmerzen fühlte es sich an, als würde ich nur zusehen, als wäre ich nicht Teil der Situation, nicht Teil meines Lebens. Und manchmal kommt es mir so vor, als hätte ich diesen Zustand seitdem nicht mehr verlassen.

Spin kifft im Keller.
»Hast du keine Angst, dass sie was riecht?«
»Sie kommt doch nie hier runter. In den Keller schickt sie nur Barbara. Oder uns.«
»Auch wieder wahr.«
Ich atme den würzigen Duft ein. Ich höre die Stimme von Mama, die oben mit jemandem schimpft. Die Marmeladengläser von Barbara sind ordentlich nebeneinander aufgereiht. Rhabarber. Marille. Erdbeer.
Spin gibt mir den Ofen, ich nehme einen Zug, behalte den Rauch eine Weile im Mund.
»Wie hat sie dich dazu gebracht?«, frage ich und deute auf die Fliege, die um seinen Hemdkragen gebunden ist.
»Das geringere Übel«, sagt er, »sonst hätte sie es mir wieder eine Woche lang vorgeworfen, und so hab ich stattdessen einen Pluspunkt.«
Er nimmt den Joint aus meinen Fingern und setzt ihn an seine Lippen. Die Glut leuchtet im Halbdunkel. Im Keller ist es muffig, ein wenig feucht, ich habe Gänsehaut an den Armen. Vielleicht kriechen Spinnen über die Kellerdecke. Ich sehe nicht nach oben.
»Und sobald ich alle begrüßt hab, zieh ich mich sowieso um.«
Dann mustert er mein Outfit.
»Das ist sicher nicht das, was du heute anziehen solltest.«
Er hustet kurz, fängt dann an zu lachen.
Ich streiche grinsend über mein schwarzes Shirt mit der Aufschrift *Bevor du fragst: Nein.*
Das Gras macht die Umrisse weicher, als wäre die Welt gar nicht so scharfkantig, dass man sich verletzen kann an

ihr. Ich spüre heitere Gelassenheit in mir aufsteigen. Bekifft kann ich die Party vielleicht überstehen. Spin reicht mir den Spliff für einen letzten Zug. Als ich danach greife, stoße ich mit dem Ellbogen gegen die Marmeladengläser. Das Regal wackelt, die Gläser klimpern leise, aber keines fällt um. Ich lache, vor Schreck und aus Erleichterung. Es überrascht mich, dass Dinge auch mal heil bleiben.

»Ich mag deine neue Frise«, sagt Spin.

»Danke«, sage ich und fahre mit den Fingern durch die Strähnen, die über dem Undercut liegen. Es fühlt sich ungewohnt an und luftig. Als würde etwas fehlen, aber auf eine gute Art.

»Am coolsten find ich, dass es dir egal ist, dass du dafür Ärger bekommen hast. Dass du es trotzdem getan hast.«

»Sind ja meine Haare«, sage ich.

Spin versteckt den Rest des Joints unter einem losen Ziegelstein in der Ecke. Als er ihn hochhebt, krabbelt ein winziges Tier heraus, eine Assel vermutlich. Das ist ein richtiger Keller, kein aufgemotzter Raum mit Fliesen und Fußbodenheizung und Sauna und Dusche wie in unserem Haus in der Stadt, sondern einer mit Schimmel in den Ecken, staubigen Spinnweben und unheimlicher Atmosphäre. Einer, in dem man nicht gefunden wird.

Mein Handy in der Hosentasche vibriert. Nachricht von Stefan.

On my way, schreibt er, *20 mins.* Und drei Kuss-Smileys.

Ich antworte nicht, schiebe das Handy zurück. Ich habe gehofft, dass sein Vater sich weigert, ihn hier rauszubringen an den See. Ich habe ihm mehrmals gesagt, dass er nicht herzufahren braucht.

»Lass uns raufgehen«, murmle ich.

»Kommt der Alte auch?«, fragt Spin.

Ich zucke mit den Schultern.

Seit der Scheidung nennt Spin Papa den Alten. Reto nennt

er den Schweizer und Mama die Schöne. Es wirkt, als wollte er emotionale Distanz herstellen, wo keine ist. Aber andere Scheidungskinder gehen Komasaufen oder lassen sich *life sucks* tätowieren, soll er sie nennen, wie er will.
»Bestimmt taucht er auf«, sagt Spin, »er steht doch so gern im Rampenlicht.«
»Aber wenn er kommt, werden alle über ihn reden. Ihn beobachten, hinter seinem Rücken über ihn lästern. Ihn mit Reto vergleichen.«
»Wir können ja wetten. Um hundert Euro.«
»Ach, das ist langweilig.«
»Dieser ganze Abend wird langweilig.«
»Lass uns was anderes machen. Irgendwas ... Krasses.«
»Und was?«, fragt er mit amüsiertem Blick.
Er sieht älter aus als sechzehn. Mein Bruder ist ein Magnet, blond wie Mama und ich, groß, und er hat dieses Lächeln. Manchmal bin ich weit weg, dann holt sein Lächeln mich zurück, er muss gar nichts sagen. Diese Art von Lächeln ist das. Spin ist mein Co-Pilot. Wir steuern dieses Flugzeug, das nur noch trudelt, aus dem Rauch quillt, Spin sitzt neben mir, gleich werden wir springen müssen. So ist das mit uns beiden, und seit der Scheidung noch mehr. Wir haben nur einen Fallschirm, wir müssen uns aneinander festhalten.
»Ich denk mir was aus«, sage ich, »ich denk mir was aus, um diese Scheißparty aufzumischen.«

Ich bin in Jonathan verliebt. Sein Name hat den schönsten Klang. Da schwingt etwas in mir, wenn ich ihn höre, schwingt sehr tief und leise. Ich bin in Jonathan verliebt. Ich sage das nie, ich denke es nicht einmal konkret, man rennt ja nicht rum und hat so einen Satz im Kopf. Trotzdem ist er immer da. Mein Körper atmet im Takt dieses Satzes, pocht in seinem Rhythmus, ist durchströmt von dem Gefühl. Das zieht von unten nach oben, kommt aus dem Bauch, und in meiner Brust ist es dann heiß. Genau an der Stelle, an der sich bei Traurigkeit die Tränen sammeln. Wenn Liv mir einen Zettel zuwirft, wenn Stefan das Kondom aus der Packung zieht, wenn die Gmeiner mir die Französischschularbeit mit einem enttäuschten Blick auf den Tisch wirft, ist ein Teil von mir unkonzentriert. Hört ein Teil von mir einen anderen Ton. Immer ist das so, egal, was ich mache und mit wem. Ich bin in Jonathan verliebt. So stark ist das, dass die anderen es merken müssten. Wie ein Duft, der von mir ausgeht, wie eine Vibration. Als stünde es sichtbar auf meiner Haut, als schlüpfte es aus meinem Mund, zusammen mit den harmlosen Wörtern. Aber niemand sieht etwas, niemand hört etwas. Jonathan am allerwenigsten.

Im Garten liegt Schnee. Mama stakst auf High Heels herum, schwankt und krallt die Finger in die Schultern der Leute, die an den Tischen unter den Lampions stehen und Champagner schlürfen. Sie wird mit Gelächter und Komplimenten empfangen.
»Die Aussicht auf den See ist ein Traum.«
»Das vegane Buffet, einfach toll, wir sollten ja alle viel gesünder essen, gell.«
»Du schaust keinen Tag älter aus als neunundzwanzig, ein Mann wie der hält jung, nicht wahr?«
Überall das gleiche Blabla. So mancher Kerl nutzt die Gelegenheit, Mama festzuhalten, damit sie nicht ausrutscht. Sie macht sich dann los, aber sanft, fast entschuldigend. Überhaupt, das mit dem Körperkontakt, das hab ich noch nicht verstanden. Menschen sind in dieser Hinsicht schwer zu lesen. Manche meiden ihn, andere erzwingen ihn, und oft fassen sich zwei, die mal zusammen waren und die Finger nicht voneinander lassen konnten, gar nicht mehr

an, als würde der Kontakt ihnen wehtun. Manchmal mag ich es auch nicht, wenn Stefan mir zu nah kommt, aber das liegt daran, dass er der Falsche ist. Wenn Mama meinen Körper berührt, dann nur, um ihn zu kritisieren. Ein Stupser zwischen die Schulterblätter, damit ich gerade sitze. Ein Zwicken in meinen Oberarm, wenn ich noch ein Stück Kuchen nehmen will. Umarmungen gab es eher von Papa, weil er fast nie da war und sich, wenn er nachhause kam, versichern wollte, dass wir das auch wirklich mitbekamen. Er mochte es, wenn wir ihm entgegenflogen und um den Hals fielen. Doch seit er ausgezogen ist und beschlossen hat, zu verkümmern, umarmt er mich nicht mehr. Vermutlich ist ihm inzwischen egal, was ich von ihm mitbekomme.

Einer der Catering-Typen hält mir ein Tablett mit kleinen Tomaten-Bruschette unter die Nase. Mama würde nicht wollen, dass ich abends Brot esse, deswegen nehme ich gleich zwei. Es ist dunkel geworden, der Wolfgangsee ein schwaches Schimmern. Es hat null Grad, und die Leute finden es exzentrisch, eine Gartenparty im März zu feiern. »Im Sommer kann ja jeder«, sagen sie und: »Trixie ist eben immer für was Besonderes gut.« Morgen, beim Frühstück zuhause, werden sie jammern, wie kalt es gewesen sei und wie verrückt, zu seinem Vierzigsten in die Sommerresidenz einzuladen, wenn Winter ist. Man darf den Menschen nicht trauen, und was sie einem ins Gesicht sagen, das darf man nicht glauben. Alles an ihnen ist fake, ihre Worte, ihr Lächeln, ihre Gefühle.

Zwei Pressefotografen habe ich gesehen und einen Kerl mit einer Filmkamera. Ich frage mich, ob Mama diese Leute extra eingeladen hat, damit sie in den Klatschspalten auftaucht, strahlend im roten Kleid, Arm in Arm mit Reto, oder ob jemand die geschickt hat. Die Magazine und Gossip-Websites sind geil auf sie, und das liegt nicht an ihrem Alter, sondern an dem von Reto. In der Hinsicht hat sie alles richtig gemacht, als Onlinemedienprofi weiß sie, wie man im Gespräch bleibt. Zuerst die hässliche Scheidung, das viele Geld, die Häuser, die Sorgerechtsfrage. Und dann der neue Mann an ihrer Seite. Sie hat ihn auf einer Gala präsentiert, auf irgendeinem roten Teppich in Berlin, wo ein Blitzlichtgewitter über sie niederging. Wenn ich im Mai achtzehn werde, bin ich von Reto genauso weit entfernt wie sie, elf Jahre. Sie ist vierzig, er neunundzwanzig. »Es ist Liebe«, hat sie in die Kameras auf dem roten Teppich gesagt.

Da hab ich ihn zum ersten Mal gesehen, im Fernsehen. Eine Woche später wohnte er bei uns.

Ich friere und gehe wieder rein. Aus dem Augenwinkel sehe ich, dass Mama winkt und fuchtelt, bestimmt will sie die Schwesternnummer abziehen. Ich ignoriere sie und schließe die große Glasschiebetür. Drinnen ist die Musik der Liveband, die über Boxen in den Garten übertragen wird, viel lauter. Ein paar Gäste tanzen im Wohnzimmer der Villa, sie tanzen wie alte Leute, paarweise, mit Männerhänden an Frauensteißbeinen und aufeinander abgestimmten Schritten. Ich kann nicht so tanzen, und es fasziniert mich, dabei zuzusehen. Die Männerhände sind bestimmt schwitzig.

Papa steht mit einem Bier in der Hand an der Bar und redet mit niemandem. Er beobachtet Reto, der an der Wand lehnt und sich mit einer Schwarzhaarigen unterhält, tut dabei aber so, als würde er ihn nicht beobachten. Für Papa muss das sein wie für mich, wenn ich Maja sehe. Ich versuche dann auch immer, sie nicht zu sehen. Maja ist ein Jahr älter als Jonathan, geht aber in unsere Klasse, weil sie sitzengeblieben ist, und hat ein Auto. Sie trägt ständig eine Sonnenbrille, sogar wenn es regnet. Jeden Tag nach der Schule steigt er zu ihr ein, und dann schiebt sie die

Sonnenbrille rauf in ihre Haare, um ihn zu küssen. Das ist so eine unbewusste, coole Bewegung, an der ich erkenne, dass sie eine von denen ist, die sich sicher sind.
Papa hat mich entdeckt und rührt sich nicht, doch er hat diesen flehentlichen Ausdruck im Gesicht. Ich mache eine Geste, die ausdrücken soll, dass ich aufs Klo muss, und gehe raus ins Vorzimmer. Ich muss gar nicht, aber ich kann jetzt nicht mit ihm reden.
Die Villa ist groß, ein protziger Kasten am See, mit einem eigenen Steg und einem Zaun, auf einer kleinen Anhöhe, mit Garten und zwei Balkonen, ein Haus, das man nur bekommen kann, indem man es erbt. Niemand, der bei Verstand ist, würde eine Residenz am Wolfgangsee verkaufen. Papa hat es einer Wiener Großtante zu verdanken, die noch vor meiner Geburt gestorben ist, doch das hat er nie jemandem erzählt. Er tut gern so, als wäre die Villa allein auf seinen Erfolg zurückzuführen, als hätte er das ganze Geld mit seinen Büchern verdient. Man hüllt sich über derartige Dinge in Schweigen. Man besitzt einfach.
Im Wohnzimmer ist alles weiß. Als ich ein Kind war, war das Haus gemütlich, mit viel altem Holz und wuchtigen Schränken, so groß, dass man sich verstecken konnte darin. Oft haben Spin und ich uns gemeinsam hineingezwängt, die Hände auf den Mündern, um nicht zu kichern, aneinandergedrängt in der Enge, die Muffigkeit hat sich mit dem Sonnenmilchgeruch unserer Haut vermischt, während Barbara nach uns gesucht hat. Später hat Mama auf Instagram gesehen, dass die Trendsetter dieser Welt es clean haben. Und da Spin und ich groß genug waren, um nicht mehr mit Schokoladenfingern alles zu beschmieren, hat sie unser geliebtes durchgesessenes Riesensofa gegen eine cremefarbene eckige Rauledergarnitur getauscht, in einem so merkwürdigen Format,

dass man darauf weder bequem sitzen noch liegen kann, hat die Schränke rausreißen und weiß gestrichene Regale aufstellen lassen, in denen keine Bücher stehen, sondern silberne Schalen, die leer sind, und Figuren, bei denen man nicht erahnen kann, wo oben und wo unten ist. Die einzige Farbe in diesem Raum ist helles Türkis, als feines Muster auf den Dekokissen. Dann hat sie das restliche Haus umgestaltet, weil es nicht mehr zum Wohnzimmer passte, und niemand von uns wurde gefragt. Ich hatte die Sommer meiner Kindheit hier verbracht, mit Spin und Barbara, in einer endlosen Abfolge aus flirrendem Sonnenlicht, Wassermelone und träger Stille, das alles ist fort.

Ich habe gelesen, dass man in Finnland in einem Iglu aus Glas liegen kann, um die Polarlichter zu sehen. Im *Kakslauttanen Arctic Resort* in irgendeinem kleinen finnischen Ort oder vielleicht mitten im Wald stehen halbkugelförmige Glashäubchen, in denen man zweihundert Tage im Jahr den besten Blick in den von Farben durchschossenen Himmel hat. Angeblich ist das Glas frostsicher, und man schläft in Thermokleidung. Seit ich das weiß, starre ich manchmal nachts auf die Zimmerdecke, an der es kein einziges buntes Licht gibt, und frage mich, warum ich hier bin und nicht dort. Ich stelle mir vor, dass ich allein wäre, umgeben von Dunkelheit und Schnee und Ereignislosigkeit. Ich könnte mir die Polarlichter anschauen, sonst nichts, ich müsste mit niemandem sprechen.

»Stefan sucht dich«, sagt Spin und legt mir die Hand auf die Schulter.
Der Körperkontakt mit Spin ist in Ordnung. Das sind Berührungen, die an der richtigen Stelle ankommen und nicht zu lange dauern.
»Ach«, mache ich.

»Der arme Kerl irrt seit einer Stunde herum und findet dich nicht.«

»Ach«, mache ich wieder.

Spin schmunzelt.

»Jetzt ist niemand oben«, sagt er, »wir könnten die Bücher verstecken.«

Wir gehen die Treppe hinauf. Mein Zimmer, Spins Zimmer, Schlafzimmer, Gästezimmer, ein drittes Bad, noch ein Gästezimmer und Papas Bibliothek. Während Mamas Umgestaltung haben sie darüber am meisten gestritten. Mama wollte die alten Bücher loswerden, »etwas Kreatives« mit dem Raum machen, und Papa wehrte sich.

»Dass hier die großartigsten Geschichten der Weltliteratur versammelt sind, ist ja wohl kreativ genug!«, tobte er.

Um die anderen Räume scherte er sich nicht, er hielt sich ohnehin fast nie am Wolfgangsee auf, auch nicht, als wir noch Kinder waren. Er erwähnte die Villa nur beiläufig in seinen Gesprächen, und ebenso beiläufig besuchte er sie auch. Aber seine Sammlung war ihm heilig.

»Da sind wertvolle Stücke dabei!«, hat er geschrien. »Du bist so eine Ignorantin, man sollte dir den Studienabschluss aberkennen!«

Nach der Scheidung haben sie vereinbart, dass er die Bücher abholen und einlagern lässt, weil er in der neuen Wohnung keinen Platz dafür hat. Das ist noch nicht geschehen, sie stehen alle da in der Dunkelheit. Von unten dringt die Musik herauf, der Bass ein dumpfes Wummern. Ich streiche über die geprägten Lederbuchrücken. Schöne Ausgaben der Klassiker, *Moby Dick*, *Ulysses*, weiter drüben *Hundert Jahre Einsamkeit* und *Faust*. Eine Ordnung kann ich nicht erkennen, das konnte ich noch nie, er hat sie weder nach Alphabet noch nach Erscheinungsjahr oder Herkunftsland des Autors sortiert. Vielleicht nach Wert? In einem separaten kleineren Regal stehen seine eigenen Bücher, in der obersten Reihe die Erstausgaben aller vierzehn Romane. Zwei davon, *Blut* und *Siebenstadt*, sind signiert für Mama, die hat er ihr geschenkt, als sie sich kennengelernt haben. *Für meine schöne Helena*, steht in dem einen, *ich würde jedes Pferd besteigen für dich*, und ich weiß nicht, ob er auf den Trojanischen Krieg anspielte, um ihr zu schmeicheln, oder ob etwas Sexuelles dahintersteckt, und igitt. *Liebe war's, als ich dich sah, Liebe ist's geblieben*, steht im anderen. Jetzt ist die Liebe halt weg. Ich kenne die Widmungen auswendig, habe sie wieder und wieder angeschaut in jenen Sommern, mich vergraben im halbdunklen Zimmer. Auf der Suche nach Schatten, vielleicht auch auf der Suche nach einer Möglichkeit, mich Papa zu nähern, ihn zu finden, hier, zwischen dem *Zauberberg* und *Im Westen nichts Neues*.

Spin und ich stapeln wahllos Titel aufeinander und tragen sie in mein Zimmer, wo wir sie unter das Bett schieben. Es ist das dümmste Versteck, aber ich bin mir sicher, dass niemand dort nachsehen wird. Ich nehme die Bücher, von denen ich weiß, dass sie signiert sind, und die, von denen ich denke, dass sie am meisten Geld bringen würden. Zum Schluss die zwei Romane, die Papa Mama geschenkt hat. Als wir fertig sind, grinsen wir uns an.

An meinem ersten Schultag am Gymnasium hat Papa mich bis zur Tür gebracht.

»Hineingehen kannst du ja ohne mich, oder?«, hat er gefragt, und ich habe genickt, elf Jahre alt und verstummt angesichts des großen Gebäudes, in das so viele Kinder strömten, von denen ich keines kannte. Wie sollte ich überhaupt meine Klasse finden?

»Gut«, hat Papa gesagt und in seine Jackentasche gegriffen auf der Suche nach seinen Zigaretten, er hatte gerade aufgehört zu rauchen, mal wieder, bloß waren seine Hände schneller als sein Gehirn.

Ich musste ohne Spin auf diese neue Schule gehen, erst ein Jahr später würde er mir folgen, ich musste allein mit dem Bus fahren jeden Morgen und mittags auch, und beim Gedanken daran, nicht mehr mit ihm gemeinsam zu Fuß zu gehen wie bisher zur Volksschule, stiegen mir Tränen in die Augen. Ich hatte das gemocht, besonders im Winter, wenn es morgens noch finster war und unsere Schritte im frischen Schnee den Eindruck erweckten, es gäbe nur uns beide.

»Heul doch nicht«, brummte Papa, und es hätte wohl gutmütig klingen sollen, aber er sah sich dabei mit diesem entschuldigenden Lächeln um, als wäre es ihm peinlich.

Ich hoffte, dass ich den richtigen Rucksack ausgesucht hatte und die richtigen Schuhe, das waren in den ersten Tagen die wichtigsten Dinge. Man konnte nie genau wissen, was gerade in oder wieder out war, besonders direkt nach den Ferien war das schwierig. Weil man da die Outfits der anderen ja noch nicht gesehen hatte, die Marken, die sie trugen, weil man nicht ahnte, ob sie neue Ausdrücke verwendeten, die man selbst erst einmal würde googeln müssen, um mitreden zu können. Ein Minenfeld, und ich hatte nur ein kleines Zeitfenster, dann wäre meine Rolle in der Klasse festgelegt für immer.

»Setz dich neben ein Mädel, das nett aussieht«, sagte Papa, »konzentrier dich auf die Lehrer, lass dich nicht ablenken und mach deine Aufgaben. Dann klappt das schon.«

Ich sagte nichts, er hatte halt einfach keine Ahnung.

»Du musst dir Mühe geben, es fliegt einem im Leben nichts zu«, er fuhr noch mal mit nervösen Fingern in seine Taschen, fluchte dabei leise, »besonders dir als Mädchen nicht. Du musst dich doppelt anstrengen, hast du gehört? Die Welt ist nicht gemacht für euch.«

Ich hatte gehört, verstand aber nicht, was er meinte.

»Hübsch bist du ja«, sagte er, »nur wird das nicht genügen, wenn was werden soll aus dir.«
Er wuschelte mir durchs Haar, schaute erschrocken und versuchte dann, meine Locken wieder in Form zu bringen. Für einen Moment ließ er die Hand auf meiner Wange, sie war trocken und warm. Er zog mich in eine Umarmung, die eigentlich keine war, weil er mich gleichzeitig auf Abstand hielt. Er roch nach Aftershave und Ungeduld.
»Ich hol dich nachher wieder ab, okay«, sagte er, »wir gehen Eis essen. Zur Feier des Tages.«
Als die Schule aus war, war Papa nicht da. Er hatte mich vergessen, aber das überraschte mich nicht. Ich hatte mir schon in der ersten Pause aus dem Ordner im Klassenzimmer die passende Busverbindung herausgesucht.

Später hält Mama eine Rede, die an Peinlichkeit nicht zu überbieten ist. Sie ist beschwipst und rührselig, bedankt sich bei allen, die sie kennt, für die Unterstützung. Als ob irgendwer für sie da gewesen wäre. Ich meine, wirklich da gewesen. Abseits von den Kameras und den Likes. An den Abenden, an denen sie allein zuhause war, ungeschminkt, ungekämmt, mit Weinglas in der Hand und Einsamkeit im Blick.
Plötzlich spüre ich eine Hand, die sich um meine schließt.
»Da bist du ja«, raunt Stefan in mein Ohr.
Er drückt seine Lippen auf meinen Hals, ich lächle ihn an.
»Sorry«, flüstere ich, »so viele Leute.«
Er schiebt sich halb hinter mich, umarmt mich halb. Es ist wie immer, alles mit Stefan ist halb. Mama, die im Zentrum der Aufmerksamkeit und neben der Band steht, zieht Reto an sich und küsst ihn vor allen Leuten. Bestimmt hat sie gerade gesagt, wie gut er ihr tut und wie glücklich sie ist.
»Deine Mom ist so cool«, sagt Stefan.

Er lässt meine Hand nicht los. Ich gebe keine Antwort und betrachte die Geburtstagstorte. Sie ist ein dreistöckiges Gebilde mit viel Obst. Reto ist Fitnesstrainer und Veganer, und Mama ist hinter allem her, was im Trend ist. Früher hat sie manchmal Schokolade genascht, je süßer, desto besser, und wenn ich sie dabei erwischt habe, hat sie mir lachend auch ein Stück in den Mund geschoben.
»Kann ich dann hier bei dir schlafen?«, fragt Stefan, und ich tue so, als hätte ich ihn nicht gehört.
Während die Gäste klatschen und die Band *Happy Birthday* spielt, bitte ich ihn, mir was zu trinken zu holen, und verspreche ihm, derweil hier zu warten. Kaum ist er im Gedränge verschwunden, bahne ich mir einen Weg zur Verandatür. Papa steht allein draußen im Garten, wo ich ihn vermutet habe. Er lehnt am Zaun und sieht in die Dunkelheit. Er hat eine dicke Daunenjacke an, in der er fast verschwindet. So eine bräuchte ich auch.
»Hi«, sage ich.
»Hi«, sagt er.
An seinen Pupillen sehe ich, dass er was genommen hat, und da erfasst mich eine unerwartete Welle der Zuneigung. Er hätte sich wohl sonst nicht hergetraut.
»Auch auf der Flucht?«, fragt er, und ich könnte ihn fast sympathisch finden in diesem Moment.
Doch dann wendet er sich im selben Augenblick ab und trinkt sein Bier aus, als wäre er an meiner Antwort nicht interessiert. So ist das mit ihm. Er ist eine Tür, und ich probiere einen Schlüssel nach dem anderen, einen ganzen verfickten Schlüsselbund hab ich, und keiner passt. Nicht ein einziger.
Die Glasfront, die den Blick freigibt auf das rauschende Fest, haben wir im Rücken. Papa sieht nicht hin.
»Reto hat deine Bücher verkauft«, sage ich unvermittelt. Papa fährt herum.

»Was hat er?«
»Ein paar, nicht alle. Ich glaube, er wusste nicht, welche wertvoll sind, er hat einfach mal angefangen und auf gut Glück einige versteigert. Aber für die, die du Mama geschenkt hast, hat er nicht viel bekommen, da war er enttäuscht.«
Papa starrt mich entgeistert an.
»Ich dachte nur, das solltest du wissen«, sage ich, und für einen Augenblick bin ich überzeugt, dass er einfach gehen wird. Dass er sich verkriechen, noch mehr trinken und traurig aus dem Fenster seiner versifften Wohnung schauen wird.
Er schmeißt seine Bierflasche in den Schnee, lässt mich ohne ein Wort stehen, stapft zur Glastür, schiebt sie auf die Seite, stürmt hinein in die Gästemeute, in deren überraschtes Rufen, er schnappt Reto, der neben Mama steht und Torte isst, und schlägt ihm ins Gesicht. Das geht so schnell, dass keiner reagieren kann, am allerwenigsten der Schweizer. Sein Teller zerbricht, als Reto zu Boden geht. Mama fängt an zu schreien.
Das war einfacher als gedacht, er hat nicht einmal nachgeschaut, ob es wahr ist, was ich da behaupte. Wahrscheinlich wollte er ihn sowieso schon längst schlagen. Die ganze Zeit war Papa das aufgedrehte Gas, und ich war der Funken.
Reto springt auf und stürzt sich auf Papa, der rückwärts in den Kuchen fällt wie in einem Slapstick-Movie. Es sieht lustig aus, aber ich kann nicht lachen. Ein bisschen tun sie mir leid, alle da drin, wie sie von ihrer Gefallsucht dirigiert werden und von ihrem Hierarchiedenken, das mit Geld zu tun hat und mit Titeln und Besitz. Es ist einer dieser Augenblicke, in denen ich genügend inneren Abstand habe, um klar zu sehen, um das gesamte Gefüge zu erkennen, in das wir verstrickt sind. Ich wollte nicht, dass Papa

und Reto sich prügeln, dass Mama einen Schreikrampf bekommt. Aber ich wollte, dass alle, wirklich alle, sehen können, was wir sehen. Was für Arschlöcher sie sind.

»Die Party«, sagt Spin, »war gar nicht so langweilig wie gedacht.«

Er hat das Haus durch die Vordertür verlassen und steht auf der anderen Seite des Zauns. Ich klettere darüber. Er reicht mir meine Jacke und meinen Helm. Wir sehen uns kurz an, wir lächeln nicht. Er startet das Moped, ich steige hinter ihm auf, halte mich an ihm fest und schiebe die Hände in seine Jacke.

Er gibt Gas, die Luft ist kalt.

9

Wenger sitzt nackt auf dem Bett und googelt sich selbst. Das Kokain hat sich verwaschen, fadet aus, er ist im Zwischenstadium. Noch beflügelt, berauscht, aber nicht mehr aufgestachelt und heiß wie vor wenigen Stunden, nicht mehr überzeugt von sich und mutig, nicht mehr high. Das Runterkommen hat eingesetzt, das Ächzen der Knochen, das Kratzen im Hirn, die nicht länger unterdrückte Müdigkeit. Neben ihm auf dem Nachtkästchen liegen die Downer, er wird zwei oder drei schlucken, damit er schlafen kann, später. Als er jung war, hat er gekifft, um den Übergang vom Koks sanft zu machen, aber jetzt ist er alt, jetzt weiß er, dass das Kiffen ihn nur hinhält, dass er achtundvierzig Stunden später die Nachwirkungen trotzdem fühlt, heftiger sogar. Sein Körper verzeiht ihm nichts mehr. Tagelang ist er dann träge und unwillig, mit Schmerzen an Stellen, an denen einst Leichtigkeit war.

Wenn Wenger seinen Namen eingibt und auf *News* klickt, sieht er sich selbst, wie er in die Geburtstagstorte fällt. Er sieht sich Reto schlagen, ein ungeschickter, unpräziser Schlag war das, dessen Wirkung nur von der Wucht ausging und vom Überraschungseffekt. Es gibt Bilder von Reto, der am Boden liegt und sich die Nase hält, aus der Blut läuft, es gibt Bilder von Wenger, der die Augen aufgerissen hat und den Mund. Sein Blick ist grimmig, ein bisschen irr, die Zähne sieht man so deutlich, als hätte er jemanden beißen wollen, und wenn Wenger die Fotos vergrößert, glaubt er sogar Speichel zu erkennen, der in Tropfen um sein Kinn fliegt. Er weiß nicht mehr, was er geschrien hat. In dem Video auf YouTube

kann er es nicht verstehen, zu laut ist das Gekreisch der Leute.
Patrizia ist die Mimik entglitten, entsetzt ist sie, schief und verzogen, nicht grad attraktiv. Das hat sie nicht geplant, mit Sicherheit nicht, sie hat auf jedem Foto schön aussehen wollen an diesem Abend, und wahrscheinlich ist sie aus diesem Grund noch wütender auf ihn.
Er hat nicht an die Kameras gedacht. In keinem Moment war ihm bewusst, dass er gefilmt werden würde, dass Dutzende Handys bereits auf Patrizia und Reto gerichtet waren, um festzuhalten, wie die beiden den Kuchen anschnitten, so einträchtig, er sieht das jetzt, als wäre es eine Hochzeitstorte. Er hat gar nicht richtig hingeschaut in diesem Augenblick, der ihm im Nachhinein wie losgelöst erscheint, er hat Zoey stehen gelassen und ist hineingestürmt ins Haus, weißen Zorn im Kopf und die Hand schon zur Faust geballt.
Er kann nicht aufhören zu klicken. Die Schlagzeilen wiederholen sich, eine Plattform kopiert von der anderen, zwei oder drei Zitate von Gästen hat er gelesen, auch immer dieselben.
»Er hat Reto den ganzen Abend belauert«, soll Jacqueline Hermann gesagt haben, eine botoxgespritzte Kackbratze, die nichts kann, außer mit einem Bankdirektor verheiratet zu sein. Belauert, von wegen, er hat sich doch ferngehalten von dem muskelbepackten Hohlhirn, hat nicht ertragen, wie der sich in der Villa bewegt hat, als gehöre sie ihm, und hat deswegen den Blick abgewendet.
»Ein Pulverfass, dieser Mann, gemeingefährlich«, hat sich ein gewisser Emanuel Gissbert empört, ein Schönheitschirurg, auf dessen Tisch Jacqueline vermutlich regelmäßig liegt. Die haben's nötig, die zwei.
Wenger schnaubt. Er und ein Pulverfass? Lächerlich. Es zündet doch eh nichts mehr bei ihm.

Eklat auf Trixies Glamourparty – Ex schlägt Nebenbuhler steht auf der einen Seite, *Betrunken & brutal – Schriftsteller lässt Fäuste statt Worte sprechen* auf einer anderen. Wer schreibt so einen Scheiß? Und überhaupt: mitten in der Nacht? Es ist fünf Uhr morgens, wieso ist das bereits online? Sitzen da nimmermüde zwanzigjährige Praktikanten abrufbereit vor ihren Tablets, mit einem Starbucks-Grande-Karamell-zehn-Euro-Latte in der Hand, alle Kanäle offen, Facebook, Instagram, Twitter, Snapchat, YouTube, und wenn was passiert, macht's bim, bam! und sie posten? Wenger kann sich das nicht erklären, er weiß nicht, wie sie funktioniert, diese virtuelle Medienwelt. Das ist Patrizias Metier. Sie ist dort zuhause, zwischen Likes und Streams und Grids. Wenger versteht nicht einmal die Ausdrücke, mit denen sie um sich wirft, keiner davon ist deutsch, sie redet von Scrollen und Leadgenerierung, von Metatags, Contentboxen und Benchmarks. Reines Englisch scheint das allerdings auch nicht mehr zu sein, eher eine Zwischensprache, ein Zwitterwesen mit englischen Gliedmaßen, die immer mehr werden, sich dem deutschen Körper anpassen, sich der deutschen Grammatik unterwerfen, ein Wesen mit einem alten indogermanischen Herzen, das in einem neuen Takt schlägt. Einem Beat.

Früher hat Wenger noch eine Pressemeldung abgeben können, eine Erklärung, bevor die Zeitungen gedruckt wurden. Und ja, doch, das war öfter mal nötig, immer wieder war das nötig, wenn er mit Schnee an der Nase erwischt wurde, mit den falschen Leuten im Hinterzimmer eines Clubs oder damals mit der Kleinen, die ihm zum Ruhm verholfen hat mit ihrem Geburtsdatum. Sie, die der Auslöser für so vieles war und die er seit Jahrzehnten zu vergessen versucht. Die Pressemeldung war dann ein Mantel der Lüge, den er der Wahrheit umlegen konnte, reine Schönfärberei, jeder wusste das, aber es klang halt besser. Mit Worten konnte er ja umgehen, mit ihrer Hilfe konnte er sich rauswinden aus jeder Schlinge. Und auch die Schlingen selbst waren aus Worten geknüpft, aus Berichten und Anschuldigungen, nicht, wie heute, aus belastenden Bildern, für die jeder nur sein Handy zücken muss und gegen die man sich kaum wehren kann anschließend. Und stets haben sie ihm verziehen, die Leute, haben fast schon erwartet von ihm, dem Schelm der Literaturszene, dass er was Durchtriebenes tat, er hatte einen Ruf, dem er gerecht werden musste. »Der Wenger wieder«, hieß es dann, sie schüttelten die Köpfe, aber mit einem Grinsen, was der sich traut, so müsste man leben, das sagten sie nicht, das dachten sie nur. Und dann gingen sie in die Buchhandlung und kauften seinen neuesten Roman.

Heute hat er keine Zeit, Erklärungen zurechtzuflunkern, er wird ja nicht mal mehr gefragt. Alles geht ungefiltert raus. Niemand bringt es in eine Form, die lesbar wäre. Es wird ins Internet geschmissen wie Plastikmüll in einen Fluss, da dümpelt es dann in der Drecksbrühe, jeder kann es sehen.

Es stinkt ihm, dass der Grund für seine Attacke nirgends genannt wird, weil niemand ihn kennt. Alle denken das Offensichtliche, dass die Eifersucht ihn dazu gebracht hat, sich so zu verhalten. Dabei war es in Wahrheit eine ganz andere Art von Liebe. Diese Banausen, wie konnten sie seine Bücher verkaufen? Sein Puls schnellt erneut hoch, wenn er nur daran denkt. Wie kommt dieses Schweizer Arschloch dazu, sich an fremdem Eigentum zu vergreifen? Hat Patrizia Reto dazu angestachelt? Der kann ja nicht wissen, wie viel die Bücher Wenger bedeuten.

Voll geil, wie er dem Müsliheini die Fresse poliert, kommentiert SpeckHans11. *Dem rinnt das Blut runter, das ist aber nicht vegan haha!*

Ich hab dem seine Bücher mal echt gern gelesen!!!, schreibt

SuzyWuzy37 unter einen der Artikel. *Aber jetzt ist er ja wohl am Tiefpunkt!!!1!!*

Zum Schreiben taugen seine Hände eh nicht mehr, lästert ElliK.

Wenger klappt den Laptop zu.

Ob er Patrizia anrufen soll? Er könnte sich entschuldigen. Die Wogen glätten. Es gab eine Zeit, da ging das gut. Da ließ sie sich besänftigen von seiner Stimme, von seinem Streicheln, seinem Versichern und Beschwören. Da war alles zwischen ihnen wie flüssiger Honig.

»Glaub mir doch, ich hatte nix mit der«, hat er dann gesagt, »warum sollt ich? Komm schon, Patzerl. Hast du dir die mal angeschaut? Ich steig doch nicht in die U-Bahn, wenn ich daheim in der Garage einen Lamborghini hab.«

Und dann ihr Blick. Wenn der so von unten kam, aus den tränenverhangenen Wimpern, wusste Wenger, die hab ich wieder rumgekriegt, die schmollt nur mehr wegen der Show. Ein, zwei geschickt platzierte Komplimente noch, und sie schnurrt wie ein kleiner Vibrator.

»Und wieso warst du dann in Frankfurt essen mit ihr?«

»Baby, wichtige Besprechung fürs Verlagsmarketing. Ich mein, essen muss der Mensch, oder? Und es waren ja noch andere Leute dabei, der Seb, die Judith, der Atzwanger, kennst sie eh. Die Fotografen haben nur zufällig in dem Moment abgedrückt, als der Seb schon weg war und der Atzi auf dem Klo.«

»Lügst du mich nicht an?«

»Würd ich doch nie. Mit den anderen red ich und ess ich, aber dich, dich lieb ich.«

Und das floss ihm über die Lippen wie geschmolzene Butter. Ein kleines Lächeln zuckte in ihren Mundwinkeln, gegen das sie ankämpfte, allerdings nur noch halbherzig. Wie im Bett, wenn sie sich wand unter ihm, als wollte sie sich entziehen, obwohl sie sich doch eigentlich nur nach seinen Berührungen sehnte.

»Zu dir komm ich nachhaus«, flüsterte er in ihr Ohr und streifte ihre Wange mit den Lippen, da spürte er, wie ihr Körper nachgab. Wie die Spannung wich und alles weich wurde, die Muskeln, der Widerstand, das Herz, auch wenn sie es nicht zugeben wollte. Ihr Körper konnte ihm nichts vormachen, der strebte bereits zum Wenger hin.

»Und bleibst du diesmal?«, fragte sie mit einer Stimme, die noch weinerlich klang, aber mit einem Hauch Versöhnlichkeit, und Wenger kannte sie gut genug, um zu wissen, dass sie ihm nicht mehr böse war. Dass sie lieber ihm glaubte als den Gazetten. Er sagte nichts von der Lesung in Hamburg die Woche drauf und auch nichts vom Recherchestipendium für Indien im Mai.

Er hob ihr Kinn an, sah ihr in die Augen und küsste sie sanft. Dann drängender. Und dieser Seufzer, der ihr entschlüpfte, sagte ihm eh alles. Er öffnete den Reißverschluss ihres Kleides, ließ die Träger von ihren Schultern gleiten, drückte sie an die Wand. Sie zerrann unter seinen Händen. Es war so einfach.

Und wer, Herr im Himmel, hätte das nicht ausgenutzt?

Wenger schluckt die Valium-Tabletten mit Wasser und legt sich unter die Decke, die sich kühl anfühlt auf seiner nackten Haut. Jetzt kann er Patrizia sowieso nicht anrufen, sie schläft bestimmt. In Löffelchenstellung mit dem Schweizer. Das ist so einer, der erträgt das die ganze Nacht. Dem wird nie der Arm taub, auf dem Patrizias Kopf liegt, der fängt nie an zu schwitzen so Körper an Körper, der will sich nie umdrehen und seine Ruhe haben.

Wenger hat die Jalousien nicht ordentlich geschlossen, schmale Streifen Straßenlaternenlicht fallen herein. Irgendwo bellt ein Hund. Er hasst die neue Wohnung. Er hasst Hallein, diese Kleinstadt mit ihren mittelalterlich engen Gassen, in denen die Leute früher ihre Scheiße einfach aus dem Fenster gekippt haben. Das machen sie eh immer noch, nur halt verbal. Und das Fenster ist das Internet. Er will nicht hier sein, aber wo er stattdessen sein will, kann er auch nicht sagen. Es wäre nur schön, wenn jemand neben ihm läge.

Als er aufwacht, prüft er als Erstes, ob er eine Morgenlatte hat. Hat er nicht. Sein Handy klingelt in der Hose, die er in der Nacht zu Boden hat fallen lassen. Wenger dreht sich stöhnend auf die andere Seite. Dass die Matratze billig war, macht sich bemerkbar, seine Schultern sind verkrampft und schmerzen. Er wollte nicht viel Geld ausgeben für das Bett, wozu auch, er würde es ja doch nur wegschmeißen, sobald er wieder zuhause eingezogen wäre, also hat er ein günstiges schmuckloses Metallgestell gewählt, das auch noch quietscht, wenn er sich schlaflos hin und her wälzt. Eine Hässlichkeit von einem Bett, aber es bekommt ohnehin niemand zu sehen.

Wenger tastet nach dem Wasserglas, öffnet halb die verklebten Augen, trinkt und fällt zurück ins Kissen. Er sollte die Bettwäsche wechseln, das hat er nicht gemacht, seit er hier eingezogen ist. Immerhin klebt kein Sperma drauf. Nicht wie bei Spin, als er dreizehn wurde und Patrizia nichts Besseres eingefallen war, als ihm schwarze Bettwäsche mit Totenköpfen zu kaufen. Sie wollte ihm demonstrieren, dass sie wusste, was cool war. Aber schwarze Bettwäsche für einen Dreizehnjährigen! Barbara hat nie etwas gesagt. Barbara hat alle Sachen gewaschen, gebügelt, gefaltet und zurück in die Schränke gelegt, für Wenger, Patrizia, Zoey und Spin, und wer weiß, was sie dabei alles gefunden und gesehen hat. In den Jackentaschen, auf den Hemdkragen und den Laken. Vielleicht erklärt sich dadurch das Unbehagen, das er ihr gegenüber stets verspürt. Es fällt ihm schwer, Barbara in die Augen zu schauen.

Wenger steht auf, wankt ins Bad und pisst in die Muschel. Er gähnt sich selbst im Spiegel an und zuckt bei seinem

Mundgeruch zusammen. Statt sich die Zähne zu putzen, gurgelt er mit dem Whiskey, der auf der Waschmaschine steht, spuckt ihn ins Becken. Er tastet die Tränensäcke unter seinen Augen ab. Da war mal zarte, von winzigen Falten durchzogene Haut, empfindlich, ja, aber nicht aufgebläht wie kleine Taschen. Er drückt mit dem Zeigefinger drauf, es entsteht eine Mulde, die nun langsam wieder ausbeult. Bläulich ist die Haut, ungesund schaut das aus. Schlimmer ist allerdings der Bluterguss neben dem linken Auge, der schillert, da drückt er lieber nicht drauf. Das war ein guter Schlag vom Fitnessfuzzi, eh klar, das ist eine trainierte Sau, eine Kantn, der hebt Patrizia in die Luft und setzt sie auf seinen Schwanz, im Stehen, ohne sich anzulehnen. Wenger hat das mal in einem Porno gesehen und sich gedacht, dass kein Mann das kann, aber wetten, der Schweizerarsch, der kann das.

Nur sagen darf er halt nichts dabei, es ist nicht sexy, dieses Schwyzerdütsch. »Reit mein Schwänzli«, lachhaft, »ich lutsch an deinem Brüstli«, nein. Vielleicht kann der Grasfresser seine Patrizia hochheben, er hat die Kraft, er hat den Körper, aber wenigstens kann er ihr nichts Anregendes ins Ohr flüstern. Wenigstens hat er die Worte nicht.

Wenger seufzt und zieht die Nase hoch. Scheiß Koks, das hat ihm auch nicht geholfen gestern Abend. Keiner wollte mit ihm reden, alle haben ihn gemieden. Ein paar angedeutete Kopfnicker hat er kassiert, als Zeichen des Wiedererkennens, die meisten sind dem Blickkontakt ausgewichen. Dabei hat er sich extra rasiert und die Haare gewaschen. Gut hat er ausgesehen in seinem dunkelblauen italienischen Anzug, der den Bauch kaschiert und ihn jünger macht. Er hat gedacht, er hat das im Griff. Er zeigt allen, dass er drübersteht. Dass er sich nicht versteckt und seine Wunden leckt, nein, weil er gar keine Wunden hat! Aber von wegen Griff, entglitten ist es ihm. Und der An-

zug ist auch hinüber, wegen der klebrigen veganen Torte. Wobei es um die eh nicht schade war, die hat bestimmt geschmeckt wie aufgeweichtes Altpapier.
Vorsichtig leckt Wenger mit der Zunge über das Blut auf seinen Lippen. Irgendwas ist da aufgeplatzt, und die Zähne tun ihm weh. Aber eigentlich, wenn er es nüchtern betrachtet, hat er gar nicht so viel eingesteckt. Er hat sich wacker geschlagen dafür, dass der Pflanzenfresser fünfundzwanzig Jahre jünger ist als er und als Fitnesstrainer arbeitet.
Die Prügelei war gleich vorbei, zwei Schläge hat er abbekommen, dann haben ein paar Gäste ihn und Reto auseinandergezerrt und festgehalten. Patrizia hat ihn beschimpft, er kann sich nicht erinnern, was sie gesagt hat. Dass er ein Arschloch ist, wahrscheinlich. Dass er ihren Geburtstag ruiniert hat, ziemlich sicher. Und dass er sich schleichen soll. Was er dann auch gemacht hat. Ein unschöner Abgang, die Meute hat sich geteilt, um ihn durchzulassen, er war voll mit Schlagobersersatz und Blut, alle haben ihn angestarrt. Und gefilmt, offensichtlich.
Er hat sich gefühlt wie ein Wilder, aufgeputscht vom Adrenalin, sein Herz hat gewummert, ein bisschen schwindlig war ihm. Und der Drang, weiter zuzuschlagen, der war gar nicht weg. Den hat er nur mithilfe seiner Vernunft unterdrückt. Eine rationale, erzwungene Entscheidung war das, sein Instinkt hätte ihm befohlen, noch mal draufzuhauen und noch mal. Bis in seine Finger hat es pulsiert, das Gewaltsame. Der Mensch ist, das hat er in dem Moment gemerkt, im Innersten triebgesteuert, impulsiv, zügellos. Er unterdrückt seine wahre Natur, was ihn viel Mühe kostet, er benimmt sich nach ausgedachten Regeln, hängt sich Krawatten um den Hals und lächelt, während er Hände schüttelt, die er lieber brechen würde, und dann reicht ein Satz, ein Blick, ein einziger Gedanke, und

der Jähzorn schießt ihm ins Hirn, löscht jahrtausendealte Kultivierungsversuche, er biegt die Gitterstäbe der Zivilisation auf, heraus schießt das Raubtier.
Wenger schaut an sich hinab. Alles hängt. Alles strebt nach unten. Der Bauch, der Penis, die Haut. Die Schwerkraft zieht an ihm, zieht ihn runter, bis er in der Erde liegt irgendwann, dann erst ist sie zufrieden. Tiefer kann man nicht mehr sinken als ins Grab. Wie ein Raubtier sieht er nicht aus. Oder nur wie ein gealtertes, mit kahlen Stellen im Pelz, das nicht mehr richtig fressen kann, weil ihm die Zähne ausgefallen sind, das vom Rudel verstoßen wurde, damit es sich bitte einen Platz zum Sterben sucht.
Er hebt den Bademantel auf und zieht ihn an. Das Badezimmer ist klassisch weiß gefliest, hat ein Waschbecken, eine Duschkabine und den Charme eines Einbauschranks. Dass diese Neubauten auch immer so funktionell seelenlos sein müssen, man könnte glatt die Lebensfreude verlieren darin.
Im Schlafzimmer wühlt Wenger in der ruinierten Hose nach seinem Handy. Es ist 13.27 Uhr, er hat sieben Anrufe von Sebastian, sechs Nachrichten von Patrizia, zwei von Zoey. Er entsperrt das Handy nicht, lässt es aufs Bett fallen. Das wird er sich später anschauen und anhören oder vielleicht auch nicht, er weiß eh, was sie wollen von ihm. Seb hat ihm sicher Schimpftiraden auf die Mailbox gesprochen und gefragt, was da los war letzte Nacht. Zoey hat garantiert einen Screenshot geschickt von einem der Internetartikel und was Verarschendes dazugeschrieben, in dem das Wort *peinlich* vorkommt. Und Patrizia brüllt ihn bestimmt auf WhatsApp in Versalien an, dass er alles, wirklich ALLES VERSAUT HAT und sie froh ist, dass sie nicht mehr mit ihm verheiratet sein muss. Aber eingeladen hat sie ihn trotzdem. Wahrscheinlich aus Höflichkeit. Oder um ihm zu demonstrieren, wie gut es ihr geht ohne ihn.

Als er auszog, kurz nach diesem unsäglichen Weihnachtsfest, das sie noch zu viert verbrachten, wechselweise in eisigem Schweigen oder hitzigem Gekeife, untermalt von *Last Christmas* und Eierlikör, half sie ihm sogar, die Umzugskartons zum Auto zu tragen. So dringend wollte sie ihn loswerden.
»Wie oft musst du noch hin und her fahren?«, fragte sie genervt, die Arme vor der Brust verschränkt.
»Ich würd lieber hierbleiben«, sagte Wenger.
»Am Arsch.«
»Du weißt, dass ich das ernst mein.«
Sie wischte seine Bemerkung mit einer ungeduldigen Bewegung weg.
»Du hast bloß keinen Umzugswagen gemietet, damit alles länger dauert. Damit du es rauszögern kannst.«
»Kannst du es mir verdenken?«
»Und damit du doppelt bemitleidenswert wirkst. Weil du so viel schleppen musst. Und von deiner fiesen Frau rausgeschmissen wirst.«
»Ist ja auch so!«
»Oder du hast aus Geiz keinen gemietet.«
»Ich bin nicht geizig, ich hab dir grad Diamantohrringe zu Weihnachten geschenkt.«
»Die kannst du dir sonst wo hinschieben, deine scheiß Ohrringe«, zischte sie, »die will ich sowieso nicht, ich geb sie dir zurück, dann hast ein Geschenk für die Susi und die Tatjana oder wie deine Miezen heißen.«
»Ich hab keine Miezen!«
»Verdammt, jetzt schleich dich endlich. Die Nachbarn haben schon genug gesehen.«
»Was interessieren mich die Nachbarn!«
»War dir doch immer wichtig, was die anderen über dich denken.«
»Wichtig warst mir nur du.«

Sie sah ihn so abschätzig an, der Blick ging Wenger durch und durch. Da war keine Zuneigung mehr darin, nicht einmal ein Fünkchen.
»Wär ich dir wirklich wichtig gewesen, Maximilian«, sagte sie, »stündest du jetzt nicht hier.«
Sie deutete auf das vollgepackte Auto und die Kisten daneben.
Dann ging sie zum Haus zurück, die Strickjacke eng um den Körper geschlungen.
»Du willst mich doch nur nicht mehr, weil mein Ruhm weg ist! Du warst bloß geil auf das Geld!«, rief er ihr hinterher.
Sie drehte sich nicht einmal um, hob nur die Hand und zeigte ihm über die Schulter den Mittelfinger.
Wenger seufzt. Die klebrige Hose und das Jackett stopft er in der Küche in den Müllsack, zu den Eierschalen und Tschickstummeln. Elisabeth wird das entsorgen, und wie er sie kennt, wird sie sich nicht dazu äußern. Bestimmt ist sie schon auf seine jüngste Eskapade angesprochen worden, beim Metzger und nach dem Gottesdienst, die sind alle gierig nach Informationen über ihren Bruder, wahrscheinlich hat sie gelächelt und etwas Diplomatisches gesagt oder gar nichts. Er sieht sich in der stillen Wohnung um. Er bräuchte ein Radio, irgendwas, das die Geräuschlosigkeit durchbricht, und sei es nur mit pseudofröhlichem Gerede und Hitparadengedudel. Er schaltet den Fernseher ein, sieht aber gar nicht hin, er will bloß Stimmen hören, damit das Leise ihn nicht niederdrückt.
Er schaut in den Kühlschrank. Elisabeth hat Frittaten gebracht und Rindssuppe, aufgeschnittene Semmelknödel, Geschnetzeltes mit Schwammerln und Grießkoch mit Kirschkompott. Die Wohnung hat sie auch geputzt, sogar die Fenster, aber bis die Kinder nächstes Wochenende zu ihm kommen, wird es nicht sauber bleiben. Wenger

hofft, dass seine Schwester vorher noch mal den Wischer in die Hand nimmt. Die Mitleidsblicke von Spin und Zoey hat er nämlich satt. Und dass sie bei ihm herumhocken, auch. Weil sie sich sowieso nur langweilen. Weil sie auf seine freundlichen Fragen mit genervten Schnaufern antworten, untrennbar verbunden mit ihren leuchtenden Smartphones, und die Minuten zählen, bis sie wieder wegkönnen. Er versteht nicht, wieso sie überhaupt kommen, er hätte seinen Vater nicht besucht in dem Alter, ums Verrecken nicht. Er hätte sich ferngehalten von diesem geistig vertrockneten Fossil, wenn es noch gelebt hätte, und manchmal ist er fast ein wenig sauer auf den Alten, weil er ihm weggestorben ist, bevor er sich hat abwenden können von ihm.

Die Jungen haben Partys und Gras und Knutschen im Kopf, und sollen sie, es ist ihr gutes Recht, es ist ihre Zeit. Die Zeit, in der es noch nicht gilt. In der sie ausprobieren können, experimentieren, alles kennenlernen, in erster Linie sich selbst, weil sie noch keine Rechnungen bezahlen müssen, keine Verantwortung haben, sich nicht entscheiden müssen für ein Studium, ein Lebensziel, einen Partner. Weil sie keine Kinder haben, die ihnen die Kraft aus den Knochen ziehen und die Lebensfreude und das Geld. Ihm wär es auch lieber, Zoey und Spin würden nicht jedes zweite Wochenende bei ihm rumlungern und ihm zu verstehen geben, wie scheiße sie es bei ihm finden.

Finnegan, was für ein beschissener Name. Sie haben ihn selbst schnell verballhornt, Spinnigan haben sie ihn genannt, als er zwei Jahre alt war und ein spinnertes Trotzkind. Später, mit dreizehn, hat Finnegan sich diesen Spitznamen zu eigen gemacht, von dem Patrizia bei jeder Gelegenheit erzählte, lachend und ohne Rücksicht auf die Demütigung, die das für ihn bedeutete. Er nannte sich Spin, allerdings englisch ausgesprochen, mit s, nicht mit sch.

Wenger fand das gut, Patrizia nicht. Finnegan ist gestraft mit seinem Namen. Und mit seiner Mutter.

Sie wussten, dass es ein Junge werden würde, Wenger konnte sich nicht wehren gegen den archaischen Stolz beim Blick auf das Ultraschallfoto, auf den schwarz-weiß verpixelten Minipenis. Ein Sohn. Und dann mitten in diese Glückseligkeit hinein Patrizias Namensvorschlag. Er lachte sie aus, sie war beleidigt, der Streit zog sich über Tage.

»Wer das Kind rauspresst«, schrie sie schließlich, »entscheidet über den Namen!«

Wie sie dastand, mit ungewaschenen Haaren, der brüllenden Chloé auf dem Arm und dem sich wölbenden Bauch, gab Wenger sich geschlagen und dachte, man könnte ja Finn draus machen, das würde schon nicht so schlimm werden. Es war ihm, das würde er aber nie zugeben, einfach nicht wichtig genug. Und wer anerkennend lächelnd hinter dem Namen des Schriftstellersprösslings eine Anspielung auf *Finnegans Wake* vermutet, den lässt er in dem Glauben. Dabei hat Patrizia das Buch nicht einmal gelesen. Dennoch bemitleidet Wenger Chloé noch mehr. Sie wurde gleich im Kindergarten Klo genannt. Wie denn auch sonst, man braucht nicht mal Fantasie für diesen Spitznamen, er liegt auf dem Silbertablett. Später, in der Schule, lernte sie, dem Spott mit Gleichgültigkeit zu begegnen. Noch vor ihrem Bruder kam sie auf die Idee, sich umzutaufen, stellte sich überall als Zoey vor, übte wochenlang ihre neue Unterschrift. Wenger griff das mit Erleichterung auf, sehr zum Unwillen von Patrizia. Aber er hat das Gefühl, als könnte er etwas wiedergutmachen, jedes Mal, wenn er seine Kinder Spin und Zoey nennt.

Und eigentlich ist es doch eine schöne Idee, sich neu zu erfinden, sich selbst zu definieren. Nicht zu warten, bis man erwachsen ist und Psychopharmaka braucht, sondern schon als Teenie zu sagen, sorry, Leute, mein Name ist Dreck, den will ich nicht, ich denk mir einen anderen aus. Hätte man ja nicht durchgebracht in Wengers Jugend, als Horst oder Friedrich-Edgar, ausgelacht wär man worden, wahrscheinlich verdroschen. Aber heute geht das, jeder hat Nicknames, Usernames, ein *formerly known as* hier und ein Pseudonym dort. Be who you want to be.

Die Presse gab Patrizia, als sie und Wenger zusammenkamen, den Namen Trixie, eine Abkürzung, eine Verballhornung, über die sie sich freute. Es klang märchenhaft in ihren Ohren, ein bisschen verrucht, vor allem war es besser als Manu oder Christl oder Gabi. Wenger fand, dass es sich tussig anhörte und kindisch, sehr nuttig. In seinen Augen passte das nicht zur Ehefrau eines angesehenen Schriftstellers. Doch als sie heirateten, liebten die Journalisten ihre Trixie bereits, und sie verkaufte ihre Hochzeitsfotos für einen Haufen Geld an die *Kronen Zeitung*.

Interessant, dass sie eine Familie sind, in der niemand so heißen will, wie er nun mal heißt. Als wären sie alle lieber jemand anderes. Nur er nicht, Wenger. Und ausgerechnet seinen Namen kennt keiner mehr.

Er nimmt die Tupperdose mit dem Grießkoch und einen großen Löffel, schaufelt alles in sich hinein, ohne sich an den Tisch zu setzen, verzieht das Gesicht, weil es so süß ist. Den leeren Behälter schiebt er zurück in den Kühlschrank, zündet sich eine Zigarette an und schaut beim Rauchen aus dem Fenster. Nichts als Wiese, auf der anderen Seite die hässliche evangelische Kirche. Wenger wohnt im Erdgeschoss, vor der Verandatür sind ein paar große Steinfliesen im Garten ausgelegt, die ihm der Vermieter als Sonnenterrasse angepriesen hat.

»Da können Sie im Sommer sitzen und schreiben, Herr Wenger«, hat er gesagt, »mit Blick in die Berge, und ruhig ist es hier, gut zum Nachdenken.«

Ja, wie schön, zum Nachdenken hat er jetzt genug Zeit. Wenger drückt den Zigarettenstummel in den übervollen Aschenbecher. Er wird noch eine Valium nehmen und sich wieder ins Bett legen. Er weiß nicht, wohin er sonst soll, draußen scheint die Sonne so grausig, und es gibt niemanden, mit dem er sich treffen könnte, ohne pikiert-neugierige Blicke aushalten zu müssen und Fragen, die er nicht beantworten will, nein, da bleibt er lieber drin, da bleibt er lieber allein. Das Bett ist ein guter Ort, da kann ihm nicht viel passieren, da passiert nämlich sowieso nichts.

Im Vorbeigehen fällt sein Blick auf den Poststapel und den Brief, den er vor ein paar Tagen gelesen hat. Seither liegt er da, und Wenger schaut ihn manchmal an und findet ihn unheimlich. Er weiß nicht, was er davon halten soll, wer ihn geschrieben hat und warum. Wartet sein Vormieter darauf? Sollte er versuchen, ihn ausfindig zu machen? Aber was geht es ihn an, wenn der Kerl zu deppert ist, einen Nachsendeauftrag einzurichten?

Irgendwas an dem Brief ist in ihn gefahren wie ein Stromschlag. Die Wut in den fremden Zeilen hat ihn elektrisiert, er hat sich angesprochen gefühlt und erkannt. Er hat Verständnis empfunden, aber auch Abscheu, Verwirrung, eine diffuse Angst. Und Erregung. Weil diese Energie, die durch die Sprache in dem Brief flirrt, ihn erinnert an die Macht, die er selbst einmal besessen hat. Er hat gespürt, was Worte auslösen können, was auch er einmal auslösen konnte mit Worten, alles eigentlich, Worte waren sein Stoff, sein Atem, sein Wesen. Er konnte sie herumwirbeln, aufeinanderstapeln, Löcher lassen dort, wo es still sein musste. Und die Worte, die auf die Stille folgten, waren noch viel lauter.

Sehr scharf atmet Wenger ein, dann wühlt er in der erstbesten Kiste nach Papier und Stift, findet nichts, reißt die nächste auf. Bücher, Kalender, alte Fotoalben, da, endlich,

die Box mit den Bleistiften, alle noch gespitzt, weil unbenutzt, er zieht einen heraus und kniet sich auf den Boden, aus dem Kalender von 2014 reißt er die drei Seiten von hinten raus, wo man sich Notizen machen kann, er setzt an, nicht nachdenken.
Nur nicht nachdenken.
Er lässt sie, schreibt er, mit Schwung, der ihm sofort wieder ausgeht.
Er braucht doch nur, fügt er hinzu, zögerlicher, dann nichts mehr.
Er starrt die Worte an, schief auf den vorgedruckten Zeilen, und da tun sie ihm so weh, dass er sie durchstreichen muss, mit aller Kraft, bis das Papier reißt und die Mine bricht, mit einem Knurren springt er auf, schleudert den Stift gegen die Wand, tritt gegen die Kiste. Der Fuß schmerzt augenblicklich, fast so sehr wie das Herz und die Rippen und alle anderen Knochen. Und das Schreien geht von selbst, er muss sich nicht überwinden, er brüllt und stampft und boxt in die Luft, die Bücher rutschen aus den umgekippten Umzugskartons, er kickt sie durch das Zimmer, eins nach dem anderen. Wertlose, mit Scheiße bedruckte Seiten, alt und vergessen und bedeutungslos, sollen sie durch die Gegend fliegen, sollen sie kaputtgehen dabei. *Die Fallhöhe der Menschen* bekommt einen extrafesten Tritt, das war das Buch, mit dem der Abstieg begonnen hat, 2008, als der Verlegersohn das Ruder übernommen und Wenger zu diesem langen, pseudophilosophischen Titel gezwungen hat, nachdem alle zehn Romane zuvor nur ein einziges Wort als Titel gehabt hatten. *Blut. Siebenstadt. Lichthof. Schößling. Gezeiten.* Er hätte sich nie drauf einlassen dürfen. Er pfeffert das hellblaue Buch gegen die Couch, es klappt auf und bleibt liegen, die Buchstaben grinsen ihn an. In seinen Ohren dröhnt plötzlich der Satz aus dem Internet, *zum Schreiben taugen seine Hände eh nicht mehr,*

Wenger hört ihn, als bekäme er ihn ins Gesicht gesagt. Er schaut auf das Chaos und empfindet keine Erleichterung, sein Zorn ist nicht verpufft. Wie kann man so wütend sein, so unglaublich und allumfassend wütend sein, mit dieser eisigen Enttäuschung in jeder einzelnen Faser?
Er zieht den Wohnungsschlüssel aus dem Schloss, öffnet die Tür und stürmt mit offenem Bademantel und wirren Haaren in den Vorraum. Vier Parteien hat das Haus, aber außer ihm ist niemand daheim, die sind alle bei der Arbeit, die werden erwartet und gebraucht. Ohne Schuhe und unter dem Frottee nackt, flitzt Wenger hinaus zum Briefkasten. Ein einzelner Brief liegt darin, sonst nichts, und Wenger weiß sofort, das ist wieder so einer.

März 2017

Als Kind wollte ich Marlena heißen. Etwas Schwungvolles, mit Rhythmus, ein Name, der nachklingt. Aber meine Eltern haben sich nicht die Zeit genommen. Und so fühle ich mich wie eine, bei der es nicht gereicht hat. Marlen. Abgehackt, abgeschnitten. Jemand, der nicht wichtig ist, nicht bis zum Ende. Da bleibt es stumm, da ist eine Lücke, die ich nicht füllen kann. Die Abenteuer, die ich nicht erlebt habe, sind in dieser Lücke. Die Liebe, die mich nicht gefunden hat, die Kinder, die ich nicht bekommen habe. Sie sind alle in dieser Lücke.

Ich habe noch keinen Ort in San Remo, ich suche danach. Ich gehe jeden zweiten Tag ins La Vita è Bella *am Corso Inglese, ein hässliches Restaurant voll von jener Geschmacklosigkeit, die typisch ist für Italien, grauer Fliesenboden und dunkles, lebloses Holz, viel zu dünne Servietten, Plastik überall. Sie bemühen sich nicht oder nur zum Teil, stärken zwar die Tischdecken, polieren die Weingläser, aber sind nachlässig in allem, was sie tun, als wollten sie sagen: Das ist nicht, was uns ausmacht, das ist nicht unser Leben. Dann berechnen sie dir coperto, allein dafür, dass du an ihrem Tisch sitzen darfst, musst du etwas bezahlen, als Entschuldigung, weil du ihnen Umstände bereitet hast.*

Jeden zweiten Tag komme ich hierher, an den anderen Tagen esse ich nicht, das gibt der Woche einen Rhythmus, der anders ist als jener, den ich kannte, sieben Tage, sechs davon in der Buchhandlung, einer frei. Ich gehe ins La Vita è Bella, *weil es zu den wenigen Restaurants gehört, die offen haben, jetzt, außerhalb der Saison, und weil ich das Gefühl habe: Ja, ich bin ein Tourist. Ich habe es mir noch nicht verdient, vorzudringen in jene Lokale, die keine englische Speisekarte haben, die vielleicht nicht einmal eine Speisekarte haben.*

Außerdem behauptet dieses Restaurant, das Leben sei schön. Das hat einen melancholischen Beigeschmack, er würzt meine Spaghetti alle vongole veraci, das Tiramisu, den Espresso, und natürlich: Da ist der Film von Roberto Benigni. Es geht um den Holocaust darin, und das ist per se traurig, aber diese Geschichte, sie ist komprimierte Traurigkeit, in Form gegossene Traurigkeit, die dich würgt und herfotzt. Du kannst kein Mensch sein, wenn du nicht weinst bei diesem Film. All das denke ich, und dabei ist es nur ein Gasthaus irgendwo in Italien, fast leer, es ist März, das Meer ein garstiger Abgrund, gefüllt mit Eis. Schön ist mein Leben nicht mehr. Er stinkt, mein Zorn, er beißt und ätzt, frisst sich mit winzigen Zähnen durch meine Adern, schuppt sich wieder und wieder, ohne je kleiner zu werden.
Mein Italienisch ist schwer und alt und rostig, wie ein Rechen aus dem Werkzeugkeller, dessen Zacken braun sind und locker. Ich benutze es vorsichtig. Die Wohnung ist eng wie alles in der Pigna, in diesem Gewirr aus Gassen und Durchgängen, das einer orientalischen Kasbah ähnelt. Die Häuser dicht an dicht und dazwischen wenig Platz, weniger und weniger, bis du das Gefühl hast, stecken zu bleiben, aber das geschieht nicht, gerade nicht. Auf meinem Stadtplan finde ich die Straßennamen nicht, und dann haben die Straßen gar keine Namen mehr, es ist dunkel, die Sonne dringt nicht durch, auch kein Lufthauch. Ich gehe und weiß nicht, was vor mir ist und was hinter mir, es gibt keine Nummern, keine Bezeichnungen, ich bleibe stehen. Ich fühle mich nicht sicher, doch das spielt keine Rolle. Ich fühle mich nirgends mehr sicher. Ich stelle mir vor, wie das von oben aussieht, ich, dieser kleine Punkt, genau an diesem einen Ort auf der Welt, zwischen engen, engen Häusern, fast am Ersticken, ausgerechnet hier, hier bin ich. Die Pigna wurde auf einem Hügel erbaut, im Mittelalter, als Verteidigung gegen die Piraten, die Sarazenen und Korsaren, deshalb sind die Straßen so steil, deshalb sind die Durchgänge überdacht und düster, die Häuser übereinandergestapelt. In der Pigna kann man sich verstecken, denn sie wurde zum Verstecken errichtet.

Hier hätten sie mich nicht gefunden.
Ich bin zurückgekehrt zu Papier und Stift, zum Analogen, meine Finger schmerzen, sie sind das Schreiben nicht mehr gewohnt. Und doch ist es gut, wieder Buchstaben mit der Hand zu malen, ich kann nichts löschen. Was ich schreibe, steht da, es ist wirr, denn ich ordne das Denken dabei. Das ist etwas, das wir verlernt haben durch unsere Computer, die so viele Möglichkeiten bieten, umzuschreiben, neu anzufangen, Fehler auszumerzen. Die Fehler, die wir gemacht haben, du und ich, die lassen sich nicht ausmerzen.
Ich weiß nicht, ob du diese Briefe erhältst, ob du sie liest, ob du die kleine Wohnung noch hast. Aber vielleicht schreibe ich sie gar nicht für dich. Sondern weil die Wut etwas zu fressen braucht, und es ist besser, sie frisst das Papier statt mich. Ich will auch nicht, dass du mir antworten kannst, ich werde dir meine Adresse nicht nennen. Oder nein, ich werde ehrlich sein, zu groß ist meine Angst, dass ich sie dir nenne und du trotzdem nicht antwortest.
Der Kellner im La Vita è Bella *starrt mich an. Manchmal lächelt er, meistens nicht. Er hat einen Schnurrbart, einen Tom-Selleck-Schnauzer, und ich gefalle ihm. Ich bin blond und groß, tough, mit grauen Augen, er weiß nicht, dass ich eine Landschaft bin mit tiefen Furchen, von Menschenhand verursacht. Er nimmt meine Bestellungen mit einem Lächeln entgegen, er schaut mir beim Schreiben zu. Manchmal wischt er über den Holztresen in einer ewig gleichen Bewegung.*
In San Remo begann alles mit einem Roman, und das passt. Auch zwischen uns begann alles mit einem Roman. Giovanni Domenico Ruffini schrieb 1855 ein Buch, das in San Remo spielt, es lockte die ersten Gäste an. Sie kamen, um die Wintermonate im milden Klima Liguriens zu verbringen, und in der Belle Époque wurde aus dem kleinen Fischerdorf ein Kurort, ein elegantes Touristenzentrum mit Hotels und Villen. Die Reichen wollten nach San Remo und die Berühmten, das waren Kaiser Friedrich III., die russische Zarin und natürlich Sisi. Die adeligen Müßiggänger, was hatten sie schon zu tun? Geld wie Heu und diese riesengroße Leere,

die gefüllt werden musste. Ich spaziere durch die Stadt und stelle mir Damen in weiten Röcken vor, die an der Promenade flanieren, sie halten ihre Stoffschirme mit weißen Handschuhen und sind sehr blass. Ich stelle mir Männer vor, die diesen Damen Briefe schreiben, die ihnen die Koffer tragen und die Kutschentüren öffnen. Und sie dann ein Leben lang unterdrücken, sobald die Tinte auf dem Ehepapier trocken ist.

San Remo ist eine Stadt, der man ihre Geschichte ansieht. Die Erinnerung ist noch da, die Erinnerung an die Piraten, an die kaiserlichen Zofen, an das Gold und den Champagner. Sie hatte ihre Zeit, diese Stadt, und diese Zeit ist vorüber. Vielleicht bin ich deshalb hier, vielleicht bin ich auch so. Mit dem Schmutz meiner Geschichte auf der Haut und am Ende meiner Zeit angelangt.

Der Kellner hat aufgehört, den Tresen zu wischen. Sobald ich nicke, bringt er mir die Rechnung. Es ist gut, dass wir uns mit Blicken verstehen, wo wir doch keine gemeinsamen Worte haben.

Als er an meinen Tisch kommt, deutet er auf sich selbst und sagt: »Francesco.«

Ich mache es ihm nach und lege die Hand für einen Moment auf meine Brust.

»Marlena.«

#22UhrNonMention

Jonathan trägt ein rotes Shirt, Jeans und weiße Chucks. Die militärgrüne Jacke hat er über seine Schulter gelegt, er lehnt am Zaun, der den Schulparkplatz umgibt, und tippt auf seinem Handy. Die Sonne scheint, der Schnee schmilzt, es gluckert hinter den Bäumen. Ich sehe mich um, fast alle sind schon weg. Freitags haben sie es eilig, sie wollen eintauchen in den zwei Tage breiten Streifen Freizeit, zum Tanzen und Saufen und Kiffen. Ich muss heute zu Papa, deswegen hab ich mir Zeit gelassen. Für mich ist das Wochenende sowieso gelaufen.

»Hi«, sage ich.

Jonathan schaut auf. Er lächelt und schiebt das Handy in die Hosentasche.

»Hi, Miley«, sagt er.

Auf meinen fragenden Blick hin zeigt er auf meine Haare.

»Ach so«, entgegne ich und bin ein bisschen enttäuscht. Miley Cyrus hat auch einen Undercut. Oder hatte einen, ich bin bei Promifrisuren nicht auf dem aktuellen Stand. Vielleicht denkt er, ich hätte das ihretwegen gemacht.

»Sieht gut aus«, sagt er.

Ich weiß nicht, was ich antworten soll. Das ist das erste Mal seit letztem Jahr vor den Sommerferien, dass ich mit Jonathan allein bin. Damals war er noch mein bester Freund, zumindest dachte ich das. Ich dachte auch, dass wir in den Ferien wieder jeden Tag zusammen abhängen würden, im Freibad und am Stausee, abends in der Stadt, am Salzachkai vor dem rauschenden Fluss, um »magische Gewürzmischung« zu rauchen, wie Jonathan es nannte, und zu reden. Dass ich vielleicht sagen könnte, lass uns mehr sein als Freunde, dass ich ihm eine Hand auf den Oberarm legen könnte, anders als sonst, verbindlicher, mit klopfendem Herzen und Hoffnung im Bauch, und, wenn er die Hand nicht abschütteln würde, mich hinüberlehnen könnte zu ihm. Aber dann hat Jonathan auf dem Schulabschlussfest von Simon mit Maja geknutscht, und ab da war alles anders. Er hat den Sommer mit ihr verbracht, im Freibad hab ich ihn nicht gesehen und am Stausee auch nicht. Liv meinte im August, die beiden seien zum Campen nach Slowenien gefahren. Als die Schule wieder anfing, waren sie ein Paar und wir keine Freunde mehr.

»Danke«, murmle ich.

Seit September habe ich mir eine Begegnung wie diese gewünscht. Seit September sehne ich den Tag herbei, einen einzigen Tag, an dem Maja nicht da ist. An dem es zwischen Jonathan und mir wie früher ist. Damit er sich erinnert, wie gut das war.

»Wo ist Maja?«, frage ich und würde mir die Worte am liebsten zurück in den Mund stopfen. Warum rede ich in diesen kostbaren Minuten ausgerechnet von ihr?

»Krank«, sagt Jonathan und zuckt mit den Achseln.

»Mhm«, mache ich.

»Hat sich wohl erkältet«, sagt er.

Mein Körper kribbelt so, ich kann mich nicht konzentrieren. Das Herz slammt sich weg in meiner Brust, springt auf und ab, in meinem Magen winden sich einhunderttausend Zitteraale. Schmetterlinge sind ein Scheiß dagegen.

»Und das bei dem schönen Wetter«, sage ich, und Jonathan fängt an zu lachen.

Es ist ein liebes Lachen, kein fieses, es verletzt mich trotzdem. Er könnte mir doch auch helfen hier. Er mit seinen sauberen Chucks und diesem Grinsen, das mir die Gedanken aus dem Hirn brennt. Es ist das beschissenste aller Gefühle, wenn man unbedingt etwas sagen, etwas loswerden möchte und die Angst sich zu entblößen einem gleichzeitig alle Worte aus dem Mund schneidet. Ich will so sehr zu Jonathan hingehen und so sehr von ihm weglaufen, dass mein Körper in Hilflosigkeit erstarrt. Ich spüre, wie das Handy in meiner Jackentasche vibriert. Das ist bestimmt Spin, der an der Bushaltestelle auf mich wartet.

»Was Gutes vor am Wochenende?«, fragt Jonathan, und ich denke daran, wie vertraut wir einmal waren. Wir haben nie Small Talk gemacht, und wenn ein Schweigen zwischen uns aufkam, war das nicht peinlich. So eine Art Freunde waren wir. Seit der Unterstufe, seit wir zwölf waren, eine arschlange Zeit. Wir haben über alles geredet, nicht übers Wetter.

Dass ich zu Papa muss, sage ich nicht. Vielleicht bietet er mir ja an, was gemeinsam zu unternehmen.

»Du?«

»Ich werd wohl Maja besuchen«, sagt er und lächelt, »hab gerade gegoogelt, wie man Hühnersuppe macht.«

»Du bist ein guter Freund«, sage ich, mühsam schiebe ich die Worte vorbei an der Sperre in meinem Hals, auf Höhe meiner Kehle. Die Zitteraale in meinem Bauch ballen sich zusammen.

»Das stimmt«, sagt er und grinst. »Einen besseren Freund kannst du dir nicht wünschen.«

Die Sonne lässt seine Locken schimmern. Seine Augen sind braun. Ich will ihn fragen, ob wir gemeinsam zur Bushaltestelle gehen oder vielleicht in ein Café, und im selben Moment klingelt sein Handy.

Er hebt einfach ab. Er schaut mich nicht an, lächelt nicht entschuldigend, sagt nicht »Sorry, da muss ich rangehen«. Zack, hat er das Handy am Ohr. Er macht ein paar Schritte weg von mir, hört ihr zu, der anderen, es gibt eine andere, eine andere als mich.

Ich warte.

Jonathan wendet sich ab, er lacht. Und da weiß ich, dass ich gehen muss. Ich darf nicht hier stehen bleiben, es ist unmöglich, hier stehen zu bleiben. Es verrät mich, es sagt alles, auch wenn ich selbst nichts sage.
Schnell drehe ich mich um und laufe die Stufen zur Hauptstraße hinunter.
Wo bist du??, hat Spin geschrieben.
Bin nicht in den Bus eingestiegen.
Warte auf dich.
Ich fahre nicht allein zum Alten!!
Ich schaue auf die Uhr, der nächste Bus kommt in fünfzehn Minuten, das schaffe ich.
Sry, antworte ich.
Coming!
Ich sehe nicht zu Jonathan zurück, und doch habe ich das Rot seines Shirts noch vor Augen.

Ich war fünfzehn bei meinem ersten Kuss, und niemand darf das wissen. Es passierte im Urlaub, sein Name war Torben, er kam aus Duisburg. Er war jünger als ich, ein halbes Jahr nur, auch das kann ich niemals jemandem erzählen. Ich wollte es hinter mich bringen, ich wollte es nicht tun, sondern getan haben, um es abhaken zu können auf dieser Liste, die immer länger wurde, für die ich beinahe schon zu alt war und auf der alle anderen mich längst überholt hatten. Er war mit seiner Familie im selben Hotel, er trug morgens ein Shirt mit dem Aufdruck *Whatever bye*, das fand ich cool. Seinen Namen weniger und seinen deutschen Akzent sowieso nicht, aber er war da, und er war gelangweilt. Wir haben uns am Strand geküsst, wo sonst, beim Spazierengehen haben wir sehr angestrengt vermieden, Händchen zu halten, und als die Sonne untergegangen ist, habe ich vor lauter Klischeekitsch kaum hinsehen können. Ich hab an Jonathan gedacht, immer an Jonathan, und ich war voller

Trotz, ich war voller Wut, weil ich das hier nicht mit ihm tun konnte, weil er mich in diese unmögliche Situation gebracht hatte, die sich anfühlte wie ein Neunzigerjahre-Poster, nur in echt. Ich war kurz davor zu kneifen, doch dann hat Torben gesagt: »Du riechst gut«, und ich wollte mir beweisen, dass ich das kann, gleichgültig sein. Er hat nach Minze geschmeckt und nach Fremdheit. Mein Herz hat nicht schneller geschlagen, nicht einmal ein bisschen, vielleicht war das die größte Enttäuschung. Beim Zurückgehen war es dunkel, und als Torben meine Hand nehmen wollte, hab ich sie in meine Hosentasche geschoben. Ich wollte erleichtert sein, es hinter mich gebracht zu haben, doch angefühlt hat es sich nicht, als sei ich um eine Erfahrung reicher, sondern als hätte ich etwas verschenkt. Und ich würde es nie mehr zurückbekommen.

Im Bus ist es laut und muffig und es stinkt. Spin und ich haben einen Platz ergattert, wir sitzen nebeneinander, ich starre aus dem Fenster und höre ihm nicht zu. Ich spule das Gespräch mit Jonathan ab, wieder und wieder spule ich es ab, mir ist heiß, mein Gesicht brennt. Diese Lässigkeit, die er hat. Steht da im Shirt, im März, in der Sonne und sieht aus, als hätte die Welt immer die richtige Temperatur für ihn. Wollte er mich mit dem Miley-Vergleich verarschen oder war das ein Kompliment? Hat er das ernst gemeint, dass die Frisur gut aussieht? Und was hat er wohl gedacht, als er gesehen hat, dass ich gehe? Er hat mir nicht hinterhergerufen.

Ich hab's verkackt, und zwar so richtig. Monatelang hab ich gewartet, so viele graue Montage und Dienstage, nicht enden wollende Donnerstage, nicht ein einziges Mal hat Maja geschwänzt, nie war er allein, und dann das. Ich fühle mich, wie wenn man eigentlich weinen muss, es aber nicht geht.

»Was ist los?«, fragt Spin und stößt mir seinen Ellbogen in die Rippen.
»Nichts.«
»Bist du grantig, weil wir zum Alten müssen?«
Ich zucke mit den Achseln und gebe keine Antwort. Ich kann nichts sagen, sonst kommen die Tränen wirklich. Mitten im Bus, zwischen den anderen Schülern. Wahrscheinlich würden mich gleich drei Leute filmen und ein Meme aus mir machen. *When you want to enjoy your weekend but you have no fresh underwear,* und darunter ich, wie ich heule.
Spin wendet sich wieder seinem Handy zu. Ich könnte schauen, mit wem er chattet, könnte alles lesen, er sitzt direkt neben mir, aber ich hab keinen Platz dafür in meinem Kopf. Außerdem geht es mich nichts an.
Vielleicht mag Jonathan mich doch noch.
Vielleicht hätte ich nicht weglaufen sollen.
Ich lege meinen Kopf an die Scheibe, draußen zieht der Wochenendverkehr vorbei. Am Montag ist Maja bestimmt wieder da.

Als Reto bei uns einzog, bekam Mama dieses Glitzern in den Augen. In den ersten Tagen dachte ich ständig, sie weint gleich. Mein Körper spannte sich an, wegen des Pflichtgefühls, sie in den Arm zu nehmen, aber da waren gar keine Tränen. Es dauerte eine Weile, bis ich verstand, dass ich sie nur noch nie verliebt gesehen hatte.
Sie fing mich an der Badezimmertür ab, zwei Wochen nachdem er mit Sack und Pack vor unserer Tür gestanden hatte, als wäre es das Selbstverständlichste auf der Welt.
»Weißt du, Chloé«, raunte sie, »ich muss das jetzt einfach tun, für mich.«
»Wovon redest du?«, fragte ich, ich wollte ins Bett.
Ich hatte nicht gewusst, dass man nicht nur von körper-

licher Anstrengung, sondern auch vor lauter Gefühlen müde sein kann.

»Er ist gut zu mir, und ich ...«

»Der Fitnessfuzzi?«

»Reto. Er heißt Reto.«

»Ich weiß doch, wie er heißt. Auch wenn ich sonst so gut wie nichts über ihn weiß.«

»Ihr werdet euch sicher noch besser kennenlernen. Er mag euch ja total gern und ist da auch sehr offen.«

»Ja, schön, Mama.«

Sie schaute mich an, sie war noch geschminkt, obwohl es fast Mitternacht war. Vielleicht ging sie mit Mascara und Rouge schlafen, seit Reto neben ihr im Bett lag, wie die Frauen in den Filmen, die man nie so sieht, wie echte Frauen nachts nun mal ausschauen, nämlich scheiße. Ich wich ihrem Blick aus und starrte auf meine Zehen.

»Ich weiß, ich hab euch ein bisschen überrumpelt«, sagte sie, »das war auch alles nicht so geplant. Manchmal muss man eben ... also wenn einen die Liebe ...«

Sie hob mein Kinn an, sodass ich ihr in die Augen sehen musste. Sie lächelte, und das mit dem Glitzern wurde schlimmer. Aber da hatte mein Körper schon gelernt, dass sie nicht traurig war und keine Zuwendung brauchte. Nur meinen Segen, den brauchte sie, das begriff ich.

»Ihr seid sowieso bald fort, ihr seid ja jetzt schon kaum zuhause«, sagte sie, »und wenn ihr auszieht, bin ich ...«

Sie hob die Schultern, ließ sie wieder sinken. Sie trug eins dieser seidenen, schimmernden Ensembles in hellrosa mit weißer Spitze, darüber einen kurzen Kimono in derselben Farbe. Ich hatte ein ausgewaschenes Nirvana-Shirt an und Boxershorts. Sie ließ mein Kinn los, ich hielt still.

»Ist doch gut, Mama«, sagte ich, und sie sah tatsächlich erleichtert aus.

»Ach, Chloé, ich bin total verli–«

»Wenigstens trinkst du jetzt abends nicht mehr so viel«, sagte ich, duckte mich unter ihrem Arm hindurch und ging ins Bett.

Papas Wohnung ist ein Saustall. Das kann nicht einmal Tante Lisi ändern. Er macht alles schneller dreckig, als sie ihm hinterherputzen kann. Und ich glaube, er macht das absichtlich. Früher war Papa nämlich nicht so eine Sau. Er war auf Sauberkeit und Ordnung bedacht, manchmal hat er mich wahnsinnig gemacht mit seinen ständigen Befehlen, mein Zimmer aufzuräumen, den leer gegessenen Teller in den Geschirrspüler zu stellen, die Couchkissen aufzuschütteln.
»Das hat mit Respekt zu tun«, sagte er stets, »Respekt vor dir selbst. Wie in deinem Umfeld sieht es auch in dir drin aus.«
Nice, Papa. In dir drin ist also pure Verwahrlosung.
»Was wollt ihr essen?«, fragt Papa und zieht die beschrifteten Tupperdosen von Tante Lisi aus dem Kühlschrank. Für jedes zweite Wochenende bereitet sie Gerichte vor, die Spin und ich mögen. Fleisch! Knödel mit Speck, Rindsrouladen, Schnitzel. Gebraten in Butter. Alles, was es zuhause nicht mehr gibt, seit Reto bei uns wohnt. Mama hat auch vorher auf die Ernährung geachtet, auf ihre und unsere, es gab wenig Fett und Zucker, dafür Vollkornbrot und Dinkelnudeln, viel Gemüse. Aber Reto hat die Eier von unserem Speiseplan gestrichen, Spiegelei, Rührei, die Milch für mein Müsli, die Butter von meinem Brot, Palatschinken, Topfencreme, Schafskäse. Mama ist selig, dass sie jetzt zur Community gehört, dass sie den Hashtag *#vegan* benutzen kann auf Instragram, zusammen mit *#foodporn #ohsoyummy #eathealthy*. Der einzige Hashtag, der mir dazu einfällt, ist *#fuckyou*.
Es ist schlimm genug, dass meine Freunde diesen Social-

Media-Limbo mitmachen. Aber bei der eigenen Mutter ist es eine virtuelle Apokalypse. Sie ist mit meinen Schulkameradinnen connected, die finden Mama cool. Die folgen ihr und liken jeden Schmarrn, den Mama postet. Dadurch wissen alle in meiner Klasse Bescheid. Dass sie einen Avocado-Toast gegessen hat. Wo sie trainiert. Was sie dabei anhat.

Und zuhause essen wir Tofu. Sojajoghurt, Zucchinispiralen, Salat mit Blumen, pürierte Himbeeren mit Reissirup. Mama und Reto kochen gemeinsam, wenn man das Raspeln von Gemüse kochen nennen kann, kichern dabei und greifen sich gegenseitig an den Hintern. Dann stellen sie das Grünzeug auf den Tisch, inszenieren und fotografieren es. Sie posten die Bilder und kauen betont genießerisch, mit lautem »Mmmh« bei jedem Bissen. Das hat was mit Achtsamkeit zu tun, man muss sich dabei benehmen, als hätte man noch nie was im Mund gehabt, als hätte man die Fähigkeit zu essen und zu schmecken gerade erst entdeckt, was den Mandelmilchpudding auf der Zunge zum Höhepunkt des Tages macht, zu einem Orgasmus der Geschmacksknospen. Kaum sind sie fertig, schnappen sie ihre Handys, checken Retos Fitness-Page und Mamas *Lifegoals-Achieved*-Account, ob es schon Likes gibt und wie viele, sie tragen die Kalorien in ihre Apps ein und verziehen sich nach oben. Kurze Zeit später hört man Poltern und Stöhnen. Bei uns zuhause sind die Erwachsenen die smartphonesüchtigen, triebgesteuerten Teenager. Spin und ich räumen die Teller ab, sehen zu, dass wir außer Hörweite kommen, und ich fantasiere von einem saftigen Cordon Bleu, aus dem dicker Käse quillt.

Papa dagegen wird immer fetter. Er hat sich gehen lassen, seit er ausgezogen ist, und das Essen von Tante Lisi tut das Übrige. Er macht keinen Sport mehr, er achtet nicht auf sein Äußeres, dabei war es ihm früher so wichtig. Papa

war einer, der lachsfarbene und türkisfarbene Hosen anzog und diese ledernen Slipper, dazu Polohemden, die Haare trug er einen Tick zu lang, in fedrigen Wellen, die Haut stets leicht gebräunt. Typ Segler und Golfer, gediegen, fesch. Und es sah gut aus an ihm. Sonntagmorgen ging er laufen, egal, bei welchem Wetter, und egal, ob wir gern einen Familienausflug gemacht hätten. Er aß ein weiches Ei zum Frühstück, danach zog er sich die Turnschuhe an. »Das ist wichtig für mich«, sagte er, als müssten wir das verstehen, wenn wir doch in Wahrheit nur verstanden, dass es wichtiger war für ihn als wir.
»Ich stehe im Licht der Öffentlichkeit«, sagte er auch, und es gab viele Sonntage, an denen ich mir wünschte, Papa würde in gar keinem Licht stehen, sondern zuhause bleiben und mit uns Schwarzer Peter spielen.
Jetzt ist er blass, hat Augenringe und tiefere Falten, die Speckrollen wuzeln sich unter seinem Shirt. An seinem linken Auge hat er noch grüngelbe Flecken von der Prügelei mit Reto. Spin und ich haben das ignoriert, nicht einmal einen heimlichen Blick haben wir uns zugeworfen. Daran merkt man, dass wir ein schlechtes Gewissen haben. Was ich mit Papas Büchern unter meinem Bett machen soll, weiß ich nicht. Die Sache war nicht so richtig durchdacht, schon klar. Vielleicht sollte ich sie wirklich verkaufen. Ich kann sie ja schließlich nicht wieder zurückstellen. Papa schiebt den Rostbraten und die Nockerl in die Mikrowelle. Dass Spin und ich eine Stunde später gekommen sind als sonst, ist ihm nicht aufgefallen. Es ist Freitagnachmittag, vor uns liegen zwei Nächte und ein ganzer Tag in dieser Geiselhaft. Am Sonntag bringt er uns hoffentlich früh nachhause, ich werde sagen, dass ich für die Matura lernen muss, das klappt immer. In Wahrheit wissen wir alle, dass wir es einfach nicht länger miteinander aushalten.

Es ist lächerlich, dass Mama und Papa diese klassische Scheidungsregelung durchsetzen. Jedes zweite Wochenende beim Vater, wozu? Wir essen schweigend mit ihm an seinem klapprigen Tisch, gehen auf Partys, zu denen wir nicht wollen, bleiben dort länger, als es uns Spaß macht, und liegen nach Möglichkeit den halben Samstag im Bett, um nicht mit ihm reden zu müssen. Ich bin fast achtzehn, Spin wird bald siebzehn, wir sind keine Scheidungskleinkinder, die Betreuung brauchen. An den anderen Wochenenden hängen wir auch nicht mit Mama und Reto ab.
Da er nicht einmal ein zweites Schlafzimmer hat, schläft Papa auf der Couch, während Spin und ich uns sein Bett teilen. Papa könnte sich locker eine größere Wohnung leisten. Diese Nummer hier mit dem beengten Platz, der lahmen Gegend am Rand von Hallein, den leeren Flaschen, dem Schmutz, das macht er doch nur, um zu demonstrieren, dass es ihm schlecht geht. Aber wer zur Hölle soll das sehen! Mama kommt nie hierher. Die Einzigen, die seine Misere miterleben müssen, sind Spin und ich.
Meistens sitzt er, wenn wir nachts mit dem Taxi zurückkommen, im Unterhemd vor dem Fernseher und trinkt Bier. Er sieht aus wie ein alter Arbeitsloser, der sein letztes Geld versäuft und bei dem die einzige Veränderung darin besteht, dass seine Augen immer gelber werden.

Hätte ich tote Angehörige, ich würde mich nicht um deren Gräber kümmern. Was schert es die Toten, ob Blumen auf ihren Knochen blühen? Ich würde alles verwildern lassen, die Pflanzen, die Rituale, die Erinnerung. In Prag habe ich verfallene Grabsteine gesehen in hüfthohem Gras, kreuz und quer, schief. Es kam mir vor wie das Natürlichste der Welt. Keine Scheinheiligkeit mehr, kein So-tun-als-ob, kein Fake. Wir konnten den jüdischen Friedhof nicht besichtigen, weil Sabbat war und wir das vergessen hatten. Wir standen vor verschlossener Tür, doch gegenüber, in einer unscheinbaren Mauer, entdeckte ich ein kleines, quadratisches Loch, ein Fenster. Ich starrte lange auf die Gräber, sie waren nicht gepflegt und dabei so schön, die Sonne malte Flecken in das wuchernde Gras. Es war ruhig. So ist es ehrlich, dachte ich, so ist es gut. Ich hätte mich gern hineingeschlichen und zwischen die Steine gelegt, ins Gras wie in mein grünes Bett, ein Ohr auf der Erde, die Augen geschlossen. Nicht mehr so tun, als ob.

»Und?«, fragt Papa. »Was gibt's Neues?«
Meine Gabel zieht eine Spur durch die Butternockerl, essen kann ich sie nicht. Mein Magen ist voll von der Enttäuschung wegen Jonathan, es passt nichts hinein.
Niemand antwortet Papa.
»Was ist los?«, fragt er zwischen zwei Bissen, ich kann das halbzerkaute Zeug in seinem Mund sehen. »Hast du keinen Hunger?«
Ich schüttle den Kopf.
»Sonst freust dich doch so, wenn's Fleisch gibt.«
Ich nicke.
»Hast du Ärger mit den Lehrern?«
Ich schüttle wieder den Kopf.
»Probleme mit deinem Freund?«
Ich stehe auf und gehe rüber zur Couch.
»Schön, dass man so tiefgehende, ausführliche Gespräche mit dir führen kann!«, ruft Papa mir nach.
»Du mich auch!«, rufe ich.
Ich hole mein Handy aus der Hosentasche und checke meine Nachrichten. Neben mir gerät der unordentliche Stapel Post ins Rutschen, ein paar Werbezuschriften fallen zu Boden. Das passiert jedes Mal, wenn man sich hinsetzt, weil Papa das Zeug nicht wegschmeißt. Ich hebe sie auf und wundere mich, dass ein Brief dabei ist, ein

handgeschriebener Brief. Aber okay, Papa ist alt und seine Freunde sind es auch, die denken vermutlich regelmäßig mit nostalgischen Gefühlen an ihre Faxgeräte. Ich lege alles zurück auf den restlichen Haufen und sehe, dass der Brief gar nicht an Papa adressiert, aber trotzdem aufgerissen ist. Ich schiebe ihn schnell in meinen Pulloverärmel, um ihn später heimlich auf dem Klo zu lesen.

Partysieren heute?, hat Liv geschrieben.

Auf jeden, antworte ich, *muss hier weg. Wann und wo?*

Netflix bei mir?, hat Stefan geschrieben.

Ich wundere mich für einen Moment. Manchmal vergesse ich, dass er ja denkt, dass wir zusammen sind.

Im selben Augenblick bekomme ich eine neue Message. Jonathan schickt ein Bild von Miley Cyrus, auf dem sie mit aufgerissenen Augen in die Kamera schaut und ihre spitze Zunge aus dem Mundwinkel nach oben streckt. Es sieht auf merkwürdige Art sexy und teuflisch zugleich aus.

Ich warte mit klopfendem Herzen.

Jonathan.

Seine letzte Nachricht ist vom 11. Juli im Vorjahr.

Nachher bei Simon? Freu mich!

Ich hab den Chat nicht gelöscht, obwohl wir seither nichts geschrieben haben. Nicht ein einziges Wort.

Es kommt nichts mehr, Jonathan ist wieder offline.

Ich frage mich, ob er den Chat auch noch in seinem WhatsApp gespeichert hatte oder ob er mich neu suchen musste in seinen Kontakten.

Papa und Spin klappern mit ihrem Besteck. Ansonsten ist es sehr still.

8

Wenger fährt nur zu Sebastian, damit der nicht zu ihm kommt. Damit der nicht die kleine Wohnung sieht und das Scheitern riecht. Sich in einem Café zu treffen, würde Sebastian ihm nicht durchgehen lassen.

»Was ist, schämst du dich vor mir?«, würde er fragen. »So schlimm kann deine Junggesellenbude nicht sein, ich hab doch selber eine.«

Aber wie schlimm es wirklich ist, das kann Sebastian sich nicht ausmalen. Und das soll er auch nie erfahren. Deswegen sitzt Wenger im Auto und ist auf dem Weg nach München. Es hat wieder geschneit, das letzte Aufbegehren des Winters, der sich jedes Jahr Anfang April noch einmal mit kalter Wut aufbläst, bevor er sich endlich trollt. Mühsam war es, den BMW von Schnee und Eis zu befreien, seit Patrizias Party stand er auf dem Parkplatz vor dem Haus. Wenger ist nirgendwo hingefahren, er hatte keine Termine, nichts zu tun, keine Verabredungen.

Aber jetzt! Er hat das Steuer in der Hand. Und es fühlt sich gut an. Er war beim Friseur, hat sich rasieren und die Haare schneiden lassen, hat die beigefarbene Anzughose aus dem Schrank geholt, die nicht so locker sitzt wie früher, aber noch passt, dazu ein hellblaues Hemd, und ja, doch, er sieht gut aus. Im Rückspiegel überprüft er den Sitz seiner Frisur. Obwohl er über fünfzig ist, hat er kaum graue Haare, und falls es mehr werden sollten, kann er sie ja färben, wieso nicht. Es schummeln doch sowieso alle bei irgendwas.

Er bleibt auf der linken Spur, einen Finger hat er auf dem Regler liegen, um die Lichthupe betätigen zu können, wann immer er einen Lahmarsch verjagen muss. Es macht Spaß, Wenger grinst. Er lehnt sich zurück und drückt das Gaspedal durch. Es gab eine Zeit, da ist er durchs Land gerauscht, genau auf diese Art. Ein bisschen zu schnell, mit einem Lächeln auf den Lippen, im CD-Player Depeche Mode oder die Beatles, je nach Stimmung, je nach Ziel, abhängig davon, ob er auf dem Weg zu einer Lesung war oder zu einer Frau. Er fuhr lieber, statt zu fliegen, nach Wien, Berlin, Hamburg, nach Südtirol, Zürich, Budapest. Er wollte selbst lenken, nicht beengt neben einer schwitzenden Dicken oder einem brüllenden Baby sitzen, den Flugkünsten des Piloten ausgeliefert. Er mochte das Berauschende der Geschwindigkeit, die Momente, in denen es knapp wurde auf der Autobahn, Vollbremsungen, Beschimpfungen und diesen Stich im Herzen, bei dem man sich lebendig fühlt, weil man noch mal davongekommen ist. Er mochte auch die leere Weite in der Nacht, wenn er durch die Dunkelheit brauste, er hatte gute Ideen dabei.

»So geht es nicht weiter«, schimpfte Sebastian zwei Wochen nach der Prügelei auf Wengers Mobilbox. »Du nimmst meine Anrufe nicht entgegen, du antwortest nicht auf meine Mails. Ich komme am Montag nach Salzburg.«

Sofort rief Wenger ihn an.

»Montag kann ich nicht«, sagte er statt einer Begrüßung.

»Ach. Was hast du denn zu tun?«

»Das geht dich nichts an.«

»Dann komme ich am Mittwoch.«

»Auch schlecht.«

»Verflucht, du bist –«

»Schon gut«, sagte Wenger, »ich hol meinen Kalender.«

Er raschelte mit den Zeitungen und ließ ein Buch von Stuckrad-Barre fallen.

»So«, schnaufte er dann und tat, als würde er in seinem

Kalender blättern, »am Donnerstag hab ich Zeit. Ich komme zu dir nach München.«

Sebastian schwieg einen Moment.

»Ich erwarte dich um eins in der Agentur, dann gehen wir mittagessen, und ich nehm mir den Nachmittag frei für dich. Sei pünktlich.«

Aus Trotz ist Wenger eine Dreiviertelstunde zu spät weggefahren.

Er weiß schon jetzt, wie das laufen wird. Sie werden sich begrüßen wie die alten Freunde, die sie nicht mehr sind. Es wird eine Praktikantin geben in der Agentur, Sebastian wird ihr Wenger als »einen der ganz Großen« vorstellen, und sie wird tun, als wüsste sie, wer er ist. Sie werden die Geschichten aufwärmen, jene, die man derart oft erzählt, dass alles daran einstudiert ist, die Pausen, die Worte, die Stellen, an denen man lacht. Die Geschichte von ihrem Kennenlernen zum Beispiel. Die sie seit dreißig Jahren auf dieselbe Art abspulen.

»Der Wenger ist mir ins Fahrrad gelaufen«, sagt Sebastian stets als Auftakt, »so dringend wollte er mich als Agenten haben.«

Dass der zwanzigjährige Wenger nicht einmal gewusst hat, was ein Literaturagent ist, dass Agenten dieser Art im Jahr 1983 hierzulande noch nicht etabliert waren, ja, dass Sebastian nicht einmal Agent war bei diesem ersten Zusammentreffen, das sagt er nicht. Nur das mit dem Fahrrad, das stimmt. Wenger ist ohne zu schauen auf die Straße getreten nach seinem Nachtdienst im *Puderdöschen*, und Sebastian hat ihn über den Haufen gefahren. Beide haben geblutet und sich vor Wut und Schreck angeschrien. Wenger sind die eng beschriebenen Seiten der Nacht aus der Hand gefallen, sie haben sich auf der nassen Straße vor dem Puff verteilt, und da hat er noch mehr geschrien. Aus Prinzip und aus Ärger, nicht weil ihm so viel an diesen Seiten lag. Er hielt das für eine angenehme, wenn auch sinnlose Beschäftigung, einen Zeitvertreib, das mit dem Schreiben. Er tat es, weil ihm langweilig war als Nachtportier, weil er wach bleiben musste und sich ablenken wollte von den oft allzu grausigen Geräuschen aus den Zimmern der Huren.

Das Feuilleton hat diese Beweggründe später geliebt. Immer ritten die Journalisten darauf herum, dass er im *Puderdöschen* gearbeitet hatte. Dass er von ganz unten kam, ein Arbeitersohn ohne Matura war, ohne Studium, ohne vorgedruckte Eintrittskarte für die Literaturszene. Dass er schrieb, ohne es gelernt zu haben, ohne Aufmerksamkeit haben zu wollen für schöne Metaphern, einfach, weil es ein innerer Drang war für ihn. Die Kritiker geilten sich auf an Wengers Herkunft, er selbst kam nie darüber hinweg. Er war sich sicher, dass sie in jedem Buch nach der Gosse suchten, aus der er stammte. Dass sie ihn verglichen mit jenen, die hochgestochen schrieben und so unverständlich, dass es Kunst sein musste, dass sie seine Authentizität lobten, ihn dabei jedoch heimlich verlachten. Wengers Bücher bekamen Bestsellerlistenplätze, sie hatten grandiose Verkaufszahlen, nur Literaturpreise gewannen sie keine.

In *Blut*, seinem Erstling, geht es um einen Freier, der sich in eine Prostituierte verliebt. So simpel. So naheliegend. Um bei ihr sein zu können, fängt er an, in der Bar des Bordells zu arbeiten. Doch schon bald hält er es nicht mehr aus, dass andere Männer seine Liebste auswählen und mit ihr aufs Zimmer gehen. Die Eifersucht wütet in ihm, er fleht sie an, ihr Leben hinter sich zu lassen, mit ihm neu anzufangen. Nur hat er kein Geld und haust in einer Kellerwohnung bei seinen Eltern, er kann ihr nichts bieten. Die Ausweglosigkeit seiner Lage lässt ihn verzweifeln, eines Abends zieht er auf dem Bartresen eine Line. Und nimmt ein Messer mit, als er seiner Geliebten und ihrem Kunden aufs Zimmer folgt. Der Rest ist klar und steckt im Buchtitel. Allerdings ist *Blut* keine Spannungsliteratur, der Leser weiß bereits am Anfang, dass das nicht gut ausgehen wird. Sozialstudie hat man es genannt, Tabubruch, Einblick ins Milieu. Es waren die Achtziger, und alles, was aufräumte mit dem Mief der Jahrzehnte davor, war willkommen, alles, was den Finger in die Wunde legte, die Mechanismen der Gesellschaft entblößte und das Menschsein zeigte, wie es nun einmal war. *Blut* war plötzlich das Buch der Stunde. Das Buch, das man gelesen haben musste, um mitreden zu können.

»Herr Wenger«, fragten sie ihn mit süffisantem Lächeln in den vielen, vielen Interviews, »erzählen Sie doch mal, was daran ist autobiografisch?«

»Alles«, gewöhnte sich Wenger irgendwann an zu antworten, und dann strich er mit dem Zeigefinger über seine rechte Augenbraue, weil das ein Tick war, den der Protagonist hatte. So hebelte er die Frage aus und das Mysterium blieb.

Das Besondere an *Blut* war die Perspektive. Denn Wenger hatte die Hure zu Wort kommen lassen, hatte ihr eine Stimme gegeben. Tabulos, ungeschönt, echt. Das war ohne Kalkül geschehen, er hatte noch nicht gewusst, wie der Buchmarkt funktionierte und was die Leser wollten, er hatte bloß gefiltert, was die Nutten bei ihm abluden, ihre Erzählungen gesammelt und in Sätze gegossen, die wütend waren und resigniert zugleich. Er hatte die reden lassen, denen nie jemand zuhörte. Und mit dem unverblümten Ton einen Nerv getroffen.

Es folgte eine Zeit der Exzesse, das Leben eine einzige Party. Diese rutschigen Minikleider aus Samt, die damals angesagt waren, dazu Netzstrumpfhosen, Föhnwellen, Glitzer, die ersten Ecstasy-Tabletten, die mit der Technowelle nach Europa geschwappt kamen, und Wenger mittendrin. Er und Sebastian. Plötzlich hatten sie Bekannte. Plötzlich hatten sie Geld. Auch so ein Detail, das sie weglassen, wenn sie die Geschichte erzählen. Es versteht sich von selbst.

Der gleichaltrige schlaksige Kerl, der ihn vor dem *Puderdöschen* mit dem Fahrrad umgenietet hat, war an jenem Morgen unterwegs zu seiner Lehrstelle in einer Buchdruckerei. Er hat, als Wenger wutschnaubend davongehumpelt ist, die verbliebenen nassen Seiten vom Boden aufgehoben und in seinen Rucksack gestopft. Eine spontane Handlung, über die er später stets gesagt hat, seine innere Stimme habe ihm dazu geraten. Wenger hat ihm das nie geglaubt. Sebastian ist keiner, der auf innere Stimmen hört. In dem ist es so stumm wie in einem Lars-von-Trier-Film. Vielleicht hat er als angehender Drucker Respekt gehabt vor Papier. Und was er auch hatte, waren Kontakte in der Verlagsbranche, deren Bücher er druckte. Tatsache ist, und das muss man Sebastian lassen, er hat das Potenzial erkannt. Anhand von drei mit der Hand beschriebenen und wegen der Nässe teilweise unleserlichen Seiten hat er verstanden, dass das was werden könnte. Er ist zurückgegangen zum Puff, eine Woche später. Das ist die Stelle, an der Wenger die Erzählung übernimmt, jedes Mal.

»Wie er da reinkam«, sagt er dann, »mit großen Augen und schlotternden Knien. So ein pickliges Bubi, ich glaub, er war noch Jungfrau.«

»Nach der Nacht nicht mehr«, ergänzt Sebastian, was das Publikum stets erheitert.

Und überhaupt nicht wahr ist.

»Du musst weiterschreiben, hat er gesagt«, berichtet Wenger, »schreib ein Buch. Wenn es fertig ist, finde ich einen Verlag.«

»Und das hab ich!«

»Ich hab mir gedacht, der spinnt. Der hat sich bei dem

Radunfall am Kopf verletzt. Wen sollte so eine Geschichte über eine Hure schon interessieren?«

»Sechshundertdreiundfünfzigtausend Leser!«, ruft Sebastian dann, und ja, doch, das ist die Pointe der Geschichte. Der Erfolg des Buchs ist die Pointe, auf die sie zusteuern, wenn sie das erzählen. Und das ist das Schöne an den Zufällen, die später aussehen wie Schicksal, sie geben dem Leben eine Bedeutung. Genau wie der andere Zufall, der danach kam. Der entscheidend zu diesem Erfolg beitrug. Denn das mit dem Fahrradunfall war längst nicht die ganze Story.

Das Autoradio lässt Wengers Handyrufton erklingen, die Geräte sind über Bluetooth verbunden. Die Nummer ist unbekannt. Wenger drückt auf den grünen Hörer auf dem Touchscreen.

»Ja?«, meldet er sich.

»Herr Wenger, Sie sind nicht zu Ihrem Beratungsgespräch am Dienstag erschienen.«

»Entschuldigung, wer spricht?«

»Seiler. Ihr Berater beim AMS.«

»AM was?«

»Arbeitsmarktservice! Herr Wenger, wir haben doch schon mal telefoniert!«

»Ich kann mich nicht erinnern.«

»An Ihren Termin bei mir konnten Sie sich anscheinend auch nicht erinnern.«

»Nein, ich …«

»Hören Sie zu, Herr Wenger, ich hab keine Zeit zu verschwenden. Ich biete Ihnen einen neuen Termin Ende April, da haben Sie zu erscheinen. Und bringen Sie die Bestätigungen für Ihre Bewerbungen mit.«

»Bewerbungen?«

»Sie sind seit Januar bei uns arbeitssuchend gemeldet. Wir senden Ihnen regelmäßig Jobangebote per E-Mail, auf die

Sie sich zu bewerben haben, um die Beihilfe nicht zu verlieren.«

»Ich bewerb mich sicher nirgends«, ruft Wenger aufgebracht, »was soll ich eurer Meinung nach machen, Pizza-Flyer in der Innenstadt verteilen?«

»Nun, Herr Wenger«, der Mann klingt pikiert, »unsere Jobangebote werden individuell ausgewählt nach den jeweiligen Qualifikationen der Arbeitssuchenden.«

»Ihnen ist schon klar, dass ich Schriftsteller bin?«

»Ein arbeitsloser Schriftsteller.«

»Ein Schriftsteller ist niemals arbeitslos!«, brüllt Wenger.

»Da steht in meinen Unterlagen aber was anderes.«

»Ich scheiß auf Ihre Unterlagen«, ruft Wenger, »und wissen Sie was, ich brauch Ihre Beihilfe überhaupt nicht. Mir ist bisher nicht mal aufgefallen, dass ich eine bekomme!«

»Interessant. Na dann wird's Ihnen vielleicht auffallen, wenn Sie keine mehr bekommen!«

»Jetzt hö–«, setzt Wenger an, aber da hat der Mann schon aufgelegt.

Ein kurzes Tuten, dann wechselt das Autoradio automatisch zurück zur Arcade-Fire-Playlist.

»Arschloch!«, schreit Wenger und schlägt mit der Hand auf das Lenkrad. Der Wagen schlingert, bei 200 km/h macht man so eine abrupte Bewegung nicht ohne Konsequenzen. Wenger bringt ihn wieder in die Spur und beißt sich wütend auf die Unterlippe. Was bildet der Trottel sich ein? Er wird sich beschweren, bei irgendwem ganz oben. Mit einer gepfefferten Mail voll raffinierter Beleidigungen, die nur jemand schreiben kann, dessen Intellekt dem der anderen überlegen ist. Sollen sie ihm doch die Beihilfe streichen! Die paar Zerquetschten ändern nichts. Geld ist vorhanden, genug ist davon vorhanden, auch jetzt nach der Scheidung. Wenger hat die Jacht verkauft, deswegen ist er flüssig, alles andere hat er angelegt.

Da kommt sein Wohlstand her, aus den Investments. Die ersten Buchverkäufe waren ein Startkapital, und dann kam die Erbschaft von Großtante Klara. Er hat sie nicht mal gekannt. Als er und Elisabeth nach dem Tod der kinderlosen Alten die verbliebenen Erben waren, hat es sich ausgezahlt, dass sie keine Eltern mehr hatten. Elisabeth hat das Geld nicht lang gehabt, sie hat es in Jugendschutzprojekte gesteckt, was wohl niemandem geholfen hat außer ihr selbst und ihrem jetzt sehr reinen Gewissen, aber Wenger hat es investiert. Nein, eigentlich war es Patrizia. Er kann gut mit Buchstaben, mit Zahlen weniger. Sie hat sich mit Aktien und Fonds beschäftigt, mit Renditen und profitablen Paketen. Einen Kurs hat sie absolviert, in Wien, da war sie schon schwanger mit Zoey, da hatte sie schon den Verlobungsring am Finger. Eine toughe Frau, das muss Wenger ihr lassen. Wenn sie sich etwas in den Kopf gesetzt hat, ist sie nicht abzubringen davon. Selbst wenn es etwas ist, das sie aus der Schweiz importieren muss. Sie hat sich um die Finanzen gekümmert, mehr noch, sie hat das kleine Vermögen vervielfacht. Geschickt hat sie an platzenden Blasen und sinkenden Sternen vorbeispekuliert, hat den richtigen Riecher gehabt für jene ersten Start-ups der Nullerjahre, die später groß geworden sind. Wenger wusste meistens nicht einmal, wo sein Geld lag. Sie zeigte ihm Bilder von den vermieteten Wohnprojekten, die ihnen gehörten, zeigte ihm Tabellen, Endsummen und Diagramme, aber das war für ihn, als würde sie Bulgarisch sprechen. Nur dass das Geld mehr wurde, das verstand er. Alles andere überließ er seiner Frau und seinem Steuerberater. Und später seinem Scheidungsanwalt.

Arbeitssuchend hat er sich bloß gemeldet, um sich ein halbes Jahr nicht kümmern zu müssen. Zum Glück war das möglich, und auch nur wegen Patrizia. Weil sie ihn angestellt hat in ihrer Firma, die letzten drei Jahre, damit er besser versichert war und wenigstens auf dem Papier ein Mensch mit einer Tätigkeit. Aber dann hat sie ihm gekündigt, sozusagen in allen Lebensbereichen. Sechs Monate lang bekommt man in Österreich Beihilfe und Versicherung vom Arbeitsamt. Bis dahin wäre ohnehin alles wieder geregelt, hat er gedacht. Er würde den nächsten Buchvertrag unterschreiben. Er würde wieder zuhause wohnen, bei Patrizia. Das kleine Missverständnis wäre vergessen und der Übergang vorbei.

Allerdings ist inzwischen bereits April, und es sieht nicht nach einer Versöhnung aus. Nach dem Vorfall auf Patrizias Geburtstagsfeier muss man sogar sagen, im Gegenteil. Wobei ein derartiger Rückschlag freilich nicht das Ende des Kampfs bedeutet. Wenger wird bald wieder auf die Beine kommen, neu durchstarten. Und Patrizia wird ihm nicht widerstehen können. Das konnte sie noch nie, in zwanzig Jahren nicht. Diese Episode mit dem Schweizer, die wird er ihr gönnerhaft verzeihen. Auch Frauen dürfen Krisen haben, wenn sie vierzig werden, und außerdem werden sie dann quitt sein, er und Patrizia. Wie ich dir, so du mir, und dann keiner mehr dem anderen.

Es wär ja sonst wirklich schade um alles, was sie sich aufgebaut haben, und sie kennen sich doch schon so lange, seit 1997. Wenger hat einen Gastvortrag gehalten an der Universität Salzburg, am Institut für Germanistik, wo sie studierte. Der Vortrag war gut besucht, sie fiel ihm dennoch auf. Auch so eine Geschichte, die sie später oft erzählten. Die zwei Sichtweisen hatte, aber denselben Verlauf. Eine Liebesgeschichte war das, zumindest bis vor Kurzem.

Angelächelt hat sie ihn während des Vortrags und sich nicht ein einziges Wort notiert.

»Ich war so fasziniert von ihm«, sagte sie bei den Gelegenheiten, bei denen die Geschichte zum Besten gegeben werden musste.

»Ich dachte, entweder hängt sie derart an meinen Lippen, weil ich ein guter Redner bin«, setzte Wenger fort, »oder sie ist stark kurzsichtig.«
Da gab es die ersten wohlwollenden Lacher. Die Leute lieben Berichte darüber, wann und wo ein Paar sich getroffen hat. Was kann es Romantischeres geben als den Anfang einer Beziehung? Wenn alles frisch ist und unkompliziert und gut. Wenn es noch keinen Streit gegeben hat und keine Tränen, keine Reue, keine schlaflosen Nächte wegen schreiender Babys, keine Zweifel, keine Überlegungen, ob man sich vielleicht zu früh festgelegt hat, ob es nicht noch was Besseres gegeben hätte da draußen. Von der Unschuld des Lebens erzählt so ein Beginn. Von den Möglichkeiten, die dann nie eintreten.
»Nach der Vorlesung war er umgeben von Studentinnen, die ihn anhimmelten und wollten, dass er Bücher signiert«, fuhr Patrizia fort und verdrehte in gespielter Eifersucht die Augen.
»Dabei hab ich nur nach ihr Ausschau gehalten«, ergänzte Wenger.
Und es klang gut, natürlich, aber es stimmt auch. Er hat sich umgeschaut nach der Blonden mit den grünen Augen, die ihn eineinhalb Stunden lang fixiert hatten. Sie entsprach seinem Beuteschema. Jung, blond, schön, fasziniert von seinem Ruhm. Mit der geht was, hat er gedacht, die nehm ich mit ins Hotel.
»Sie wollte im selben Moment draußen vor der Uni mit dem Rad wegfahren«, sagte Wenger, »ich konnte sie gerade noch aufhalten.«
»Er hat die anderen Studentinnen stehenlassen meinetwegen«, Patrizia lächelte ihn an, »die waren vielleicht sauer auf mich.«
»Ich geb mich eben nur mit dem Besten zufrieden«, sagte Wenger dann und hob sein Glas, um auf subtile Art wis-

sen zu lassen, dass auch der Wein, den er den Gästen kredenzte, von ausgezeichneter Qualität war. Meistens küssten sie sich kurz an dieser Stelle.

»Wir haben stundenlang geredet«, fügte Patrizia hinzu, mit geröteten Wangen. Und es ist kurios, wie wichtig das Reden beim Anbahnen einer Beziehung angeblich ist. Dass man sich versteht, dass man sich viel zu sagen hat. Seelenverwandtschaft vermuten die Leute dahinter, eine schicksalhafte Begegnung. In Wahrheit geht es um Sex, aber das sagt keiner. Sie haben die ganze Nacht gevögelt, bis sie beide nicht mehr gehen konnten, und am Morgen hatte Wenger keine Ahnung, worüber er mit der zwanzigjährigen Studentin, die da in seinem Hotelbett lag, reden sollte. Er konnte sich nicht einmal an ihren Namen erinnern.

Das brachte er nie zur Sprache, und auch nicht, wie neidisch er darauf war, dass sie studierte und er nicht. Wie der Neid in ihm wütete und biss und wie er es später für eine gute Idee hielt, sie zu schwängern, damit sie das Studium nicht würde abschließen können. Damit sie bei ihm bleiben musste, obwohl er vierzehn Jahre älter war und ganz sicher nicht in ihrer Liga spielte. Wie er sie in die Arme schloss, als sie über dem Schwangerschaftstest weinte, sie auf die Stirn küsste und ihr versicherte, dass er für sie sorgen würde. Und für das Kind auch. Das sind die Dinge, die in einer Beziehung niemand ausspricht und die eine Beziehung über viele Jahre von innen vergiften, bis sie faulig ist und porös.

In einer unbewussten Bewegung streicht Wenger mit dem Daumen an der Handfläche über seinen Ehering. Er trägt ihn noch, als Zeichen des Protests. Er hat sich nicht scheiden lassen, sondern Patrizia. Nur kann sie den Ring nicht sehen und die Botschaft nicht verstehen, weil sie ja die Hand, an der der Ring steckt, nie sieht und den ganzen Wenger auch nicht. Ihre Geburtstagsfeier war die erste Begegnung seit seinem Auszug, und sie hat ihn zwar gegrüßt, dann aber nicht einmal mehr in seine Richtung geschaut bis zum Tortendebakel. Er weiß es, denn er hat sie nicht aus den Augen gelassen.

»Der Reto und ich, wir verstehen uns«, hat sie zu ihm gesagt, »weißt du, an jenem Abend in Luzern, nach diesem Meeting, haben wir stundenlang geredet. Das hat so gutgetan. Die ganze Nacht konnten wir nicht aufhören zu reden.«

Wenger kann sich nur zu gut vorstellen, was sie in Wahrheit damit meinte.

Ein paar Meter von der Agentur entfernt schnappt er jemandem den Parkplatz weg, ignoriert das wütende Hupen, kontrolliert im Spiegel noch mal sein Aussehen und strafft die Schultern. Als er das fein gravierte Messingschild an dem Bürohaus sieht, haut ihm frische Wut in den Magen.

Bloody good
Sebastian Lohberg
Literaturagentur

Das *Bloody* ist eine Hommage an Wengers erstes Buch, das sie beide berühmt gemacht und miteinander verbunden hat. Als sie einmal sehr betrunken waren, haben sie sogar Blutsbrüderschaft geschlossen, das bot sich ja an. Mit dem Messer, mit dem der Barkeeper die Limonen für die Drinks aufschnitt, es brannte wie Sau.

Der Summer ertönt und Wenger öffnet die Tür.

Sebastian empfängt ihn mit einem strengen Blick und tippt auf seine Uhr, breitet dann die Arme aus und zieht Wenger an sich.

»Mäx!«, ruft er. »Guter alter Mäx!«

Er ist größer als Wenger, dessen Gesicht kurz an Sebastians Schulter gedrückt wird, seine Nase am Anzugstoff. Er riecht Aftershave und löst sich schnell wieder.

»Seb«, sagt er und sieht sich um.

Die Agenturräume sind voller zurückhaltendem Schick. Viel Weiß, Glastüren, Chrom. Patrizia würde dieses seelenlose Ambiente gefallen, es wäre der perfekte Hintergrund für ihre Instagram-Fotos. Sebastian trägt einen dunkelblauen Anzug im Retrostyle, mit Hosenträgern, weißem Hemd und braunen Schuhen. Er ist groß und schlank, ein fescher Kerl, dessen Frauen zwanzig Jahre jünger sind.
»Angelika kennst du ja«, sagt er und zeigt auf die Empfangsdame, »die wichtigste Person im Haus.«
Das Understatement der Erfolgreichen. Die Sekretärin reagiert nicht einmal darauf. Sie grüßt Wenger mit ausdrucksloser Miene, er nickt ihr zu. Sie war ihm immer schon ein wenig unheimlich mit ihrem Dutt und der Goldrandbrille, die auf Wenger wie eine Uniform wirken, eine Verkleidung. Vermutlich steckt in der Fassung nur Fensterglas. An ihr kommt keiner vorbei, vor allem nicht die Möchtegernautoren, die Sebastians Zeit stehlen würden, wenn sie ihn nicht davor bewahrte. Und Wenger verzeiht ihr nicht, dass sie auch ihn abgewimmelt hat in den Monaten des Abrutschens, als Wenger wieder und wieder versucht hat, Sebastian zu erreichen.
»Angelika, wir essen bei Giovanni. Bitte stellen Sie keine Anrufe durch.«
Wenger wendet sich zum Gehen, ohne ein Wort an die Sekretärin zu richten.
»Schön, dich zu sehen«, sagt Sebastian, während sie auf den Fahrstuhl warten.
»Sicher«, sagt Wenger.
»Ich mein das ernst. Ist viel zu lang her.«
»Ist nicht meine Schuld.«
»Ich hatte viel um die Ohren, wir vertreten jetzt –«
»Du weißt, dass mich die anderen nicht interessieren.«
»Ja. Das war schon immer dein Problem.«
Sie betreten den Aufzug, verlassen ihn im Erdgeschoss

wieder und steuern das italienische Restaurant auf der gegenüberliegenden Straßenseite an. Ein simples Lokal mit den typischen Plastikstühlen an den Tischen im kleinen Gastgarten, der direkt auf die Straße geht. Wenger seufzt. Die Zeiten der ausufernden Gelage sind vorbei. Als sie mit dem Verleger schlemmten, Trüffeln, Austern, blutige Steaks, als das Mittagessen in Cocktailrunden überging und später in ein ausgiebiges Bad im Nachtleben, manchmal auch in einen Besuch in einem bestimmten Etablissement, zur guten Erinnerung an das *Puderdöschen*. Als Bücher sich noch verkaufen ließen, in den glamourösen Achtzigern und goldenen Neunzigern, bevor die digitale Welle kam und alle Aufmerksamkeit bannte, bevor Amazon Prime und Netflix aus den Lesern Serienjunkies machten. Im Dreijahrestakt haben Wenger und Sebastian Bücher herausgebracht, manchmal nach zwei Jahren ein neues, nie schneller, um seinen Namen nicht zu verheizen. Sie folgten in einem eingespielten Rhythmus aufeinander, die Titel, und oft zog das neue, das gerade erschien, die vorherigen Romane nochmals in die Bestsellerliste. Jedes einzelne Buch war eine sichere Nummer. Sie hatten keine Angst gehabt, nie, keine Notwendigkeit dazu. Die Worte flogen Wenger zu, die Herzen der Leserinnen auch.

Sebastian wählt einen freien Tisch und grüßt den Besitzer, der ihnen zwei Speisekarten bringt. Wenger hat keinen Appetit. Trotzdem überfliegt er die Preise, um das Teuerste auszusuchen. Es geht nicht um den Hunger, es geht ums Prinzip.

»Ich lade dich natürlich ein«, sagt Sebastian.

»Davon geh ich aus.«

Nachdem sie ihre Bestellung aufgegeben haben, lehnt Sebastian sich zurück und betrachtet Wenger.

»Du hast zugelegt.«

»Elisabeth kocht für mich. Leider ein bisschen zu gut.«

»Es steht dir. Du warst früher eh fast zu mager.«
»Also bitte«, sagt Wenger verstimmt. »Ich war sportlich. Durchtrainiert!«
Sebastian lacht.
»Und immer noch so leicht eingeschnappt. Manches ändert sich nie.«
»Und manches sehr wohl.«
»Ach komm, wir kriegen das wieder hin. Mäx, ich sag dir doch die ganze Zeit, das ist nur ein Durchhänger. Das geht vorüber.«
»Nach dem ersten Ladenhüter hätt ich dir das noch geglaubt. Aber jetzt nicht mehr. Drei Bücher sind gefloppt, drei! Und das letzte ist 2015 erschienen, Seb. Vor zwei Jahren. Und was haben wir? Nichts. Heute wird mein Name nur noch als Beispiel für Niedergang genannt. Wenn überhaupt.«
»Du übertreibst. Du wirst schon sehen, wenn du was Neues auf den Markt bringst, reißen sie es uns aus den Händen. Deine Leser sind auch älter geworden, wie du und ich, aber sie sind ja nicht gestorben. Sie warten auf neuen Stoff von ihrem Lieblingsautor. So viel wie in unseren Glanzzeiten wird halt heute auf dem klassischen Buchmarkt nicht mehr verkauft. Das müssen wir akzeptieren.«
»Seit der Herbert in Rente ist, ist es vorbei. Wir hätten uns einen neuen Verlag suchen sollen. Einen großen Konzern, mit richtig Marketingpower. Das haben wir verkackt. Nein, du hast es verkackt.«
Der Kellner serviert Sebastians Carpaccio und Wengers Jakobsmuscheln.
»Mäx, du bist ein beratungsresistentes Arschloch«, sagt Sebastian mit vollem Mund, »du drehst dir alles, wie du es brauchst. Ich hab dir bei jedem der letzten drei Bücher gesagt, was nicht gut dran war, aber du wolltest nichts ändern. Auch die Vorschläge des Lektors hast du ignoriert.

Und ich hab sehr wohl Gespräche mit anderen Verlagen geführt, aber du wolltest nicht wahrhaben, dass Herberts Sohn dich nicht als seinen wichtigsten Autor betrachtet hat, sondern als Überbleibsel aus der Zeit seines Vaters. Du wolltest es ihm beweisen. Unbedingt. Du wolltest bleiben.«

»Vielleicht hab ich mein Talent aufgebraucht.«

»Das glaub ich nicht. Ausgebrannt bist du halt. Ist ja auch kein Wunder, bei dir ist grad viel los.«

»Ich schreibe nicht.«

»Das hab ich mir schon gedacht.«

»Aber ich weiß nicht, wie das geht, nichts zu schreiben. Ich weiß nicht, was ich stattdessen machen soll.«

»Du könntest mit Thaiboxen anfangen. Oder nach Indien reisen und dich selber finden. Geld brauchst du doch eh keins, also wozu arbeiten?«

»Wie stellst du dir das vor? Wozu bin ich noch gut, wenn ich nicht schreibe?«

»Dann schreib eben wieder.«

»Ich kann nicht!«

Sebastian trinkt einen großen Schluck Bier.

»Dann, mein Lieber«, sagt er, »bist du wohl Schrödingers Schriftsteller. Du kannst nicht schreiben und du kannst nicht nicht schreiben.«

Er lacht, und Wenger schiebt den Teller von sich. Die drei gratinierten Muscheln haben geschmeckt wie Sand.

»Mäx, du hattest deine Zeit. Und seien wir ehrlich, es war eine gute Zeit. Gib doch einfach Ruhe und genieß deinen Lebensabend.«

»Lebensabend!«, ruft Wenger entrüstet. »Ich bin vierundfünfzig, nicht achtzig!«

»Ist doch schön! Dann hast du noch was davon. Kauf dir eine geile Hütte auf den Bahamas, trink jeden Morgen Rum zum Frühstück und bums dich glücklich. Du bist

frei! Millionen Menschen auf dieser Welt würden sofort mit dir tauschen.«
Wenger will sich empören, aber Sebastian lässt ihn nicht zu Wort kommen.
»Schau, was ich dir sagen will, ist Folgendes. Ich werd immer dein Agent bleiben. Und sobald du was hast, schick es mir. Ich leg mich ins Zeug für dich, du kannst auf mich zählen. Selbst wenn's erst in zehn Jahren ist, Mäx, das spielt keine Rolle. Mega-Comeback. Wenn du nichts mehr zustande bringst, ist das auch kein Drama, dann ruhen wir uns auf den Lorbeeren der Vergangenheit aus. Das ist kein Scheitern. Du hast Großartiges geleistet. Ich wollte, dass du herkommst, damit wir uns aussprechen können. Damit kein Unfrieden mehr zwischen uns herrscht.«
Wenger antwortet nicht. Er trinkt einen Schluck Bier und zieht mit der Gabel Spuren durch die Sauce auf seinem Teller. Als der Kellner die Pizzen bringt, ist es ihm schon vergangen. Aber er wird nicht appetitlos und verzärtelt wirken vor Sebastian, er wird alles aufessen, bis zum letzten Bissen.
»Von wegen Lorbeeren der Vergangenheit«, sagt er dann, »für dich geht es doch eh weiter. Vorbei ist es nur für mich.«
Jetzt ist es Sebastian, der nicht antwortet.
»Wir waren immer mehr als Autor und Agent, oder nicht? Wir waren Freunde«, sagt er nach einer Weile.
»Ja«, sagt Wenger.
»Fährst du noch mit dem Rad?«, fragt er dann.
Sebastian blickt überrascht auf.
»Nein«, sagt er.
Als sie zur Agentur zurückgehen, treffen sie vor der Tür auf ein Mädchen, das Sebastian zu kennen scheint.
»Oh«, sagt er, »lass mich dir Luzia vorstellen, unsere Praktikantin.«
»Mhm«, macht Wenger.

Die Praktikantin hat schwarze Haare und einen fetten Arsch. Sie ist Anfang zwanzig und sehr blass, mit nerdiger Rundbrille. Wahrscheinlich hat sie einen Buchblog und fotografiert dafür Jojo-Moyes-Romane mit Heißgetränken. Ihr Händedruck ist schlaff, Wenger wischt sich sofort die Finger an seiner Hose ab. Es ist ihm egal, dass die Praktikantin das sehen kann.

»Das ist einer unserer wichtigsten Autoren«, sagt Sebastian jovial, »ach, was rede ich, der wichtigste! Maximilian Wenger.«

Die Praktikantin nickt und lächelt. Zwischen ihren Zähnen steckt was Grünes. Sie tut nicht einmal so, als wüsste sie, wer er ist.

»Ich geh nicht mehr mit rauf«, wendet sich Wenger an Sebastian, bevor der noch auf die Idee kommt, tatsächlich die Geschichte ihres Kennenlernens zu erzählen. »Ich fahr heim.«

»Was?«, fragt Sebastian entgeistert. »Wieso denn? Du bist grad mal eine Stunde hier.«

»Das reicht doch, wir haben alles besprochen.«

Die Praktikantin stemmt die Tür auf und geht ohne einen Abschiedsgruß hinein. Wenger sieht ihr nach und ist plötzlich sehr müde. Das Bier war keine gute Idee, doch es liegt nicht nur daran.

»Wir haben noch nicht über diesen Eklat auf Trixies Party geredet. Was ist da überhaupt passiert? Und auch nicht über deine Story zum Thema Frauen und Flu-«

»Wenn du noch einmal Frauen und Flucht sagst, hau ich dir aufs Maul«, zischt Wenger.

Sebastian schaut ihn an. Wenger weicht seinem Blick aus, schielt an Sebastians linkem Ohr vorbei.

Kaum ist Sebastian in dem Bürokomplex verschwunden, geht Wenger zurück zum Italiener und bestellt noch ein Bier. Er sieht den Autos zu, wie sie an der roten Ampel stehen bleiben und nach einer Weile weiterfahren, den Fußgängern, die den Zebrastreifen überqueren. Die Stadt ist laut. Für einen Moment fühlt er sich so fremd, als würde er aus seinem Körper fallen. Man überlegt ja viel zu selten, während man durch den Alltag wuselt, was man eigentlich tut, genau da, wo man ist, und wieso dort, wieso nicht woanders, von allen Orten auf der Welt genau an diesem? Es ist sehr schwer auszuhalten, dass man dieser eine Mensch ist, ausgerechnet dieser.

Sebastian hat recht, er ist frei. Er könnte die abgegrasten Felder zurücklassen, auf Reisen gehen, sich ein schönes Leben machen. Aber sähe das nicht aus wie ein Davonrennen, ein Aufgeben? Als würde er den Schwanz einziehen? Dem jüngeren Liebhaber Platz machen und den jüngeren Autoren?

Er bestellt ein Tiramisu und danach ein zweites, schaufelt die kaffeegetränkte Masse in sich hinein und zieht den Bauch nicht mehr ein.

Im Auto sieht er erst, wie spät es geworden ist. Den ganzen Nachmittag hat er damit verbracht, vor sich hin zu starren und nachzudenken, es ist ihm nicht einmal aufgefallen. Sinnlos verschwendete Zeit. Das hat er früher nicht gemacht, das hätte es nicht gegeben bei ihm. Er war immer rastlos, getrieben, unterwegs, hatte Termine, Projekte, Anfragen. Und Ideen, so viele Ideen! Er beobachtete die Menschen, sah unbedeutende Begegnungen, flüchtige Alltagsszenen, und die Geschichten fielen ihm aus dem Hirn. Er musste sich nicht einmal anstrengen. Jetzt ist er blind für alles, was ihn umgibt, und für die Geschichten, die dahinterstecken, erst recht. Stumpf kommt die Welt ihm vor und auserzählt. Nicht einmal lesen kann er, weil es so schmerzt, zu sehen, dass andere Autoren weitermachen mit dem Schreiben, dass sie noch sehen können. Auf eine solche Leere war Wenger nicht vorbereitet, einen Plan B hat er sich nie überlegt. Weil man ja glaubt, wenn das Leben geil ist, dass es immer geil bleiben wird. Weil man nicht sieht, dass das Loch, durch das man aus allen Wolken fallen wird, immer nur den nächsten Schritt entfernt ist.

Auf dem Rückweg steht er lange im Stau, er hört keine Musik. Es ist Nacht, als er drei Stunden später über die Grenze am Walserberg nach Österreich fährt. Sein Handy, das auf dem Beifahrersitz liegt, klingelt. Wenger sieht das Bild von Zoey. Er geht nicht ran. Er kann jetzt nicht mit ihr reden, da rumort ja sowieso schon genug in ihm. Er hat keinen Nerv für die oberflächlichen Probleme seiner zickigen Teenagertochter. Als das Handy ein zweites Mal läutet, schaltet Wenger es aus.

April 2017

Ich gehe nach innen. Ich kratze die Geschichten aus meinem Leben, das eingeteilt ist in ein Davor und ein Danach. Hier ist eine Geschichte, die ich in mir gefunden habe. Ich schicke sie dir, ich brauche sie nicht mehr.

Zum ersten Mal gesehen hab ich dich an einem verregneten Samstagnachmittag in einem Café. Du fielst mir auf, weil du auch ein Buch dabeihattest. Wie ein geheimes Erkennungszeichen. Du warst zum ersten Mal da, wie ich später erfuhr, genau an diesem Tag, genau an diesem Tisch, mir gegenüber, und hieltest eins meiner Lieblingsbücher in der Hand, die »Schachnovelle«. Zweimal lächelten wir einander an, gedankenverloren, wie Kinder in einem Meer von Erwachsenen. Ich las, ich weiß es noch, »Wie der Soldat das Grammofon repariert«, es stand in diesem Jahr auf der Shortlist für den Deutschen Buchpreis. Deine Miene war angestrengt, du hast vor dich hin gemurmelt, mit gerunzelter Stirn. Ein Teil von mir, ein kleiner, essenzieller, löste sich vom Körper und flog dir zu, ich hätte das sehen können dort in der stickigen Luft, hätte ich nur hingeschaut.

Hätte ich doch nur hingeschaut.

»Ich weiß, es ist verwirrend«, sagte ich, als ich aufstand und an deinem Tisch vorbeiging, »besonders die Sache mit der Schachvergiftung.«

Du hast mich angesehen, als wärst du ins Stolpern geraten, überrascht, irritiert, mit zusammengekniffenen Augen und leicht offen stehendem Mund.

»Sie haben es gelesen?«, fragtest du erstaunt.

Ich musste lachen.

Was trauere ich dem Lachen hinterher.

»Ja, natürlich«, sagte ich, »zum ersten Mal in der Schule.«

Das machte dich verlegen, du senktest den Blick. Jetzt konnte ich sehen, dass du nur wenige Seiten vorangekommen warst, dabei saßen wir schon eine Weile hier.
»Ich nicht«, sagtest du, »ich lese nicht.«
»Dann suchen Sie nur nach Ähnlichkeiten zwischen den Buchstaben?«
Du tatest mir den Gefallen zu schmunzeln über diesen flachen Witz.
»Das ist mein erstes Buch. Ich möchte mit dem Lesen anfangen, verstehen Sie? Und mir scheint, ich stelle mich nicht allzu gut an.«
»Sie hätten etwas anderes wählen sollen. Sie wissen doch, man sollte vorsichtig sein beim ersten Mal.«
Das war nicht sehr raffiniert, aber ich sagte es mit einem unmissverständlichen Unterton, immerhin, und ich konnte ja nicht ahnen, wie oft du mich in den Jahren danach necken würdest deshalb. Ich konnte nicht ahnen, dass das ein Dialog war, den wir abspulen würden wieder und wieder, um den ersten Berührungspunkt sichtbar zu machen, der uns miteinander verbunden hatte. Ich fand dich attraktiv, und ich war kein schüchternes Mäuschen. Selbstbestimmt nennt man das, was ich war, ich suchte mir aus, wer mich herausschälen durfte aus dem Alltag, ich suchte es mir aus, weil ich es konnte. Das war, bevor sie mich herausgeschnitten haben. Ich schätzte dich auf Ende vierzig, deine Augen waren braun, deine Haare auch, du warst sorgfältig rasiert und hattest schön geschwungene Lippen. Ich war geschieden, ich hatte zwei, drei Bekannte, ich flirtete gern, sorglos war ich.
»Und wozu hätten Sie mir geraten für mein erstes Mal?«
»Das zeige ich Ihnen am besten persönlich«, sagte ich und kramte in meiner Tasche nach meiner Visitenkarte, die ich dir hinhielt, über den Tisch. »Ich bin Buchhändlerin.«
»Was für ein Zufall«, sagtest du und zogst deine Hand, die die »Schachnovelle« gehalten hatte, unter dem Buch hervor. Und da sah ich ihn. Schmal, golden, glänzend. Deinen Ehering.
Mein erster Impuls war, die Visitenkarte zurückzuziehen, aber du

nahmst sie im selben Augenblick. Ich schaute auf deinen Ring, und du schautest mich an. Das war unsere Begegnung.
Wie alles im Leben, das später etwas bedeutet, bedeutete sie erst einmal nichts.
»Ich muss gehen, wir haben heute Abend eine Lesung. Maximilian Wenger, einer der Stars am Literaturhimmel, aber ein schwieriger Typ, deswegen muss ich mich gut vorbereiten. Wenn Sie mögen, kommen Sie doch mal vorbei, meine Buchhandlung ist gleich dort vorn.«
Ich machte eine vage Handbewegung und ging, ohne deine Antwort abzuwarten. Aus Höflichkeit hatte ich das gesagt, nur aus Höflichkeit.
Das war am Dienstag, am Donnerstag standest du in meinem Laden.
»Oh«, sagte ich erschrocken, »sind Sie mit der ›Schachnovelle‹ fertig?«
Und so fing es an.
Du kamst, wann immer deine Zeit es erlaubte, und ich empfahl dir Bücher. Nicht die von der Liste, die du ausgedruckt hattest, mit den hundert wichtigsten Büchern, zusammengestellt von der ZEIT, »Der Untertan«, »Der Steppenwolf«, »Die Buddenbrooks«, ja, schon, aber nicht für jemanden, der noch keinen Schritt in die Welt der Literatur gemacht hatte wie du. Es brauchte erst einen Türöffner. Jeder Lesende hat ein Schlüsselerlebnis, die meisten von uns in der Jugend, und kaum jemals ist es für zwei Menschen dasselbe.
Als Buchhändlerin warst du das Beste, was mir passieren konnte. Nicht, weil du so viele Bücher kauftest, sondern weil ich dich mitnehmen konnte in ebenjene Welt, zu der nur Zugang hat, wer ein Buch betreten kann. Du warst begierig, neugierig, offen für alles. Ich verliebte mich in diese Möglichkeit, gemeinsam mit dir die Literatur zu entdecken, dir zu zeigen, was Fantasie zu schaffen imstande ist, noch bevor ich mich in dich verliebte.
Ich gab dir Javier Marías und José Saramago, Per Petterson und

Milena Agus, Max Goldt und Peter Høeg, ich gab dir Bernhard Schlink, Ingeborg Bachmann, Michael Köhlmeier, auch Jonathan Safran Foer, J. D. Salinger, Paul Auster und Daphne du Maurier, Arno Geiger und Juli Zeh, Jenny Erpenbeck, Edgar Allan Poe. Bald warst du süchtig geworden, ein Staunender. Nach jedem Abenteuer, das du erlebt hattest, wolltest du ein neues. Die Möglichkeiten machten mich fiebrig. Ich fragte mich, wie es mir gelingen sollte, dir einen umfassenden Überblick zu geben, die Anzahl der Bücher war zu mächtig. Wir wären beide tot, ehe du nur einen Bruchteil davon gelesen hättest.

Du kamst abends, und wir redeten, während ich die Kasse machte und abschloss. Nach ein paar Wochen wurden feste Tage daraus, du warst im Management einer großen Metallverarbeitungsfirma mit Sitz in Hallein, wo du eine kleine Wohnung gemietet hattest, um nicht so viel pendeln zu müssen. Ich stellte mich darauf ein, erwartete dich. Schon warst du nicht mehr wegzudenken aus meinem Leben, in dem du zuvor keine Rolle gespielt hattest. Ich war wie alle Menschen. Wir halten uns für abgebrüht und vorsichtig und sind doch in Wahrheit nichts als naiv und bedürftig.

Wir gerieten in Streit darüber, ob »Die Wand« von Marlen Haushofer eine unrealistische Geschichte ist oder nicht, wir diskutierten über das wiederkehrende Motiv des Ringkampfs in Irvings Büchern, wir waren uns einig, dass niemand so hohe Denkgebirge aufwirft wie Peter Handke.

Ich verführte dich mit Literatur. Mit Worten, die nicht meine waren. Als unsere Körper zueinanderfanden, waren wir längst miteinander verflochten. Es gab keinen peinlichen, keinen befremdlichen Augenblick. Zwischen uns herrschte bereits eine eigene Art von Intimität. Alles an dir war neu für mich, deine Haut, dein Geschmack, die Muttermale auf deinem Rücken, und doch kam es mir vor, als seist du mir in allen Einzelheiten bekannt.

»Die kleine Kartäuserin« von Pierre Péju war das Buch, das den Ausschlag gab, ein Roman über einen Buchhändler, der einem Mädchen vorliest, das im Koma liegt.

»Ich bin dann wohl das Mädchen«, sagtest du, »und du teilst die Literatur mit mir.«

»Aber ich lese dir nicht vor«, sagte ich schmunzelnd.

»Das sollte sich ändern«, entgegnetest du, und dein Blick fiel auf meinen Mund.

Man kann einen Mund nicht so ansehen, ohne ihn zu küssen. Man kann nicht zu zweit in einer dunklen Buchhandlung stehen und sich nicht berühren, nachdem ein solcher Blick gefallen ist. Wir liebten uns auf den Büchern, umgeben von Büchern, an die Bücherwand gelehnt.

Und so fing es an. Die Worte, die Geschichten, die Körper fanden einander. Ich war ein Mensch, der stets abwesend war, den Kopf in den Wolken, die Nase in einem Buch, schon als Kind. Nun fühlte es sich zum ersten Mal an, als wäre ich hier. Bei mir selbst. Und bei dir.

Wir trafen uns in einer Welt, die nicht existiert. Bücher bieten eine bessere Zuflucht als jeder Mensch, ihre Geduld ist nicht endlich. Dort, wo wir uns aufhielten, herrschten andere Gesetze, dort konnten wir nicht zur Rechenschaft gezogen werden. Und in der Realität gab es uns nicht.

Wir redeten nicht über deine Frau, über deine Kinder. Du machtest aus ihnen kein Geheimnis, ich wusste, sie lebten in Linz, genau wie du, aber ich fragte nicht nach, und du verrietest keine Details. Ich kannte dich gut und wusste doch so wenig. Wie sah deine Frau aus, wo arbeitete sie? Liebtest du sie noch, wie alt waren deine Kinder?

Auch als du Platz für mich gemacht hast in deiner Wohnung, als wir dieses, mein Gott, wie soll ich es anders nennen, als wir dieses geheime Liebesnest hatten, sind wir in unserer Welt geblieben. Das WAR unsere Welt. Wir kochten dort gemeinsam. Ich lernte deine Vorliebe für geruchloses Duschgel kennen, für getoastetes Schwarzbrot und dicke Wollsocken. Wir haben dort übernachtet. Wir spielten Alltag in diesen wenigen Stunden, und mehr Alltag, ich ahnte es, würden wir nie bekommen. Ich stellte keine Forderungen. Was

wir hatten, fand ich zwanglos und modern, nicht den veralteten Regeln der Monogamie unterworfen. Ich hätte nie von dir verlangt, etwas aufzugeben, einzutauschen, ich glaube nicht einmal, dass ich selbst bereit dazu gewesen wäre, mich festzulegen auf diese eine Beziehung. Und dennoch, zehn Jahre, ist das lang für zwei, die sich lieben? Oder ist es kurz, wenn man weiß, dass man sich, sind sie erst einmal vergangen, nie wiedersehen wird?
Mit Worten habe ich dich zu mir geholt, mit Worten verabschiede ich mich. Sobald ich diesen Brief in einen Umschlag stecke und zur Post bringe, geht diese Geschichte fort von mir. Meine Gefühle sind Geister wie ich.
Die Sehnsucht schneidet in mich hinein wie eine Papierseite, ein Skalpell, sehr tief. Ich vermisse sie, meine Bücher. Ich vermisse die Stille, die in einem Raum voller Bücher herrscht. Ich vermisse es, morgens das Geschäft aufzusperren und eine Weile allein mit ihnen zu sein, sie anzuschauen, auszupacken, zu berühren. Von ihnen umgeben zu sein. Sie fehlen mir auf andere Art als du, sie fehlen mir wie die Hand, die mich morgens aus dem Brunnen der Träume gezogen hat. Ich lese nicht mehr, nichts. Ich lese keine Bücher, ich habe mein Handy ins Meer geworfen, ich meide das Internet, ich kaufe keine Zeitungen. Die einzigen Worte, die ich an mich heranlassen kann, sind diese hier, die ich dir schreibe. Alle anderen sind trügerisch, sie versprechen etwas, das niemand jemals einhalten wird.
»Ich muss dir diese alten Geschichten erzählen, denn sie sind sehr wichtig«, las ich dir vor aus »Reise im Mondlicht« von Antal Szerb. »Die wichtigen Dinge sind meistens die vergangenen.«
Ich kann mich nicht erinnern, ob du dieses Buch mochtest, aber ich weiß, dass du die »Schachnovelle« nie zu Ende gelesen hast.

#nevermind

»Ich hab dir einen Bikini gekauft«, sagt Mama beim Frühstück und legt mir ein kleines Bündel Stoff mit Leopardenmuster und goldenen Kordeln neben die Müslischüssel. Ich kann gar nicht zum Ausdruck bringen, wie hässlich ich den Bikini finde, deshalb sage ich nichts.

»Und für mich den gleichen«, fügt Mama hinzu und ihr Grinsen ist so breit wie ihr Gesicht.

Spin hinter ihr fängt leise an zu lachen. Ich zeige ihm seitlich unter dem Tisch den Mittelfinger.

»In derselben Größe!«, freut sich Mama.

Spin lacht noch mehr, ich verschlucke mich an dem Hafer-Sojamilch-Schlatz in meinem Mund und huste.

»Jetzt kommt ja bald der Sommer«, sagt sie, »dann können wir alle gemeinsam schwimmen gehen.«

»Ja, gute Idee«, wirft Reto ein.

Er sitzt auf Papas Platz und schneidet eine Kiwi klein. Ich sehe ihn nicht an, obwohl es keinen Unterschied macht, denn auch wenn ich ihn nicht ansehe, sitzt er auf Papas Platz.

Ich kippe den Rest Müsli in den Biomüll und stelle die Schüssel in den Geschirrspüler. Ich weiß ja, was sie versucht. Eine Klammer zu finden, in der wir alle unseren Raum haben, Spin, Reto, ich, sie selbst. Nur habe ich keine Lust, mich umklammern zu lassen.

»Warte!«, ruft Mama mir nach, als ich meinen Rucksack hole und mir im Vorzimmer die Schuhe anziehen will. »Du hast deinen Bikini vergessen.«

Sie versucht, ihn mir in die Hand zu drücken, während ich in meine Jacke schlüpfe.

»Was soll ich jetzt damit, ich muss in die Schule.«
»Ich hab gedacht, du freust dich.«
»Ja eh«, sage ich, »danke«, und nehme mir vor, den Leopardenfetzen bis zum Sommer zu entsorgen. Es sind schon so einige Kleidungsstücke auf unerklärliche Weise aus meinem Schrank verschwunden.
Alles, was Mama mir kauft, schenkt sie in Wahrheit sich selbst. Damit ich ihr näher komme, zu dem Abbild werde, das sie von mir im Kopf hat. Sie bringt mir die Sachen wie Opfergaben, wie ein Hund, der sagt, spiel mit mir.
»Ich hätte mir so coole Sachen gewünscht in deinem Alter«, sagt sie dann gern, »aber wir hatten ja nichts.«
Und ich frage mich oft, ob das stimmt, und wie es ist, nichts zu haben, ob man dann mehr auf Inneres setzt oder trotzdem nur Äußerlichkeiten begehrt. Und wieso man eigentlich stets das Gegenteil will. Mama wollte mehr, weil sie nichts hatte, ich will weniger, weil ich alles habe. Oma könnte ich fragen, wie viele von Mamas Erzählungen wahr sind, doch wir reden nicht mit Oma, seit sie und Opa nach Südafrika gegangen sind, also mein ganzes Leben lang. Kurz nach meiner Geburt sind sie ausgewandert, weil sie da plötzlich doch etwas hatten, nämlich genug, um Salzburg für immer den Rücken zu kehren.
»Die haben mich alleingelassen«, Mama ist nachhaltig beleidigt, »mit einem Baby!«
Und obwohl ich sie dadurch nie kennengelernt habe, amüsiert es mich, dass meine Großeltern, kaum hat das Geld gereicht, abgehauen sind. Mama ist geblieben, wie ein trotziges Kind hockt sie seither in dieser Stadt, kann sich nicht lösen, kann nicht wegziehen, hinaus in die Welt. Als warte sie seit fast achtzehn Jahren darauf, dass ihre Eltern zurückkommen. Sie und Papa hätten doch egal wo leben können. Sie hätten doch überall etwas gehabt.

»Ich leg dir den Bikini in dein Zimmer«, sagt sie und nimmt ihn wieder an sich.
Sie lächelt und schaut erwartungsvoll. Ich kenne den Blick, ich kenne das Warten. Jahrelang stand ich so vor ihr, als Kind. Wenn ich sie jetzt ansehe, wünschte ich, ich könnte sie auf eine gute, unkomplizierte Art lieben.
»Hast du heut Pilates?«, fragt sie, weil ich nicht reagiere.
Es ist hilfreich, dass Mama mich nicht kennt. Wenn sie irgendwas über mich wüsste, wäre ihr klar, dass ich nie im Leben Pilates machen würde. So aber glaubt sie mir jeden Montag und Donnerstag, dass ich wegen des Kurses später nachhause komme, und stellt keine Fragen. Außer nach neuen Übungen, aber darüber hab ich mich auf YouTube informiert, das kann ich beantworten.
»Wir müssen unbedingt mal zusammen Pilates machen«, sagt sie, »dann filmen wir das und stellen es auf *Lifegoals*. Das werden die Leute lieben! Like mothers, like daughters, dazu ein paar motivierende Worte, ich seh es schon vor mir.«
Ich seh es auch, und deswegen muss ich weg. Sie redet noch weiter, ich drehe mich abrupt um und gehe.
So ist das jetzt mit Mama und mir, je mehr sie mich bedrängt, desto mehr weiche ich ihr aus, baue kleine Höhlen wie ein aufmerksamer Fuchs.

Das Fotografieren fing mit einer alten Polaroidkamera an und mit Bildern von mir selbst. Ich fand die Kamera in einer staubigen Schachtel in der Villa am See, ein Film steckte noch drin, drei weitere lagen daneben. Ich fotografierte mein Knie, und eine viereckige weiße Scheibe kam aus einem Schlitz an der oberen Seite. Ich starrte darauf, während langsam die Umrisse meines Beins sichtbar wurden. Das Bild war verschwommen und dunkel, ich hatte gegen das Licht fotografiert, das Muttermal auf meinem Knie war nicht zu erkennen. Ich fotografierte meine linke Hand, dann meinen Mund, meine Zehen, meinen Hinterkopf. Das Klicken und das rasselnd-quietschende Geräusch der Kamera tönten laut in dem leeren Zimmer. Draußen, im Garten, hörte ich Spin nach mir rufen, seine Stimme unendlich fern. Staubflocken schwebten durch die lichtdurchwirkte Luft. Es war der Sommer, in dem ich dreizehn war und schmerzende kleine Hügel auf meiner Brust wuchsen. Mein Herz schlug schnell, ich drückte auf den Auslöser, konnte nicht aufhören. Plötzlich hatte ich das Gefühl: Da bin ich. Ich bin wirklich da. Ich kann mich sehen. Ich verschoss über den Sommer alle Filme. Ich legte die Bilder zu der Kamera in die Kiste und zog sie immer wieder unter meinem Bett hervor, um sie anzuschauen, manchmal auch in der Nacht. Ich suchte auf ihnen nach einer Antwort, aber ich wusste nicht, auf welche Frage.

Ich komme zu spät zur Schule, es läutet, als ich die große Eingangstür öffne. Ich laufe in Jonathan hinein. Er steht mit dem Kopf über sein Handy gebeugt mitten im Weg und sieht überrascht auf.
»Na«, sagt er und strahlt.
»Was tust du denn hier«, fahre ich ihn an, die Überraschung macht mich ruppig.
Schnell streiche ich mir die schmelzenden Schneeflocken aus den Haaren.
»Das frag ich mich auch jeden Tag.«
Ich sehe mich um, die anderen sind in den Klassenzimmern verschwunden.
»Lass uns reingehen«, dränge ich, »ich will nicht noch einen Klassenbucheintrag.«
»Chill mal«, sagt er, »was soll so kurz vor der Matura passieren?«

Ich atme aus. Ich will nicht, dass er mich für eine Streberin hält, möchte aber auch nicht mit ihm allein sein.
»Du warst letztens plötzlich weg«, sagt er und hebt fragend die Augenbrauen.
Ich zucke mit den Achseln.
»Musste zum Bus.«
Er macht ein Gesicht, als hätte ich was Lustiges gesagt.
»Zurückgeschrieben hast du auch nicht.«
»Und?«
»Ist mir nur aufgefallen.«
Da stehen wir und tun möglichst cool. Die Hülle unserer Freundschaft hat sich aufgelöst wie Geliermittel. Meine Fingerspitzen prickeln, ich fange an zu schwitzen, ich habe noch meine Winterjacke an und die warmen Schuhe. Jonathan beobachtet mich und grinst. Was findet er denn so witzig, der verfickte Idiot?
»Wir könnten mal was trinken gehen«, sagt er.
Der Schreck fährt mir in den Magen.
Wie stellt er sich das vor? Er, Maja und ich zusammen in einer Bar?
»Ist das ein Ja?«
»Du kannst zu meiner Geburtstagsparty kommen«, sage ich ausweichend.
Ich will ihm nicht einen ganzen Abend lang gegenübersitzen, einen Strohhalm im Mund und ätzenden Small Talk im Hals, mit dem Wissen, dass er so nah ist und ich trotzdem nicht die Hand nach ihm ausstrecken darf.
»Miley, dein Geburtstag ist im Mai.«
»Ich weiß.«
Jetzt grinse ich.
»Und ich heiße Zoey, du Honk.«
Damit lasse ich ihn stehen und gehe in unsere Klasse.
Frau Steinmeier, die Englischlehrerin, sieht mich mahnend an.

»Look who wants to join us«, sagt sie, und ich merke, wie Majas Blick zur Tür geht, als Jonathan hinter mir reinkommt. Sie sieht erst ihn an, dann mich. Ihre Augen sind unergründlich grau. Ich fühle mich, als müsste ich etwas Erklärendes sagen, doch dann setzt er sich auf seinen Platz neben ihr, legt die Hand auf ihr Knie und flüstert in ihr Ohr. Maja senkt den Kopf und kichert.
»Please feel free to take a seat«, sagt Frau Steinmeier zu mir, und ich spüre, wie ich rot werde, weil ich immer noch hier vorne bei der Tafel stehe und alle mich anstarren.
Unter meinen Stiefeln hat sich eine schmutzige Pfütze gebildet.

Die Friseurin hat sich erst geweigert, mir die Haare abzuschneiden.
»Mädel, so schöne lange Locken, nein, das kann ich nicht machen«, hat sie gesagt und dabei mit beiden Händen meine Haare hochgeschupft, sodass sie rund um mein Gesicht flogen. Ich saß auf dem Drehstuhl, wir betrachteten mich beide im Spiegel.
»Ich will es aber.«
»Und wenn du es dann bereust? Ich hatte vorige Woche ein Mädchen da, das hat geheult, weil ein bisschen zu viel von den Spitzen wegkam, dabei waren die total splissig.«
Ich funkelte sie an, riss mir den Umhang runter und stand auf.
»Dann geh ich eben woandershin«, sagte ich.
Sie seufzte.
»Immer diese Theatralik von euch jungen Leuten.«
Ich griff nach meinem Rucksack.
»Schon gut, setz dich. Wenn du einen Undercut willst, kriegst du einen Undercut. Ich mach dir den geilsten.«
»Okay«, sagte ich erleichtert und nahm wieder Platz.

Im Spiegel sah ich das zufriedene Lächeln in meinem Gesicht.

»Aber wenn deine Mutter hier reinplatzt und mir die Hölle heißmacht, werde ich so tun, als hätte ich dich noch nie gesehen.«

»Ich werde ihr nicht verraten, bei welcher Friseurin ich war.«

Wir redeten nicht mehr, während meine Locken eine nach der anderen zu Boden fielen. Ich schaute konzentriert zu. Die Veränderung war frappant, und sie ging schnell. Schon nach wenigen Minuten war ich nicht wiederzuerkennen, ich sah kantiger aus, jünger und verletzlicher. Als käme hinter dem Versteck der langen Haare mein eigentliches Gesicht zum Vorschein. Als die Friseurin begann, die Haare auf meiner linken Seite abzurasieren, fingen meine Handflächen an zu kribbeln. Sie zog den Seitenscheitel tief, stufte die verbliebenen Strähnen rechts an und glättete sie aus.

»Du siehst ganz anders aus«, sagte sie, als sie fertig war.

»Ich sehe aus wie ich«, sagte ich.

Natürlich sind wir rich kids, Spin und ich. Es wäre dämlich, das zu leugnen. Wir wohnen in einem Haus in einem jener Stadtteile Salzburgs, in denen die Leute Haushälterinnen haben und Au-pair-Mädchen, einen Porsche Panamera als Zweitauto, einen Garten, den hinter dem hohen Zaun niemand sehen kann. Notare, Ärzte, Rechtsanwälte, ein Bestsellerautor. Unser Haus ist groß und gelb, ein Haus, in dem zwei Familien wohnen könnten, mit einem schmiedeeisernen Tor und grünen Hecken als Sichtschutz. Im Nonntal steht es, nah genug beim Neutor, nah genug beim Festspielhaus, um als zentral zu gelten. Schön ist es hier und ruhig. Wenn man reich ist, lebt man gut in Salzburg. Wenn man nicht reich ist, lebt man nicht in Salzburg.

Ich bin gewöhnt an die Fragen, das Getuschel, die Blicke. Das bedeutet nicht, dass mir das egal ist. Aber natürlich wächst einem über die Jahre eine Elefantenhaut. In meiner Generation wird nicht mehr viel gelesen. Da kommt Papa höchstens mal im Deutschunterricht vor, und dann stöhnen alle, aber das tun sie bei jedem Buch, das sie lesen müssen. Und überhaupt, die Neunziger. Das ist so lange her, das war in einem anderen Jahrtausend. Niemand interessiert sich für Papier, das damals beschrieben wurde. Von den Jungen kennt sowieso keiner Papas Namen. Die Lehrer wissen, wer er ist, manchmal fällt bei Eltern von Klassenkameraden der Groschen. »DER Wenger?«, fragen sie dann, und die Reaktionen auf meine Bestätigung sind unterschiedlich. Die einen erzählen, welche Bücher sie von ihm gelesen haben, und glauben, ich müsste irre stolz sein, dass ich seine Tochter bin.

»DAS war ein Autor«, sagen sie, »so was gibt's ja heut nicht mehr, mit dem ganzen Internet. Auch die Zeitungen gehen vor die Hunde.«

Ja, weil das Internet halt tausendmal besser ist, denke ich dann, sage aber nichts.

Andere holen die alten Geschichten ans Licht wie die von der Talkshow, als Papa vor laufender Kamera einem Literaturkritiker den blanken Arsch ins Gesicht gehalten hat.

»Das Enfant terrible der Literaturbranche war er«, sagen sie, »der war immer für Schlagzeilen gut. Und hat ausgesprochen, was jeder sich gedacht hat.«

Ja, es war auch zuhause meistens terrible mit ihm, denn dass er in der Öffentlichkeit so ein Kotzbrocken war, das hat er nicht geschauspielert.

Und dann gibt es noch die, die auf die aktuellsten Meldungen anspringen und einen Mitleidsblick aufsetzen.

»Wie ist denn da jetzt die Stimmung bei euch zuhause?«, fragen sie. »Mit dem neuen Mann deiner Mutter?«
»Er kommt aus der Schweiz«, sage ich dann sehr neutral.
In der Pause treffe ich Spin in der Aula. Er redet mit einem Typ aus seiner Parallelklasse, mit dem ich ihn in letzter Zeit öfter gesehen habe. Er ist ein bisschen kleiner als Spin, hat dunkle Haare und schöne gerade Zähne. Heute trägt er ein The Strokes-Shirt zu schwarzen Röhrenjeans. Ich mag den Blick, mit dem er Spin ansieht.
Sie essen Butterbrezen, Spin trinkt dazu Kakao. Er liebt es, salzigen mit süßem Geschmack zu kombinieren. Manchmal denke ich, mit seiner Zunge stimmt was nicht. Oder er sucht nach einer neuen Empfindung, die es auf diese Art nicht gibt.
»Hi«, sage ich und stelle mich zu den beiden, um zu vermeiden, dass ich mit Jonathan reden muss.
»Hi«, sagt der Typ.
Spin boxt mir auf den Oberarm.
»Wie klug von dir, dich zu den coolen Leuten zu gesellen«, sagt er.
»Idiot.«
»Ich hab jetzt Matheschularbeit«, erklärt der Dunkelhaarige mit einem nervösen Blick auf die Uhr, lächelt mir kurz zu und verschwindet.
»Viel Glück!«, ruft Spin ihm nach.
»Wer ist das?«, frage ich.
»Mario«, sagt Spin.
»Ach ja?«
»Er möchte ab Herbst auch Theater spielen«, sagt er, und ich warte.
»Deswegen begleitet er mich zu den Proben«, sagt er, und sein rechter Fuß geht ein bisschen hin und her. Das macht er, wenn er unsicher ist, und ich wundere mich, doch dann erwische ich seinen Blick, und durch die Art, wie er Mario

hinterhersieht, verschiebt sich etwas in mir. Alles fügt sich zusammen, und ich zögere nach dem Ausatmen das Einatmen hinaus, weil dadurch eine Leere entsteht, die ich füllen kann mit der Erkenntnis. Sie ist nicht neu, das begreife ich im selben Augenblick, gefehlt hat mir schlicht die Bestätigung. Ich will etwas sagen, unbedingt, aber Spin hebt ganz leicht die Hand, und ich weiß, nicht jetzt, noch nicht. Es fällt mir schwer, ich schlucke die Fragen hinunter, die Aufregung, die Neugier, ich hebe sie mir auf für später, und weil er mein Bruder ist, weil ich seinen Wunsch respektiere, wechsle ich das Thema.

»Ich bin heut Früh in Jonathan reingelaufen«, sage ich. »Er hat gefragt, ob wir mal was trinken gehen.«

Spin hebt überrascht die Augenbrauen und zieht geräuschvoll den letzten Rest Kakao durch den Strohhalm.

»Was hast du geantwortet?«

»Dass er zu meiner Geburtstagsparty kommen kann.«

»Wo findet die denn statt, hast du inzwischen einen Plan?«

»Nein.«

»Deinen Achtzehnten musst du gebührend feiern, Sis.«

»Ja, aber was mach ich denn nun mit Jonathan?«

Spin zuckt mit den Achseln.

»Vielleicht ist ihm langweilig mit Maja.«

»Und ich soll ihm die Langeweile vertreiben?«

»Oder er findet dich wegen deiner neuen Frisur plötzlich scharf.«

»So oberflächlich ist er nicht!«

Spin sieht mich nachdenklich an und presst die Lippen auf eine Weise zusammen, bei der ich weiß, dass er mir eigentlich widersprechen möchte.

Es läutet, die Pause ist aus. Spin wirft das Kakaopackerl in den Mülleimer.

»Wie lang hast du heute?«, fragt er.

»Nachmittagsunterricht bis sechs, dann Pilates.«

»Ja, ja, Pilates«, sagt Spin und lacht, »irgendwann finde ich schon noch raus, was du wirklich machst.«

Am liebsten würde ich mit einer alten analogen Kamera fotografieren. Ich möchte, dass jedes Foto ein Unikat ist. Ich möchte es in einer Dunkelkammer entwickeln, im Finstern mit Lösungen und Bädern hantieren, die Fotos aufhängen, abwarten, hoffen, enttäuscht sein, Begeisterung spüren. Bei den Filmrollen mit vierundzwanzig und sechsunddreißig Möglichkeiten, das perfekte Bild zu schießen, wusste man nie, ob es gelungen war. Das sah man erst, wenn man es in der Hand hielt, diese Kameras hatten ja nicht einmal ein Display. Man konnte nicht den Finger auf ein Smartphone drücken und siebenundvierzigmal den Sonnenuntergang festhalten, um danach sechsundvierzig Bilder wieder zu löschen und über das verbliebene einen Farbfilter zu legen. Und wenn der Film voll war, musste man ihn irgendwo abgeben, um ihn von einem Fremden entwickeln zu lassen. Der konnte alles sehen. Wo man im Urlaub war und mit wem, welchen Hund man hatte und ob der Ehefrau die Speckröllchen aus der Unterwäsche quollen. Alle Geheimnisse lagen in diesen Filmen, und manchmal stelle ich mir vor, wie es gewesen sein muss, die Fotos anderer Menschen zu entwickeln, die man nie kennenlernte. Hat man nicht auf das geachtet, was auf den Bildern zum Vorschein kam? Oder hatte man dabei ein verbotenes Gefühl des Bespitzelns auf der Haut, war es befremdlich und befriedigend? Heute teilen alle freiwillig ihre Bilder im Netz. Die Sonnenuntergänge, den Hund, das Nacktsein. Und wenn eins nicht ist wie gewollt, löscht man es. Das geht ganz einfach, es bedeutet nichts mehr.

Fred hat eine Dunkelkammer, er nennt sie Fotolabor. Wenn er darüber redet, sagt er Streulicht und Emulsion,

Wechselsack und Negative. Das klingt für mich nach einem hochkomplizierten Vorgang, der Geschick erfordert, es macht mich kribbelig. Wie spannend das gewesen sein muss, wie faszinierend, als die Menschen diesen Prozess erfunden haben, als sie lernten, wie man ein Abbild auf einer Platte fixiert, auf Zellulose, auf Glas. Wie war es wohl, sich selbst zum ersten Mal auf einem Foto zu sehen? Die Porträtierten machten stoische Gesichter und trugen ihre besten Sachen. Das waren keine Schnappschüsse, man ging mit heiligem Ernst an die Sache heran. Und so fühle ich, wenn ich an das Fotografieren denke.

Freds Labor ist geschlossen, er fotografiert selbst nur noch digital. In seinem Studio gehen Kreativdirektoren, Werbeleute und Familien ein und aus, damit verdient er sein Geld. Seine analogen Kameras hat er über das Internet verscherbelt. Ironischerweise suche ich dort jetzt nach einer solchen Kamera. Ich spare auf eine Hasselblad 500c. Sie war einmal *die* Mittelformatkamera schlechthin und hat ein quadratisches 6x6-Format, angeblich war sie sogar auf dem Mond und im Marianengraben. Auf eBay möchte ich sie nicht kaufen, lieber bei einem zertifizierten Onlinehändler. Ich habe eine aus dem Jahr 1977 entdeckt, für 950 Euro. Dazu brauche ich ein Objektiv, ich habe ein Zeiss Sonnar 150mm f/4 für 400 Euro auf der Watchlist, natürlich auch gebraucht, aus Wien. Außerdem kann ich später eine digitale Kamerarückwand dazukaufen, dann wird aus meiner 500c eine Mittelformatdigitalkamera. Die Retro-Leidenschaft der Hipster hat dafür gesorgt, dass die analogen Kameras überall zu haben sind, immer wieder stellt jemand welche in die Verkaufsbörsen. Altes Zeug ist im Trend, sogar Polaroids gibt es wieder. Wer vor Jahrzehnten eine schweineteure echte Hasselblad gekauft hat, verzieht heute sicher das Gesicht beim Anblick der Preise auf dem Gebrauchtmarkt. Für mich ist das jedoch

viel Geld, das ich noch nicht beisammenhabe. Ich könnte Papa darum bitten, er würde es mir geben, doch das will ich nicht. Ich mag nichts erklären müssen, und ich möchte mir die Kamera ganz allein verdienen. Sie soll mir gehören.
Fred hat ein kleines Studio in einer Seitengasse in der Innenstadt. Ich habe sein Posting gesehen vor einem Monat, »Fotoassistent gesucht«, und bin hingegangen. Er hat mich genommen, obwohl ich erst siebzehn bin und keine Ausbildung habe. Davon profitieren wir beide: Ich lerne etwas, und er hat eine günstige Arbeitskraft. Ich assistiere bei Shootings und erledige alles, was anfällt, Kaffee holen, das Licht halten, die Hohlkehle streichen. Das sind keine wichtigen Aufgaben, aber das stört mich nicht. Ich sehe zu. Ich achte bei den Produktshootings auf das Arrangement, auf die Lichtverhältnisse, ich betrachte die Models in der Realität und auf dem Bildschirm, beobachte, welche Auswirkungen Freds Anweisungen zu Posen und Gesichtsausdruck haben, wie das Make-up aussieht und wann die Farben der Kleider am sattesten wirken.
»Du machst das ganz gut«, sagt Fred, »für ein Mädchen.«
An manchen Abenden begleite ich ihn auf Geburtstagsfeiern und Firmenveranstaltungen, ab Mai dann auch zu Hochzeiten. Ich denke nicht, dass er mich dabei braucht, aber es hinterlässt vermutlich Eindruck, wenn er zeigt, dass er sich eine Assistentin leisten kann.
Er gibt mir das Geld bar auf die Hand, fünfzehn Euro pro Stunde, ich lege es in die alte Kiste mit der Polaroidkamera. Nach fünf Wochen bei ihm hab ich inzwischen 750 Euro beisammen, viel fehlt mir nicht mehr zu meiner Hasselblad. Er hat mir versprochen, dass ich die Dunkelkammer nutzen darf, sobald ich die Kamera habe.
»Da staubt sowieso nur alles vor sich hin«, hat er gesagt, »ist eh schade drum. Kannst dich ruhig reinsetzen. Pro-

bierst dich halt aus, dabei lernt man am meisten. Aber wenn die Flüssigkeiten leer sind, musst du selber neue kaufen, ich steck da kein Geld mehr rein.«
Das ist unser Deal.
Niemand weiß davon. Ich muss erst herausfinden, was hinter meinem heiligen Ernst steckt. Ob er sich ins echte Leben übertragen lässt, ob sich ein Weg für mich öffnet. Sie werden mich davon abhalten wollen, Mama und Papa. Sie werden es aus verschiedenen Gründen tun und jeder für sich, in ihrem Vorhaben ausnahmsweise wieder vereint. Dem stelle ich mich erst, wenn ich bereit bin. Und am besten nach meinem achtzehnten Geburtstag.
Ich bin gern bei Fred im Studio, noch lieber aber fotografiere ich allein. Draußen. Ich darf eine alte Sony verwenden, die er nicht mehr benutzt. Ich laufe damit durch die Stadt und durch den Wald, ich fotografiere aus der Ferne, vom Kapuzinerberg hinunter, und aus der Nähe, einen Marienkäfer, einen Holzsplitter, meinen Fingernagel. Ich übe. Oft ist das, was ich sehe, nicht das, was später auf dem Bildschirm erscheint. Irgendwo zwischen Wahrnehmung und Kameraauslöser verpufft der Zauber.
Manchmal aber gelingt es mir, ihn einzufangen. Ich habe eine Schwarz-Weiß-Serie gemacht mit sechs alten Menschen auf Bauernhöfen. Ich bin dafür einen ganzen Sonntag lang durch den Schnee gestapft, von einem Haus zum anderen, dazwischen nur verschneite Felder. Und die Leute waren nett zu mir, haben mich hereingebeten in ihre Küchen, ich habe frische Buchteln bekommen und Malzkaffee, bei einer Bäuerin einen Anisschnaps, der geschmeckt hat wie Medizin. Keiner von ihnen hat gelacht, auch sie nahmen das Fotografieren noch ernst, und vielleicht ist das der Grund, warum ich die Bilder so mag.

Als ich mittags auf dem Weg zu Fred bin, vibriert mein Handy mehrmals.
Gehst du mir aus dem Weg?, schreibt Jonathan.
Warum interessiert ihn plötzlich, was ich mache? Er redet doch seit mehr als einem halben Jahr nicht mit mir. Ist ihm das nie aufgefallen, habe ich ihm nie gefehlt?
Hast gut ausgesehen heute, fügt er nach ein paar Minuten hinzu. Er kann sehen, dass ich seine Nachrichten gelesen habe. Er weiß, dass ich absichtlich nicht antworte.
Was machst du nachher noch?
Es wäre schön, Zeit mit ihm zu verbringen. Mein Finger schwebt über dem Touchscreen.
Ich schreibe nicht zurück.

Eines Morgens, Mama und Spin schliefen noch, kam Reto im Sport-Outfit die Treppe herunter, ich stand im stillen Wohnzimmer und sah durch die Verandatür in den dunklen Garten. In der Nacht hatte es geschneit.
»Kannst du nicht schlafen?«, fragte er und stellte sich zu mir ins Wohnzimmer, zum Glück nicht zu nah.
»Wer bist du, Sherlock Holmes?«, schoss ich zurück, bissig und müde.
Seit Papa ausgezogen war, waren meine Nächte kürzer, ich erwachte zu früh und seltsam zerschlagen. Im Bett hielt ich es nicht aus, dort kam mir meine Schlaflosigkeit wie ein Versagen vor.
»Möchtest du mitkommen, eine Runde laufen?«, fragte Reto.
Er fragte es freundlich und sanft, und das war das erste Mal, dass ich ihn bewusst ansah. Es war auch das erste Mal, dass ich allein mit ihm war. Bis dahin hatte er stets neben Mama gestanden, sein Arm um ihre Schultern oder ihr Arm um seine Taille gelegt, irgendwo war immer ein Arm gewesen, ein verschlungenes Gebilde mit zwei Kör-

pern, und ich hatte nicht so genau hinschauen können. Als würde ich noch denken wie ein Kind, das glaubt, dass verschwindet, was man ignoriert.

»Viel zu kalt«, sagte ich mürrisch.

Reto antwortete nicht, wandte sich aber auch nicht ab. Wieso war er überhaupt an Mamas Seite? Wenn man Fitness-Apps verkauft und Sportklamotten, ergibt es freilich Sinn, sich mit einer Frau zusammenzutun, die ein Onlineunternehmen hat, einen Haufen Follower und ein berühmtes Gesicht. Was stört es da schon, dass sie vierzig ist und faltige Kniekehlen hat. Aber war dieser Beweggrund moralisch verwerflich, war er überhaupt entscheidend? Mamas Gründe waren ja wohl auch nicht weniger eigennützig. Ich betrachtete seine muskulöse Statur im blassen, leicht gelblichen Licht, das von draußen hereinfiel. Vielleicht ging es letztlich für uns alle nur darum, nachts nicht ganz so tief in die Einsamkeit zu fallen.

»Ich weiß noch, wie es ist, siebzehn zu sein«, sagte er, »und mit der gesamten Welt zu hadern.«

»Das ist ja auch noch nicht lange her«, gab ich giftig zurück.

Er lächelte. Er wollte mich berühren, ich merkte es an seiner Hand, die sich hob, an seinem Fuß, der fast einen Schritt nach vorn setzte, ein schnelles, tröstendes Streicheln am Oberarm vermutlich, doch er hielt sich zurück. Er schien zu spüren, dass das fatal gewesen wäre, dass ich geflüchtet wäre vor ihm, schnell wie jemand, der geübt darin ist.

»Es tut alles weh, nicht wahr«, sagte er, »wenn man siebzehn ist«, und ich wollte auflachen, aber es ging nicht, »das hört auch nicht mehr auf«, sagte er, und mir blieb das Sprechen im Hals stecken und das Atmen, »du kannst nur einen Weg finden, es auszuhalten«, sagte er.

Ich gab keine Antwort. Er schloss den Reißverschluss seiner Jacke, setzte eine Mütze auf.
»Ich laufe«, sagte er.
Und als er weg war, dachte ich, dass ich mich für einen Moment verstanden gefühlt hatte von jemandem, der nicht Spin war, von jemandem, und das war das Schlimmste, der mir völlig fremd war.

»Die Feier bei Berghorn beginnt um sieben«, sagt Fred, als ich zur Tür hereinkomme. »Ich denke, es reicht, wenn wir um halb sieben dort sind.«
»Okay«, antworte ich.
Er grüßt mich nie. Stets redet er mit mir, als wäre ich schon seit Stunden da.
»Um zwei kommt ein Paar mit Baby. Klassisches Shooting mit Schaffell und dem ganzen Scheiß, das kannst du schon mal herrichten.«
»Okay«, sage ich noch mal.
»Sonst ist heute nicht viel los, dazwischen kannst du dann die Objektive putzen.«
Ich nicke, ein drittes Okay kommt mir inflationär vor.
Fred ist Anfang fünfzig, und so sieht er auch aus. Er raucht Kette, alle fünfzehn Minuten geht er vor die Tür und steckt sich eine Zigarette an. Er hat eine Halbglatze und einen Vollbart, seine Augen sind blau. Sein Stil wechselt je nach Auftrag. Jetzt trägt er ein legeres kariertes Hemd, während er sich an Tagen, an denen Leute aus einer Designagentur kommen, so kleidet wie die, mit einem Shirt von einer Kultband, Lederjacke und schwarzen halbhohen Stiefeln, die vorn ein bisschen spitz sind. Für das Firmenevent heute Abend wird er einen schwarzen Rollkragenpullover anziehen, um seriös zu wirken. Er trägt keinen Ehering, und ich weiß nicht, ob er eine Freundin hat oder einen Freund. Wir haben noch nie über Persönliches geredet.

Das Shooting läuft gut, das Baby pinkelt die Mutter an. Das ist nichts Neues. Fred fotografiert es und tut so, als wäre es wahnsinnig lustig. Später zeigen die Eltern lachend die Pinkelfotos her, wahrscheinlich auch dann noch, wenn der Sohn siebzehn ist und zum ersten Mal ein Mädchen mit nachhause bringt, weil Eltern ihre Kinder gern demütigen, auf eine subtile Art, die als liebevoll durchgehen soll.

Wir fahren mit Freds Auto zu der Feier in Elixhausen, außerhalb der Stadt. Berghorn stellt dort seit fünfzig Jahren irgendwelche Platten für die Metallverarbeitungsindustrie her, noch dazu wird der Seniorchef heute achtzig, deswegen gibt's eine große Party und man leistet sich einen Fotografen, der das festhält für die Firmenchronik. Fred macht so was gut, er plaudert mit den Leuten und drückt nebenbei auf den Auslöser, sodass sie entspannt sind, sich nicht mit festgefrorenem Grinsen vor der Kamera versteifen. Seine Bilder von Feiern wirken, als wäre kein Fotograf da gewesen, und vermutlich hat er deshalb so einen guten Ruf.

Nach drei Stunden unterhält er sich angeregt mit dem Juniorchef, der auch schon fast sechzig sein muss, und ich stehe mit einem Pappteller im Hintergrund. Da ich nicht weiß, was ich sonst tun soll, esse ich Weintrauben und Käse vom Buffet. Fred hat bereits alle Mitarbeiter fotografiert, in trinkenden und einander zuprostenden Grüppchen, lachend, tanzend, einzeln und während der ermüdenden Reden auf der kleinen Bühne.

Ich möchte nachhause und schlafen, ich will nicht mehr unter Menschen sein und ihren Körpern ausweichen. In der App suche ich nach einer Verbindung, in siebzehn Minuten fährt der letzte Bus in meine Richtung. Ich kann allerdings nicht einfach verschwinden, ohne Fred Bescheid zu geben, außerdem liegt mein Rucksack in seinem Auto.

In seine Unterhaltung zu platzen wäre unhöflich, also schreibe ich ihm eine Nachricht. Ein alter Mann wie Fred verwendet bestimmt noch SMS. Ich sehe, wie er nach seinem Handy greift und die Message liest, dann dreht er sich suchend um. Ich winke und mache eine Handbewegung zur Tür.

Wir sind sowieso fertig, schreibt er zurück, *ich fahr dich nachhause.*

Auch gut, dann muss ich nicht so weit zu Fuß gehen. Ich stelle mich neben ihn, und wir verabschieden uns von den Geschäftsführern, die mich für Freds Tochter halten. Freds Lachen klingt, als hätte er einiges intus.

»Hast du was getrunken?«, frage ich ihn draußen vor dem Firmengelände.

»Das war doch eine Party«, antwortet er.

»Aber das hast du doch sonst nie getan.«

Ich sehe mich um, es ist dunkel und schneit wieder. Unser Atem bildet kleine weiße Wolken vor unseren Mündern. Der Parkplatz ist verlassen, von drinnen hört man die Musik. Ich weiß nicht, was ich machen soll. Zum Bus gehen und Fred allein fahren lassen? Was, wenn er dann einen Unfall hat?

»Lass uns ein Taxi rufen«, sage ich.

Fred hat die Kamera noch in der Hand.

»Geh mal da an die Wand«, sagt er.

Ich schüttle den Kopf.

»Komm schon«, drängt er. »Deine Haare leuchten so, das sieht gut aus mit den Schneeflocken.«

Er drückt mehrfach auf den Auslöser, ohne durch die Kamera zu schauen.

»Lass das«, sage ich.

»Nur ein paar Bilder, was ist schon dabei?«

»Ich mag das nicht.«

»Jetzt stell dich doch nicht so an.«

»Ich bin lieber hinter der Kamera als davor.«
Es klickt wieder, und Fred kommt näher, während ich zurückweiche. Ich drücke meine Hand gegen seine Brust, ich will etwas Witziges sagen, das die Situation entspannt, setze schon an dazu, mache schon den Mund auf, da spüre ich, wie er sich dagegenstemmt. Und dass er wesentlich stärker ist als ich.
»Du könntest Model sein, hat dir das mal jemand gesagt?«
»Fred, geh weg von mir.«
Er reibt sich plötzlich an mir, klemmt mich zwischen der Wand und seinem Körper ein. Mir bleibt die Luft weg, und ich sollte vielleicht schreien, gegen die Musik drinnen anschreien, ihn in die Flucht schreien, aber ich traue mich nicht.
»Fred, nicht«, sage ich viel zu leise.
Ich spüre seine Lippen an meinem Hals, und von oben hält er die Kamera auf uns. Es klickt und klickt.
»Du riechst gut«, stöhnt er in mein Ohr, »du bist so jung.«
Ich versuche, ihn wegzustoßen, aber er ist zu schwer. Er leckt mir mit der Zunge über die Wange. Einmal, zweimal, dreimal. Vor Ekel erstarre ich. Erst jetzt wird mir klar, dass ich gefangen bin. Dass ich in Gefahr bin.
»Es bleibt unser Geheimnis, versprochen«, flüstert er, »du hast doch sicher schon gefickt, ich seh das in deinen Augen. Du tust nur so unschuldig.«
Die Panik macht mir den Hals eng und schärft meine Sinne. Ich spüre, rieche, höre alles tausendfach intensiv. Ich sehe mich gehetzt um, nur Schneeflocken und schwaches Straßenlaternenlicht. Um diese Zeit ist niemand mehr unterwegs so weit außerhalb der Stadt. Fred schirmt mich mit seinem massiven Körper ab, er lässt sich nicht wegschieben. Ich atme schneller, alles flirrt.
Und bestimmt hört er gleich auf. Es kann doch nicht sein, dass so etwas passiert. Dass mir so etwas passiert.

Er wühlt seine kalte Hand unter meinen Pullover, meine Jacke ist offen, er schiebt mir die Finger unter den BH, an meiner Hüfte spüre ich seinen harten Schwanz, in meinem Rücken die unerbittliche Mauer. Mit einem frustrierten Schnaufen zieht er seine Hand wieder heraus, er kommt nicht an meinen Busen, weil er mich ja mit seiner Brust an die Wand presst, er macht seine Hose auf.

»Stopp«, sage ich und dann das Wort, das mir am schwersten über die Lippen kommt: »Bitte. Fred, bitte.«

Er hat seine Erektion befreit, reibt sie an meiner Jeans, während er versucht, meinen Reißverschluss zu öffnen. Angewidert drehe ich den Kopf so weit wie möglich weg. Er drückt grob zwischen meine Beine, als wolle er direkt durch die Hose eindringen, es tut weh. Ich registriere jede Bewegung genau, ich bin konzentriert wie nie zuvor. Ich brauche eine Waffe. Ich brauche eine lautere Stimme. Ich brauche mehr Kraft.

Ich sage es noch mal, wie ein Mantra: »Nicht. Bitte nicht.«

Er lehnt sich zur Seite, um die Kamera abzulegen und die zweite Hand frei zu haben, ich nutze meine Chance. Ich lasse mich abrupt einen halben Meter fallen und schlüpfe an seiner anderen Seite vorbei, ehe er mich packen kann. Aus dem Augenwinkel sehe ich noch, wie er nach mir greift. Auf dem nassen Schnee kann ich nicht schnell laufen, zweimal rutsche ich aus und muss mich mit den Händen auffangen. Das raue Eis schrammt mir die Haut blutig. Auf der Straße ist niemand, ich renne ein paar Hundert Meter den Weg hinauf und über die Wiese. In meiner Brust sticht es, ich bekomme kaum Luft. Ich verstecke mich am Waldrand hinter den Bäumen und wähle mit zitternden Händen Mamas Nummer. Sie hebt nicht ab. Ich versuche es noch mal und fange an zu schluchzen, während ich dem langen Tuten zuhöre. Verdammte Scheiße, sie klebt doch immer am Handy, immer! Ich rufe Papa an, auch er geht nicht ran. Beim zweiten Versuch drückt er mich weg. Das ist der Moment, in dem ich richtig zu weinen beginne. Ich lasse den Weg nicht aus den Augen, blinzle hektisch die Tränen weg, um klar sehen zu können. Fred scheint mir nicht nachzulaufen. Als es mir auf einmal sauer hochkommt, gehe ich auf die Knie und kotze den Käse in den Schnee. Dann tippe ich in meiner Anrufliste auf Spin.

»Bitte, bitte, bitte«, murmle ich, während es läutet, dieses eine Wort, das mir geblieben ist. Die Tränen tropfen so schnell aus meinen Augen, dass sie meine Wangen kaum berühren.

»Sis!«, ruft er, im Hintergrund ist es laut, ich höre grölende Stimmen.

Er ist auf irgendeiner Feier.

»Hilf mir«, stammle ich, »Spin, hilf mir, du musst mich abholen.«

»Wo bist du?«

Das ist die einzige Frage, die er mir stellt.

Manchmal hab ich Angst, dass Spin sterben könnte. Wenn ich mir das vorstelle, geht ein Ruck durch mich. Als er sieben war und ich acht, hat er sich das Bein gebrochen, und es war meine Schuld. Wir haben Fangen gespielt auf einer Baustelle, die wir nicht betreten durften. Er rannte mir nach, ich sprang eine halbfertige Treppe hinunter. Spin blieb zögernd stehen.

»Da nicht«, sagte er.

»Komm schon!«, rief ich. »Das schaffst du locker!«

Er sah mich zweifelnd an, ich forderte ihn mehrmals auf, zu springen. Ich lachte ihn aus und nannte ihn einen Angsthasen.

»Wenn du mich nicht fängst«, sagte ich, »erzähl ich der Mama, was wirklich mit ihrem Lockenstab passiert ist.«

»Du bist gemein«, jammerte er und schaute mich mit dunklen Augen an.
Dann sprang er, und ich konnte schon beim Aufkommen sehen, dass etwas schiefgegangen war. Er schrie und blieb liegen.
»Finn, Finn, es tut mir leid«, rief ich, und ich versuchte, ihn hochzuheben. Ich war zu schwach, um ihn aus der Baustelle hinauszutragen. Ich musste ihn allein lassen, um Mama zu holen, und ich vergesse nicht, wie er mir nachgesehen hat. Als sei er sicher, dass ich nicht zurückkommen würde. Ich rannte wie eine Verrückte und heulte den ganzen Weg. Ich dachte an meinen Bruder, der hilflos im Dreck lag, und als ich zuhause ankam, musste ich vor Atemlosigkeit würgen, sodass Mama mich kaum verstand. Sie machte mir während der ganzen Zeit, in der Spin den Gips tragen musste, Vorhaltungen, weil ich nicht auf ihn aufgepasst hatte. Aber Spin hat mich nicht verraten. Er hat unseren Eltern nie erzählt, was passiert ist. Er sei runtergefallen, hat er gesagt, und dass ich ihn noch davor gewarnt hätte, die Baustelle zu betreten. Dass es nicht meine Schuld sei.
Nur wir beide wissen, dass das nicht stimmt.

Ich habe keine Ahnung, von wo er kommt, aber Spin schafft es, in nur zwanzig Minuten da zu sein. Ich hocke bibbernd zwischen den Bäumen und sehe ein Auto den Weg herauffahren, das genau bei meinem Versteck stehen bleibt. Spin öffnet das Fenster und ruft leise nach mir. Ich renne stolpernd durch den Schnee und steige hinten ein. Vor lauter Angst, dass Fred aus der Dunkelheit springen könnte, muss ich mir mit den Händen den Mund zuhalten, damit ich nicht wimmere. Spin klettert vom Beifahrersitz zu mir nach hinten. Am Steuer sitzt Mario. Sie sehen mich an, ein vertrautes Schweigen herrscht zwischen ihnen, und

mir ist klar, dass sie zusammen waren. Dass sie zusammen sind. In meiner Brust wird es warm, das tut gut.
Spin legt einen Arm um mich, Mario fährt los.
»Du riechst voll eklig«, sagt Spin, »nach Käse.«
Ich lache ein bisschen, es klingt wie Schluckauf.
Meine Tränen versickern in seinem Schal.

Mit zwölf hatte ich während unseres Urlaubs in Griechenland eine Blasenentzündung.
»Ich hab dir doch gesagt, du sollst den nassen Badeanzug ausziehen«, schimpfte Mama.
Sie packte mich ins Bett, in dem ich fiebrig unter den dünnen weißen Laken lag, und schloss die Fensterläden. Dann gingen sie an den Strand. Ich weiß noch, wie das Licht war. Nur an manchen Stellen fielen helle weiße Streifen durch die blau lackierten Holzlatten. Die Luft war stickig, aber halbwegs kühl, ich war abgeschottet von der Sonne.
Ständig musste ich aufstehen und pinkeln. Ich glühte vor Fieber. Es kamen nur ein paar Tropfen, und der Schmerz schoss mir an einem dünnen Faden durch den Unterleib.
Spin schlich am Nachmittag ins Zimmer, gab mir frisches Wasser und legte sich zu mir ins Bett. Seine Haut war heiß, an seinen Armen klebte Sand.
»Wo sind Mama und Papa«, fragte ich leise.
»Wer braucht die schon«, murmelte er.
Unten im Wohnzimmer des Ferienhauses hörte ich jemanden lachen.
»Hier ist es ganz schön dunkel«, sagte Spin nach einer Weile.
»Ja«, sagte ich, »dann tut es nicht so weh.«

Das Auto bleibt ruckartig stehen und schlittert zur Seite.
»Sorry«, sagt Mario, »ich hab den Führerschein noch nicht so lange, und wenn ich im Schnee so schnell ...«

Ich löse mich von Spins Schulter.
»Danke fürs Abholen.« Ich beuge mich zu Mario und lege ihm eine Hand auf die Schulter. Ganz kurz nur. Es ist eine Berührung, von der ich weiß, dass Menschen sie machen, wenn sie Verbundenheit herstellen wollen.
»Kein Problem«, er lächelt mich an, »jederzeit.«
Die beiden wollen sicher noch allein sein oder zu ihrer Party zurückfahren, deshalb steige ich rasch aus. Ich sauge die kalte Luft ein, meine Hände haben aufgehört zu zittern. Ich drücke kurz auf mein Handy. Keine Nachrichten oder Anrufe.
Oben in meinem Zimmer liegt der Leopardenbikini schön drapiert auf meinem Bett. Mit der Papierschere aus meiner Schreibtischlade schneide ich ihn sorgfältig in viele dünne Streifen.

7

Er könnte die Frauen anrufen, deren Nummern in seinem schwarzen Büchlein stehen. Oder zumindest jene, die nicht sofort wieder auflegen, sobald sie seinen Namen hören. Als geschiedener Mann darf er jetzt tun, was er will. Und einige dieser Frauen täten es vielleicht noch mal gern mit ihm. Er hat sie schließlich stets gut behandelt, ihnen Blumen mitgebracht und Schmuck und Dessous, in der richtigen Größe sogar, hat ihnen zärtliche Worte geschrieben und sie ausgiebig verwöhnt im Bett.

Wenn jemand der ideale Liebhaber war, dann Maximilian Wenger. Charmant, aber nicht zu soft, aufmerksam und vor allem standhaft. Gutaussehend, das natürlich auch. Er wusste, wie man eine Frau verführte, wusste es mit einer Sicherheit, die andere Männer das Feld räumen und Frauen erwartungsvoll lächeln ließ. Man kommt ja als Mann irgendwann in das Alter, in dem man Frauen lesen und verstehen kann wie die eigene Sprache, in der man auch zu deuten vermag, was gar nicht gesagt wird. Bei Wenger war es mit Anfang dreißig so weit, dass er keine Rätsel mehr sah, wenn er Frauen begegnete, sondern Einladungen. Der Weg durch das Labyrinth der Floskeln und Berührungen lag klar zu erkennen vor ihm, die Ecken, die Falltüren, das Ziel. Und das Berühmtsein war ein Schlüssel, der fast jedes Schloss öffnete.

Er raucht die erste Zigarette des Tages im Stehen vor der Terrassentür. Die Sonne scheint, es ist wohl Vormittag oder später, er hat nicht auf die Uhr geschaut. Das Licht blendet ihn, und er stellt sich vor, wie er die zwitschernden Vögel mit einem Luftdruckgewehr aus den Bäumen schießt.

Beate vielleicht. Die könnte sich über seinen Anruf freuen. Mit ihr war es unkompliziert, sie wollte nur Sex, wie er. Die Probleme fingen ja stets erst an, wenn die Frauen anhänglich wurden und Forderungen stellten. Sich »mehr« erhofften und »über uns« reden wollten. Da musste er ihnen dann deutlich machen, dass es kein »uns« gab. Denn für keine von ihnen hätte er Patrizia und die Kinder verlassen, im Leben nicht.

Beate war einfallsreich, körperbewusst, mit einer dreckigen Lache. Eine jener Frauen, denen man ansieht, dass es Spaß macht mit ihnen. Das waren die besten, sie mussten nicht einmal die schönsten sein. Er hatte den Verdacht, dass Beate selbst verheiratet war, doch sie verlor nie ein Wort darüber. Irgendwann verlief sich der Kontakt, und deswegen denkt er jetzt an sie. Weil er sie nicht abserviert hat und kein negatives Ende zwischen ihnen steht. Denn Frauen aufzureißen, das war nie schwierig gewesen. Schwierig war, sie wieder loszuwerden. Da musste er behutsam sein. Früh genug die Reißleine ziehen. Sanft vorgehen und die Frau nicht verärgern. Tag und Nacht die Angst wegatmen, dass sie sich rächen könnte. Jederzeit hätte eine von ihnen zur Zeitung gehen können. Oder gleich alles brühwarm Patrizia erzählen, so schwer war die nicht zu finden. Das war stets der Zeitpunkt, an dem er dachte, dass es das nicht wert war. Dass das Risiko zu hoch war. Aber dann geschah nichts, er flog nicht auf, und irgendwann lief ihm wieder eine über den Weg und hatte dieses spezielle Grinsen. Es ergab sich. Wenger war nicht auf der Suche. Nur sagte er halt auch nicht Nein, wenn gewisse Blicke geworfen und gewisse Fragen gestellt wurden. Die nach der Zimmernummer zum Beispiel.

Es durfte immer nur eine Lady sein, niemals mehrere zur selben Zeit. Und mit Pausen dazwischen. Frauen spüren es, wenn die Aufmerksamkeit von ihnen abgezogen und woanders hingerichtet wird, und Patrizia war hellhörig auf diesem Ohr. Gerüchte gab es trotz Wengers Vorsicht genug. Paparazzi-Fotos auch. Ab und zu zeigte ein Regenbogenblatt unscharfe Bilder, auf denen er mit einer Frau in einem Restaurant saß, in Hamburg oder Wien, wo sie ihn eben grad erwischt hatten. Er achtete darauf, die Frauen in der Öffentlichkeit niemals zu berühren oder gar zu küssen, und so konnte er sie alle erklären. Eine Agentin aus Frankreich, um die er sich bemühen musste. Die Besitzerin einer Buchhandelskette. Die neue Marketingleiterin des Verlags. War er einmal mit einer dieser Frauen abgelichtet worden, war sie Geschichte. Da ließ er sich nicht erweichen, mochte der Sex auch noch so gut gewesen sein. Er entsorgte sie wie verbrauchte Batterien. Sie wussten ja, woran sie waren, sie kannten Trixie aus den Magazinen und dem Fernsehen. Es ging ihnen, da war Wenger sich sicher, eh nicht so sehr um ihn, sondern vielmehr um den Kick. Dass sie begehrenswert genug waren, um einer wie Trixie, die ihnen vom Cover der *Gala* entgegenlachte, wenn sie im Supermarkt an der Kassa standen, den Mann auszuspannen, wenigstens für ein paar Nächte. Das befriedigte das weibliche Ego. Von dem ihm keiner erzählen kann, dass es nicht mindestens genauso groß ist wie das der Männer. Nur besser verborgen.

Wenger drückt den Tschickstummel in den übervollen Joghurtbecher, der auf dem Terrassenboden steht, und wischt sich die weiße Asche an der Jogginghose von den Fingern. Er trinkt den Rest von seinem Kaffee. Was soll er anfangen mit diesem Tag? Jeden Morgen wacht er auf und hat all diese elendig langen Stunden vor sich. Missmutig blinzelt er in die Sonne, dann geht er in die Küche. Er macht die Kühlschranktür auf und lässt sie wieder zufallen, sein Magen knurrt. Kommt Elisabeth heute? Was für ein Wochentag ist überhaupt? Überall stapeln sich dreckiges Geschirr und leere Tupperboxen. Ohne Frau steht ein Mann schön blöd da. Nicht nur wegen der Grundbedürfnisse wie essen und vögeln. Auch innerlich. Gut, ja, vielleicht hat er es ein bisschen übertrieben. Vielleicht hat er die Kontrolle verloren über seine Affären, und ihm sind ein paar Schnitzer unterlaufen. Als nichts mehr ging, als seine Bücher ungewollt wie tausendseitige Abhandlungen über den Ersten Weltkrieg in den Buchhandlungen standen, vereinzelt eingeordnet, weit weg von den Bestsellertischen, als keine Lesungseinladungen mehr kamen, überhaupt gar keine Einladungen, nicht einmal von kleinen Büchereien auf dem Land, als das Schreiben weg war und jede Art der Bestätigung, da blieben ihm ja nur die Frauen. Er hat seine Ehe torpediert, das weiß er, aber Patrizia hätte ihn doch auch mal konfrontieren und mit ihm reden können. Sogar zur Therapie wäre er mitgekommen, wenn sie gewollt hätte. Stattdessen hat sie sich schulterzuckend abgewendet und sich diesem Meister-Propper-Verschnitt mit dem Heidi-Sprachschatz an den Stiernacken geworfen.

Wenger betrachtet die Umzugskartons und überlegt, in welchem das Büchlein mit den Nummern sein könnte. Schön wäre es ja schon, einfach mal wieder eine Frau im Arm zu halten. Angeschaut zu werden, berührt zu werden, und sei es nur kurz, und sei es nur für Sex.

Es klingelt an der Tür. Bestimmt hat Elisabeth ihren Schlüssel vergessen. Gott sei Dank, die Wohnung ist wirklich dreckig und sein Hunger recht groß. Wenger drückt auf den Summer für die Haustür, und als er sie zufallen hört, öffnet er die Wohnungstür.

»Hast du deinen –«, sagt er und bricht erschrocken ab.

Vor ihm steht Patrizia.

»Scheiße«, flucht Wenger und versucht, die Tür wieder zuzuschmeißen, aber Patrizia ist schneller. Sie stellt einen

Fuß in den Spalt und drückt sich gegen Wengers Gewicht. »Spinnst du!«, ruft sie. »Lass mich rein, du Depp!«
Was Wenger unmöglich zulassen kann. Wenn die das Chaos sieht, ist er für immer unten durch bei ihr. Energisch stemmt Patrizia die Tür auf und hält Wenger einen großen Umschlag vors Gesicht.
»Ich bring dir das Schreiben vom Anwalt! Dr. Hoyer sagt, das ist schon zweimal zurückgekommen mit dem Stempel Empfänger unbekannt.«
»Ja, gut, dann gib her«, Wenger schnappt den Umschlag, »und verschwind wieder!«
Er gibt die Tür nicht frei, aber Patrizia kann natürlich trotzdem in die Wohnung schauen. Und schon hat sie sich durch den Spalt gedrängt, es ist ja nichts dran an ihr.
»Jesus Maria!«, ruft sie und bleibt abrupt stehen.
Wenger weiß, was sie sieht, da braucht er sich gar nicht umzudrehen. Leere Flaschen überall, Schmutzwäsche, unausgepackte Kisten, Zeitschriften, Müll, Zigarettenstummel. Resigniert lehnt er die Stirn an die Tür.
»Maximilian«, sagt Patrizia, und jetzt schaut er sie doch an, was soll er auch sonst machen.
Sie trägt einen taillierten cremefarbenen Mantel, dazu einen blauen Schal in der Farbe ihrer Augen, die Wangen sind von der Kälte draußen gerötet, die langen blonden Haare fallen ihr in weichen Locken auf die Schultern.
»Was ist denn …«, setzt sie an und mustert ihn von oben bis unten.
Er hat dieselbe Jogginghose an wie seit Wochen, darüber den Bademantel, der einmal weiß war.
»Bist du okay?«, fragt sie, und Wenger merkt, dass ihr die Wut runtergefallen ist und all das Gemeine, das sie hat sagen wollen. Sie sieht ernsthaft überrascht aus, schockiert eigentlich.

Sie macht einen Schritt auf ihn zu, Wenger kann wegen der Tür in seinem Rücken nicht ausweichen.
»Ich hab nicht erwartet ...« Sie schaut sich in der kleinen Wohnung um, schaut alles genau an, und eine Weile ist es still.
»Ich hab dich auch nicht erwartet.«
»Maximilian«, sagt sie noch mal.
»Schon lange her, dass du eine Junggesellenbude gesehen hast, was?«
Er sagt es spöttisch, doch das Lachen will ihm nicht so recht gelingen. Sie sieht ihm in die Augen mit diesem forschenden Blick, den Frauen haben. Ein suchender Blick ist das, der aber eigentlich schon alles weiß.
»Ich hab nicht geahnt, dass es dir so schlecht geht.«
»Pah, schlecht«, winkt Wenger ab und spürt einen Klumpen in seiner Brust.
Dass sie das so sagt, mit Fürsorge in der Stimme, das freut ihn fast ein bisschen.
»Passt halt keiner mehr auf mich auf«, fügt er hinzu, aber es klingt nicht verwegen, sondern traurig.
Verdammt.
»Die Kinder haben gesagt, deine Schwester kommt regelmäßig und schaut nach dir.«
»Ja, sie hat sonst niemanden, dem sie auf die Nerven gehen kann.«
»Die gute Seele.«
»Die einzige in meiner Familie.«
Patrizia macht eine Handbewegung ins Wohnzimmer hinein.
»Magst du dir nicht was Größeres suchen? Was Schöneres?«
»Mir gefällt's hier ganz gut.«
»Das glaub ich dir nicht«, sagt sie und rümpft die Nase.
»Und übrigens ... es stinkt. Du auch.«

Wenger schaut an sich hinunter. Das kann gut sein, er weiß nicht, wann er zuletzt geduscht hat. Peinlich berührt greift er sich an den ungepflegten Bart.

»Warum lässt du dich so gehen? Was willst du damit bezwecken?«

Er hebt die Schultern, ihm fällt keine Rechtfertigung ein. Hatte er erwartet, wenn sie mal herkommt, wenn sie sieht, wie er haust, wie es bestellt ist um ihn, dass sie dann versteht, dass er ohne sie nicht sein kann? Ja, doch, vielleicht. Aber jetzt, wo sie da ist, wird ihm klar, wie einfältig dieser Gedanke war. Die Wohnung ist ein Zeugnis von Unachtsamkeit und Wurschtigkeit. Und er selbst ein Häufchen Elend. Patrizia hat sich noch nie mit Waschlappen abgegeben.

Wenger fährt sich ratlos durch die Haare und spürt, wie fettig sie sind.

»Kann ich irgendwas tun für dich?«, fragt sie.

Wie sie ihn so anschaut, würde er sie gern an sich ziehen. Ihren Kopf an seine Brust legen und den Duft ihrer Haare einatmen. Ob sie noch das Vanille-Shampoo benutzt?

»Du könntest den Schweizerarsch rauswerfen und mich wieder in mein Haus lassen.«

»Vergiss es«, entgegnet Patrizia und grinst, »sein Arsch ist viel knackiger als deiner.«

Wenger schaut sie verblüfft an. Zwar gefällt ihm nicht, was sie da sagt, aber es ist das erste Mal seit Monaten, dass sie ihn nicht angiftet.

»Das ist keine Kunst«, sagt er, »als ich neunundzwanzig war, war mein Arsch auch so geil.«

»Lang ist's her«, frotzelt sie. »Jetzt frag ich mich, wenn ich mich hier so umsehe, ob du überhaupt noch einen Arsch in der Hose hast.«

Sie sagt es mit Belustigung in der Stimme, und auf einmal durchflutet Wenger Erleichterung. Vielleicht können sie es

noch. Miteinander reden. Ohne sich anzuschreien. Sich auf die Verbindung besinnen, die zwischen ihnen besteht. Er lächelt die Frau an, die seit Kurzem seine Ex-Frau ist.
»Patrizia«, sagt er, »es tut mir aufrichtig leid.«
»Mir tut's auch leid, Maximilian.«
Er will sie umarmen, sie weicht sofort zurück.
»Fass mich bloß nicht an, du Penner.«
Sie lacht, wird jedoch gleich wieder ernst.
»Bitte acht ein bisserl mehr auf dich«, sagt sie, »das kann so nicht weitergehen.«
Sie deutet auf das Chaos hinter sich.
»Auch wegen der Kinder, die sollten dich nicht … Du bist als Vater ein Vorbild.«
»Jemand, der keinen YouTube-Kanal hat, ist für die kein Vorbild.«
Patrizia tut ihm immerhin den Gefallen, zu schmunzeln, geht aber nicht auf seinen Witz ein.
»Und überleg dir was. Das kann doch nicht alles gewesen sein. Für dich, im Leben. Meinst du nicht?«
»Ich weiß nicht. Ich hatte das nicht geplant.«
»Du hast dir selbst zuzuschreiben, was passiert ist.«
Wenger senkt den Kopf. Er will nicht streiten, und sie haben zu diesem Thema schon alles gesagt. Haben gebrüllt, geschwiegen, haben beide geweint.
Patrizia zeigt auf den Umschlag in Wengers Hand.
»Da ist alles genau aufgelistet. Und die Rechnung von Dr. Hoyer ist auch dabei. War eh unkompliziert mit der einvernehmlichen Scheidung. Und ging fast schneller als die Hochzeit.«
»Nur billiger war's nicht«, sagt Wenger mit einem Seufzen.
»Ich geh jetzt«, erklärt Patrizia, »ich brauch frische Luft.«
Sie zwinkert ihm zu, und dieser Moment löst Wehmut in ihm aus. Sie kennen sich lange, sehr lange, und er erinnert sich, wie das war, damals. Als sie Spaß miteinander hatten,

als noch keiner verletzt war und sich am anderen rächen wollte bis aufs Blut. Als sie Rotwein im Bett tranken und einander Versprechen ins Ohr flüsterten. Am Anfang haben sie auch alle eingehalten.

»Weißt du, Maximilian, wenn da so viel rumort in dir, all diese aufgestauten Gefühle, da brauchst du jetzt gar nicht so dreinzuschauen, dann schreib das halt auf. Das ist es doch, was du kannst. Diese Blockade, über die du immer jammerst, existiert bloß in deinem Kopf. Also setz dich auf deinen nicht mehr knackigen Arsch und schreib, verdammt noch mal. Und nimm endlich den Ring ab. Außer du willst den Frauen, die du aufreißt, weismachen, du wärst vergeben.«

Wenger greift nach dem Ehering, und wie sie das sagt, in diesem nonchalanten Ton, macht ihm klar, dass sie ihm nicht mehr nachtrauert. Dass es sie nicht kümmert, ob er andere Frauen hat oder nicht. Dass sie mit ihm abgeschlossen hat.

Kaum ist Patrizia weg, schießt ein Energieschub durch Wenger. Er lässt den Umschlag fallen, den Bademantel auch, steigt aus der Jogginghose und stellt sich unter die Dusche. Er zieht frische Sachen an, dann putzt er das Bad, er schrubbt und kratzt und wischt und poliert. Er wäscht das Geschirr ab und sammelt den Müll ein, zwei große schwarze Säcke, er wirft alles weg, die Flaschen, die McDonald's-Verpackungen, die Prospekte, die vergammelten Topfpflanzen. Bei den Briefen zögert er, hält sie über den offenen Müllsack und zieht dann doch die Hand zurück, legt sie auf den Schreibtisch, den er zusammengeschraubt hat. Er kommt darin vor, im zweiten Brief, er, Maximilian Wenger. Er meint, sich dunkel zu erinnern an die Buchhändlerin, er könnte nicht mehr sagen, wie sie heißt, aber den Laden in Salzburg, den kennt er, und gelesen hat er da öfter als einmal. Sie war groß und blond, genau sein Typ eigentlich, aber was trinken ging er nach einer Lesung lieber mit einer aus dem Publikum. Da stand nichts Geschäftliches im Weg, und er hatte, weil die ihn eh schon bewunderte, leichteres Spiel.

Diese Briefe, die ihn aufregen und ärgern und an die er dauernd denken muss. Was ist das für eine Frau, die diese wütenden Sätze schreibt? Was ist mit ihr passiert, woran ist sie zerbrochen? Und wird sie es ihm erzählen, oder muss er weiterhin raten, im Unklaren bleiben, sich wundern über die Hinweise, die er nicht deuten kann? Ihm ist klar, dass er das Briefgeheimnis missachtet, dass er zwei Menschen hintergeht, die er nicht einmal kennt. Dass diese Worte, die ihn so aufwühlen, nicht bestimmt sind für ihn. Und trotzdem. Es ist ihm egal. Er will die Briefe behalten. Und hofft, dass noch mehr kommen.

Wenger ist außer Atem und schwitzt, als er den Müll entsorgt, den Boden gewischt und die Couch abgesaugt hat. Er wechselt die Bettwäsche, lüftet, packt den ersten Umzugskarton aus, dann den zweiten. Während er die Regale aufbaut, die er vor Wochen gekauft und ungeöffnet an die Wand gelehnt hat, wird es dunkel. Er hat den ganzen Tag nichts gegessen und nicht mal Alkohol getrunken, aber er will den Schwung mitnehmen, sich nicht ausbremsen lassen von irgendwelchen körperlichen Bedürfnissen. Er singt die Hits im Radio mit, stellt Bücher in die Regale, wäscht eine Ladung Wäsche, danach noch eine, hängt Fotos von Spin und Zoey an die Wand. Und auf einmal ist das eine Wohnung, die man herzeigen kann. In der man sich vielleicht sogar wohlfühlen kann. In einer Ecke des Wohnzimmers hat er ein kleines Büro eingerichtet. Er setzt sich an seinen Laptop, öffnet sein Onlinebanking und überweist Elisabeth fünftausend Euro. *Danke* schreibt er in die Zeile mit dem Verwendungszweck. Er dreht sich auf dem Drehstuhl und betrachtet zufrieden sein Werk.

Ein Liebesnest war das, hat Marlen das nicht geschrieben in dem Brief? Der Gedanke macht ihn ein bisschen an. Dass zwei, die eine Affäre hatten, sich hier getroffen haben, in dieser Wohnung, dass sie hier drin Sex hatten, verbotenen, leidenschaftlichen, hemmungslosen Sex. Er wühlt in der Schreibtischschublade, die er vorhin mit dem Krimskrams aus einem der Kartons gefüllt hat. Er zieht das schwarze Büchlein heraus und schlägt es auf.

Beate ist die Erste, deren Nummer er wählt.

April 2017

Wo hat ein Mensch seine Grenze, die kein anderer übertreten darf?
Wie oft hast du das getan, eine Grenze verletzt, wie oft bist du zu weit gegangen und bei wem, weißt du das noch? Ist es dir überhaupt aufgefallen?
Und dann die Momente, in denen jemand deine Grenze nicht respektiert hat, erinnerst du dich?
Wie du danach gedacht hast: »Ist ja nichts passiert, eigentlich.«
»Vielleicht war ich selbst schuld, irgendwie.«
Wie du dich geschämt hast. Dich gefragt hast, warum du dich nicht gewehrt hast. Und ob es dann überhaupt zählt, oder ob dein Nichtwehren schon Zustimmung war. Wie Jahre später Geschichten draus wurden, die du vielleicht erzählt hast mit einem kratzigen Lachen. Oder über die du immer noch schweigst, weil sie in dir stecken wie Stacheln, eingewachsen in deine Haut.

Ich sitze seit siebenunddreißig Minuten auf der Bank schräg gegenüber von Freds Studio und traue mich nicht hinein. Es ist der Dienstag nach Ostern, Mitte April, ich habe schulfrei und die Hoffnung, dass Fred nicht da ist. Dass seine Bookerin Tanja mir die Tür aufmacht und ich schnell meine Sachen holen kann. Ich habe fast zwei Wochen gewartet und sogar überlegt, meinen Rucksack für immer bei ihm zu lassen. Aber mein Notizbuch ist da drin, Schulbücher und Unterlagen für die Matura, die ich nicht ersetzen kann, ich müsste alles komplett neu schreiben. Ich habe den Rucksack in Freds Auto gelassen, als wir auf die Party gingen, weil ich ihn dort nicht herumtragen wollte, und jetzt bin ich gearscht. Kurz hab ich überlegt, Jonathan zu bitten, mich zu begleiten, doch dann müsste ich ihm das Ganze erklären, und wie könnte ich? Spin ist der Einzige, der mir helfen würde, aber ihn will ich auf keinen Fall da reinschicken. Lieber gehe ich selbst.

Ich starre auf die Tür. Seit ich hier bin, ist niemand reingegangen und niemand rausgekommen.

Mein Handy vibriert.

Kommst nachher zu mir?, schreibt Stefan.

K, schreibe ich zurück.

Ein bisschen Ablenkung kann ich sicher gebrauchen.

Ich öffne den Chat mit Jonathan und sehe mir seine Nachrichten an. Seit dem ersten Miley-Bild hab ich ihm kein einziges Mal geantwortet, doch das scheint ihn nicht zu stören. Regelmäßig schickt er mir Memes, fragt, wie es mir geht, was ich mache. Ob ich was vom Osterhasen bekommen habe, wo denn nun meine Geburtstagsparty statt-

finden wird. Ich weiß nicht, warum ich ihn zappeln lasse. Wahrscheinlich aus Angst, dass nichts mehr von ihm kommt, sobald ich mich drauf einlasse. Dass ich dann die Blöde bin, weil er nicht antwortet.
Ich schiebe das Handy in die Jackentasche und stehe auf. Ich werde meinen verdammten Rucksack holen, wie schwer kann das sein? In einer Minute bin ich wieder draußen. Ich muss es nur hinter mich bringen. Die Tür ist nicht abgeschlossen. Das Studio ist leer, meinen Rucksack sehe ich nicht. Bestimmt liegt er hinten im Büro.
Da kommt Fred mir von dort entgegen, mit Zigaretten in der Hand.
»Zoey!«, ruft er. »Hey, gut, dich zu sehen. Ich wollt grad eine rauchen gehen. Aber warte, ich hab was für dich.«
Er dreht sich um, geht wieder ins Büro. Ich sage nichts, ich stehe da ohne Luft in der Lunge. Fred kommt zurück, ein Grinsen im Gesicht, meinen Rucksack über der Schulter und eine Schachtel in beiden Händen.
Ausgerechnet jetzt ist sonst niemand im Studio. Dabei ist doch immer jemand da. Tanja, die Kunden, ein Kreativdirektor von einer Agentur, irgendwer.
»Da«, sagt Fred, drückt mir die Box entgegen und hängt mir den Rucksack um, »für dich.«
Auf den Deckel der Box legt er einen Schlüssel.
»Der ist für die Dunkelkammer. Du kannst rein, wann immer du willst.«
Ich schüttle den Kopf und versuche, ihm die Schachtel zurückzugeben, aber er macht eine abwehrende Bewegung mit den Armen.
»Na komm«, sagt er und legt mir eine Hand auf den Oberarm, »war doch so ausgemacht. Ich weiß ja, wie sehr du das Entwickeln lernen willst. Jetzt hast du die Chance dazu. Und die hast du dir wirklich verdient, du leistest gute Arbeit.«

»Ich bin nicht –«
»Und das Geld, das ich dir noch schulde, hab ich auch da reingelegt.« Er tippt kurz auf die schwere Box, die ich von meinem Körper weghalte wie etwas, das mich nicht schmutzig machen soll. »Für den Abend in Elixhausen. Ich hab ein bisschen aufgerundet.«
Er zwinkert, in meinem Magen wirbelt es. Ich hab noch nicht gefrühstückt, ich konnte vor Nervosität nichts essen, trotzdem fühle ich mich, als müsste ich mich übergeben. Die Schachtel wackelt, weil meine Hände so zittern. Bemerkt er das? Ich weiche zurück. Ich bücke mich, um die Box auf den Boden zu stellen. Fred hindert mich daran, indem er mich an der Schulter festhält.
»Zoey«, sagt er, »behalte es. Manche Geschenke sollte man dankbar annehmen und nicht mehr drüber reden.«
Er schaut mich eindringlich an, und ich wage es nicht, die Schachtel loszulassen. Seine Hand tut mir nicht weh, aber mein Körper erinnert sich.
»Du kannst gern dableiben, in einer halben Stunde kommen die Jeans-Designer für das Shooting.«
Ich will auf der Stelle hier raus.
»Nein, ich muss noch …«, murmle ich, aber mir fällt nichts ein, was ich noch muss.
Ich starre Fred an und kämpfe gegen dieses Beben in meinen Knochen.
»Alles klar«, sagt er freundlich, »dann bis Donnerstag.«
Ich nicke, drehe mich um und zwinge mich, nicht zu rennen, sondern einen Schritt vor den anderen zu setzen, in einem angemessenen Tempo. Fred geht hinter mir, ich höre das Klappern seiner Schuhe. Wenn er mich jetzt packt, was dann, was dann?
Draußen atme ich schnell und flach und mische mich sofort unter die Leute in der Gasse. Ich wette, Fred steht hinter mir, raucht seine Zigarette und sieht mir nach.

Als ich um die Ecke gebogen bin, lehne ich mich an eine Hauswand und stelle die scheiß Box auf den Boden. Der Schlüssel rutscht auf den Asphalt, ich hebe ihn auf und stecke ihn in den Rucksack. Als mein Atem sich beruhigt hat, hocke ich mich neben die Schachtel und hebe vorsichtig den Deckel.
Drinnen liegt die Hasselblad 500c.

Mama sagt gern, sie habe sich für uns aufgeopfert.
»Alles hab ich aufgegeben für euch«, sagt sie, »mein ganzes Leben. Und so dankt ihr es mir?«
Aber die Sache ist die, dass man jemandem, der sein ganzes Leben für einen aufgegeben hat, ja gar nicht genug danken kann. Was für eine Art von Dank wäre denn angemessen?
»Chloé war kein Wunschkind«, sagt sie, wenn die Sprache darauf kommt, dass sie so jung war bei meiner Geburt, »aber heute würde ich es mir nicht anders wünschen.«
Da lächelt sie. Und freut sich über dieses nette Wortspiel, und die Leute, die gerade dabei sind, die freuen sich auch.
»Ich hab immer alles für euch getan«, erklärt sie Spin und mir, »ihr seid das Wichtigste für mich. Euch dagegen ist alles andere wichtiger als ich.«
Das sagt sie, wenn sie findet, dass wir ihr zu wenig erzählen. Dass wir unsere Gesichter öfter auf unsere Handydisplays richten statt zu ihr. Dass wir uns am Muttertag nicht genug anstrengen. Gäbe es ein Schulfach namens Emotionale Erpressung, Mama könnte es unterrichten. Sie könnte auch Workshops über passiv-aggressives Verhalten leiten, und diese Workshops hätten den Titel »Ihr hört mir sowieso nicht zu«.
Viele Jahre lang hat das funktioniert. Spin und ich haben alles getan, um Mama zufriedenzustellen, wir waren eifrige kleine Pluspunktesammler. Wir zeichneten Bilder

mit Häusern und Sonne und Papa, Mama, Kind, Kind, die einander an den Händen hielten, wir pflückten Wiesenblumen und schrieben krakelig *Entschuldigung* und *Wir haben dich lieb.* Aber seit ein paar Jahren stößt Mama mit ihrer Manipulation auf Gegenwehr.

»Was hast du denn bitte schön für uns geopfert?«, fragt Spin. »War doch immer Barbara da, seit wir klein waren.«

»Ich hab mein Studium abgebrochen!«, schreit Mama dann. »Ich hab euch aus mir rausgepresst und mich Tag und Nacht um euch gekümmert!«

»Selber schuld, wenn ihr nicht verhütet habt«, sagt Spin trocken und zuckt mit den Achseln.

Als ich fünfzehn war, hat sie mich zum Frauenarzt geschleppt und mir die Pille verschreiben lassen.

»Damit es dir nicht so geht wie mir«, hat sie gesagt.

Stefan küsst mich an der Haustür mit diesem Drängen, an dem ich merke, dass er horny ist. In der Küche höre ich seine Mutter hantieren, sie kocht wohl gerade das Mittagessen.

»Wie geht's?«, frage ich, während ich mir die Schuhe ausziehe, irgendwas muss ich ja sagen.

»Ganz gut«, antwortet er und gähnt, »hab bis vorhin gepennt. Was ist denn in der Box?«

»Nichts«, sage ich hastig und stelle meinen Rucksack auf die Schachtel.

Ich ziehe ihn am Ärmel in Richtung seiner Zimmertür, damit er die Box vergisst.

»Hallo!«, rufe ich hinüber zur Küche, dann sperrt Stefan hinter uns ab.

Er küsst mich wieder. Ich würde gern einfach nur reden oder was rauchen, aber er schiebt mir gleich den Pullover hoch.

»Solange Mama kocht, hört sie wegen der Dunstabzugshaube nichts«, flüstert er.
»Das ist das Erotischste, was jemals jemand zu mir gesagt hat«, entgegne ich lachend, doch er geht nicht darauf ein. Er setzt kleine zarte Küsse auf meinen Hals und fummelt an meinem BH-Verschluss. Er hat es eilig. Ich mag nicht dran denken, was gleich passieren wird, und sehe mich im Zimmer um. Es ist sehr aufgeräumt. Stefan ist einer, der alles richtig macht. Der gute Noten schreibt, nett zu den Mädchen ist, nie zu viel trinkt und genau weiß, was er will. Nach der Matura wird er Geschichte und Politikwissenschaften studieren, im Sommer macht er ein Praktikum in einem Museum.
Er ist nicht wie ich.
Ohne meinen Pullover ist mir schlagartig kalt.
»Ich hab von dir geträumt«, raunt er in mein Ohr, zieht mich zum Bett und öffnet meine Jeans.
Stefan benutzt immer ein Kondom, obwohl ich die Pille nehme. So ist das mit einem, der alles richtig macht. Der vergisst sich in keiner Situation. Ich beobachte ihn, während er den Gummi aus der Packung holt. Ich weiß, dass viele Mädels gern mit mir tauschen würden. Er ist fesch und witzig und aufmerksam. Es gibt kein Problem mit Stefan, das Problem bin ich. Denn wenn ich ihn so ansehe, empfinde ich gar nichts.
Ich hab ihn gefragt, ob er mit mir gehen will, weil Jonathan plötzlich mit Maja zusammen war. Und weil Liv meinte, sie habe aus verlässlicher Quelle erfahren, Stefan stehe auf mich. Ich dachte, sobald Jonathan mich mit ihm sieht, erkennt er seinen Fehler. Was ich dagegen nicht bedacht habe, ist, dass ich dann Zeit mit Stefan verbringen muss.
Wenn wir miteinander schlafen, ist er stets vorsichtig und fragt jede Minute: »Ist das okay so?« Dabei kann ich mich

so gut entspannen wie beim Zahnarzt. Der fragt auch ständig, ob man es noch aushält. Der Sex an sich ist normalerweise nicht schlimm, weil ich dabei die Augen zumachen und an Jonathan denken kann. Nur funktioniert das heute nicht. Sobald ich die Augen schließe, sehe ich Fred. Ich rieche seinen Zigarettenatem. Ich spüre seine Finger, die meinen Oberarm festhalten, seine Brust, die sich gegen meine stemmt. Und seine Erektion, die einen Weg sucht, hinein in mich.
Ich atme scharf ein.
»Was ist?«, fragt Stefan und hält inne, im Gesicht einen fragend-besorgten Ausdruck.
»Wir müssen Schluss machen«, sage ich.

Für mich ist es das Schönste auf der Welt, mich im Freibad in der Sonne auf den Steinplatten auszustrecken. Wenn ich aus dem Wasser komme und nass bin von Kopf bis Fuß, von der Rutsche, vom Tauchen, lege ich mich auf den Bauch, neben das Becken, neben die Leute, und im ersten Moment ist der Boden viel zu heiß. Dann passen wir uns an, der Boden und ich, das dauert ein, zwei Minuten, aus der Hitze wird eine dumpfe, wunderbare Wärme, die mich von unten anstrahlt und rundum einhüllt. Den Kopf bette ich auf meine Arme, die Augen mache ich zu, es riecht nach Chlor und nach Pommes und nach Sommer, ich höre die Kinder rufen, ich höre das Platschen, das Lachen, ich möchte so bleiben für sehr lange Zeit.

Stefan lacht.
Ich winde mich unter ihm hervor und greife nach meiner Hose, die auf dem Boden liegt.
»Das ist ein Scherz, oder?«
Er hält mich am Arm fest, ich schüttle ihn ab.
»Lass mich sofort los!«, schreie ich viel zu laut.

»Was hast du denn auf einmal?«
Er wickelt sich die Decke um die Hüften, verdeckt seine Nacktheit. Als ich diese hastige Bewegung sehe, mit der er Schutz sucht, bekomme ich ein schlechtes Gewissen. Es ist gemein, mit jemandem Schluss zu machen, der keine Kleidung hat und keine Ahnung.
»Nichts, ich ... entschuldige«, stammle ich.
»Hab ich was falsch gemacht?«
Er hebt die rechte Hand wie jemand, der seine Unschuld beschwören will.
»Hab ich dir wehgetan?«
Ich weiß, die Sorge in seiner Stimme ist echt. Er steht auf und kommt auf mich zu, um mich zu umarmen. Wenn er mich noch einmal berührt, werde ich aufbrechen und hysterisch schluchzen wie der letzte Vollidiot, das muss ich unbedingt verhindern.
»Ich will nicht mehr mit dir zusammen sein.«
Er ist verblüfft.
»Du verarschst mich.«
»Nein!«
Ich streife meinen Pullover über den Kopf und setze mich auf seinen Schreibtischstuhl, um die Socken anzuziehen. Seit ich die Briefe in Papas Wohnung gelesen habe, gehen sie mir nicht aus dem Sinn. *Wo hat ein Mensch seine Grenze, die kein anderer übertreten darf?* Ich hab das mit dem Handy abfotografiert und oft angeschaut seither.
Wie du dich geschämt hast, und ich dachte zuerst, die Worte meinen mich.
»Jetzt bleib doch da«, sagt er, »lass uns reden.«
»Es gibt nichts mehr zu reden. Es tut mir leid.«
»Aber wir passen doch so gut zusammen.«
Vielleicht war ich selbst schuld, irgendwie.
»Ich mag dich nicht!«
Er verstummt.

Ich kann ihm nicht in die Augen sehen. Ohne ein weiteres Wort gehe ich aus seinem Zimmer. Fühlt es sich so an, eine Grenze zu ziehen?

Als wir vierzehn waren, haben Jonathan und ich an einem Sommertag Gießkannenwasser auf die Leute geschüttet, die unter seinem Balkon vorbeigingen. Wie feiner Sprühregen war das, und wir haben uns geduckt, sobald sie verwundert nach oben schauten. Dort kauerten wir, hinter der Balkonbrüstung, eng beieinander, die Hände auf die Münder gedrückt, damit das Lachen nicht herausplatzen konnte. Und es gingen viele Leute an diesem Tag entlang der Salzach spazieren, wo Jonathan mit seinem Vater wohnt, direkt am Kai. Der Vater war nie zuhause. Irgendwann begann die Nachbarin unter uns zu schimpfen und drohte, sie würde uns den Arsch versohlen, wenn wir nicht aufhörten, Wasser zu verschwenden. Als Antwort schüttete Jonathan Wasser auf ihren Balkon. Zwei Minuten später klingelte die Nachbarin und schrie wutentbrannt vor der Tür herum. Wir saßen mit erhitzten Gesichtern und aufgerissenen Augen auf der Couch und wagten kaum zu flüstern, bis sie aufgab und wieder ging. Es war das letzte Mal, dass wir so etwas Kindisches machten. Im Herbst darauf war es mit dem Coolsein noch schlimmer, alle taten so, als hätten sie es erfunden, und wir erzählten nie irgendwem von unserem Streich. Er blieb ein Geheimnis, wie so vieles.

Zuhause schiebe ich die Schachtel mit der Hasselblad unter mein Bett. Jetzt habe ich schon zwei Betten, unter denen Dinge liegen, die mir auf der Seele brennen. Das Geld von Fred hab ich dringelassen. Er hat mir dreihundert Euro mehr hineingetan als Lohn für meine Arbeitszeit. Ist es so viel wert, dass ich schweige? Dreihundert plus die neunhundertfünfzig für die Hasselblad? Es kommt mir vor, als hätte Fred mir nichts gegeben, sondern etwas genommen. Denn jetzt kann ich mir die Kamera, auf die ich gespart hab, nicht mehr selbst kaufen. Und sagen kann ich auch niemandem was.

Ich schlüpfe unter die Decke und nehme mein Handy. Das Display-Licht ist das einzig Helle in meiner dunklen Betthöhle.

Weißt du noch, schreibe ich Jonathan, *wie es aus Gießkannen geregnet hat an einem Sommertag am Salzachkai?*

6

Es muss ein Restaurant sein, in dem die Frau eine Karte ohne Preise bekommt. Das ist Wenger wichtig. Es gibt eh fast keine Lokale mehr, in denen das noch möglich ist, seit die Frauen die Rechnung am Ende teilen wollen. Oder gar den gesamten Betrag selber zahlen. Wenger mag das Gefühl, dass die Frau, die ihm gegenübersitzt, nicht weiß, was der Spaß kostet, und den Eindruck bekommt, dass Geld keine Rolle spielt für ihn. Wenger wird Beate den Hof machen. Auf galante, altertümliche Weise. Nicht zackig und zielgerichtet wie heutzutage üblich.

Nachdem sie bestellt haben, lehnt sie sich zurück und lächelt Wenger an.

»Was?«, fragt er und lächelt ebenfalls.

»Du hast dich verändert«, sagt sie, »und irgendwie auch nicht. Ich kann's noch nicht genau sagen.«

»Ich bin dick geworden!«, stöhnt Wenger und deutet auf seinen Bauch, den er sorgsam eingezogen hat. »Es war so viel los in letzter Zeit, ich bin überhaupt nicht zum Sportmachen gekommen.«

»Ach bitte«, sagt Beate, »um diese Jahreszeit sind wir doch alle fett. Nach Weihnachten, Silvester und Ostern ist das ja auch kein Wunder.«

Wenger ist ein wenig konsterniert, weil sie ihm nicht widersprochen hat, zieht den Bauch noch ein Stück weiter ein und rückt näher zum Tisch, damit Beate auf keinen Fall seine Wampe sehen kann. Der Kellner bringt den gewünschten Wein, Wenger kostet ihn fachmännisch und nickt. Beate wird zuerst bedient und greift nach dem vollen Glas.

»Aber das Leben wär ja fad, wenn wir immer nur verzichten würden«, sagt sie und hebt es.

»Auf den Genuss!«

»Ein gutes Motto für diesen Abend«, entgegnet Wenger und prostet ihr zu.

Der Dolcetto hat weiche und geschliffene Tannine, er passt perfekt zur Trüffelschaumsuppe, die ihnen als Vorspeise serviert wird.

»Ich liebe Trüffel«, sagt Beate.

»Du weißt eben, was gut ist«, sagt Wenger und legt einen anzüglichen Ton in seine Stimme, der auch ihn selbst einschließen soll und das Treffen mit ihm, »das mochte ich immer schon an dir.«

Während Beate von der Suppe kostet, beobachtet er sie. Älter ist sie geworden, eh klar, über vierzig ist sie jetzt bestimmt, da sind mehr Falten in ihrem Gesicht und eine neue Schwere in ihren Mundwinkeln. Das Licht der Kerzen schmeichelt ihr, genau wie das raffiniert geschnittene dunkelrote Kleid, das sie trägt. Ihre gepflegten Nägel sind im selben Rot lackiert, und Wenger weiß die Sorgfalt zu schätzen, mit der sie sich hergerichtet hat. Die dunkelbraunen Haare sind frisch gewaschen und haben einen sanften Schimmer. Er traut sich zu wetten, dass sie Dessous trägt, bei denen BH und Höschen zusammenpassen. Der geheime Code der Frauen, der offenbart, dass mehr Vorsatz hinter allem steckt, als sie bereit sind zuzugeben.

»Aber wenn ich dich so ansehe«, sagt er, »dann scheint mir, du hast dich überhaupt nicht verändert. Du bist schön wie eh und je.«

»Maximilian Wenger, der alte Charmeur. Auch das ist gleich geblieben«, antwortet Beate und schüttelt leicht den Kopf. Dann senkt sie geschmeichelt den Blick. Selbst wenn seine Komplimente offensichtlich sind, funktionieren sie. Oder gerade deshalb.

In der Suppe ist viel Schlagobers, Wenger isst sie trotzdem auf. Erstens hat er Hunger, zweitens schmeckt es ja grad wegen der Sahne so gut. Und drittens weiß er, was die Vorspeise kostet, er hat schließlich die Preise gesehen.

»Ich freu mich, dass wir beide wieder was gemeinsam machen. Ist eh schon viel zu lange her«, sagt Beate.

»Ich weiß gar nicht, wie lange?«

»Lange genug.« Sie zwinkert.

Wenger hat keine Ahnung, was das bedeuten soll. Lange genug, um drüber hinweg zu sein? Oder lange genug, dass sie wieder Lust hat auf ihn?

»Definitiv«, sagt er und zwinkert auch.

Ein bisschen schwitzt er unter dem pastellgrünen Hemd. Weil es warm ist im Restaurant, aber auch, weil er wachsam sein muss. Schlagfertig, gewitzt, schlau. Schließlich besteht die Gefahr, dass er aus der Übung gekommen ist in den Monaten, die er im Unterhemd auf dem verranzten Sofa verbracht hat.

»Was gibt's Neues bei dir?«, fragt Beate nach einem weiteren Schluck Wein.

»Als ob du das nicht wüsstest«, antwortet Wenger.

Das ist freilich eine Unterstellung. Dass sie Schundblätter liest und diese Aufreger-Fernsehformate anschaut, wo berichtet wurde über die Scheidung und die Schlägerei. Oder dass sie ihn gegoogelt hat. Beate zieht die Augenbrauen hoch, grinst dann aber.

»Na eh«, sagt sie, »du warst ja ganz schön präsent in letzter Zeit. Nur wollt ich's halt von dir selber hören.«

»Fragst du aus Höflichkeit oder aus Sensationslust?«

»Meine Sensationslust ist schon befriedigt.«

»Ah. Und gibt's noch was, das nicht befriedigt ist?«

»Vielleicht.«

Sie sieht ihm über den Rand ihres Weinglases in die Augen. Wenger füllt ihr Glas gleich wieder auf.

»Das sollten wir später noch vertiefen«, entgegnet er.
Beate grinst.
»Also erzählst mir jetzt was oder nicht?«, fragt sie.
»Darüber, dass meine Ehe den Bach runtergegangen ist und meine Romane in den Buchhandlungen liegen geblieben sind wie der staubtrockene Guglhupf von der Tante Mizi?«
Beate lacht.
»Ich ess gern Guglhupf.«
»Aber auch nur, wenn er saftig ist.«
»Ach ... mit genug Alkohol kann man alles schlucken.«
Wenger lacht leise. Typisch Beate, die nimmt kein Blatt vor den Mund. Er legt seine Hand auf ihre. Es tut gut, hier zu sitzen mit ihr, bei Kerzenschein und gedämpfter Musik, umgeben von erstklassig gekleideten Menschen und mit der Aussicht auf Sex.
»Ich fand deine letzten Bücher gar nicht so schlecht«, sagt Beate.
»Dann warst du das also, die sie gelesen hat?«
Jetzt lacht Beate, und Wenger freut sich. Dass er fähig ist, sich lustig zu machen über sich selbst, über diesen Dorn, der ihm so tief in der Ferse sitzt.
»Ich glaub, du bist mit diesen Romanen ein Opfer deiner Zeit geworden«, sagt sie.
»Wie meinst du das?«
»Du hast nach Schema F weitergemacht. Und die Bücher an sich, die waren eh okay«, erklärt sie, »aber einfach nicht mehr zeitgemäß. Als hättest du dich nicht getraut, neue, relevante Themen aufzugreifen.«
»Was heißt hier nicht getraut«, wirft Wenger empört ein.
»Na ja, ich glaube, du wolltest an den Erfolg anknüpfen und hast dich nicht aus deiner Komfortzone herausgewagt.«
»Ich bin Schriftsteller, ich hab keine Komfortzone.«

Beate sieht ihn einen Moment lang an, als läge ihr noch ein ganzer Schwall Worte auf der Zunge.
»Egal«, sagt sie dann, »es heißt ja immer, dass man mit der Vergangenheit abschließen und in die Zukunft schauen soll.«
»Du hast recht«, entgegnet Wenger, »und für die Zukunft hab ich sehr konkrete Pläne. Für die nahe Zukunft, um genau zu sein.«
»Komm ich auch drin vor?«, fragt Beate mit diesem Blick, an den Wenger sich erinnert. Der ihn wünschen lässt, er könnte ihr ins Höschen greifen, jetzt sofort.
»Du bist sogar die wichtigste Person in dieser Zukunft.«
Nach dem Essen, draußen vor der Tür, hakt Beate sich bei ihm unter. Machen die jungen Frauen das noch? Oder ist es ihnen zu bedürftig, zu unterwürfig, eine Geste, die aus der Mode gekommen ist? Wenger findet es angenehm, Beates Arm an seinem zu haben, und sein Schritt wird beschwingter. Sie haben gut gespeist, sie haben sich unterhalten, sie haben geflirtet. Der Weg ist geebnet.
Sie küssen sich im Auto wie Teenager, die es nicht mehr aushalten. Kaum haben sie die Türen zugeschlagen, treffen ihre Münder sich auf halber Höhe, in der Mitte, über der Handbremse. Wenger muss sich zurückhalten, damit er nicht zu hastig küsst, nicht zu gierig. Aber er spürt sofort, dass sich was aufrichtet in seiner Hose.
»Zu mir oder zu dir?«, fragt Beate, und er sieht ihr an, dass sie Spaß an dieser klischeehaften Frage hat.
Wenger startet den Motor und steuert das Auto aus der Nonntalgarage.
»Zu mir«, sagt er, »ich hab jetzt eine Junggesellenbude. Die muss endlich eingeweiht werden.«
»Dann bin ich deine Erste?«, fragt Beate und greift ihm, während Wenger fährt, in den Schritt.
»Du bist die Erste«, sagt er, und es ist ja nicht mal gelogen.

Beate lehnt sich zu ihm und drückt ihre Lippen auf seinen Hals, unter sein Ohr, er hört ihren heiseren Atem, mit der rechten Hand reibt sie über seine Hose. Wenger stöhnt, und an der Kreuzung küsst er sie, bis ein Auto hupt, weil die Ampel längst auf Grün gesprungen ist. Er gibt wieder Gas, mehr, als er sollte, jetzt hat er es eilig. Jetzt will er nachhause und ihr zeigen, dass er es noch draufhat, und wie.

Dabei ist das Anbandeln, das Vorspiel, diese Folge aus Blicken und Gesten und Berührungen viel spannender, viel aufregender als der eigentliche Akt. Direkt süchtig werden kann man danach, sodass man es wieder und wieder erleben will, am besten mit so vielen Frauen wie möglich. Die Fantasie macht die Vorstellung faszinierender, als die Wirklichkeit dann sein kann. In der Realität schmeckt alles nicht so, wie man es sich gewünscht hat, es fühlt sich doch nicht so gut an, es ist zu schnell vorbei. Wenger genießt diese zwanzig Minuten Autofahrt, er genießt sie sehr. Neben ihm sitzt eine Frau, die was will von ihm, das lindert die Schmach der letzten Monate. Sie haben nicht mehr darüber geredet, dass er geschieden ist und gescheitert. Ein bisschen Humor von Wengers Seite, und die Sache war gegessen.

In der Wohnung machen sie mit dem Küssen weiter. Wenger zieht Beate aus. Das muss mit der angemessenen Geschwindigkeit geschehen, nicht zu schnell, damit sie das Gefühl hat, dass er zu goutieren weiß, was er da zu sehen bekommt, auch nicht zu langsam, damit sie merkt, dass es ihn schon recht drängt, sie endlich nackt zu sehen. Sie lassen das Licht aus, sie haben mehr zu verstecken als herzuzeigen. Beates BH und das Höschen sind tatsächlich ein Set, das erkennt er auch im Halbdunkel, klassisches Schwarz mit Spitze, er hat es doch gewusst. Er öffnet Verschlüsse, streift ab, schält heraus, seine Bewegungen sind sicher und nicht im Geringsten linkisch.

»Zeit, zu genießen«, murmelt er zwischen zwei Küssen, und Beate kichert, ein heller Laut ist das, der vom Wein kommt und von der Situation.
Wenger schiebt sie zum Bett, gibt ihr einen Schubs, wohldosiert, nicht zu fest, auch nicht zu schwach. So richtig gehen lassen kann er sich nicht, er will, dass alles perfekt ist, dass Beate beeindruckt ist und befriedigt, er will, dass alle Bewegungen stimmig sind und der Rhythmus ebenso. Er denkt zu viel, ist überkonzentriert, und dann ist es zu schnell vorbei. Das war zu erwarten, es enttäuscht ihn trotzdem. Peinlich ist es außerdem, weil Beate jetzt sicher glaubt, dass er schon lange nicht mehr hat, dass er es nötig hatte wie einer, der nicht zum Schuss kommt.
»Ich nehm es als Kompliment«, sagt Beate, auf ihrer Haut ein leichter Schweißfilm.
Wenger spürt ihren Herzschlag, der erhöht ist, wenigstens das. Seinen eigenen Herzschlag spürt er auch und dass er nicht so viel rauchen sollte.
Später betrachtet er Beate, die eingeschlafen ist. Die Straßenlaternen flimmern durch die Jalousien, lassen Streifen auf Beates Lider fallen, ihr Kinn, ihre Brüste, die, sich selbst überlassen, zur Seite hängen. Sie atmet gleichmäßig, ihr Kopf liegt auf dem ausgestreckten rechten Arm. Es wartet wohl doch niemand auf sie, kein Ehemann, kein Kind. Wenger deckt sie zu, damit er die Brüste nicht mehr sehen muss. Mit einem zufriedenen Seufzer lehnt er sich zurück, zündet sich eine Zigarette an und greift nach seinem Handy. Er findet gleich, was er sucht, Spin hat ihm gezeigt, wie man Apps im Store herunterlädt und wo sie danach aufscheinen. Wenger zieht am Tschick und öffnet zum ersten Mal Tinder. Das ist die beste App dieser Art, hat er gelesen, die bekannteste, mit den meisten Usern. Er ist jetzt bereit, er strotzt vor Energie und Selbstbewusstsein, er ist gut drauf, das kann Beate ja wohl nur bestätigen.

Er verbindet Tinder mit seinem Facebook-Account, und schon ist er drin. Während Beate schläft, ist er hellwach. Er lädt drei Bilder hoch, auf denen er richtig gut aussieht. Ein bisschen schmaler ist er da, und womöglich ist es drei, vier Jahre her, dass die Fotos geschossen wurden, eventuell auch fünf oder sechs, aber das macht doch nichts, so sehr hat er sich auch nicht verändert seither. Er setzt seine Lesebrille auf und tippt Buchstabe für Buchstabe mit dem Zeigefinger, die halb gerauchte Zigarette liegt vergessen im Aschenbecher auf dem Nachttisch. Für die Eigenbeschreibung ist nicht viel Platz, Wenger grübelt. Charmant muss sie sein und witzig und originell, es gibt viel Konkurrenz. Aber das sollte er, der vierzehn Romane verfasst hat, ja wohl hinbekommen. Beate schnarcht leise, Wenger wirft einen genervten Seitenblick auf sie. Es wäre einfacher, sich zu konzentrieren, wenn sie nicht so einen Lärm machte.
Auf keinen Fall wird er eine Formulierung verwenden wie »jung geblieben« oder »rüstig«. Dann wissen alle gleich, dass er alt ist. Wenger bläst Rauch in die Dunkelheit und schaut ihm hinterher.
Wortmagier, schreibt er dann, *Kreativkopf, Sportfreak, Genussmensch.*
Liebhaber alles Schönen, tippt er, das ist grandios. Eine subtile Andeutung in Richtung Sex, elegant, nicht zu direkt. Mit der Botschaft, dass die Hässlichen sich gar nicht zu melden brauchen.
Dann tut sie sich vor ihm auf, die Auswahl an Blonden und Schwarzhaarigen, an Moppeligen und Dünnen, an Überschminkten und Natürlichen sowie an Frauen mit einem derart kantigen Kinn, dass Wenger sich nicht sicher ist, ob das wirklich Frauen sind. Er beginnt zu wischen.
Im Bad pinkelt er und putzt sich die Zähne. Der Blick in den Spiegel sagt ihm, dass die Ringe unter seinen Augen recht dunkel sind, kein Wunder, es ist fast ein Uhr mor-

gens. Vorsichtig trägt er die Creme auf, die er gekauft hat, ein Schweinegeld hat die gekostet. Als er fertig ist, versteckt er sie wieder hinter dem Rasierschaum im Badezimmerschrank, damit Beate sie nicht sieht und sonst auch niemand. Könnte ja sein, dass hier bald Frauen ein und aus gehen. Für die Wohnung muss er sich nicht mehr genieren, sogar Elisabeth hat ein bewunderndes »Wow!« gerufen, als sie gesehen hat, wie ordentlich alles nach seiner großen Aufräumaktion ist. Und wozu hat er eine Singlebude, wenn er sie nicht nutzt? Eben.

Vielleicht würde es auch dieser mysteriösen Marlen gefallen, dass die kleine Wohnung wieder zu einem Liebesnest wird, dieser grantigen alten Schachtel, die in einem italienischen Kaff hockt und rumheult, weil der Typ, mit dem sie eine Affäre gehabt hat, seine Frau nicht für sie verlassen hat. Männer tun so was nicht! Es ist naiv, das zu glauben! Wenger kennt diese Sorte Weiber, die man nicht an sich drücken will, weil ihnen eh schon der Frust aus jeder Pore quillt. Aber wie er da so steht, nachts, halbnackt, vor dem Spiegel, würde er Marlen gern antworten. Sie fragen, ob das zerschnittene Licht der Straßenlaterne sie auch so gestört hat und ob es ihr manchmal zu ruhig war in diesen Zimmern mit Blick auf eine Wiese und eine Kirche und die Eintönigkeit. Was sie gerade liest, könnte er sie fragen und ihr darlegen, warum die *Schachnovelle* ein überbewertetes Buch ist. Mit ihr reden vielleicht, einfach nur reden.

Die Briefe hat Wenger in eine Schreibtischschublade gelegt, und wenn ihm nichts einfällt, das er tun könnte, holt er sie heraus und liest sie. Wie Sand in den Augen sind sie, wie ein winziger Stein im Schuh, auf dem man den ganzen Tag herumlatscht. Und dann fehlt es ihm, das Schreiben, so sehr, dass er die Briefe in die Schublade stopfen und aufstehen, die Hände ausschütteln muss, als könnte er die Sehnsucht abstreifen und das Unbehagen. Aber auch das würde er ihr gern erklären, dass halt nicht jeder ein Schriftsteller ist, nur weil er viele Bücher gelesen hat in seinem Leben.

Wenger geht zurück zum Bett, greift erneut nach dem Handy. Er öffnet die App, es sind keine Matches zu sehen. Dabei war er doch bestimmt sieben Minuten weg, vielleicht sogar zehn. Er brummt frustriert. Ist er nicht sexy genug? Sehen die Frauen, die ihn zur Seite wischen, denn nicht, was ihnen entgeht? Oberflächliche neue Welt. Um halb drei schaut er auf die Uhr und weiß nicht, ob er schon geschlafen hat oder nicht. Beates Arm liegt auf seiner Brust, er schiebt ihn herunter. Der angenehme Dusel vom Wein hat sich in Kopfschmerzen verwandelt, er geht noch mal ins Bad, trinkt aus dem Wasserhahn, wäscht sich das Gesicht. Das Handy nimmt er mit, und dann sitzt er auf dem Badewannenrand und wischt. Nach links, wieder nach links oder doch nicht, die hat ein nettes Grübchen. Erst als ihm der Rücken wehtut, fällt ihm auf, dass eine Viertelstunde futsch ist. Wenger geniert sich. Mit seinen Kindern schimpft er, wenn sie auf diese Zeitfresser starren, jetzt tut er es selbst, und auch noch um diese Uhrzeit. Er schlurft zurück ins Schlafzimmer, legt sich auf den Bauch und vergräbt das Gesicht im Kissen. So dämmert er vor sich hin, manchmal zucken seine Beine und reißen ihn aus dem Schlummer, vielleicht träumt er. Als Beate morgens um halb zehn die Augen aufmacht, ist Wenger müde und hat noch immer kein einziges Match.

»Komm her«, sagt er.

Er zieht Beate an sich, sie blinzelt verschlafen, grinst dann dieses Grinsen, das sie so gut kann, und macht noch andere Dinge, die sie gut kann.

»Die zweite Runde dauert immer länger«, sagt Wenger hinterher zufrieden.

»Ich weiß nicht, ob man noch zweite Runde sagen kann, wenn eine ganze Nacht dazwischenliegt«, wirft Beate ein, aber das ignoriert Wenger einfach.

»Magst du einen Kaffee?«, fragt er und steht auf.

»Ja, gern«, antwortet Beate und geht ins Bad.

Er hört die Dusche rauschen. Hoffentlich wäscht die sich nicht die Haare, sonst muss sie sie bestimmt auch föhnen, am Ende dauert das Stunden. Das ist genauso ein Trick wie das mit dem Ohrringvergessen. Irgendwo in der Wohnung, am liebsten zwischen den Sofakissen, lassen die Frauen ein Schmuckstück liegen, für das sie irgendwann später wiederkommen müssen. Das kennt er doch alles. Zu seiner Erleichterung hat Beate nach dem Duschen noch trockene Haare. Und angezogen ist sie auch schon, die Gute.

»Und«, sagt sie und nimmt die Tasse, die Wenger ihr reicht, »wie war dein erstes Mal?«

»Erstes und zweites Mal«, betont Wenger.

»Okay, okay.«

»Wir sollten bald ein drittes Mal nachschieben.«

»Ich komm einfach wieder vorbei.«

»Gute Idee.«

»Jetzt weiß ich ja, wo du wohnst.«

»Du meinst, ich muss dich nicht mehr vorher zum Essen ausführen?«

»Du wolltest doch eh abnehmen.«

Sie tätschelt ihm den Bauch, und Wenger weicht zurück. Warum hat er kein T-Shirt angezogen? Wie er dasteht in den Boxershorts und mit dem wuscheligen Brusthaar über dem Bauchansatz, kommt er sich blöd vor.

»Ich verarsch dich nur«, kichert Beate, doch das nützt jetzt auch nichts mehr.

»Zur Strafe gibt's kein Frühstück«, sagt Wenger gespielt beleidigt, »ich sollt ja eh nichts essen.«

»Schon gut«, sagt Beate lachend, »ich wette, du hast sowieso nichts im Kühlschrank. Ich mach mich lieber auf den Weg.«

Er begleitet sie zur Tür und verabschiedet sie mit dem Versprechen, sich bald bei ihr zu melden. Als er zurückkehrt zum Bett, um sich noch mal aufs Ohr zu hauen und ein paar Stunden Schlaf nachzuholen, fällt sein Blick auf das Handy, das auf dem Nachtkästchen liegt.

Noch am selben Abend hat Wenger sich für die Bezahlversion von Tinder angemeldet. Und was er da sieht, behagt ihm gar nicht. Er wird durchaus nach rechts gewischt. Aber nur von Frauen, die bei ihm auf der linken Seite gelandet sind. Weil sie alt sind, so alt wie er. Während ein Mann mit Anfang fünfzig in der Blüte seines Lebens steht, kann man das von Frauen nicht grad behaupten. Die haben einfach mehr mit der Schwerkraft zu kämpfen, da gibt es nichts zu beschönigen. Und sie wollen bei einem Mann ja auch nichts sehen, was hängt.

Um 20 Uhr schaltet er den Fernseher ein und schaut sich die Nachrichten an, dazu isst er das Putenschnitzel, das Elisabeth ihm gebracht hat, mit Kräuterrahmsauce und Nockerl. Ein Gedicht, ihre butterweichen Nockerl! Mit Appetit schaufelt Wenger sie in sich hinein, und als er das nächste Mal aufs Handy drückt, ist da plötzlich ein Match und sogar schon eine erste Nachricht:

hej hast du einen dad bod

Wenger stellt den Teller ab, setzt die Lesebrille auf und liest die Message. Dann noch mal. Was soll das bedeuten? Er öffnet Google und gibt das Wort ein.

»Männer mit Bauch sind sexy«, liest er und: »Die Wampe ist das neue Schönheitsideal. Frauen feiern den Dad Bod in den sozialen Netzwerken.«

Wenger sieht auf seinen eigenen Bauch, der richtig rund ist im Sitzen, dann hinüber auf den Teller, auf dem keine Nockerl mehr sind.

Na ja, schreibt er zurück, *ich bin jedenfalls ein Dad*, und setzt einen Zwinker-Smiley dahinter.
wie alt sind deine kids, kommt als Antwort, und er fragt sich, ob die Groß- und Kleinschreibung nicht mehr unterrichtet wird und das Fragezeichen auch nicht. Melanie, 27, scheint jedenfalls noch nie davon gehört zu haben.
16 und fast 18, schreibt er, *Hast du auch Kinder?*
woah voll alt
ich steh auf daddys
machst du grade
Wenger braucht einen Moment, um zu verstehen, dass das Letzte wieder eine Frage war.
Chillen, schreibt er und freut sich, dass ihm das Wort eingefallen ist, seine Kinder verwenden es.
geil wo
Langsam gewöhnt er sich an diesen merkwürdigen, einsilbigen Schreibstil ohne Satzzeichen. Er macht schnell den Fernseher aus, damit er nicht abgelenkt wird.
@home, antwortet er. Er tippt auf ihr Profil, sieht sich ihre Bilder an. Auf zwei davon trägt sie nur einen Bikini. Sie hat kleine Brüste und ein Bauchnabelpiercing. Ihre Haare sind blond mit einer breiten türkisen Strähne. Er wundert sich, dass er sie gematcht haben soll, aber aus dem Bilderreigen, der vor seinen Augen vorbeigetanzt ist seit gestern Nacht, erinnert er sich sowieso nicht an einzelne Frauen.
kann ich vorbeikommen
bin bored
Sie will vorbeikommen. Zu ihm! Einfach so. Vielleicht ist es doch nicht so übel, wie das heutzutage abläuft. Zackig und zielgerichtet.
Sicher, schreibt er und hofft, dass es so nonchalant klingt, wie er es gern hätte.
K, steht auf der linken Seite des Chats, und darauf kann

Wenger sich keinen Reim machen. Fehlt da noch was, hat Melanie zu früh auf Senden gedrückt?
Adi?, fragt sie.
Ratlos starrt Wenger auf die Buchstaben. Nun also doch ein Fragezeichen. Aber der einzige Adi, den er kennt, ist ja eher ein Tabuthema, und was der Held aller Nazis in einem solchen Chat verloren hat, weiß er erst recht nicht.
Magst du jetzt gleich kommen?, versucht er es mit einer Gegenfrage.
Sie schickt einen Smiley mit zwei Händen. Ist das ein Winken? Ein »Ich weiß nicht«? Wenger schnauft angestrengt.
Wo wohnst du?, fragt sie, und das ist endlich eine Frage, die Wenger beantworten kann.
Er schickt ihr die Adresse und versteht im selben Moment, dass sie mit *Adi?* genau das gemeint hat. Schreibfaul, die jungen Leute. Dabei huschen ihre Daumen doch eh so schnell über die Touchscreens.
20 min, schreibt Melanie.
Cool, antwortet Wenger und springt im selben Moment auf.
Er saust ins Bad und duscht sich ab, trimmt das Schamhaar, das kann nie schaden, schlüpft in eine schwarze Jeans und ein Beatles-Shirt. Er sammelt herumstehende Gläser und Teller ein, befüllt die Spülmaschine und sieht auf die Uhr, fünfundzwanzig Minuten sind vorbei, er sprüht Deo unter die Achseln, kämmt sich die Haare, putzt sich die Zähne und gurgelt mit Mundwasser. Zufrieden sieht er in den Spiegel und auf die Uhr, fünfunddreißig Minuten, wo bleibt sie? Er zieht das Handy aus der Hosentasche, aber Melanie hat nichts mehr geschrieben. Soll er nachfragen oder wirkt das zu ungeduldig? Er wandert durch die Wohnung, das sind im Wohnzimmer in der Diagonale neun große Schritte, er schaut ins Schlafzimmer, zählt die vorhandenen Kondome, er hat noch sie-

ben. Er stellt eine Flasche Weißwein in den Kühlschrank, dazu zwei Dosen Red Bull. Was trinkt eine Siebenundzwanzigjährige? Was hat er getrunken, als er so alt war? Patrizia mochte Wodka Cranberry, daran erinnert er sich, und Cosmopolitan. Das waren gute Nächte damals, in den Clubs von München, Berlin und Zürich, sie kannten überall jemanden, sie tranken und tanzten und ließen es stauben, bis sie nichts mehr spürten. Als Patrizia dann siebenundzwanzig war, hatte sie zwei Kinder, Augenringe und einen scharfen Zug um den Mund, der seither nicht mehr verschwunden ist.

Die Klingel schreckt ihn auf. Er öffnet die Tür mit Schwung und presst ein Lächeln ins Gesicht, das garantiert verkrampft aussieht. Melanie ist klein, das fällt ihm als Erstes auf, kindlich fast, aus der Entfernung sieht sie nicht älter aus als Zoey. Der Gedanke bringt ihn für einen Augenblick aus dem Gleichgewicht. Ein Ächzen will aus seinem Mund, er kann es gerade noch abbremsen.

»Hi«, sagt sie kaugummikauend, und Wenger tritt zurück, um sie hereinzulassen.

Sie sieht sich ungeniert um, schlüpft aus ihrer weißen Daunenjacke und legt sie auf die Sofalehne. Sie kaut mit offenem Mund, Wenger schließt leise die Tür.

»Hast du gut hergefunden?«, fragt er.

Sie zieht amüsiert eine Augenbraue hoch und reagiert nicht auf seinen Versuch, Small Talk zu machen. Stattdessen geht sie geradewegs zu seinem Bücherregal und betrachtet die Titel.

»Hast du die alle gelesen?«, fragt sie, ihre Stimme ist sehr hell.

»Natürlich«, antwortet Wenger überrascht.

»Krass«, sagt sie und nickt.

»Die da rechts hab ich selbst geschrieben, ich bin Schriftsteller.«

»Bist ja voll der Nerd«, sagt sie und wendet sich vom Bücherregal ab.
Wenger hat keine Ahnung, ob das gut ist oder schlecht.
»Magst du ein Glas Weißwein?«, fragt er auf dem Weg in die Küche.
Was könnte er ihr noch anbieten, Kekse? Eventuell hat er Cracker und Oliven.
»Haha, Weißwein«, macht sie, verstummt aber, als sie seinen Blick sieht.
»Ja, wieso nicht«, sagt sie dann, »mal was anderes.«
Wenger hantiert in der Küche mit dem Korkenzieher und den Gläsern, Melanie setzt sich auf die Couch. Sie trägt einen schwarzen Pullover mit kleinen Einhörnern drauf, ihre Nägel sind mit einem bunten Muster beklebt. Er setzt sich neben sie, in angemessenem Abstand, sie prosten sich zu. Melanie probiert einen Schluck und verzieht angewidert das Gesicht.
»Ist ja voll sauer.«
»Dabei ist das ein Muskateller, ein recht süßer Wein.«
Sie stellt das Glas auf den Boden. Wenger überlegt, ob er es nehmen und rüberheben soll zum Couchtisch, damit sie nicht drüberstolpert und es ausleert, aber er will nicht kleinlich wirken.
»Und was machst du so?«, fragt er.
Großartig, noch eine unoriginelle Frage.
»Friseurin«, sagt Melanie und betrachtet den ausgeschalteten Fernseher.
Anscheinend ist sie nicht nur im Chat einsilbig. Aber gut, es kann ja nicht mit jeder Frau so einfach sein wie mit Beate, so harmonisch, so smooth. Wengers Ehrgeiz ist angestachelt. Das wär doch gelacht, wenn er die nicht zum Reden bringt.
»Hast einen Tipp für mich?«, fragt er und streicht sich grinsend über die Haare.

Sie schaut ihn an, ohne zu lächeln.
»Eh okay«, sagt sie.
»Was ist denn im Trend grade?«, versucht er es weiter.
»Glatzen«, sagt sie, und Wenger lacht laut.
Sie kaut mit ausdruckslosem Gesicht auf ihrem Kaugummi, und er ist sich nicht mehr sicher, dass das ein Scherz war.
»Hast du Netflix?«, fragt sie dann und deutet auf den Fernseher. »*Stranger Things* ist echt geil.«
»Ja, das haben meine Kinder sich auch angeschaut.«
Es macht dreimal pling, und Melanie greift sich an den Hintern, um ihr Handy aus der Gesäßtasche zu holen. Sie drückt darauf herum und grinst, dann fängt sie an zu tippen. Wenger sitzt neben ihr und sieht ihr zu. Wie ist der Verhaltenskodex für eine solche Situation? Er liest ja nicht mit. Aber er weiß auch nicht, wohin er sich wenden soll. Also geht er in die Küche und tut so, als müsse er etwas suchen. Die Wanduhr zeigt ihm, dass sein Date gerade mal seit fünfzehn Minuten da ist. Schnell schiebt er sich einen Riegel Schokolade in den Mund.
»Willst du was essen?«, fragt er sie, als er wieder ins Wohnzimmer kommt. »Wir könnten Pizza bestellen. Und uns einen Film ansehen oder so.«
Melanie schüttelt nur den Kopf, sieht nicht vom Handy auf.
»Wir gehen eh nachher noch zum Andi.«
»Zu wem?«
»Zum Kebap-Andi. Das machen wir immer beim Fortgehen. Kebap ist geil, wenn du angesoffen bist.«
»Wir?«
Melanie ist in ihre Chat-Kommunikation versunken, von der Wenger ausgesperrt bleibt. Er seufzt absichtlich laut, sie scheint ihn nicht zu hören. Auch wenn er das Phänomen von seinen Kindern kennt, findet er es nach wie vor

unhöflich. Schaut man den Leuten, mit denen man redet, nicht mehr ins Gesicht? Und wie schaffen sie es, ihre Aufmerksamkeit derart zu splitten? Wenn er selbst am Handy etwas liest oder schreibt, kann er keinen geraden Satz sprechen.

»Hmmm«, macht Melanie.

Okay, sie können es auch nicht.

»Wer, wir«, fragt Wenger noch mal.

»Freunde halt«, sagt Melanie.

Sie hat also noch was vor. Eh klar eigentlich, es ist Samstagabend, wieso sollte sie den mit einem alten Zausel verbringen? Andererseits hat sie das Treffen vorgeschlagen. Er wartet ab, ob da noch was kommt, eine Erklärung, eine Frage. Doch Melanie tippt nur, kichert, tippt wieder.

Wenger dreht sich um, schlurft zurück in die Küche und isst die ganze Tafel Schokolade auf. Er ist es gewohnt, dass er Pingpong spielen kann mit den Frauen, dass ein Schlagabtausch auf Augenhöhe stattfindet, ein Flirt. Mit Melanie kommt er auf diese Art nicht weiter. Er muss das anders angehen.

Er stellt sich direkt vor sie.

»Wie findest du denn nun meinen Dad Bod?«, fragt er.

Sie sieht überrascht von ihrem Display auf, als habe sie sich diese Frage gar nicht gestellt.

»Passt schon«, sagt sie.

Er nimmt ihr das Handy ab, legt es neben sie und geht vor ihr in die Knie. Ihre Gesichter sind auf derselben Höhe, ihre Münder auch. Er küsst sie vorsichtig, spürt eine Winzigkeit von Widerstand. Er legt seine Hand in ihren Nacken, zieht sie an sich, zieht über den Widerstand drüber. Sie küsst nicht zurück, sie hält bloß still, wie jemand, der etwas erduldet. Ein Zahnarztpatient oder ein Fluggast beim Security-Check. Sie schmeckt nach der künstlichen Süße von Kaugummi. Ernüchtert hört Wenger mit dem Küssen auf. Sie lächelt ihn an, und ja, doch, ihr Lächeln ist hübsch. Ihre Augen sind blau, die Nase klein und spitz, ein bisschen verunstaltet von diesem Ring. »Das war nett«, sagt sie.

Wenger muss sich zusammenreißen, um nicht genervt aufzustöhnen. Aber wenn er ehrlich ist, fühlt er nichts. In der Brust nicht, in der Hose nicht. Melanie ist ein süßes Mädchen, und genau das ist das Problem, sie ist keine Frau. Wenn er an Beates Zügellosigkeit denkt, ihre Gier, ihren Körpereinsatz, holla, da wird ihm warm. Er lässt sich zurücksinken auf die Fersen und stößt dabei das Weinglas um. Er hört es klirren und spürt die Nässe an seinen Socken. Als er sich aufrichtet, bemerkt er Melanies musternden Blick. Einen Moment lang schauen sie sich an, und durch Wenger blitzt plötzlich die Vorstellung, dass er sie in die Sofakissen drücken und ihr den dämlichen Einhorn-Pulli hochschieben könnte, dass er über weitere Widerstände gehen könnte, über alle. Sie ist in seiner Wohnung, wie sollte sie ihm entkommen? Sie hat ihn doch angeschrieben und nach seinem Körper gefragt, das war ja wohl eine Einladung. Sie wollte seine Adresse haben, statt sich in einer Bar oder einem Restaurant zu treffen.

Pling, pling, macht Melanies Handy, und Wenger steht hastig auf, aber sie wenden beide den Blick nicht voneinander ab, sehen sich wortlos an. Und der Drang, ihr wehzutun, ist nicht weg. Im Gegenteil. Wie sie so abwartend schaut, von unten herauf, im Sitzen, während er steht, über ihr aufragt, wird dieser Drang nur noch stärker. Er möchte ihr dieses blöde Grinsen aus dem Gesicht wischen, mit seiner Handfläche, weil es doch das ist, was sie lieben, sie und ihre ganze Generation, wischen, wischen. Er wünscht sich, dass sie alles tut, was er will. Und nach mehr verlangt.

Sie scheint zu spüren, was in ihm vorgeht, natürlich tut sie das. Ihr Körper versteift sich, sie schnappt ihre Jacke.
»Ich werd abgeholt«, sagt sie und steht auf.
Es ist ein zurückweichendes Aufstehen, das bereits den Aufbruch enthält. Sie bewegt sich rückwärts zur Tür und lächelt dabei beschwichtigend. Sie sieht Wenger an wie einen Hund, der knurrt. Und dem sie bedeuten will, dass er nicht zubeißen soll.
»Schade«, sagt Wenger, aber er meint es nicht so.
»Meine Freunde haben deine Adresse und kommen gleich.«
»Ach. Meine Adi.«
Als sie weg ist, atmet er erleichtert auf. Er muss sich kurz aufs Sofa setzen und ins Leere starren, bis sein Puls sich beruhigt hat. Dann nimmt er sein Handy und und löscht die Tinder-App. Für einen Moment tut es ihm leid um die Chancen, die er dadurch nicht mehr nutzen kann, doch schon eine Sekunde später fühlt er sich befreit. Gleich darauf geht er schlafen, um nicht mehr nachdenken zu müssen über das, was da gerade nicht passiert ist.
Es dauert ein paar Stunden, bis sie durchdringt zu ihm. Bis sie auftaucht aus seinem Unterbewusstsein, sich hinaufkämpft an die Oberfläche. Ihn aus dem Schlaf reißt.
Die Idee.
Auf einmal ist sie da, kracht ihm ins Hirn wie ein Donnern. Ruckartig setzt Wenger sich auf. Ein Mädchen. Ein Mann. Ein Zusammentreffen. Es rattert in seinem Kopf, er schlägt die Bettdecke zurück. An den Schreibtisch, schnell. In der Dunkelheit fällt er fast über den Stuhl. Er macht die Lampe an und blinzelt, schaltet den Laptop ein, öffnet ein leeres Dokument. Die weiße Seite, die ihn so oft gequält hat in den letzten Jahren, beachtet er nicht, er beginnt sofort zu tippen, seine Finger galoppieren, steif wie Soldaten, er muss das festhalten, alles, ehe es verschwindet, er muss es bannen. Er zittert.

Das Hämmern der Tasten im Einklang mit dem Hämmern seines Herzens.
Es ist mitten in der Nacht, und Maximilian Wenger schreibt.

Mai 2017

»Sie sind ja nur eine Frau«, hat er gesagt, und ich habe den Satz verstanden, aber nicht in seiner wahren Bedeutung. Dass er ein Brandmal war, das mich nachts wachhalten würde mit einem simmernden Schmerz, dass er Wurzeln schlagen würde in meiner Schädeldecke, um herauszusaugen, was mich stark und mutig und forsch gemacht hatte, wurde mir erst später klar, viel später. Vielleicht bin ich jetzt bloß noch ein Lebewesen, ein Hautsack gefüllt mit Blut, alles in mir zerfressen, keine Organe, keine Knochen, und wenn jemand mich berührt, platze ich auf. Ergieße Flüssigkeit, in der Würmer zucken, tiefschwarz. Wie kann ein einziger Satz so etwas tun, denkst du. Weil du ein Mann bist. Du hast nie gelebt wie wir.

Wir sind Rehe. Wir huschen durch die Welt mit wachsamem Blick und flinken Beinen, wir wittern die Gefahr. Sie verbirgt sich hinter einem Lächeln, hinter einer freundlichen Geste, hinter vermeintlich sanften Augen. Wir trauen der Freundlichkeit nicht, wir trauen der Sanftheit nicht. Und wenn wir gejagt und angeschossen werden, wundern wir uns nicht. Wir haben es die ganze Zeit geahnt, haben es herannahen gespürt.

Heute Morgen stand ich am Bahnsteig, und mein Fuß weigerte sich. Ich schaute ihn an, den Fuß, er bewegte sich nicht, dann schaute ich den Zug an, der bewegte sich sehr wohl. Er fuhr ab, ohne mich. Ich blieb stehen, sah ihm hinterher, den schweren Rucksack auf den Schultern, den Trolley in der Hand, ich hatte meine Sachen gepackt, alle. Nach Neapel wollte ich, weiter hinunter in den Süden, von dort, dachte ich, kann ich auf ein Schiff fliehen, über das Meer, sein düstergraues Wasser anstarren, vielleicht etwas hineinfallen lassen, eine Träne, einen alten Pullover, der noch nach dir riecht, meine Angst. Verstecken wollte ich mich in der Pigna. Stattdessen bin ich nun hier gefangen.

Ich fühle mich eingeengt an diesem Ort. Eingepfercht ist er zwischen dem Meer und den Bergen, wenn man am Ufer steht und sich umdreht, ragen unmittelbar hinter den Häusern die Felsen der vorstoßenden Seealpen in die Höhe. San Remo ist nichts als ein schmaler Streifen, den der Mensch diesem unwirtlichen Stück Land abgerungen hat, um ein paar Behausungen zu bauen, in denen er ausharren kann bis zu seinem Tod.
Ich bin zurückgegangen in die Wohnung. Ich habe nicht gegessen und nicht geduscht. Wasser habe ich mir in den Mund geschöpft, weil mein Körper danach verlangt hat. Weil er überleben will, auch wenn er angeschossen ist. Niemand hat mir beigebracht, was ich zu tun habe, wenn ich gejagt und erlegt wurde. Niemand hat so weit gedacht, und niemand spricht darüber.
Jetzt hinke ich durch den Wald, verschreckter noch als zuvor. Ich bin markiert, und die Männer können es riechen. Die hat schon mal einer erwischt, denken sie. In ihr wurden die Eingeweide gedreht, bis das Blut kam und die Kotze. Vielleicht wenden sie sich dann ab, mit einem wissenden Nicken. Vielleicht aber, und davor fürchte ich mich, legen auch sie auf mich an.
Natürlich bräuchte ich Hilfe, ich weiß das. Ich erkenne, was mit mir los ist. Ich habe mich mit Missbrauch beschäftigt in meinem Leben, mit Feminismus, mit Sexismus, mit Gewalt, ich habe viel darüber gelesen. Ha! Stolz war ich auf mein Frausein, angekommen im dritten Jahrtausend, selbstständig und engagiert. Eine Unternehmerin, eine Geschäftsfrau. Geschieden, nicht gefangen in einer menschengemachten Abhängigkeit wie die Muttergenerationen vor mir, nein, ich war frei. Aber all dieses Wissen, dieses angelesene, bestand nur aus Worten, es war ein Theorieschmerz, eine Theoriewut. Jetzt sitze ich da, auf dem Boden, leer ist mein Magen und mein Herz, ich lecke meine unsichtbare Wunde. Morgens um halb vier ist das Licht so schwach, es könnte erlöschen für immer.
Ich frage mich, führt eine Machtposition automatisch dazu, dass man diese Macht ausnutzt? Gelangt man in eine Machtposition und beginnt, Menschen zu unterdrücken, zu lenken, zu entwürdi-

gen? Oder gelangt man in eine Machtposition, weil man das alles tut? Was ist die Bedingung wofür und womit fängt es an?
Ich frage mich, sind die Männer tatsächlich die Mächtigeren, weil sie körperlich überlegen sind? Weil eine Millisekunde genügt, eine Bewegung, ein Aufrichten von ihm über sie? Wird er sie für alle Zeit und immer wieder bedrohen, manipulieren, zwingen, einfach, weil er es kann? Das ist eine Machtposition, die nichts mit Geld, Politik oder Beziehungsgeflechten zu tun hat.
Stell dir einen Mann vor und vier, fünf Frauen, was könnten sie ihm schon tun? Zum Zustechen sind ihre Körper nicht gemacht. Aber umgekehrt, eine Frau und vier, fünf Männer?
Es weiß jeder alles besser, solange er es nicht erlebt hat. Ich wusste früher auch alles besser. Zur Polizei gehen, zum Therapeuten, nicht schweigen, keine Dunkelziffer sein, sondern eine Stimme. Ein Aufschrei! Es weiß jeder alles besser, solange er es nicht erlebt hat, aber keiner weiß, dass man um Hilfe rufen kann, so viel man will. Es wird niemand kommen.
Ich möchte mir die Zunge abschneiden und sie ausdrücken über dir, damit alles auf dich tropft, was ich nicht sagen kann.

#fuckoff

Spin setzt den Rasierer in meinem Nacken an, es ziept ein bisschen.
»Sorry«, sagt er.
»Nichts passiert.«
Vorsichtig fährt er oberhalb von meinem linken Ohr vorbei, an der Schläfe entlang. Er schneidet mir die Haare nach, weil der Undercut so rasch aus der Form gerät. Ich wollte es selbst tun und habe ein YouTube-Video mit einer Anleitung gesucht, das kann ja nicht so schwer sein, dachte ich.
»Aber hinten siehst du doch nichts«, sagte Spin.
»Hilfst du mir?«, fragte ich, und er macht das gut, sehr langsam und sanft.
Es dauert lange, aber das stört mich nicht.
Wir sitzen am Küchentisch, auf den einige der abgeschnittenen blonden Haarspitzen gefallen sind. Ich schaue sie an mit jenem Gefühl, das man für Dinge hat, die nicht mehr zu einem gehören. Ich hätte es auch gern für manche Menschen. Spin hat mir ein Handtuch um die Schultern gelegt. Aus seinem Handy ertönt eine Retrowave-Playlist. Das sind Tracks, die sich anhören, als würde eine Achtzigerjahre-Fernsehserie beginnen.
»In zehn Minuten ruft Mama auf Skype an«, sage ich mit einem Blick auf die Uhr.
»Bis dahin sind wir fertig.«
Spin kämmt durch meine Haare und nickt zufrieden. Wir haben keinen Spiegel hier, ich vertraue ihm. Er hat ein Gespür für solche Dinge, für Sorgfalt, für Menschen.
»Ich mag nicht mit ihr skypen.«

»Du wirst nicht drum rumkommen, sie will dir gratulieren.«

»Sie will sogar, dass ich ihre Geschenke auspacke, während sie über den Bildschirm zusieht. Wir machen ein Unboxing, hat sie gesagt.«

Ich zeige auf die verpackten Dinge drüben auf der Küchenanrichte. Spin fängt an zu lachen.

»Das wird schrecklich«, sagt er, »Mamas Geschenke sind die schlechtesten Geschenke der Welt.«

»Man denkt immer, das muss sie für jemand anderen ausgesucht haben. Für mich kann das nicht sein«, stimme ich ihm zu.

»Weißt du noch, als sie mir die Privatstunden bei einem Boxtrainer geschenkt hat, damit ich nicht so verweichliche?«

»Oder wie wir an meinem Geburtstag ins Bibi-Blocksberg-Musical gehen mussten, obwohl wir den neuen Harry-Potter-Film sehen wollten? Ich hab die Lieder eine Woche lang nicht aus dem Kopf bekommen.«

»Aber am schlimmsten war, wie sie mal Barbara aus der Küche geschickt und selbst was für mich gebacken hat. Und dann waren in der Torte geriebene Haselnüsse, weil sie vergessen hat, dass ich darauf allergisch bin.«

Jetzt fange ich auch an zu lachen.

»Wir haben deine Geburtstagstorte gegessen, und du musstest zuschauen.«

Spin schaltet den Rasierer aus.

»Ist gut geworden«, sagt er.

Ich husche ins Bad und betrachte mich im Spiegel. Ich mag meine neue Frisur immer noch, auch fast zwei Monate später. Ich halte meinen Kopf anders, seit ich mich nicht mehr hinter den langen Locken verstecke, ich sehe nicht mehr so oft nach unten, sondern mehr geradeaus. Meine Augen sind sehr blau im Badezimmerlicht, das grausig hell sticht, weil Mama ihre Poren ausgiebig betrachten will, bevor sie sie zukleistert. Das Licht vertieft die Schatten in meinem Gesicht, ich habe sie seit dem Clash. So nenne ich den Vorfall in Gedanken, das Fremdsprachige schafft ein bisschen Distanz. Nicht meine Sprache, nicht mein Problem. Ein Clash, das klingt nach einem Zusammenprall, der auch absichtslos hätte geschehen können.

Ich streiche mir über die Stirn und die Nase, um die kitzelnden abgeschnittenen Haare zu entfernen. Ich werde heute achtzehn Jahre alt. Ich werde heute anfangen mit dem Erwachsensein.

Und es soll ein guter Anfang sein.

Auf dem Zeitschriftenstapel neben der Toilette liegt eines jener Fitness-Magazine, die suggerieren, wenn man schlank ist und straff und muskulös, dann ist das Leben gut, und Mama ist auf dem Cover. *Date einen Jüngeren: Trixies Tipps für das Love-Workout.* Ich nehme es in die Hand und schlage die entsprechende Seite auf. Sie haben ein gemeinsames Shooting gemacht, die Bilderstrecke zeigt Mama mit Reto, der sie in eine Hebefigur stemmt, sie bei ihren Sit-ups anfeuert, und in der Mitte ist ein großes Foto von ihr. »Das Gym ist unser Zuhause«, wird sie in der Bildunterschrift zitiert. Dank Photoshop ist ihre Stirn glatt, die Haut ebenmäßig, die Wimpern sind perfekt gesetzt, die Zähne sehr weiß. Sie sieht aus wie jemand, den ich gut kenne, und gleichzeitig völlig fremd. Bei ihrem retuschierten Gesicht muss ich an meine Bilder von den alten Bauernhofmenschen denken, einer verrunzelter als der andere, und echt.

Als ich zurück in unsere Wohnküche komme, redet Spin bereits mit Mama.

»Sie ist im Bad«, höre ich ihn sagen, »wir haben ihre Haare nachgeschnitten.«

»Sag ihr lieber, sie soll sie wieder wachsen lassen«, entgegnet Mama.

Ich haste vor den Laptop, um Spin zu erlösen.

»Hi, Mama«, sage ich und setze mich auf den Stuhl, von dem Spin aufgestanden ist. Er packt die Haarschneideutensilien zusammen und verschwindet aus dem Bildausschnitt.

»Happy birthday!«, trällert sie.

Ich hole tief Luft, aber so viel Luft, wie ich bräuchte für dieses Gespräch, passt gar nicht hinein in mich.

Mama klatscht, tapptapptapp, mit den Fingerspitzen.

»Geschenkeee«, ruft sie, und ich hole folgsam die zwei Päckchen, die da warten, seit sie nach Los Angeles aufgebrochen ist.

»Es tut mir so leid, dass ich an deinem Geburtstag nicht da bin«, hat sie gesagt, »wir treffen neue Geschäftspartner, ganz wichtige Leute, von *Deep Dive*, dieser Meditationsgeschichte und blablabla …«

Blablabla hat sie nicht gesagt, aber es hat sich so angehört und war ungefähr genauso interessant. Dass wir das nachholen, mit dem Feiern, hat sie noch hinzugefügt, daran erinnere ich mich. Und daran, dass ich gleichermaßen beleidigt wie erleichtert war.

»Mach zuerst das kleine auf, mit dem goldenen Papier.«

Ich tue, was sie sagt, und halte ein Top in der Hand, ein Gymnastikding, das aussieht wie ein Sport-BH. Es ist schwarz mit pinken Blitzen, sehr elastisch. Fast so hässlich wie der Bikini, den ich, in Streifen geschnitten, ganz unten im Müllcontainer draußen vor dem Haus vergraben habe. In Großbuchstaben steht *daughter* darauf.

»Tataaa!«, ruft Mama fröhlich und reißt die Sweatjacke auf, die sie über ihrer Brust zusammengehalten hat. Sie trägt das gleiche Top, mit lilafarbenen Blitzen und dem Schriftzug *mother*.

»Hast du gedacht, ich vergesse sonst, dass ich deine Tochter bin?«, frage ich und drehe das Stück Stoff ratlos in den Händen.

»Nein, nein, das ist für Pilates! Toll, oder? Hab ich extra machen lassen. Es gehört zum nächsten Geschenk.«

»Ich brauch das nicht, Mama, ich hab genug zum Anziehen«, sage ich, »und zwar Klamotten, in denen ich nicht halbnackt bin.«

»Ach, was schön ist, sollte man auch herzeigen. Nächstes!«

Ich presse die Lippen zusammen und greife nach dem zweiten Geschenk. Es ist sehr flach und leicht. Vermutlich Papier, ein Gutschein. Damit hat Mama sich bereits über viele Geburtstage gerettet.

»Hab ich selbst eingepackt!«, betont Mama.

Spin wühlt währenddessen in der Küche in einer der großen Taschen mit den Sachen, die wir für die Party gekauft haben. Es knistert, als er eine Tüte Mäusespeck herauszieht. Er strahlt mich an und setzt sich mir gegenüber an den Tisch, wo Mama ihn nicht sehen kann. Genussvoll leckt er sich die Lippen, bevor er sich die dicken weichen Zuckerstücke in den Mund stopft. Du Arsch, forme ich lautlos, als er mich ansieht, er grinst mit vollen Backen.

»Was hast du gesagt?«, fragt Mama.

Ich wickle tatsächlich ein Blatt Papier aus, das in einer Klarsichthülle steckt.

Hoch hinaus – Ihr Wochenende in den Bergen Tirols lese ich und habe mein Gesicht nicht schnell genug unter Kontrolle, es verzieht sich. Vor allem, weil der Gutschein für zwei Personen ist.

»Da fahren wir gemeinsam hin!«, jubelt Mama. »Du und ich. Wir bekommen ein Chalet bei den HochLegern, mitten in den Bergen.«

»Aha«, sage ich.

»Da ist es total idyllisch und ruhig. Das ist ein Luxusresort mit eigenem Pool und spektakulärem Ausblick. Dreh das Blatt mal um, dann siehst du Bilder.«

»Okay.«

Vor Begeisterung gestikuliert sie wild mit den Händen. Ihre Oberarme schwabbeln nicht, definiert sind sie, mit runden, trainierten Schultern. Sie braucht sich nicht zu genieren, da drüben in Los Angeles nicht und zuhause schon gar nicht, mit ihrer Fitness und veganen Ernährung, dem anknipsbaren Strahlen, dem Erfolg. Sie ist der Zeitgeist, sie ist der Beweis. Sie ist Perfektion.

»Ich freu mich da so drauf! Endlich Mutter-Tochter-Zeit«, ruft sie.

»Mhm«, mache ich.

Zwei Nächte. Das kann ich durchstehen. Vielleicht ist es sogar gut, wenn wir ein Wochenende zusammen verbringen, vielleicht haben wir ja Spaß. Und können uns danach besser voneinander verabschieden.

»Hanna und Martin wohnen gleich neben uns, dadurch ist das mit dem Dreh ganz unkompliziert. Ich dachte, eine Sequenz machen wir auf jeden Fall draußen, mit den Gipfeln als Kulisse.«

»Was für ein Dreh?«

Spin schiebt sich Mäusespeckstücke in die Nase, aber mir ist nicht nach Lachen zumute.

»Na, für das Pilates-Video natürlich«, sagt Mama und deutet auf ihr scheußliches *mother*-Top.

Der Ball in meinem Hals ist sehr heiß und lässt sich kaum nach unten drücken. Ich spüre, wie mir die Tränen in die Augen steigen. Spin hört auf zu essen und starrt mich stumm an.

»Mama.«

»Wir dürfen auch im Vier-Sterne-Hotel filmen«, plappert sie weiter. »Ich hab eine Kooperation ausgehandelt, wir erwähnen sie in unseren Storys und taggen sie, dafür bezahlen wir nichts.«

»Mama.«

»Achtundneunzigtausend Follower erreichen sie ja sonst

nicht so leicht«, lacht sie, und ich schaue den Bildschirm mit ihrem Gesicht an. Kann es sein, dass ich seit achtzehn Jahren mit meiner Mutter unter einem Dach lebe und sie nichts über mich weiß? Hat sie mich nicht gesehen, hat sie mich kein einziges Mal gesehen?
»Das Beste ist, dass wir damit den idealen Auftakt für deinen Einstieg in die Firma schaffen.«
Mama beschränkt sich nicht darauf, mit dem Zaunpfahl zu winken. Sie schlägt damit zu.
»Ab dann läuft es von selbst, du wirst schon sehen. Wir zeigen dir, was du teilen solltest und wann.«
Ich schüttle resigniert den Kopf. Sie wird nie verstehen, dass ich nichts zeigen will, nicht meinen Körper, nicht mein Essen, nicht meine Schuhe und Postkarten und Bücher. Das ist mein Leben, meins allein.
»Wir drehen im August, gehen aber erst nach der Urlaubszeit online. Das sind so Dinge, die du noch lernen musst.«
»Hörst du endlich auf zu labern, du blöde Kuh!«, schreie ich und springe auf.
Mama verstummt.
»Ich will das nicht«, rufe ich, die unterdrückte Wut vibriert in mir, »nichts davon will ich! Keine Videos, keine fucking hässlichen Tops, keine Drehs, keine Likes. Das kannst du dir alles in den Arsch schieben!«
»Chloé, du bist zu jung, um zu wissen, was du willst.«
»Kannst du mich mal ernst nehmen?«
Ich brülle in einer Lautstärke, die mir selbst wehtut, im gesamten Körper.
»Du bist wirklich undankbar«, sagt Mama mit Schmollmund, und ich halte sie nicht aus. Diese Blondheit und Blauheit und Schönheit halte ich nicht aus, ihre Art nicht und ihre Verständnislosigkeit schon gar nicht.
»Wofür sollte ich denn dankbar sein! Dass du mir diese Scheiße als Mutter-Tochter-Trip verkaufst, mich in Wahr-

heit aber für deine Zwecke benutzen und zu einem Abziehbild von dir machen willst? Hashtag Little Trixie, oder was?«
Das Herz schlägt mir im Hals und im Kinn und im Kopf, ich zittere vor Zorn und Verzweiflung.
»Ich hasse –«
Spin klappt den Laptop zu.
Einen Moment lang starre ich auf den Fleck, an dem gerade noch Mamas Kopf war. Ich atme ein und wieder aus und ein und wieder aus.
»Danke«, sage ich.
»Okay, du hast gewonnen«, sagt Spin, »das ist noch schlimmer als der Haselnusskuchen.«
Ich nehme den Laptop, schiebe ihn in seine Hülle, mache den Reißverschluss zu, packe alles in die Laptoptasche und schließe sie, dann schiebe ich sie mit dem Fuß so weit wie möglich weg. Und verstehe plötzlich, wie das ist mit dem Nichtgefühl. Manchmal ist es das, was bleibt, wenn man ein echtes Gefühl verliert.
Spin gibt mir ein Glas Cola, das ich hastig austrinke. Scheiß Pilates. Ich hätte nie mit dieser dämlichen Lüge anfangen dürfen.
»Später mischen wir das mit Whiskey«, sagt er, »dann trinkst du es aber bitte nicht so schnell.«
»Oh doch«, antworte ich und rülpse absichtlich laut.
»Immerhin will sie was mit dir machen«, sagt er im Versuch, mich zu trösten.
»Dafür ist es zu spät. Zehn Jahre zu spät.«
Er nickt, und ich weiß, dass er mich versteht. Auch er hat lange geduldig gewartet, wie Kinder das tun. Auch er hat sich, wie ich, über jede flüchtige Umarmung gefreut und bei jedem zerstreuten Lächeln gedacht, es gelte ihm. Das Erwachen kommt mit dem Älterwerden, und es ist ein Erwachen, das einen wünschen lässt, man hätte in der süßen Naivität bleiben können.

Spin geht zur Couch und zieht ein Päckchen hinter dem Kissen hervor.
»Für dich«, sagt er.
»Ich hab jetzt ein bisschen Angst vor Geschenken.«
»Das hier ist eins von den guten.«
Ich setze mich neben ihn und wickle das Paket aus. Spin hat das Papier selbst bemalt und beschrieben. *18 Dinge, die ich an dir mag*, steht in der Mitte. *Dass du so gern Schnitzel isst* hat er auf einen gezeichneten Teller gekritzelt.
Die Narbe auf deinem linken Knie von dem Sturz, als wir Skateboard gefahren sind.
Dass du manchmal kicherst, wenn du schläfst.
Dass du mich wirklich siehst.
Ich drehe das Blatt, um alles lesen zu können, und löse die Klebestreifen sehr vorsichtig.
Henri Cartier-Bresson, *Meisterwerke*, es ist ein Bildband. Auf dem Cover, in Schwarz-Weiß, ist das Bild eines Mannes mit Mantel und Melone zu sehen, der in einer Allee toter Bäume steht. Es ist ein Buch über Fotografie, analoge Fotografie, über einen der Mitbegründer der Agentur Magnum.
Zur Inspiration für deine Meisterwerke, hat Spin auf die erste Seite geschrieben.
Ich lehne meinen Kopf an seine Schulter, er legt den Arm um mich. So sitzen wir da, ich habe die Augen geschlossen, und für einen Moment ist es, als wäre er der Große und ich die Kleine, als könnte er mich schützen.

Es erstaunt mich immer wieder, wie schnell so ein Mensch umkommt. Wenn er zu heiß wird, geht er kaputt, wenn er zu kalt wird, auch. Er kann nicht sehr hoch hinauf, dann stirbt er, und weit unten, wo der Druck zu groß ist, wird er zerquetscht. Er kann nicht zu tief unter Wasser sein und nicht zu hoch über den Wolken. Er muss essen und trinken und es muss das Richtige sein, was er isst und trinkt, weil er vieles nicht verträgt, einen empfindlichen Organismus hat er, der Mensch, und dann die ganzen Krankheiten. Er kann sich so leicht vergiften, infizieren, er fiebert und löst sich auf, von einem Virus zerfressen. Die Gefahr lauert überall. Seine Haut ist dünn, sein Schädel hält nicht viel aus, seine Knochen brechen, ohne die meisten Organe kann er nicht leben und hat doch fast immer nur eins davon. Ein Sturz, ein Zusammenprall, ein falscher Schritt, und da ist der Tod. Luft braucht er zum Leben, sie fehlt ihm, wenn er sich verschluckt an etwas so Nichtigem wie einer Gräte, oder wenn er erwürgt wird, es dauert nicht lange. Nur unter bestimmten Bedingungen kann so ein Mensch existieren. Und vielleicht vermehren wir uns deshalb in einer derart panischen Raserei, weil wir wissen, wie zerstörbar wir sind, weil wir dem Umkommen die schiere Masse entgegensetzen wollen. Nur was wir mit dieser Masse tun sollen, haben wir uns nicht überlegt. Wenn die Kinder dann da sind und keiner sie braucht. Wenn alle nur drauf warten, dass sie auch kaputtgehen.

Barbara kommt am frühen Nachmittag, als Spin und ich auf dem Teppich liegen und Netflix schauen. Wir haben uns, weil Mama und Reto nicht da sind, Leberkäse gekauft, haben ihn mit Semmeln und Senf und Pfefferoni verspeist, sind überfressen und zufrieden. Barbara lacht, als sie die Reste unseres Fleischmassakers sieht.
»Das war bestimmt kein Tofu«, sagt sie und setzt sich zu uns auf den Teppich.
Ich umarme sie. Barbara riecht immer gleich. Sie benutzt keine trendigen Duschgels, die nach Zitrone-Kokos oder Bratapfel duften, sie hat etwas Verlässliches. Barbara ist der unsichtbare Faden, mit dem in unserer Familie die Wunden vernäht werden. Oder wurden, denn Barbara wohnt

nicht mehr bei uns, und Familie sind wir auch keine mehr. Sie ist ein bisschen älter als Papa, nicht viel, Ende fünfzig, und hat keine eigenen Kinder. Eigentlich sind wir ihre Kinder, wir sind nicht aus ihrem Blut gemacht, aber aus ihrer Liebe. Früher war Barbara immer da. Sie hat für uns gekocht, mit uns Hausaufgaben gemacht, unsere Wäsche gewaschen, neue Sandalen gekauft, wenn die alten vom Sommer davor zu klein waren, sie war unsere Anlaufstelle, unser Anker. Als Papa gegangen ist, ist auch Barbara ausgezogen, ich habe keine Ahnung, ob aus freien Stücken oder weil Mama sie dazu genötigt hat. Seither kommt sie nur noch einmal die Woche, bringt Einkäufe, putzt das Haus, bügelt Mamas Kleider.

»Ihr seid ja jetzt schon groß«, hat Mama erklärt, »und Barbara hat doch ein eigenes Leben. Außerdem brauchen Reto und ich ein bisschen Privatsphäre.«

Ich weiß nicht, was mich mehr getroffen hat, dass Papa uns verlassen hat oder Barbara.

»Ich hab dir einen Kuchen gebacken«, sagt Barbara, »Bananenschnitte mit extra viel Pudding.«

Sie weiß, dass das mein Lieblingskuchen ist. Und Haselnüsse sind auch keine drin.

»Geil«, sagt Spin.

Barbara trägt Jeans und ein hellblaues Oberteil. Ihre Kleidung ist stets praktisch und zweckmäßig, sie hat eine Funktion, die nicht darin besteht, Barbara schöner zu machen. Aus ihrer großen Umhängetasche zieht sie ein Geschenk. Ich liebe diese Tasche, meine halbe Kindheit lang hat Barbara daraus Dinge hervorgezaubert, die mich gerettet haben. Pflaster, wenn meine Knie blutig waren, Müsliriegel, wenn ich grantig war vor Hunger, Taschentücher, Apfelsaft, zwei Euro für ein Eis, Feuchttücher, um mir danach die klebrigen Finger abzuwischen. Barbara schien stets zu wissen, was wir brauchen würden.

Die Tasche sieht immer aus wie neu, und ich habe den Verdacht, sie ist nicht mehr das Original. Barbara tauscht sie aus, sobald die Tasche abgewetzt ist und speckig, zieht die nächste aus ihrem Vorrat. In meiner Vorstellung hat sie für alles einen Vorrat, sie sorgt vor, denkt mit, hat ein ganzes Regal mit eingekochter Marmelade, Nudeln, luftdicht abgepackter Zuneigung für schlechte Zeiten.

Wir sitzen auf dem Boden, und das, ich bin mir sicher, ist der entspannteste Moment meines Geburtstags. Ich möchte nicht, dass er aufhört, ich brauche keine Party, auf der ich im Mittelpunkt stehen muss, lieber würde ich hier sitzen bleiben und so lange Bananenschnitte essen, bis ich mit schokoladenverschmiertem Mund einschlafe.

Unter dem Geschenkpapier kommt ein Album zum Vorschein, quadratisch und mit dickem, schwarzem Papier. *Alles Liebe zum 18. Geburtstag, Panda*, hat Barbara mit Goldstift und in geschwungenen Buchstaben draufgeschrieben. Drinnen sind Fotos, sorgsam eingeklebt und beschriftet. Auf dem ersten sind Spin und ich sehr klein, wir sitzen in einer Plastikwanne, lachend, nass, es ist Sommer. *Panda und Ninno im Garten, 2003.* Da war ich vier Jahre alt. Hinter uns steht Barbara mit einer Gießkanne, sie ist jünger, das Haar sattschwarz, das Gesicht glatter. Ich konnte Finnegan nicht aussprechen, in meiner kindlichen Artikulation wurde Ninno daraus, und für Barbara heißt er immer noch so, sie hat ihn nie anders genannt. Ich bin Panda für sie, weil ich ein rundliches, ruhiges Baby war, ein Pandabär.

»Das sind meine Lieblingstiere«, hat Barbara mir oft ins Ohr geflüstert, »weil sie ausgeglichen sind und klug.«

Auf den nächsten Seiten sehe ich Spin und mich beim Schlittenfahren, in einem selbstgebauten Iglu, im Urlaub am Strand, beim Picknicken am Bach. Auf vielen Fotos sind wir zu dritt. Barbara hat die Kamera auf sich und uns gerichtet, manchmal sind wir verschwommen oder gegen das Licht aufgenommen, aber wen kümmert das. *Pandas 12. Geburtstag*, steht dabei, *Ninno hat seinen ersten Zahn verloren*, und: *Faschingsparty in St. Wolfgang, 2010.* Ich blättere das gesamte Album durch, Spin und Barbara links und rechts von mir, wir lachen beim Anblick der auf Papier gebannten Erinnerungen. »Oh Gott, weißt du noch«, sagt Spin ein paar Mal, und ja, ich weiß noch. Als ich das Album schließe, brennt in mir ein Feuer, das mich noch eine Weile warm halten wird.

»Mama und Papa sind auf keinem einzigen Bild zu sehen«, sage ich.

»Ja«, sagt Barbara.

Dann stehen wir auf und essen riesige Stücke Bananenschnitte. Ich halte die Gabel in der einen Hand und habe die andere auf dem Album liegen.

Als ich elf war und Spin zehn, hat uns der Norovirus erwischt. Wir konnten nicht aufhören zu kotzen, wir blieben im Bad, hockten krampfend auf der Kloschüssel und würgend vor der Badewanne, abwechselnd, gleichzeitig. Barbara pflegte uns einen Tag lang, brachte uns bittere Tropfen gegen die Übelkeit, wischte die Speibe auf, die danebengegangen war, am zweiten Tag legte sie sich zu uns auf den Badezimmerboden, sie hatte sich angesteckt. Mama hielt sich fern vom Haus der Seuche, wie sie es nannte, sie hatte zwei Tage später eine Benefiz-Gala in Düsseldorf, deswegen quartierte sie sich in einem Hotel ein und schickte Barbara alle paar Stunden eine SMS mit »Wie geht es euch« und »Ich denk an euch«. Barbara las uns die Nachrichten vor, aber wir antworteten nie darauf. Papa war auf Lesereise in Spanien, der wusste nicht einmal, dass wir krank waren. Wir verbrachten viel Zeit im Bad, in der Nacht schliefen wir auf dem Wohnzimmerteppich. Wir hatten nicht die Kraft, die Treppen nach oben in unsere Schlafzimmer zu gehen. Jeder hatte eine eigene Schüssel, und wir hielten einander die Haare aus dem Gesicht, wenn die nächste Attacke kam. Längst waren unsere Mägen leer, der Gallesaft unfassbar bitter. Wir spielten alte Hörbücher ab, Bibi Blocksberg und Tom Turbo, Benjamin Blümchen und Die drei Fragezeichen, in Dauerschleife, mit geschlossenen Augen, wir redeten kaum. Am dritten Tag konnte ich als Erste von uns wieder aufstehen und kochte unter Barbaras Anleitung eine Gemüsesuppe. Wir schlürften sie langsam und vorsichtig und lächelten uns dabei zu mit einer neuen Verbundenheit. Aus Düsseldorf brachte Mama mir eine Sunshine-Surf-Barbie und Spin ein ferngesteuertes Boot mit. Wir haben sie nicht ausgepackt.

»Selfie!«, ruft Liv.
Sie lacht und drückt mehrmals auf das runde weiße Feld ihrer Handykamera. Ich grinse, es fällt mir nicht schwer, der Alkohol ist gut in dem, was er tut. Er macht mir die Gesichtsmuskeln weich. Er macht mir das Herz leicht. Ich will mich betäuben, bis die Grenzen sich auflösen zwischen dem, was ich sein muss, und dem, was ich bin.
Livs Finger fliegen über ihr Smartphone, sicher postet sie das Bild bereits und schreibt dazu, dass ich Geburtstag habe, *#partay #sweet18 #bff*. Ich schaue sie an, sie hat Glitzer auf den Wangen, ihre Augenlider sind in einem schrillen Pink geschminkt. Das ist Liv, exzentrisch wie ein Killerclown, und dann hat sie diesen Welpenblick und das herzförmige Gesicht. Sie überdeckt das Liebevolle mit Make-up, aufgedrehtem Gehabe und grellen Klamotten, aber eines Tages wird sie sich freipuppen aus dem bunten Kokon, dann wird sie sich in ihren wahren Farben zeigen.
In der ersten Klasse am Gymnasium haben wir uns nebeneinandergesetzt, und seither ist das so geblieben. Liv

hatte damals Zöpfe und eine Zahnspange, ich hatte lange blonde Locken und schrieb meine Sätze in schwungvollen, zuversichtlichen Buchstaben. Wir waren der Traum unserer Mütter. Jetzt leert Liv einen Tequila-Shot in ihren Mund und leckt Salz von Florians Bauch. Sie schläft manchmal mit ihm, wenn ihr langweilig ist, und ich weiß, dass er sich in sie verliebt hat, er hat mich um einen Rat gebeten, aber wie könnte ich ihm helfen? Liv ist ein bunter Papierdrachen, jedes Lüftchen treibt sie davon. Ich kippe ebenfalls einen Tequila, das Salz lecke ich von meiner Hand. Ich bin umgeben von Leuten aus meiner Klasse, von meinen Freunden und ihren Freunden, ich kenne die meisten, aber nicht alle, und das ist es doch, was eine gute Party ausmacht, dass man als Gastgeber den Überblick verliert. Es ist laut, Spin lässt die Boxen krachen, überall wird getanzt und gelacht und geschmust. Wenn ich die Augen schließe, hüpft der Lärm wie eine kitzelnde Hand über meine Haut.

In der Villa zu feiern, war Spins Idee.

»Wenn die Schöne schon nicht da ist«, sagte er, »dann lass uns doch die Gelegenheit nutzen. Da ist genug Platz für alle, und wir können so laut sein, wie wir wollen.«

Und damit hatte er natürlich recht. Scheiß auf das, was ich darf und nicht darf. Mama macht sowieso nur, was sie will, also tue ich es auch.

Wir haben so viel Essen vom Caterer liefern lassen, dass wir eine ausgehungerte Fußballmannschaft satt kriegen könnten, Schnitzel, Kartoffeln und Nudelsalat, eine große Gulaschkanone und Brot in rauen Mengen, Tiramisu, Blechkuchen, Strudel. Barbara hat uns mit dem Auto nach St. Wolfgang gebracht, hat uns geholfen, die Einkäufe reinzutragen, die in erster Linie aus Alkohol und Chips bestanden, und das Buffet anzurichten. Im oberen Stock haben wir ein Matratzenlager gebaut, mit einem Kuddelmuddel aus Decken und Kissen, wo alle schlafen können, die hierbleiben wollen.

»Das Kleid steht dir gut!«, ruft jemand in mein Ohr, und ich drehe mich um.

Es ist Jonathan. Mein Herz macht einen Satz, als wollte es flüchten. Als ich seinen Blick auf mir spüre, fühle ich mich wie ein Kind, das lange darauf gewartet hat, abgeholt zu werden. Neben ihm, an seiner Hand, die Finger verschlungen, steht Maja. Sie hält mir ein Geschenk hin, ich möchte es nicht nehmen und nehme es natürlich doch.

»Danke«, sage ich zu leise, aber sie können es bestimmt an meinen Lippen ablesen.

Das Geschenk lege ich zu den anderen auf den Tisch, den wir an die Wand geschoben haben, damit im Wohnzimmer Platz zum Tanzen ist. Ich schnappe zwei Flaschen Bier und drücke sie ihnen in die Hände. Sie lassen einander nicht los, nicht einmal jetzt. Ich frage mich, ob Maja gehört hat, was Jonathan zu mir gesagt hat.

Ich trage eins der teuersten Kleider aus Mamas Schrank. Es ist von Armani, zuckerschotengrün, schlicht und edel, eins dieser Kleidungsstücke, die für sich genommen wirken, die fallen, wie sie sollen, und sitzen, wie sie müssen. Vorne geht es hoch bis zum Schlüsselbein, hinten ist es sehr tief ausgeschnitten, man sieht diese zwei kleinen Grübchen über dem Hintern, ich habe keinen BH an. Auch keine Strumpfhose und keine Schuhe. Ich bin barfuß, an meinem Körper nur ein Slip und das Kleid. Ich hoffe, dass es bei dieser Party ruiniert wird, dass es Bierflecken bekommt und Löcher von Zigaretten, dass jemand Gulasch draufspritzt und mit einem Ring daran hängen bleibt, damit der feine Stoff Fäden zieht.

Maja sagt etwas in Jonathans Ohr, er nickt und lächelt mir zu, dann lehnen sie sich in einer Ecke nebeneinander an die Wand, er legt den Arm um ihre Schultern, und sie beobachten die Crowd. Ich atme auf. Die Luft geht leichter in meine Lunge hinein, wenn er nicht so nah bei mir ist. Es saugt mich zu ihm hin, als stünde ich auf einem hohen Turm, auf einer Aussichtsplattform, mit Blick über eine Stadt, und der Abgrund zöge mich an, sodass ich nicht mehr spüre, ob ich noch oben stehe oder schon hinunterfalle. Ich habe Angst, dass mein Körper sich zu Jonathan hinbewegt, ohne dass ich es will, dass meine Finger nach ihm tasten, wie in einem Reflex, und alle mich dabei beobachten.

Liv zieht an mir, zieht mich in einen Kreis aus Mädchen, die tanzen, Babsi, Angie und Caro, ich lasse mich infizieren vom Beat, bis er sich hineinbohrt in mein Blut. Und das Schöne am Barfußsein ist, dass man anders tanzen kann ohne Schuhe, wie ein Mensch, der noch weiß, wo unten ist und oben, der mit den Füßen stampft, um den Himmel zu besänftigen. Ich vergesse mich selbst, wenn ich so tanze, und das ist das beste Gefühl.

Stefan ist mit einer Blonden gekommen, sie ist dünn und fast so groß wie er, ihr Haar lang, wie meins früher war. Sie lächelt, wie nur Leute lächeln, die komplett stoned sind.

»Die ist vom Ursulinen-Gymnasium«, raunt Liv mir ins Ohr, »Melli oder Mari oder irgendwie so. Er kennt sie vom Basketball, glaub ich.«

In meinem Bauch zwickt ein kleiner schwarzer Krebs. Ich schaue Stefan an und kann mir nicht mehr vorstellen, dass ich ihn mal geküsst habe, dass ich ihm mal nahe war. Es ekelt mich fast ein bisschen, wenn ich dran denke, dass er mich angefasst hat. Dem Krebs ist das aber egal. Nur weil du ihn nicht willst, sollte er nicht gleich eine andere wollen, sagt er. Ich bringe ihn mit einem großen Schluck Bier zum Schweigen und gehe raus.

Vor der Toilette steht Mario.

»Da ist noch jemand drin«, sagt er, »aber du kannst gern …«
»Schon gut«, antworte ich, »ich gehe nach oben.«
Und das tue ich, doch auf der Treppe drehe ich mich noch mal um. Zu schnell, wie ich an meinem Schwanken merke, das ich mit einem Kichern ausgleiche.
»Spin hat dich gern«, sage ich.
»Das trifft sich gut«, antwortet er, »ich mag ihn auch.«
Er schaut zu mir herauf, ich lehne am Treppengeländer, und sein Gesicht ist offen, er sagt das, als hätte er nichts zu befürchten, nichts zu verlieren. Ich bin froh, dass Spin ihn gefunden hat, und gleichzeitig tut es mir weh. Weil ich jetzt nicht mehr die Einzige bin, die ihn liebt. »Wenn du ihm das Herz brichst«, könnte ich sagen, »brech ich dir die Knochen«, aber ich tue es nicht, ich würde nichts dergleichen machen, sondern Spin zusammenflicken und seinen Kopf in Richtung Zukunft drehen. Trotzdem, da bin ich mir sicher, versteht Mario, was ich nicht ausspreche. Er hält den Blickkontakt und lächelt.
Die Klotür geht auf, und ich nehme das zum Anlass, nach oben zu laufen, ich habe ein Geräusch gemacht, als müsste ich gleich weinen oder kotzen, und es ist mir peinlich, dieses Geräusch, das jetzt unten bleibt beim Freund meines Bruders, der bestimmt gemerkt hat, wie betrunken ich bin. Als ich auf der Toilette sitze, dröhnt mein Schädel. Das Verkrampfte an meiner Haltung löst sich, das festgetackerte Grinsen von meinen Lippen auch. Wem will ich was vormachen, ich bin am liebsten allein.

In einem der Wolfgangsee-Sommer haben Spin und ich versucht, uns mit den einheimischen Kindern anzufreunden. Eigentlich haben wir das in jedem Sommer versucht, und gelungen ist es uns nie. Was kein Wunder ist, weil man sich nicht hineinfreunden kann in einen Verbund, der das ganze Jahr über existiert, wenn man nur an den

Sonnentagen kommt und wieder verschwindet, sobald der Regen aufzieht.

»Schleicht's euch!«, riefen die Buben, wenn wir zum großen Spielplatz beim Ortseingang kamen.

»Geht's zurück in die Stadt«, sagten die Mädchen, wenn wir am Seeufer neben ihnen die Zehen ins Wasser hielten.

Nur an einem Tag, da schickten sie uns nicht weg.

»Ihr könnt bei unserer Bande mitmachen«, sagten sie, »wenn ihr die Mutprobe besteht.«

»Was ist die Mutprobe?«, fragte Spin.

Die Kinder hatten braune Sommerhaut und schmutzige Hosen, sie waren Waldkinder, Landkinder, die mit vier Jahren schwimmen konnten und Fische mit den bloßen Händen fingen. Ich wollte so sein wie sie und hatte ein bisschen Angst vor ihnen.

»Ihr müsst den Ball vom Josi da runterholen«, sagte der Größte von ihnen und zeigte auf einen Baum, in dessen Ästen ein Fußball hing.

»Ohne Schuhe«, fügte ein blondes Mädchen mit Zahnlücke hinzu.

Spin setzte sich sofort auf den Boden, packte mit beiden Händen seinen rechten Schuh und zog ihn aus, dann den anderen. Ich zögerte. Wie sollten wir da raufkommen? Und was, wenn wir es nicht schafften? Sie würden uns auslachen und erst recht wieder fortjagen.

»Komm schon«, sagte Spin leise mit diesem hoffnungsvollen Blick, dem ich nichts entgegenzusetzen hatte.

Ich streifte meine Sandalen ab und folgte ihm. Ich ging viel barfuß in diesen Sommern, meine Füße hielten einiges aus, dennoch stach der Waldboden mir schmerzhaft in die Sohlen. Was willst du hier, schien er zu sagen, verschwinde. Ich hielt meine Augen stur auf den leuchtend blauen Ball in der Baumkrone geheftet. Die Ameisen bemerkten wir erst, als wir fast beim Baum angelangt waren. Spin schrie als Erster, sie waren ihm schon bis zu den Knien gekrochen, dicke, große, rote Waldameisen. Er wollte sich auf den Baum retten, doch das war ein Fehler, nun waren sie auch auf seinen Händen, der gesamte Stamm ein einziges Gewusel aus emsigen Wesen. Wir standen mitten in einem meterbreiten Ameisengewirr, wir dummen Stadtkinder, und ich war so abgelenkt von Spins Schreien, von meinen hastigen Schlägen, mit denen ich ihn befreien wollte von den Tieren, dass ich den eigenen Schmerz gar nicht spürte. Er kam wie Peitschenschläge, Flammen an meinen Beinen mit tausend kleinen Stichen. Ich drehte mich um zu den Kindern. Ich sah sie weglaufen, lachend, unsere Schuhe in den Händen. Ich nahm Spin auf den Rücken, er klammerte sich an meinen Hals, und trug ihn aus dem Unterholz, zurück auf die Straße. Jeder Schritt ein Schritt über die glühenden Kohlen unserer Scham. Wir schüttelten die Ameisen ab, begutachteten die gerötete Haut und beschlossen, zum See zu gehen, um unsere Füße zu kühlen. Wir gingen Hand in Hand und redeten nicht, wir konnten den Mund nicht öffnen, weil wir uns so sehr bemühen mussten, nicht loszuweinen.

Als ich an der Tür zu meinem Zimmer vorbeikomme, kann ich nicht widerstehen. Ich öffne sie, dahinter ist es dunkel. Nur einen Augenblick oder zwei. Gleich gehe ich wieder nach unten und mache mit der Party weiter. Die Musik wummert durch den Boden, und doch ist es um einiges ruhiger, ich schließe die Tür und die Augen auch. Es riecht muffig, nach Staub und der Abwesenheit von Menschen. Mein Lieblingsgeruch.

Ich bin an dem Punkt, an dem mein Rausch kippt. Ich habe noch ein schmales Zeitfenster, bevor ich vergessen werde, wie man richtig spricht, bevor mein Körper in der Schräglage bleiben und die Kontrolle über die Beine verlieren wird, zwei Shots, vielleicht drei. Ich drücke auf mein Handy, das auf dem Nachttisch liegt, es ist ein Uhr morgens. Die Nachrichten und Anrufe, die ich in den letzten Stunden verpasst habe, sehe ich mir nicht an. Ich weiß nicht, ob was von Papa dabei ist oder ob er meinen Geburtstag vergessen hat. Ich sitze auf meinem Bett und betrachte mein Kissen wie Liv ein Stück Schokolade, wenn sie auf Diät ist. Würden sie es merken, wenn ich nicht zurückkomme? Die Tür geht auf, und ich schrecke hoch.

»Ich bin gleich …«, setze ich an, im Glauben, dass Spin mich gesucht hat, doch vor mir, in dem Lichtspalt, der von draußen hereinfällt, steht Jonathan. Er schließt die Tür, und im Finstern kann ich sein Gesicht nicht erkennen, ich blinzle hektisch, nur seine Umrisse sehe ich. Ich habe sein Geschenk noch nicht aufgemacht, fällt mir ein, und ich gehe ihm entgegen, damit wir wieder nach unten können, zu den anderen, zu seiner Freundin. Als er mich an sich zieht, geschieht es so plötzlich, dass ich nicht einmal die Chance habe, einen einzigen Laut von mir zu geben, wie ein Schlag fühlt es sich an. Alles stürzt aus mir heraus, mein Atem, die Angst, die Zeit. Er küsst mich, und ich zerfalle in siebenhunderttausend Stücke, die sich rund um Jonathan neu formen, ich schmelze zu einem Flüstern, das wie sein Name klingt. Er drückt mich an die Wand und küsst mich fest, fester, mit einem Drang, der mir die Gedanken aus dem Kopf schneidet. Ich fahre mit den Fingern durch seine Haare, und dort wollten sie sein, die ganze Zeit, meine Hände, in seinen Locken. Das Warten, das hinter mir liegt, dieses ausgedehnte, wachsartige Warten, lässt mich alles hundertfach spüren, in den Fingerspitzen, auf den Lippen, im Blut, das in meinen Ohren rauscht. Meine Rippen knacken, weil das Glück sich ausbreitet.

»Zoey«, murmelt er, und sonst nichts, und da denke ich, dass vielleicht auch mein Name in ihm pocht, jeden Tag,

dass er mich ebenfalls beobachtet, wenn keiner hinsieht, dass er mich liebt im Verborgenen.
Er beißt mir in die Unterlippe und küsst mich erneut, sein Körper scheint zu vibrieren. Er schmeckt nach Bier und Kaugummi und Ungeduld. Er streichelt meinen Rücken, meinen freien Rücken ohne BH-Träger, er greift nach meinem Nacken, meinen Schultern.
»Dieses Kleid«, flüstert er, und im selben Moment hebt er es an, das Kleid, tastet nach meinem Slip, zieht ihn herunter. Seine Finger sind da, wo es nass ist, wo es gut ist, und ich stöhne. So oft habe ich mir das vorgestellt, genau das, während meine eigenen Finger über dieselbe Stelle glitten.
Jonathan drängt sich in mich hinein, und ich zucke zusammen, das ging schnell, zu schnell, ich habe nicht mitbekommen, dass er seine Hose runtergezogen hat, ich kann nichts sagen, er verschließt mir den Mund mit einem Kuss. Es tut weh, doch der Schmerz wandelt sich schnell, verflüchtigt sich, schon habe ich ihn vergessen. Wir machen es im Stehen, an die Wand gelehnt, in der Dunkelheit meines Sommerzimmers, in dem ich gewachsen bin, unmerklich, in dem ich aufgehört habe, ein Kind zu sein, unten wischt die Musik durch die Luft, unten feiern unsere Freunde meinen Geburtstag und haben keine Ahnung. Das Adrenalin putscht mich auf, elektrisiert mich, wir könnten ertappt werden, jederzeit, die Tür ist nicht abgeschlossen. Jonathans Stöße sind gierig, und ich muss das Lachen unterdrücken, das in mir blubbert vor Freude darüber, dass er da ist. Dass er mich will, dass er sich nicht zurückhalten kann.
Er kommt rasch, fast sofort, mit offenem Mund, ich spüre seinen Herzschlag an meiner Brust und lächle an seinem Hals. Einen Moment lang bewegen wir uns nicht, und das ist vielleicht am schönsten. Zusammen zu sein, so nah, da-

nach. Ohne die Notwendigkeit, die unsere Körper gerade noch angetrieben hat.
Er löst sich von mir, macht einen Schritt zurück und zieht seine Hose hoch. Warme Flüssigkeit läuft meine Beine hinunter.
»Beim nächsten Mal halte ich länger durch«, sagt er und fährt sich durch die Haare, »versprochen. Du bist nur so unglaublich heiß.«
Beim nächsten Mal, hat er gesagt.
Beim nächsten Mal.
»Ich gehe voraus«, wispert er, »warte noch ein paar Minuten, damit es nicht so auffällt.«
Ich nicke und will ihn noch einmal küssen, will ihn fragen, wie es jetzt weitergeht, was wir tun sollen und wann, doch er hat sich schon abgewendet, um die Tür aufzumachen. Als er weg ist, wird mir bewusst, dass ich kein einziges Wort gesagt habe.

Meine Haut roch nach dem Clash ein wenig nach Asche. Ein sehr zarter, kaum wahrnehmbarer Geruch war das, so einer, der ganz am Ende übrig bleibt, wenn alles fort ist. Ich habe die duftendsten Seifen gekauft, die ich finden konnte, mit Zitrone, mit Rosmarin, mit Eisenkraut, das änderte nichts. An Funkenflug ließ der Geruch mich denken, an ein weit entferntes Lagerfeuer, an die fast gewichtslosen Flocken, die zu einer grauen Spur werden, wenn man sie mit dem Finger berührt. Zuerst dachte ich, das wäre nur Einbildung. Aber dann fiel mir ein, was wir in der Schule gelernt hatten über Angst, über den Kampf-oder-Flucht-Mechanismus. Wie der Körper bei Bedrohung Cortisol ausschüttet und Adrenalin, wie der Puls in die Höhe schießt, die Atmung sich beschleunigt, die Bronchien sich weiten, mehr Sauerstoff, mehr, wie all das Blut zum Herzen geht und für einen Moment sämtliche Immunmaßnahmen außer Kraft gesetzt werden, um keine unnötige Energie zu verschwenden. Weshalb der Mensch nicht dazu gemacht ist, allzu oft Angst zu haben. Und dann habe ich gedacht, vielleicht ist ein leichter Geruch nach Asche nur natürlich, nachdem der Körper so ein Feuerwerk abgebrannt hat, um mich zu schützen.

Mein Blick fällt auf das Bett und Papas Bücher darunter. Wenn das, was man nicht aussprechen kann, zu Materie werden könnte, würde es aussehen wie diese Bücher.
Ich greife nach dem Saum von Mamas Kleid und wische mir mit der Innenseite des Stoffs die Beine ab. Dann schlüpfe ich in meine Unterhose und gehe zurück nach unten. Auf der Treppe merke ich, dass ich nüchterner geworden bin, ich schwanke kaum noch, die Stufen wölben sich mir nicht entgegen.
Im Wohnzimmer empfängt mich Jubel.
»Wo warst du nur!«, ruft Liv. »Wir haben eine Torte für dich!«
Sie drückt mir ein Messer in die Hand. Florian und Sebastian halten einen Karton, viereckig und groß, darin eine Schokoladentorte mit einer Platte aus weißem Zuckerguss, und auf dem Zuckerguss ist ein Foto von Mama und mir. Spin hat die Musik abgedreht, sie singen »Happy Birthday«. Mamas Haar ist zurückgebunden, sie lächelt in die Kamera. Entspannt und zufrieden sieht sie aus, man könnte meinen, das sei echt. Und ich stehe neben ihr, eine jüngere Version meiner selbst, mein Kopf ist zu ihr gedreht, und der Blick auf meinem Gesicht erschreckt mich zutiefst. Ich sehe bedürftig aus, hoffnungsvoll und traurig zugleich.
Sie haben zu Ende gesungen, mein Mund ist trocken.
»Na los«, ruft Florian, »schneid sie an!«
Ich kann nicht reagieren, ich müsste das Messer in Mama drücken und in mich, es zwischen uns durchziehen, das

erscheint mir unmöglich. Sie werden ungeduldig, ich kann es spüren. Da kommt Mario auf mich zu, nimmt mir das Messer ab und schneidet vorsichtig Mamas Kopf aus dem Zuckerguss. Auf dem Kuchen ist jetzt Mamas kopfloser Körper, und ich muss lachen. Das Bild hat seine krasse Wirkung verloren.
Die anderen stürzen sich auf den Kuchen.

Ich habe mich nur wegen der Briefe um die Stipendien beworben. Ich habe sie gelesen, morgens, als Spin noch geschlafen hat und Papa unterwegs war, um Semmeln zu holen fürs Frühstück. Diese Seiten mit Worten wie Schlitze, in die man hineinfallen kann, wenn man nicht aufpasst, Schlitze, die für andere Menschen wohl nichts weiter sind als Striche. Ich habe die Kuverts genommen, sie waren nicht an Papa adressiert, aber er hatte sie alle aufgerissen und die Blätter herausgezogen. Es war, als bekäme ich eine Ohrfeige, aber im Herzen. Die Briefe sind von einer Frau, der etwas passiert ist, und ich weiß nicht, was. Ich kann nicht aufhören, an sie zu denken. Ihre Sätze sind wie diese grausig riechende schwarze Paste, mit der man alles derart gut abdichten kann, dass nicht mal Wassertropfen reinkommen, sie sind zäh und klebrig und nicht abwaschbar. Über fünfzig ist sie, die Frau aus den Briefen, wie Papa, und ihr Leben ist vorüber. Sie hat zu lange gewartet, hat zugesehen, wie die Jahre vorbeizogen, hat gedacht, das wird schon, ich habe ja noch Zeit, das zu bekommen, was ich möchte. Dann hat sie etwas erlebt, das einen Schlusspunkt gesetzt hat unter alles, und ich bin mir sicher, es war ein Clash. Zwischen den handgeschriebenen Zeilen brummt ihr Zorn, und es hat mich gewundert, dass das Papier nicht fleckig ist von ihren Tränen. Ich habe alle Briefe gelesen, alle, dann noch mal. Und am nächsten Tag habe ich meine Unterlagen an sämtliche Stipendiumsstellen geschickt, die ich finden konnte, für

Ausschreibungen als Artist in Residence, in Padua, in der Schweiz, in Berlin. Ich habe Abzüge meiner Schwarz-Weiß-Serie mit den Menschen auf den Bauernhöfen eingereicht, und ich mache mir keine Hoffnungen, solche Porträts sind ja nicht gerade eine neue Idee. Aber ich werde nicht aufhören, mich zu bewerben, bis sie mich irgendwo nehmen, Möglichkeiten gibt es genug. Ich kann nicht warten und zusehen, wie die Jahre vorbeiziehen, bis ich irgendwann so bin wie diese Frau, über und über voll mit schwarzer Paste, gelähmt außen und innen.

Möglichst unauffällig suche ich nach Jonathan in der Menge. Ist er noch da? Ist er mit Maja nach draußen gegangen, um ihr alles zu gestehen und Schluss zu machen? Das sollte er in Ruhe tun, natürlich, dafür muss ich ihm Zeit geben. Oder vielleicht haben sie vorher schon Schluss gemacht? Ich taste den Raum mit meinen Augen nach seinem Körper ab, den ich so kurz nur gespürt habe, nach dem ich mich sehne seit viel längerer Zeit.
Florian will mir gerade einen Teller mit Torte in die Hand drücken, als ich Jonathan entdecke. Er steht mit Maja in derselben Ecke wie vorhin, sie knutschen, als wären sie nicht auf einer Party mit einem Haufen Menschen, sondern allein auf der Welt. Ich beobachte, wie seine Hände ihren Hintern packen, wie sie seinen Rücken umschlingt. Jonathan schaut auf, sein Blick geht direkt zu mir. Nichts Entschuldigendes ist darin, da blitzt kein Ich-erkläre-es-dir-später in seinen Augen auf, kein Was-soll-ich-machen, nein, er wendet sich ab, als hätte er nichts weiter gesehen als eine Fremde.
»Zoey?«, fragt Florian und stupst mich mit dem Teller an. Sie haben die Musik wieder aufgedreht, sie essen Torte, sie feiern weiter, und keiner von ihnen bemerkt das Loch, in das ich falle.

5

»Ich hab hier nur Edge«, sagt Spin, rollt mit den Augen und pfeffert das Handy auf den Tisch, »wo sind wir, am Arsch von Österreich?«

»Geht das auch ein bisschen leiser?«, raunt Wenger und sieht sich um.

Sie sitzen im *Kellerbauer* in Vigaun, etwa vierzig Minuten außerhalb der Stadt. Er wollte Zoey zu ihrem Achtzehnten fein ausführen, ihr zeigen, wie man gut speist, sich das Ganze was kosten lassen, die Kinder verwöhnen. Schließlich ist es ein besonderer Geburtstag. Und bevor sie hinausgeht in diese Welt, sollte sie wissen, wie man das Gedeck benutzt, das in einem noblen Restaurant auf dem Tisch liegt. Von ihrer Mutter kann man ja nicht erwarten, dass sie ihr so was beibringt, seit sie nur noch Blätter und Kerne isst.

»Der *Kellerbauer* hat neunundachtzig Punkte im Falstaff«, sagt Wenger, »und im Gault-Millau heißt es …«

Seine Kinder sehen ihn so ausdruckslos an, dass er aufhört zu sprechen. Er starrt zurück und fragt sich, wer diese Menschen sind. Wo sind der fröhliche Bub und das altkluge Mädchen geblieben, die ihn stürmisch begrüßt haben, wenn er nachhause kam?

Für einen Moment weiß er nicht, was er sagen könnte zu ihnen, der Schweiß kitzelt in seinen Achselhöhlen. Die Kellnerin erlöst ihn, indem sie die Vorspeise serviert.

»Danke«, sagt Wenger und hat plötzlich Angst vor diesem Abend, vor seinen langen Stunden und dem Gespräch, das sie womöglich führen werden. Zoey, so scheint es ihm, hat etwas Lauerndes im Blick. Jetzt betrachtet sie Gott sei Dank das Lachstatar vor ihr auf dem Teller.

»Hast du so was schon mal gegessen?«, fragt Wenger.
»Klar«, sagt sie, er glaubt ihr nicht.
Mit dem kleinen Finger zeigt er zu der äußersten Gabel, damit sie weiß, welche sie nehmen muss. Sie schnauft trotzig. Könnte ja auch mal Danke sagen, denkt Wenger.
»Wann hast du deine letzte Prüfung?«, fragt er.
»Mit der schriftlichen Matura bin ich fertig«, murmelt Zoey, »die mündliche ist in zwei Wochen.«
»Lernst eh brav?« Er fragt es mit einem Lachen, als hätte sie es nicht nötig, und tatsächlich weiß er nicht, ob sie es nötig hat. Ist sie gut in der Schule? Er hat schon lange kein Zeugnis mehr von ihr gesehen. Aber sie wäre ja wohl kaum bis zur Matura gekommen, wenn sie nichts im Hirn hätte.
»Dann hast du bald einen höheren Schulabschluss als dein Vater«, sagt Wenger und lacht nicht mehr, weil er weiß, dass ihm dieses Lachen nicht gelingen würde.
Zoey verdreht die Augen.
»Bitte fang jetzt nicht wieder mit der Geschichte an, dass du ja arbeiten musstest in meinem Alter, weil du keine Eltern mehr hattest, und dass ich mich glücklich schätzen soll, dass ich in die Schule gehen darf.«
»Ich wollte doch nur wissen, wie es dir mit den Prüfungen –«
»Können wir über was anderes reden?«
»Okay«, nickt Wenger und löffelt seine Leberknödelsuppe aus, »dann unterhalten wir uns doch über das große Danach. Hast du dir überlegt, wo du Jura studieren willst? Bleibst du hier oder gehst du nach Wien?«
»Jura«, sagt Spin, als hätte er einen Käfer im Mund.
Seine Vorspeise hat er aufgegessen, er macht sich über den Brotkorb her, bestreicht die kleinen Scheiben mit Schmalz und Liptauer. Mit sechzehn hat man einen nagenden, tiefgehenden Hunger, der sich mit Essen nicht stillen lässt. Aber weil man das noch nicht weiß, weil man den Unter-

schied nicht versteht, isst man. Und es ist okay, soll er essen, er ist schmal und groß, schaden wird es ihm nicht.

»Ich werde nicht hierbleiben, Papa«, sagt Zoey und schaut ihm in die Augen.

Sonst geht ihr Blick meistens leicht schräg an ihm vorbei, als würde sie seine Nase fokussieren oder seine Stirn, als wäre er etwas, was sie nicht so genau sehen will.

»Gut«, stammelt er, überrascht von ihrer Klarheit, »befrei dich von der Provinz, geh hinaus in die Welt.«

Es klingt pathetischer als beabsichtigt, Zoey schüttelt leicht den Kopf.

»Und ich werde auch nicht ...«, setzt sie an, schweigt dann aber.

»Was?«, fragt er und merkt, dass Spin sie gespannt ansieht. Der Moment verstreicht, und Zoey nutzt ihn nicht. Wenger weiß nicht, was in ihr vorgeht.

Die Kellnerin nimmt die Teller mit, Zoey hat nicht aufgegessen.

»Also, wo auch immer du studieren wirst«, greift Wenger das Thema wieder auf, »ich unterstütze dich, das haben wir ja vereinbart. Ich zahle dir die Miete. Vielleicht findest du eine nette WG, dann hast du auch gleich Anschluss.«

Zoey nickt stumm.

»Es muss nicht Jura sein, das weißt du«, fährt er fort und hebt die Hand, will sie auf ihre legen, hält sich dann im letzten Moment zurück, »ich dachte nur, das würde passen, weil du so strukturiert bist. Und weil du schon als Kind gesagt hast, dass du die Welt besser machen willst.«

Wenger lächelt, er ist stolz, dass er sich noch erinnert, was Zoey als Kind wollte.

Sie schnaubt, Spin rollt mit den Augen. Er hat sich verändert, hat einen Wall gebaut aus Trotz und Grant und Gleichgültigkeit, seit Wenger ausgezogen ist. Er begegnet ihm mit einer Mischung aus Verschlossenheit und Verachtung, und da ist etwas Herablassendes in seiner Art, als hätte er, Wenger, jede Berechtigung verloren, von Spin respektiert zu werden. Sie machen es ihm nicht leicht, seine Kinder. Dabei war es das einmal. Es war leicht, von ihnen geliebt zu werden, und es war auch leicht, sie zu lieben. Nicht, als sie ganz klein waren, da definitiv nicht. Da schrien sie viel und hatten Bedürfnisse, die über allem standen, Hunger, Durst, Schlaf, der gesamte Familientagesplan war auf diese Bedürfnisse ausgerichtet. Patrizia war überfordert, sie verschwand unter dem Berg an Windeln, vollgekotzter Wäsche, geschälten Karotten für den Babybrei. Für ihn hatte sie nicht mehr übrig als ein müdes Lächeln, das gar kein Lächeln war, sondern ein reflexhaftes Erinnern der Gesichtsmuskeln. Diese Grimasse war der Grund dafür, dass Wenger Barbara eingestellt hat.

»Helfen Sie meiner Frau«, hat er gesagt, »mit den Kindern, mit dem Haushalt.«

Was er damit eigentlich gemeint hat, ohne es auszusprechen, war: »Helfen Sie mir.«

Er hat gedacht, Patrizia würde sich dann wieder ihm zuwenden. Ihm und *seinen* Bedürfnissen. Stattdessen ging sie zurück an die Uni und machte ihren Abschluss. Diesen Abschluss, den er ihr hatte verwehren wollen, indem er ihr Kinder machte.

»Ich tu das für mich«, sagte sie und bestand auch noch summa cum laude.

Gut aufgegangen war er, der Plan. Patrizia war danach eine Magistra, und die Kinder waren trotzdem da. Dann machte Patrizia sich breit auf den roten Teppichen des Landes, und Wenger fühlte sich auf vielen Partys, als wäre er ihr Anhängsel statt umgekehrt. Barbara ermöglichte das alles, Barbara blieb bei den Kindern. Bei diesen anstrengenden, fordernden Geschöpfen, die er manchmal, wenn er zuhause war, ansah und sich wunderte, dass es sie gab.

Sie machten es wieder wett, eine Zeit lang, ja, doch. Als sie sieben waren, neun, zehn, war es gut mit ihnen, sehr gut sogar. Sie waren neugierig und wissbegierig, sie hingen an seinen Lippen, wenn er etwas erklärte, sie ins Haus der Natur brachte und ins Museum der Musik, sie schauten sich gemeinsam alte Filme an, *Doktor Schiwago* und *Das doppelte Lottchen*, sie bauten Sandburgen an griechischen Stränden, aßen Pizza mit sonnengebräunten Gesichtern. Wenger hat diese Zeit genossen, er war gern Vater in diesen Jahren. Er hat nur nicht gewusst, dass das Zeitfenster derart klein sein würde.

»Solange du nichts Kreatives machst«, sagt Wenger und setzt beim Wort Kreatives imaginäre Gänsefüßchen mit den Fingern in die Luft, »das ist das Einzige, was mir wichtig ist. Bloß nicht schreiben oder was mit Kunst.«

»Was wäre denn daran so schlimm?«, fragt Zoey scharf. »Du bist doch selbst Schriftsteller, ist das nichts Kreatives, oder was.«

»Ja, eben, genau deshalb!«, entgegnet Wenger. »Ich kenn das Business, da bringst du es zu nichts.«

»Das kannst du doch gar nicht wissen«, wirft Spin ein. »Vielleicht ist was Künstlerisches genau ihr Ding?«

»Zoey und künstlerisch?« Wenger sagt es spöttisch. »Dazu ist sie doch viel zu verkopft. Nicht wahr, Schatz?«

Er wendet sich wieder an seine Tochter. Sie sieht ein wenig krank aus oder beleidigt. Dass die auch immer solche heftigen Stimmungsschwankungen haben müssen in dem Alter.

Als die Hauptspeise aufgetragen wird, ärgert Wenger sich, dass Spin und Zoey ein ordinäres Schnitzel bestellt haben. Wo sie einmal in einem Spitzenrestaurant sind. Er findet

ihre Engstirnigkeit enttäuschend. Nur sind die Zeiten, in denen er ihnen etwas vorschreiben konnte, halt vorbei. Sowieso ist er zur persona non grata geworden.
»Raus aus meinem Zimmer«, hieß es, als das Zeitfenster sich geschlossen hatte, und niemand flog ihm mehr um den Hals.
Missmutig würgt er den ersten Bissen von seinem Lammrücken mit Thymian-Honig-Glacé und Kartoffel-Baumkuchen hinunter.
»Was könnte das überhaupt sein, was macht ihr jungen Leute als Künstler? Installationen aus gebrauchten Smartphones, als Mahnung gegen den Konsumwahn, mit dem Titel Tausend Augen?« Wenger lacht, aber als Einziger. Spin und Zoey halten den Blick stur auf ihre Schnitzel gerichtet, an denen sie herumwerken.
»Du bist so peinlich, Dad«, murmelt Spin kauend.
Wenger wendet den Blick ab, schiebt sich lustlos ein Stück Lamm nach dem anderen in den Mund.
»Seit wann bin ich eigentlich Dad?«, fragt er. »Was ist mit Papa passiert?«
»Das frag ich mich auch«, entgegnet Spin.
Wenger seufzt. Was hat er sich dabei gedacht, die Kinder hierherzubringen? Sie wissen es sowieso nicht zu schätzen. Nichts von all dem, was er je für sie getan hat, wissen sie zu schätzen. Er spürt die Wut wie einen sauren Knoten im Hals. Wenn die wüssten, diese Fratzen, wie das ist, wenn einem plötzlich so ein Bündel Mensch in die Hand gedrückt und eine haltlos schwere Verantwortung auf die Schultern gelegt wird, ohne dass einem jemand sagt, wie man umgehen soll damit. Ihnen ist nicht klar, wie viel Kraft es kostet, Kinder zu haben, und gut, ja, das ist in Ordnung, woher sollen sie es auch wissen, er hat es ja selbst nicht geahnt. Sonst hätte er vielleicht gar nicht …

»Wie war die Party?«, fragt er schnell. »An deinem Geburtstag.«
Ein Schatten gräbt sich in Zoeys Mundwinkel, sie knallt das Besteck auf den Teller, obwohl sie noch nicht aufgegessen hat. War die Frage auch falsch? Herr im Himmel, was für ein Minenfeld. Wenger trinkt erneut sein Weinglas aus.
»Eh okay«, antwortet Zoey.
»Wo habt ihr denn gefeiert?«
»Ach, privat, in ... einem großen Haus.«
»Und seid ihr ausgekommen mit dem Geld?«
»Ja. Danke.«
»Apropos Geld«, sagt Wenger und holt das Sparbuch aus seiner Jacketttasche, »das ist für dich.« Er schiebt es Zoey zu. Sie greift nicht sofort danach, sieht es nur an.
»Das hab ich für dich gespart seit deiner Geburt. Und ... die Mama natürlich auch. Damit du, wenn du achtzehn bist, ein gutes Startkapital hast. Für deine Zukunft.«
Zoey zögert immer noch.
»Du kannst dir ein Auto kaufen damit. Oder zwei. Oder deine erste Wohnung einrichten. Und dann bleibt sicher noch was übrig.«
Was ist mit ihr, will sie kein Geld annehmen von ihm? So dumm kann sie ja wohl nicht sein. Schließlich schiebt sie das Sparbuch in ihre Tasche, ohne hineinzusehen.
Wenger schüttelt resigniert den Kopf.
»Alles Gute zum Geburtstag«, sagt er dann.
»Danke.«
Zoey lächelt ihn an, und er weiß genau, dass das so ein Lächeln ist, das sie nur aufsetzt, damit er Ruhe gibt. Damit er keinen Streit beginnt. Er hat selbst schon oft so gelächelt in seinem Leben.
Und auf einmal tut sie ihm leid und Spin auch. Ihr Familienzusammenhalt ist vor ihren Augen zersplittert. Ihr

Vater ist weg, stattdessen wohnt ein Jungspund bei ihnen im Haus, den sie kaum kennen. Und dann ist da natürlich noch Patrizia. Die einen überschütten kann mit Aufmerksamkeit, die ihre Liebe aber auch entziehen kann mit faszinierender Unbarmherzigkeit. Und bei der er seine Kinder zurückgelassen hat. Sie werden ihn verstehen, irgendwann. In zwanzig Jahren, spätestens. Dann werden sie andere Gespräche führen, da ist Wenger sich sicher. Gespräche, wie er sie gern mit seinem eigenen Vater geführt hätte, hätte der sich nicht schon totgesoffen gehabt. Leberzirrhose, als Wenger vierzehn war, und bis dahin hatte ihre gemeinsame Sprache aus Beleidigungen und Ohrfeigen bestanden, vom Vater zu Wenger hin, nicht in die andere Richtung. Der hat das noch dürfen, der Vater, einfach zuhauen, in das Kindergesicht, es waren andere Zeiten damals. Wie viel Frust und Selbsthass in so einem Schlag stecken, hat Wenger erst später verstanden, als sie ihn auch gepackt hat, diese Lust, die Faust zu ballen und dem Geschrei ein Ende zu setzen, diesem ewigen Kindergeschrei, und alles musste man ihnen fünfzehnmal sagen, weil sie nicht zuhörten, man musste sie rufen und ermahnen und ständig dasselbe fragen, da konnte man schon mal die Geduld verlieren, so als Mensch.

Aber er schlug sie nie.

Die Mutter hat noch zwei Jahre länger durchgehalten, dann hat auch sie sich im Alkohol aufgelöst. Vollwaise mit sechzehn, und als er später Kinder bekam, hatte Wenger kein Vorbild, auf das er hätte zurückgreifen können, kein gespeichertes Wissen, wie man das macht mit dem Elternsein. Wie man es gut macht.

Die Kellnerin runzelt die Stirn, als sie die Teller mitnimmt und sieht, wie wenig er gegessen hat.

»War etwas nicht in Ordnung?«, fragt sie höflich.

Die Wahrheit wäre, zu sagen, dass ihm der Appetit vergangen ist, dass sein Magen voller Gram ist und halt sonst nichts mehr hineinpasst.

»Ein bisserl trocken«, sagt Wenger, ohne sie anzuschauen.

»Das tut mir leid«, entgegnet die Kellnerin, sie ist klein und hat rot gefärbte Haare, sie ist dezent geschminkt und ihr Alter ist schwer zu schätzen, sie könnte Anfang zwanzig sein oder Mitte dreißig. Das Licht ist schummrig in diesem Restaurant mit seiner urigen Atmosphäre, in dem man nur am fehlenden Lärm merkt, dass man nicht in einem gewöhnlichen Wirtshaus sitzt. Es ist ruhig, gediegen, man kommt hierher, um zu genießen, nicht, um die Sau rauszulassen und sich anzusaufen.

»Schon in Ordnung«, sagt Wenger.

Sie bestellen eine zweite Runde Getränke und bekommen die Nachspeisenkarte.

»Übermorgen ist Mama zurück«, sagt Spin.

»Ach, sie ist noch Mama, ja?«, fragt Wenger scharf. »Nicht Mom?«

»Eigentlich nennt er sie die Schöne«, sagt Zoey und schmunzelt.

Wenger muss ebenfalls grinsen, dann lacht Spin los, die anderen stimmen ein, und es ist gut. Ein spontanes Lachen, es vertreibt die düstere Stimmung am Tisch.

»Schön ist sie ja wirklich«, sagt Zoey.

Wenger sieht seine Tochter an, die jetzt erwachsen ist, offiziell, die eigene Entscheidungen treffen kann und wird. Seit sie ihre langen blonden Locken abgeschnitten hat, sticht sie deutlicher heraus aus der Welt. Sie hat einen selbstsicheren Style, sie trägt klare Schnitte und nichts zu Buntes, das mag er. Hat er ihr schon gesagt, wie gut ihr die neue Frisur steht?

»Das bist du auch«, entgegnet er.

»Die Schöne will mit ihr ein Pilates-Video drehen«, Spin ignoriert den Schlag, den Zoey ihm auf den Oberarm gibt, »irgendwo in Tirol. Für ihre Onlineplattformen.«

»Sie will *was?*«
In seinem Entsetzen ist Wenger zu laut, er merkt es an den Köpfen, die sich an den Nachbartischen in seine Richtung drehen.
»Geht das nicht auch leiser?«, fragt Spin süffisant, und okay, ja, diese Retourkutsche hat er verdient, die muss er ihm durchgehen lassen.
Zoey hebt hilflos die Schultern, als wäre ihr kalt.
»Das ist nun mal, wo sie mich sieht«, sagt sie, »aber ich werde da nicht mitmachen.«
»Wobei es eh egal ist, was ich mache«, fügt sie dann hinzu, »sie wird nie zufrieden sein mit mir.«
Wenger zögert. Patrizia ist nicht da, er sollte ihr nicht in den Rücken fallen. Und die Kinder müssen mit ihr zusammenleben, zumindest noch für eine Weile. Es ist nicht klug, die beiden aufzuhetzen.
»Sie will ... nur das Beste für dich. Für euch.«
»Ah, fuck off, Dad«, blafft Spin ihn an.
»Eben das, was sie für das Beste hält.«
»Man kann sich an ihr kaputtlieben«, sagt Zoey, »und es wird dennoch nie genug sein.«
»Sie hat eben noch nie weiter gesehen als bis zu ihrer Nasenspitze«, wirft Wenger ein.
»Du aber auch nicht. Ihr seid Egoisten, alle beide«, entgegnet Spin. »Ihr habt immer schon nur das getan, was gut für euch selbst war.«
Sie nehmen die Getränke in Empfang und bestellen die Nachspeise. Wenger ist froh, dass er dank dieser Unterbrechung nicht antworten muss. Spin hat sich Apfelknödel ausgesucht, Zoey die Schokoterrine.
»Ich verzichte«, erklärt Wenger der Kellnerin und klopft leicht auf seinen Bauch.
Sie tut ihm nicht den Gefallen, zu lächeln.
»Die heile Welt habt ihr doch sowieso nur gespielt«, fährt

Zoey fort, sie lässt ihn nicht entkommen, »da hättet ihr die Farce noch ein, zwei Jahre aufrechterhalten und das ganze Scheidungsdrama erst dann stattfinden lassen können, wenn Spin und ich weg gewesen wären.«

Und jetzt findet Wenger es ungut, dass die Kinder ihm gegenübersitzen und eine Front bilden gegen ihn. Wie sie ihn so anschauen mit diesem Konfrontationswillen. Damit hat er nicht gerechnet.

»Ich hätt mich eh nicht scheiden lassen«, sagt er, »aber ... es ist kompliziert.«

»Noch so eine sinnentleerte Floskel«, ätzt Zoey, »mehr kommt nicht vom Herrn Schriftsteller?«

Wenger zuckt zusammen. Diese Spitze hat ihn getroffen, und er kann es nicht schnell genug überspielen.

»Übrigens schreibe ich wieder«, sagt er.

»Lenk nicht ab.«

Die Kellnerin stellt ihm ein großes Brett mit allerlei Süßspeisen hin.

»Das ist unsere Dessertvariation«, sagt sie, »die geht aufs Haus. Als Entschuldigung für das Lamm.«

»Das war doch nicht nötig«, murmelt Wenger überrascht.

»Cool«, sagt Spin.

Und jetzt lächelt die Kellnerin doch.

»Ihr müsst mitessen«, fordert Wenger die Kinder auf, und Zoey versenkt sofort ihren Löffel in den Leckereien.

»Wenn Mama mir mal nicht auf die Finger klopfen kann«, sagt sie mit vollem Mund und grinst. Wenger hofft, dass sie jetzt vielleicht ein bisschen lockerer wird. Warum ist sie überhaupt so verkrampft? Das sollte doch eine gute Zeit sein für sie, diese Phase zwischen Schule und Erwachsensein, die Freiheit so nah, dass sie sie riechen kann. Eine Zeit voller Partys und Schmusereien und ... hat sie schon Sex? Er betrachtet sie, den sanften Schwung vom Kinn bis zum Ohrläppchen, die schwarz lackierten Nägel, die ungeschminkten Lippen. Gibt es einen Kerl, der verliebt ist in seine Tochter, der gern ihr Lachen hört, ihr abends beim Schlafengehen Nachrichten schreibt? Er weiß zu wenig über das Leben seiner Kinder. Wenn es nur nicht so schwer wäre, mit ihnen zu reden!

»Es tut mir leid«, sagt er dann, »ich wollte euch nicht wehtun.«

Sie sehen ihn nicht an, ziehen mit ihren Löffeln Spuren durch ihre Desserts. Gehässige Antworten fallen ihnen offenbar keine mehr ein. Aber wenigstens hat er das mal ausgesprochen. Es wurde ja eigentlich auch Zeit, das muss er zugeben.

Das Paar am Nachbartisch begleicht die Rechnung und steht auf. Er, wesentlich älter als sie, hilft ihr, wesentlich schöner als er, in den Mantel. Als sie fast an der Tür sind, raunt Wenger: »Die zwei sind sicher auch nur wegen seinem Portemonnaie zusammen.«

Vielleicht rettet es den Abend, wenn sie über andere Leute reden und nicht über ihre eigenen Verfehlungen. Oder besser gesagt seine.

»Nur weil sie jünger ist als er?«, fragt Zoey und legt ihren Löffel weg.

»Na ja, und attraktiver. Was will die Schnalle denn sonst mit so einem alten Zausel?«

»Du kannst sie doch nicht einfach Schnalle nennen!« Zoey reißt die Augen auf.

»Ja, sorry, was ist das für dich, wenn eine Frau es für Geld macht?«

»Du weißt doch gar nicht ...«

»Ich kenn die Frauen ihrer Sorte. Denkt ihr, die hätten sich nicht auch an meinen Arm gehängt, als ich erfolgreich war?«

»Wir wissen, dass viele Frauen an deinen Armen hingen, Dad«, sagt Spin.

»Seit wann gibt es überhaupt Sorten bei Frauen?«, erbost sich Zoey. »Das ist so abwertend.«
»Ach, Schatz, du bist alt genug, du weißt, wie es läuft. Manche Frauen sind ... berechnend. Sie werfen sich einem Mann an den Hals, der Geld hat. Und nutzen ihn aus.«
»Vielleicht werden sie ja auch ausgenutzt?«
»Zwingt sie doch keiner, mit dem Alten in die Kiste zu steigen.«
Wenger spürt, dass der Grat, auf dem er sich bewegt, schmal geworden ist. Dass der Wein ihm zu Kopf gestiegen ist, spürt er auch, und dass er aufpassen muss, was er sagt.
»Manchmal ist das nicht so einfach, manchmal kann man nicht so leicht aus einer ... Situation heraus«, sagt Zoey.
»Ach, so ein Schmarrn. Die haben das doch selbst in der Hand! Zuerst malen sie sich die Lippen an und flirten, und dann schreien sie rum, weil ein Kerl ihnen an den Arsch gegriffen hat.«
Jetzt reißt auch Spin die Augen auf.
»Dad«, sagt er warnend.
Zoey ist blass geworden.
»Stell dich nicht so an«, zischt Wenger ihr zu, »du bist jetzt achtzehn, ich kann nicht für immer auf dich aufpassen.«
Sie greift nach ihrem Wasserglas, und Wenger sieht, dass ihre Hand zittert.
»Ich beschäftige mich gerade mit dem Thema«, rudert er mit neutraler Stimme zurück, »weil ich darüber schreibe. In meinem neuen Roman geht es um ... also, um Sex und um die Missverständnisse zwischen Mann und Frau. Dass eine Situation fehlinterpretiert wird, dass etwas außer Kontrolle gerät.«
»Missverständnisse«, wiederholt Zoey und sieht aus, als käme ihr das Dessert gleich wieder hoch.
»Ja, das passiert doch ständig. Er denkt, sie will, sie ziert sich, er nimmt ...«

Zoeys Blick schneidet ihm das Herz auf. Wenger fängt an zu stammeln, verliert den Faden. Warum schaut sie denn so?
»Jedenfalls bin ich auf die Idee zu dem neuen Buch gekommen, weil ich letztens ein Date hatte mit –«
»Ein Date?«, fährt Spin erstaunt dazwischen. »Jetzt wird es interessant.«
»… einer, die ein bisschen jünger war als ich, von Tinder …«
»Du bist auf Tinder?«
Spin lacht herzhaft und laut.
Zoey rührt sich nicht, sieht Wenger immer noch an mit diesem Aufspießblick, der ihm den Mund trocken macht und die Seele. Er redet schneller.
»… das war ein totaler Reinfall, sie hatte die ganze Zeit ihr Smartphone in der Hand, wahrscheinlich hat sie ihrer Freundin geschrieben, rette mich, der Typ ist grausig und alt …«
Zoey lächelt nicht, wie er gehofft hat.
»… oder vielleicht hatte sie auch eine Wette verloren und ich war der Einsatz, eine halbe Stunde später ist sie schon wieder abgeholt worden. Das war das kürzeste Date meines Lebens.«
Unter seinem Hemd sammelt sich der Schweiß. Ihr Blick ist vorwurfsvoll, das hat sie von ihrer Mutter. Und traurig. Unfassbar traurig, er will sie vergraben in einer Umarmung, die nie mehr aufhört.
»Außer damals, die ganz Junge, die du auf dieser Buchparty gebumst hast, wann war das, 1975?«, fragt Spin. »Das hat wohl auch nicht länger gedauert.«
»1994«, sagt Wenger grimmig, »1975 war ich gerade mal zwölf.«
»Mhm«, macht Spin und lässt nicht ab von ihm, »also warst du fast dreißig. Und sie?«
»Achtzehn, das weißt du doch, sie war achtzehn.«
»Ja, seit ungefähr zehn Minuten.«

»Es waren eher drei Stunden.«
»Du wärst echt dran gewesen. Wegen Verführung Minderjähriger. Du hättest ins Gefängnis kommen können.«
»Ich hab doch nicht gewusst, dass sie so jung ist, Herrgott! Sie war total angemalt, und ich war … betrunken.«
»Aber dass sie die Tochter von dem war, der diesen Literaturpreis gewonnen hat, das hast du schon gewusst.«
»Ja.«
»Den Preis, den du gern gehabt hättest.«
Diese alte Geschichte. Warum muss Spin die jetzt aufwärmen? Es ist doch lange her. Und es ist so viel darüber geredet und geschrieben worden. Sie hat ihn wirklich bekannt gemacht, nicht das Buch allein. Die Frau, mit der er auf der Toilette erwischt worden ist, ihr Kleid oben, seine Hose unten, die entscheidenden Körperstellen schon zusammengefügt, die Frau, die kurz zuvor, um Mitternacht, volljährig geworden war.
»Mich würde interessieren, wie ihre Version der Geschichte lautet«, sagt Zoey leise.
»Dazu gibt es ein offizielles Statement, meine liebe Tochter«, giftet Wenger sie an, »schließlich hat ihr Vater mich angezeigt. Charlotte hat ausgesagt, dass der Sex einvernehmlich war. Ich habe mir nichts zuschulden kommen lassen.«
»Du weißt noch ihren Namen«, sagt Spin.
»Natürlich. Wofür hältst du mich, für ein Tier?«
Spin lässt die Frage unbeantwortet, und das ist schlimmer, als jede Antwort es hätte sein können.
»Aber Papa«, sagt Zoey, »wie einvernehmlich kann etwas sein, wenn der Mann sozial höhergestellt ist und kräftiger außerdem, und die Frau … ein Mädchen?«
»Sie war achtzehn!«, betont Wenger noch mal.
»Ja«, sagt Zoey und lässt einen Moment verstreichen, »wie ich.«

Das Schweigen, das sich ausbreitet, ist so angefüllt mit all den Dingen, die sie nicht aussprechen, dass es Wenger vorkommt wie Lärm. So ein lautes Schweigen hat er überhaupt noch nie gehört.
Er will nachhause. Mit einer fuchtelnden Bewegung bedeutet er der Kellnerin, dass sie die Rechnung bringen soll. Sie scheint fast ein wenig froh darüber zu sein. Wahrscheinlich hat bereits das halbe Restaurant mitbekommen, dass sie keinen sehr beschaulichen Familienabend verbringen. Er bezahlt, gibt ein großzügiges Trinkgeld, sie ziehen sich wortlos an.
Draußen, auf dem Weg zum Auto, bereut Wenger, dass er mit den Kindern hierhergekommen ist, so weit weg von der Stadt. Er hat gedacht, dann müssten sie sich alle drei benehmen, weil keiner aufstehen und gehen könnte, weil sie gemeinsam nachhause fahren müssten. Jetzt stehen ihm vierzig Minuten Fahrt in diesem grausigen lauten Schweigen bevor. Aber er ist nicht mehr motiviert, zu reden. Er hat sich entschuldigt, er hat sich erklärt, ihm ist die Lust vergangen und der Wille auch. Seine Kinder sitzen auf der Rückbank, Schulter an Schulter, jeder sieht auf seiner Seite aus dem Fenster. Sollen sie eben still sein, umso besser.

Juni 2017

Manchmal denke ich, die Welt wäre gut, bestünde sie nur aus Bäumen, aus Wipfeln und Blättern und Rauschen, aus Wachsen und Ruhe. Hast du gewusst, dass Linden bis zu tausend Jahre alt werden, dass sie sehr widerstandsfähig sind und im Sommer weiße Haare auf der Rinde bekommen? Die Vorstellung gefällt mir, ein Baum mit dichtem, kugelförmigem Blattwerk zu sein, behaart wie ein Tier, tief in der Natur verwurzelt, stoisch, alt. Frei.
Heute hat mich ein Mann berührt. Er meinte es nicht böse, er wollte mir nichts tun, und doch. Ich habe ihn weggestoßen, ich habe geschrien, es gab einen Aufruhr, Leute sind herbeigeeilt, haben auf mich eingeredet, in diesem schnellen, zischenden Italienisch, das ich nur mit so viel Zeitverzögerung verstehe. Ich bin in die Pigna gelaufen, um mich zu verstecken, gekeucht hab ich und geschwitzt, viermal hab ich geduscht seither, musste mich zwingen, das Wasser abzudrehen, wollte das Prasseln haben und das Hinunterrinnen. Meine Haut ist aufgequollen, ich stand lange vor der Badezimmertür und habe die Klinke auf und nieder bewegt, bevor ich hinausgehen konnte, sah mir selbst zu bei meinen Zwangshandlungen mit Spott in den Gedanken und konnte doch nichts ändern daran. Er hat mich angesprochen, ein Italiener, mit einem Lächeln, einem Zwinkern, »Ciao, cara«, hat er gesagt, »posso aiutarti? Da dove vieni?« Ich habe mich erschrocken, er war zu nah, kann ich dir helfen, hat er gesagt, woher kommst du, er hat nur geflirtet, nur geredet. »Vuoi bere un caffè?«, hat er gefragt, er war jünger als ich, gutaussehend, freundlich, ich weiß, er wollte mir nicht wehtun, aber mein Körper hat es mir nicht geglaubt. Die Hand hat er mir auf die Schulter gelegt, wie um mir klarzumachen, dass er mit mir spricht, dass ich antworten soll, möchtest du einen Kaffee trinken, und ich erinnere mich nicht, was geschehen ist. Schwarz ist der

Moment in meinem Gedächtnis, der Mann blutete plötzlich an der Augenbraue, er starrte mich an.
Sein Blick geht mir nicht aus dem Sinn.
Ich sitze auf dem Boden, in alle Handtücher gehüllt, die ich habe, ich muss mit meinem Daumen jede Fingerkuppe berühren in einem bestimmten Rhythmus, ich kann nicht aufhören damit.
Es tut mir sehr leid.
Ich würde mich entschuldigen, wenn ich könnte.
Sein Blick, der so verblüfft war und verletzt.
Er konnte nicht ahnen, dass Berührungen Trigger für mich sind, dass ich wund bin, dass die silberne Flüssigkeit aus mir herausströmt, sobald man mich anfasst. Jetzt sitze ich hier, drücke den Daumen an die Fingerkuppen und habe Angst. Ich habe immer noch Angst.
Es dauerte ein Jahr, ein ganzes Jahr.
So ist das mit der Zeit, du denkst, du bist in ihren Händen geborgen, dabei drehen sie dir langsam den Hals um.
»Ich will Ihre Buchhandlung kaufen«, hat er gesagt, das war der erste Satz aus seinem Mund, gegrüßt hat er nicht, auch nicht seinen Namen genannt. Ein großer Mann mit glattem Gesicht, Augen aus grünem Stein, dunkelblondem Haar und Dreitagebart, ein schöner Mann. Einer, der sich leger kleidet und lässig gibt, der aber das Nonchalante plötzlich gefrieren lassen kann, sodass es eisig wird rund um ihn. Einer, bei dem man wachsam ist, wenn man klug ist. Aber ich war nicht klug, ich habe gelacht, habe in dieses glatte Gesicht gelacht, zu diesem Mund mit dem arroganten Zug.
»Die Buchhandlung steht nicht zum Verkauf«, habe ich gesagt.
»Ich brauche das Haus. Ich besitze das Nachbarhaus. Beide Nachbarhäuser.«
Er hat es mit der Überlegenheit derer gesagt, die alles bekommen, die das, was sie möchten, bereits als ihres betrachten. Das Lachen in mir hat aufgehört.
»Ich verkaufe das Haus nicht«, habe ich sehr bestimmt wiederholt.
»Sie sind doch nur eine Frau«, hat er gesagt, sehr freundlich, in

dem Ton, in dem man sagt »Ich lade dich zum Essen ein« oder »Ich habe Sehnsucht nach dem Meer«. Dann ist er gegangen, ich habe ihm hinterhergeschaut und mit den Achseln gezuckt, die Tür abgeschlossen, nicht mehr daran gedacht. Ich habe es dir nicht erzählt, nicht gleich, ich habe dem keine Bedeutung zugemessen.

Du fehlst mir.

Du bist ein Phantomschmerz. Du bist nicht da, und doch spüre ich dich, spüre deine Abwesenheit mehr als alles andere. Ich sitze hier, in der Pigna, hier an diesem einen Ort von allen Orten auf der Welt, ich halte die Augen geschlossen und denke an Bäume.

#loveofmylife

Ich verlasse das Schulgebäude. Ich habe das so oft getan in den letzten acht Jahren, und doch ist heute alles anders. Es ist das letzte Mal. Ich bin fertig mit meiner Schulbildung, mit der Matura, ich habe die Hand geschüttelt bekommen vom Direktor und den Lehrern, ich habe ihre Fragen beantwortet und mich durch die Prüfung gezittert, ich trage ein Kleid und einen Blazer und Schuhe mit Absätzen. Ein Lächeln trage ich auch. Die Tür fällt hinter mir zu, draußen scheint die Sonne. Ich höre auf die Geräusche, die die Stadt macht. Die anderen Schüler, die mit mir dran waren, sind weg, ich habe mich auf der Toilette versteckt, um nicht mit ihnen reden zu müssen. Dieser Moment soll nur für mich sein. Ich stehe da, die leere, stille Schule im Rücken, und atme. Ich bin nicht wehmütig. Es fühlt sich gut an und richtig. Es ist Zeit, zu gehen. Als ich die Treppen hinunterlaufe, schaue ich nicht zurück.

Ich schicke Spin ein GIF, *Nailed it*, gleichzeitig erhalte ich eine Nachricht.

Wie ist es gelaufen?, fragt Jonathan. *Kommst du zu mir zum Feiern? Wir könnten ... anstoßen*, und er hat diesen Sex-Smiley hinzugefügt, das Emoji mit dem schiefen Grinsen, ohne das die meisten Jungs wohl nicht wüssten, wie sie Sex andeuten sollten.

Es flattert in mir drin, ich würde gern kleine Hüpfer machen oder ein Lied summen.

K, schreibe ich zurück.

Jonathan wohnt in der Nähe, fünfzehn Minuten zu Fuß.

Hab's geschafft, schreibe ich Mama und Papa, bekomme jedoch keine Antwort.

Spin schickt ein GIF zurück, auf dem einem Olympiasieger eine Medaille umgehängt wird.
#soproud, schreibt er dazu. Wir werden trinken, heute Abend, nach der Premiere seiner Theateraufführung, er und ich und meine Klassenkameraden und Mario, ungefähr dreißig Leute, wir werden viel trinken, es muss sein, wir werden den Abschied ertränken und die Furcht, die durch unsere Euphorie schimmert. Wir werden uns Anekdoten erzählen, dieselben wie seit Jahren, von der Französischlehrerin, die während des Unterrichts in den Blumentopf gekotzt hat, von dem Skiausflug, bei dem sich gleich vier Schüler was gebrochen haben, wir werden einander versichern, dass wir in Kontakt bleiben, auch wenn wir in verschiedenen Städten studieren, dass wir die Freundschaften erhalten und die Erinnerungen. Und irgendwo in mir drin werde ich mich darauf freuen, von ihnen wegzukommen, selbst wenn ich mir noch nicht vorstellen kann, wie mein Leben sein wird ohne Liv, ohne Babsi und Angie, ohne die Lehrer, ohne alle diese Menschen, die ich jeden einzelnen Tag gesehen habe, so viele Jahre lang. Es wird anders. Und das ist gut.

Als wir in der fünften Klasse nach München gefahren sind zu einer Sonderausstellung im Technischen Museum, hat sich jemand vor unseren ICE gelegt. Wir mussten warten, stundenlang, draußen liefen Feuerwehrmänner und Rettungskräfte durch den Schnee, ich mochte mir nicht ausmalen, was sie suchten und fanden. Wir wurden aus dem Zug geholt, über eine Evakuierungsbrücke, auf freier Strecke, um mit Ersatzbussen weiterzufahren. Vierhundert Menschen waren in diesem ICE, den einer sich ausgesucht hatte, um sein Leben zu beenden, ausgerechnet diesen Zug, diesen einen, in dem wir saßen, von allen Zügen am Tag, in der Woche. Was mochte der Auslöser gewesen sein, hatte dieser Jemand es lange geplant oder spontan gehandelt? Personenschaden nannte es der Schaffner in seinen Durchsagen, ein nüchternes, kaum verschleierndes Wort. Wessen Sohn oder Tochter war der Selbstmörder wohl gewesen? Wessen Bruder oder Schwester, wessen Freund oder Freundin? Und der Lokführer, was hatte er gesehen, was hatte er gedacht in diesem Moment, in dem er schon wusste, dass er nicht mehr würde bremsen können? »Vierzehn Wagen sind drübergefahren, bevor wir stehen geblieben sind«, sagte Florian, er hatte das irgendwo aufgeschnappt, und die Jungs lachten, aber es war so ein Lachen, das sich fast anhört wie ein Würgen. Während ich durchs Fenster nach draußen starrte, malte ich mir aus, wie dieser Mensch durch den Wald gegangen war auf dem Weg zu den Gleisen, wie er durch den Schnee gestapft war, seine letzten Schritte getan hatte, vielleicht geweint hatte dabei, und setzt man sich da noch eine Mütze auf, zieht man da noch Handschuhe an, damit man nicht friert? Wie er sich auf die Schienen gelegt und gedacht hatte, gleich kommt der Zug, gleich kommt der Zug. Und wie der Zug dann gekommen war.

Jonathan küsst mich an der Tür und zieht mich ins Haus. Er lebt mit seinem Vater zusammen, seine Mutter ist zurück nach Spanien gegangen, als er drei oder vier Jahre alt war. Ich habe sie kaum jemals zu Gesicht bekommen, in den Ferien ab und zu oder an Weihnachten. Ich weiß, sie hat diese wilden Locken, die er von ihr geerbt hat, und nervöse Augen.

»Sie wollte mich nicht bei ihm zurücklassen«, hat Jonathan mir erzählt, als wir im Sommer vor ein paar Jahren mit Bettlaken ein Zelt gebaut haben auf seinem Balkon, »aber mein Vater hatte den besseren Anwalt.«

Er hat es mit einer Stimme gesagt, aus der längst jede

Sehnsucht verschwunden war. Seine Mutter hatte einen Spitznamen für ihn, ein gurrender Laut war das, den ich nicht nachmachen kann. Ich frage mich, wie oft er sie sieht. Ob sie ihn besucht oder er sie, ob sie ihm zur bestandenen Matura gratuliert hat, obwohl sie viel weiter weg ist als meine Eltern.

»Keiner zuhause«, sagt Jonathan lächelnd und zieht sich das Shirt aus.

Er trägt nichts außer engen Boxershorts, und ich bin ein Kribbeln. Ich will ihn, ich habe keinen Gedanken mehr im Kopf und keine Worte im Mund. Seit wir miteinander schlafen, bin ich verstummt in seiner Gegenwart, bin nur noch ein Körper und ein Sehnen und ein Wollen. Ich möchte ihn berühren, bis meine Finger die Geheimnisse seiner Haut kennen, bis sie gespeichert haben, wo er Muttermale hat und Grübchen und Narben aus seiner Kindheit, bis sie ihn lesen können, als wären meine Augen blind. Immer ist es zu schnell vorbei, jede einzelne Begegnung, wir vögeln, wir kuscheln und reden, trennen uns wieder. Und wenn ich dann gehe, gehe ich vorwärts wie jemand, der eigentlich zurückwill.

Über das Treffen nachzudenken dauert länger als das Treffen selbst, ich muss alle Bewegungen in meiner Erinnerung wiederholen, alle Blicke, alle Worte. Ich weiß nicht, wo wir stehen, ob wir jetzt friends with benefits sind oder nur der benefit, ohne Freundschaft, ohne Beziehung. Aber ich weiß, dass ich nicht darauf verzichten kann, Jonathans Haut an meiner zu spüren.

In seinem Zimmer hängt ein Bild von Maja neben dem Bett, und jedes Mal muss ich mich zwingen, es nicht anzusehen, so zu tun, als hätte ich einen Gesichtsfeldausfall genau an der Stelle. Natürlich sehe ich es trotzdem, und Maja lacht auf dem Foto in die Kamera, als wäre sie eine scheiß Schönheitskönigin. Ich möchte es zu Boden werfen und zerschmettern, Jonathan mit einer Scherbe schneiden, eine Narbe hinterlassen, damit er mich nicht mehr vergessen kann.

»Süßes Outfit«, sagt er, »so seriös«, und zieht mir den Blazer aus, zieht mir das Kleid aus, zieht mir den BH aus. Er greift mir ins Höschen, ich schließe die Augen.

Jedes Mal, wenn ich ihm so nah bin, möchte ich »Ich liebe dich« sagen. Sie liegen da, die Worte, auf der Spitze meiner Zunge, ich küsse sie in Jonathan hinein, ich lege sie auf seine Haut, an sein Ohr, seinen Hals, überallhin, wo meine Zunge ihn berührt, und trotzdem bemerkt er sie nicht. Er ist taub dafür, dabei bin ich doch hier, ich bestehe nur aus diesem Blick, mit dem ich ihn nicht ansehen kann, und diesen Worten, die ich ihm nicht sagen kann.

Hinterher liegen wir nackt nebeneinander im Bett, und Jonathan schaut mich an.

»Wie waren die letzten Prüfungen? Was kam in Geschichte?«

»Reformation, Luther und das ganze Drumherum. Der Hofer hat mir sogar ein bisschen geholfen. Die Lehrer waren alle nett, ich glaub, die sind froh, dass sie uns los sind.«

»Mit Sicherheit.«

Er lacht.

»Wie ist es dir gegangen gestern?«

»Auch gut. Maja hat mir schnell einen Schummelzettel zugesteckt, als die Gmeiner nicht hingeschaut hat. Das hat mich gerettet.«

»Mhm.«

Mein Gesichtsfeldausfall funktioniert nicht sehr gut, ich sehe Maja lachen. Maja, die im Sommer nur einen neonfarbenen Badeanzug trägt mit einer extrem kurzen Jeans darüber, die mit einer geschmeidigen Bewegung in den See springt und so tut, als bemerke sie die neidischen Blicke der anderen nicht. Maja mit der Die-Welt-dreht-sich-um-mich-Attitüde. Maja, die mit Jonathan zusammen ist.

»Apropos«, sagt Jonathan und schaut auf die Uhr, »ich muss gleich los. Ich muss sie von der Gitarrenstunde abholen, hab ihr Auto.«
Am Abend wird er mit Maja zur Maturafeier kommen, dann werde ich den Kopf sehr lange sehr schief halten müssen, um sie aus meiner Umgebung zu schneiden.
»Okay«, sage ich, als würde es mir nichts ausmachen, und will aufstehen, um mich anzuziehen.
»Aber ein paar Minuten hab ich noch«, sagt Jonathan und hält mich fest und küsst mich noch mal und legt sich noch mal auf mich und hört noch mal nicht, dass ich ihn liebe.

In der Dunkelkammer geht die Zeit anders. Ich spüre es schon, wenn ich durch die Lichtschleuse komme, durch die Tür, die schwarzen Vorhänge, wenn ich in der Dunkelheit stehe, die gleich hier vorn zäh ist und dicht. Die Zeit macht einen Bogen um die Dunkelkammer herum. Sie wird ausgesperrt wie das Licht, sie dringt nicht ein. Nur frische Luft kommt durch das Labyrinth aus rechtwinkligen Kanälen mit schwarz gestrichenen Innenseiten, und mir gefällt alles hier drin, das Düstere, das rote Licht, die Stille, sogar die Bezeichnungen, lichtempfindlich, Emulsion, diffus, orthochromatisch. Es ist eine eigene Sprache, und ich will sie lernen.
Nachdem ich bei Jonathan war, tut mir alles so weh, dass ich hierhermuss. An diesen Ort, an dem die Zeit mich nicht finden kann, an dem ich versinken kann in einer Beschäftigung, sodass ich aufhöre zu grübeln, an dem ich etwas mit meinen Händen tue, etwas verändere, etwas herstelle. Etwas, das es vorher nicht gab und das man nachher betrachten kann, anfassen kann. Das nicht nur in meinem Kopf besteht wie diese Liebe zu ihm.
Farbfilme muss man im Tank entwickeln, deshalb experimentiere ich lieber mit Schwarz-Weiß. Ich kann zusehen,

wie die Bilder auftauchen, ich kann Einfluss nehmen, ausprobieren, was bei Berührung geschieht und was bei weißem Licht. Pseudo-Solarisation heißt das, auch so ein Wort in meiner neuen Sprache. Und obwohl ich inzwischen weiß, wie es geht, wundere ich mich immer noch darüber, dass ein Bild entsteht. Wo ist es gespeichert, wo war es, bevor ich es sichtbar gemacht habe mit chemischen Mitteln? Stets zeigt es einen Moment, der nicht wiederkehrt. Ich hantiere mit toten Dingen, und doch sehen sie, wenn mein Bild gelungen ist, lebendig aus.

Ich habe viele Fotos ruiniert, wollte Effekte erzeugen, die bloß aussahen wie Fehler, habe die falsche Belichtungszeit gewählt oder mit dem Streulicht alles zerstört. Das macht nichts. So ist es mit neuen Vokabeln, man weiß nicht, wie man sie aussprechen muss. Aber das kann man üben, und irgendwann hat man sie gespeichert, irgendwann wird daraus eine Fähigkeit, nichts, was man ererbt, sondern sich angeeignet hat, und vielleicht ist sie dadurch mehr wert.

Manche Negative vergrößere ich nicht in der Dunkelkammer, sondern ich scanne sie ein, um digital damit zu arbeiten. Hybridfotografie nennt man das, und es beruhigt mich, dass es Begriffe gibt für alles, was ich mache, weil das bedeutet, dass es auch Menschen gibt, die sich damit auskennen, dass es Literatur dazu gibt und Studiengänge und jemanden, der mir das erklären kann, eines Tages. Falls ich mich entscheide, hinzugehen und zuzuhören.

Die Hasselblad ist jedes Mal kalt, wenn ich sie berühre, und ich muss den Impuls unterdrücken, die Hand wieder zurückzuziehen. Es dauert, bis Finger und Kamera sich anfreunden, bis sie warm werden miteinander, und so richtig verliere ich das Gefühl nie, dass das ein Fremdkörper ist, der da in meiner Hand liegt. Ich fotografiere aus Trotz mit ihr. Ich benutze sie, weil ich nicht will, dass Fred gewinnt. Ich habe so lange geträumt von dieser Kamera, wie könnte ich sie jetzt wegwerfen? Was sollte ich tun mit ihr, außer zu fotografieren? Und mir die gleiche noch mal zu kaufen wäre doch verrückt, eine sinnlose Geldverschwendung. Nein. Ich muss da drüberstehen. Es ist nur ein Ding, aus Metall und Glas, Spiegel und Film.

Ich bin einfach ins Studio gegangen, habe Tanja gegrüßt und die Kunden, die gerade da waren, habe Fred zugenickt und den Schlüssel für die Dunkelkammer aus der Tasche geholt. Ich habe ihm in die Augen gesehen dabei, damit er nicht merkt, wie viel Kraft es mich kostet, so selbstbewusst und forsch aufzutreten. Wie eine, die keine Angst hat. Ich habe seinen Blick festgehalten und mir vorgestellt, dass ich stark bin, richtig stark, dass Strom durch meine Adern fließt, dass ich Felsen zerschmettern kann mit meinen Fingern. Dabei hatte ich in Wahrheit Herzrasen und schweißnasse Achseln. Tanja hat die Augenbrauen hochgezogen und den Eindruck gemacht, als wollte sie etwas sagen, doch sie hat geschwiegen. Einen Moment haben wir über den Blickkontakt miteinander gerungen, Fred und ich, dann hat er genickt, und damit war es besiegelt. Er hat gedacht, ich traue mich nicht, er hat gedacht, ich gebe klein bei. Aber was er nicht verstanden hat, ist, dass ich mir Raum zurückerobern muss.

Ich will die Dunkelkammer. Ich brauche die Dunkelkammer, ich werde nie wieder im Leben so eine Chance haben, das Entwickeln zu lernen. Doch ich bin nicht dumm. Ich fotografiere mit meinem Handy den Studioplan, der im Büro hängt, und komme nur, wenn Shootings stattfinden und das Haus voller Leute ist. Ich schließe hinter mir ab und lasse den Schlüssel innen stecken. Ich verlasse das Studio stets, wenn noch jemand da ist. Ich schaue grimmig, wenn ich an Fred vorbeigehe, ich trage einen unsichtbaren Schild aus Trotz vor mir, er lächelt freundlich, er sagt nie ein Wort. Ich frage mich, ob man vielleicht tatsächlich stark wird, indem man einfach keine Schwäche zeigt. Oder ob ich mich selbst belüge. Denn in Wahrheit ließe ich mich sofort verjagen, sollte er es versuchen. Es mag absurd sein, doch die Dunkelkammer ist trotz allem mein Refugium geworden, meine stille Zone, meine Zeitkapsel. Sie ist klein, nicht einmal sechs Quadratmeter, und das rote Licht gibt mir das Gefühl, in einer Höhle zu sein, in einem U-Boot, einem Mutterbauch. Meine Perspektiven haben sich verschoben, die Welt ist zu weit, ich verliere mich darin. Nur die Dunkelkammer hat die richtige Größe für mich. Hier kann ich alles aussperren. Hier existiere nur ich.

»Glaubst du, dass wir jemals glücklich werden?«, hat Spin mich am Tag der Scheidung gefragt. »Können wir das überhaupt noch?«
»Wieso nicht?«, habe ich zurückgefragt.
»Weil wir jetzt diesen Scheidungskindstempel haben. Zerrüttetes Elternhaus. Kein Urvertrauen.« Er sagte es ohne Ironie.
Wir saßen am Küchentisch, beide über unseren Schulbüchern, niemand sonst war zuhause.
»Home is where the hurt is.« Ich sagte es mit Ironie.
»Es heißt doch immer, dass Scheidungskinder später nicht fähig sind, gesunde Beziehungen zu führen«, erklärte Spin.
»Gesunde Beziehungen«, ich musste lachen, »gibt es die?«
»Ich mein's ernst«, betonte er, »was, wenn sie uns kaputt gemacht haben?«
»Aber überleg doch mal«, sagte ich, »die Zeit, die wir draußen in der Welt verbringen werden, ohne sie, die ist viel länger. Wenn wir achtzig werden, okay, nehmen wir das mal an, dann sind das nach unserer Kindheit noch mehr als sechzig Jahre. Dann haben wir noch eine Chance, viele Chancen sogar. Wie viel Macht kann ein knappes Viertel unseres Lebens haben?«

Spin sah mich einen Moment wortlos an, dann lachte er.
»Das ist eine beschissene Rechnung, Sis«, sagte er, »die überhaupt nicht aufgeht.«
»Wieso?«, fragte ich.
»Das ist, als würdest du ein Fundament aus Sand bauen und dann sagen, aber hey, ich stelle da jetzt so viele schwere Gebäude drauf, dass man nichts mehr von dem Fundament sieht.«
»Du und ich, wir halten zusammen. Das ist unser Fundament.«
»Ja.«
»Wir sind nicht abgestempelt«, sagte ich trotzig, »sie haben uns nicht kaputt gemacht.«
»Aber was, wenn doch?«, fragte er leise. »Was, wenn doch?«

Auf der Bühne ist Spin ein anderer. Alles an ihm ist richtig, sein Blick ist fokussiert, sein Körper angespannt und geschmeidig. Ich habe das Gefühl, ihn zu kennen, alles zu wissen über ihn, und dann doch nicht. Seine Körperhaltung ist anders, er spricht anders, ist in seiner Rolle, sogar seine Stimme klingt tiefer. Es ist befremdlich, als hätte ich ihn verloren, als wäre das nur jemand, der ihm ähnlich sieht. Gleichzeitig bin ich so stolz, dass ich nicht stillhalten kann, Stromschläge wischen mir über die Haut, ich achte kaum auf die Nebendarsteller, hoffe, dass er sich nicht verspricht, dass er keine Hänger hat und keine Zweifel. Viele Zeilen kann ich mitsprechen, so oft habe ich sie ihn sagen hören. Rechts neben mir sitzt Mama, an ihrer Seite Reto, der Platz zu meiner Linken ist leer. Papa ist nicht gekommen. Immer wieder drücke ich auf mein Handy, um zu sehen, ob er auf meine vielen Nachrichten reagiert hat.
Wo bist du?
Es fängt gleich an.

Du kommst zu spät!
Er hat sie nicht einmal gelesen.
Du bist so ein Arschloch, tippe ich, schicke es dann aber doch nicht ab. Was kann ihm wichtiger sein als die Theaterpremiere seines Sohnes? Oder will er Mama und Reto nicht unter die Augen treten, weil er sich so danebenbenommen hat bei der Party? Da sollte er doch cool genug sein als Erwachsener. Als Vater.
Mario, der zwei Reihen vor mir sitzt, hat sich mehrmals umgedreht und auf den leeren Stuhl neben mir geschaut, ich habe den Kopf geschüttelt.
Die Atmosphäre im Theater ist aufgeladen mit Erwartung, und ich mag die abgestandene, schwere Luft, das unruhige Scharren vieler Füße, die durchgesessenen dunkelroten Samtbezüge, die Wachsamkeit, mit der die Zuschauer darauf warten, herausgeholt zu werden aus dem Alltag. Man weiß noch nicht, werden sie den Schauspielern mit Wohlwollen begegnen oder mit Ablehnung und Groll, enttäuscht, nicht so unterhalten worden zu sein wie erwartet. Es kann kippen, vom einen zum anderen Moment. Woher nimmt Spin den Mut, sich so zu exponieren, sich zu zeigen auf einer Bühne, sich der Kritik auszusetzen und dem Risiko, verlacht zu werden? Allein die Vorstellung löst Beklemmung in mir aus.
Als das Stück zu Ende ist, springe ich auf und brülle »Bravo«, so laut ich kann. Spin kommt zum Schluss noch mal allein auf die Bühne, verbeugt sich, ich hüpfe auf und ab, klatsche und schreie und pfeife. Mama rempelt mich mit dem Ellbogen an. »Muss das sein«, zischt sie, ich rufe nur noch lauter und lache ihr ins Gesicht. Es ist mir egal, dass sie sich schämt für mich. Vielmehr schäme ich mich für sie, weil sie nur so verhalten klatscht und überhaupt nicht jubelt. Spin hört mich aus der Menge heraus und strahlt mich an. Da dränge ich mich an den Zuschauern

vorbei und laufe zur Bühne, ich weiß, dass man das nicht tut, ich weiß, dass Mama gerade ganz heiß wird, aber ich muss zu ihm. Und es ist ein kleines Theater, ein familiäres, entspanntes Ambiente, kein großes Haus, da würde ich es nicht wagen. Es ist schwierig, auf die Bühne zu klettern, Spin greift mich am Arm, zieht mich hoch, er grinst, ich falle ihm um den Hals, er ist nass geschwitzt und heiß wie von Fieber. Es gibt viel, was er sagen könnte in diesem Moment, da der Applaus für ihn den Saal erfüllt. »Was machst du denn hier oben?«, oder: »Wie war ich, war es gut?« Aber das Einzige, was er mir ins Ohr raunt, während er mich umarmt, ist: »Wo ist Papa?«
Es ist das erste Mal, dass er ihn wieder Papa nennt.

Mit Barbara waren Spin und ich oft bei der Rumingmühle in Fuschl. Wir sind mit ihrem Auto hingefahren, einem alten schwarzen Skoda Fabia Kombi, der schon recht gescheppert hat, aber statt sich darüber zu sorgen, hat Barbara gelacht. »Wenn wir liegenbleiben, fahren wir eben mit dem Bus weiter«, hat sie gesagt. Bei der Mühle konnte man Steckerlbrot backen direkt am Lagerfeuer und frische, fettige Pofesen essen und in den Wald laufen. Einmal haben wir uns, als Barbara auf der Toilette war, hinter der Mühle versteckt, unten am Bach, wo das Mühlrad ins Wasser tauchte. Wir haben uns die Schuhe ausgezogen und sind kichernd hinuntergeklettert. Zuerst hat sie noch gelacht, während sie uns gesucht hat, dann hat ihre Stimme sich verändert, und irgendwann hat sie angefangen, mit einem Drängen zu rufen, das uns eine Gänsehaut gemacht hat. Sie hat den Wald durchkämmt, und dann haben die anderen Leute mitgesucht, die Mühlenwirtin, die Gäste, und da haben wir uns nicht mehr getraut, hervorzukriechen aus unserem Versteck. Stumm, mit großen Augen, haben wir uns angeschaut. Erst als Barbara zurückgekommen ist zur Hütte und gesagt hat, dass sie die Polizei informieren muss, hat Spin »Nein!« geschrien. »Nein, nicht, wir sind hier!« Und die Erleichterung in Barbaras Gesicht ist so schnell in Wut umgeschlagen, dass sie uns fast Ohrfeigen verpasst hätte. Im Auto hat sie kein Wort geredet mit uns, den ganzen Rückweg nicht, bei der Rumingmühle waren wir nie wieder. Ich könnte behaupten, es sei nur ein Streich gewesen, nur ein Spaß, aber das ist nicht wahr. Wir wollten sichergehen, dass sie uns lieb hat, wir wollten wissen, wie sehr.

Im Krankenhausbett sieht Spin zusammengefaltet aus. Als wäre er kürzer, kleiner, flacher. Die dicke weiße Decke liegt auf ihm wie dichter Schnee. Ich setze mich auf den leeren Stuhl neben dem Bett und versuche, Spin anzusehen und gleichzeitig nicht anzusehen. Ich will wissen, wie versehrt er ist, wie verbrannt, wie verletzt, und bringe doch den Mut nicht auf. Sein Kopf ist einbandagiert, in seinem Gesicht erkenne ich Flecken, rund um die Lippen Blut. Die Tür hinter mir geht auf, Mama kommt herein mit zwei Bechern Kaffee. Sie drückt mir einen in die Hand, ich nehme ihn, obwohl ich nichts trinken will. Ich bin bis obenhin voll mit Angst, kein Tropfen passt hinein in mich. Mama hat am Telefon geweint.

»Finnegan ist im Krankenhaus«, hat sie gestammelt, »die Villa ... die Villa hat gebrannt. Die Feuerwehr hat –«

»In welchem Krankenhaus!«, habe ich geschrien.

»In der Imbergstraße«, hat Mama gesagt, und da habe ich aufgelegt, die Taxi-App geöffnet und meine Jacke angezogen, alles in einer Bewegung, das Lokal verlassen, in dem ich gerade noch getanzt und getrunken hatte, ohne mich von meinen Freunden zu verabschieden.

Er schlafe, werde aber bald aufwachen, hat der Arzt gesagt. Und dass Spin stabil sei, dass die gebrochene Hüfte heilen werde, die rauchgasvergiftete Lunge auch, die Haut an seiner rechten Hand. Sie ist verbrannt vom heißen Knauf der Tür, die sich nicht mehr öffnen ließ, und dann, so hat man es rekonstruiert, ist Spin aus dem Fenster gesprungen, aus dem Fenster meines Kinderzimmers in unserem Haus am Wolfgangsee, aus dem ersten Stock. Diesmal ist es nicht meine Schuld wie bei dem Sprung, bei dem er sich das Bein gebrochen hat, diesmal hat er sich schlimmer verletzt, und ich war nicht da. Ich konnte nicht für ihn laufen, um Hilfe zu holen, ich konnte ihn nicht wegtragen wie aus der Ameisenstraße. Ich hatte keine Ahnung, dass er in St. Wolfgang war, ich weiß auch jetzt nicht, was er dort wollte, ganz allein. Mario war nicht bei ihm, keiner von uns. Wir waren alle noch am Feiern, er hatte sich einfach davongestohlen.

»Er ist wahrscheinlich mit einer Zigarette auf deinem Bett liegend eingeschlafen«, sagt Mama, »der Klassiker.«

»Er raucht doch gar nicht«, entgegne ich.

»Dann war es eben ein Joint«, sagt sie, und ich schaue sie verblüfft an.

Sie schüttelt den Kopf mit verkniffenem Mund, als sei sie erstaunt über meine Naivität. Sie weiß offenbar mehr, als wir dachten.

»Das Bett hat sehr schnell gebrannt. Und die Vorhänge und die Tür, er ist nicht mehr rausgekommen.«

Ich stelle mir den Rauch vor, der das Zimmer gefüllt hat. Ich stelle mir die Panik in Spin vor, als er an der Tür rüttelt und merkt, dass seine Haut daran kleben bleibt, als er blind in den dunklen Garten springt. Ich stelle mir mein Zimmer vor, das es jetzt nicht mehr gibt, ich denke an den Teppich, auf dem ich mit meinen Barbies gespielt habe, ich denke an die Zeichnungen, die Spin mir geschenkt hat und die über meinem Bett hingen, ich denke an die Wand, gegen die Jonathan mich gedrückt hat. Wenn diese Dinge Asche sind, was geschieht mit den Erinnerungen daran?

»Das Ausmaß des Schadens müssen wir erst begutachten«, sagt Mama, »ich hoffe, die Versicherung zahlt.«
»Zum Glück ist Spin nichts passiert«, betone ich.
»Wenn du das nichts passiert nennst«, zischt sie und macht eine Bewegung, die das ganze Krankenhauszimmer einschließt.
Ich sehe sie an. Sie weint nicht mehr.
Sie ist ungeschminkt und blass, es ist nach Mitternacht. Ich habe sie im Gang vor Spins Zimmer angetroffen, allein. Ich habe nicht nach Reto gefragt. Für einen Augenblick bin ich in Versuchung, aufzustehen, die zwei Schritte auf sie zuzugehen und sie zu umarmen, aber es ist gut möglich, dass sie mich abweisen und sich wegdrehen würde. Das tut sie vor allem in Situationen, in denen sie eigentlich eine Umarmung bräuchte, meine Muschelmutter. Ich würde es nicht ertragen, und deshalb rühre ich mich nicht.
»Hast du Papa Bescheid gesagt?«, frage ich.
»Ich hab ihn zigmal angerufen, sein Handy ist aus.«
Ich habe seit dem misslungenen Abendessen zu meinem Geburtstag nichts mehr von ihm gehört. Er könnte sich längst abgesetzt haben auf die Bahamas oder mit einer neuen Frau durchgebrannt sein. Papa ist aus meinem Leben gefallen wie eine Münze durch ein Loch in der Hosentasche.
»Aber was will man auch erwarten von ihm, er war noch nie da, wenn es drauf ankam«, schießt Mama hinterher.
Sie kann nicht verbergen, wie sehr sie das schmerzt, nicht vor mir. Ich könnte Papa verteidigen, mir eine Ausrede überlegen, doch ich bin es leid. Und ich fühle mich nicht mehr dafür zuständig.
»Ich verstehe dich«, sage ich.
Sie schweigt.
»Es tut weh, wenn man alleingelassen wird.«
Sie sieht mich an, ein bisschen überrascht, ein bisschen

skeptisch, wir sind nicht geübt darin, über solche Dinge zu sprechen.
»Ja«, sagt sie dann.
»Du lässt mich auch oft allein, Mama.«
Jetzt, mit den verquollenen Augen, ohne Lippenstift, ohne ihre vielen Filter, ist sie nicht schön, und das ist eine Erleichterung. Dafür ist sie echt.
»Du bist doch schon groß«, sagt sie.
Aber sie nimmt meine Hand. Die Berührung jagt mir einen kleinen Stromstoß über die Haut. Ich lächle. Ihre Hand ist kalt, wenn ich sie eine Weile halte, kann ich sie bestimmt wärmen.
»Das bist du doch auch«, sage ich.
Sie streichelt stumm meine Finger, lässt sie nicht los, dreht den Kopf wieder zu Spin. Was hat er sich nur dabei gedacht, sich mit einem Joint auf mein Bett zu legen? Es passt nicht zu ihm, allein in die stille Villa zu fahren, das hat er noch nie getan. Ich habe ihn zuletzt lachend an der Bar stehen sehen, er hat mir zugeprostet. Und dann? Warum habe ich nicht besser auf ihn aufgepasst? Seit meiner Party war keiner von uns in St. Wolfgang, erst im Sommer, in ein, zwei Monaten, wären wir rausgefahren, um auf dem Steg in der Sonne zu liegen, Musik zu hören, ins Wasser zu springen, im Garten zu sitzen, bis die Stechmücken kommen und diese leichten, schwitzigen Träume, die man nur im Sommer hat. Ich horche in mich hinein nach Traurigkeit über den Verlust des Hauses, aber sie wird überlagert vom Schock.
Später schrecke ich hoch, ich bin offenbar eingenickt. Ich sehe mich um, Mama ist nicht da, ihre Tasche steht neben mir auf dem Boden. Wahrscheinlich redet sie mit dem Arzt oder holt sich noch einen Kaffee. Spin bewegt sich und öffnet die Augen. Er blinzelt, schaut mich an wie jemanden, den er nicht erkennt.

»Hi«, sage ich und nehme seine Hand, er bewegt sie vorsichtig.
Das ist nicht viel, aber besser als nichts.
»Bist du okay?«, flüstere ich, er reagiert nicht.
Ich rücke näher zu ihm, lege meinen Kopf vorsichtig neben seinen, zwischen Schulter und Bandage, auf das weiße Kissen. Er riecht seltsam, nach Lagerfeuer und etwas Stechendem, das in den Augen brennt.
»Ich bin da«, sage ich leise in sein Ohr, und ich fühle, wie er nickt.
»Ich bleibe bei dir«, sage ich.
Er drückt ganz leicht meine Hand.
Es ist sehr still, nur der Monitor summt und piepst, und ich glaube, jedes Krankenhaus auf der Welt ist auf dieselbe Weise angefüllt mit dem Unwillen derer, die dort sein müssen. Jetzt spüre ich den Verlust plötzlich doch in meinem Magen, faustgroß ist er und heiß und gelb, aber es ist nicht der Verlust der Dinge, die fort sind, sondern das Wissen, dass mein unversehrter Bruder nicht mehr da ist, dass er jetzt angeschlagen ist und verändert. Dass es den Spin, der nicht aus dem Fenster gesprungen ist, der noch nie in Lebensgefahr war, nicht mehr gibt.
»Was hast du nur gemacht, Spin?«, frage ich flüsternd.
Das künstliche Neonlicht ist grell und blendet mich, ich schließe die Augen.
Es dauert, bis er antwortet, ich denke schon, er ist wieder eingeschlafen.
»Die Bücher«, sagt er, seine Stimme ist fast tonlos.
Da verstehe ich.
Mein Zimmer.
Das Bett.
Mit Papas Büchern darunter.

4

Es ist Mitternacht, Wenger schreibt. Es ist Mittag, Wenger schreibt. Er hat kein Zeitgefühl mehr und keinen Blick für die Uhr. Manchmal sieht er vom Bildschirm auf und stellt fest, dass es hell ist, obwohl es vorhin noch dunkel war, er schläft dann, wenn er muss, und nicht, wenn die Tageszeit es vorgibt, zwischendrin isst er und trinkt und wäscht sich. Er führt die Bewegungen mechanisch aus, der Körper hat sie gelernt und gespeichert, man muss nicht denken dabei. Denn denken kann Wenger nur an sein Manuskript, an die Geschichte, die herauskommt aus ihm, an die Figuren, an das, was als Nächstes geschehen soll. Und manchmal sitzt er wieder am Schreibtisch, hat vergessen, sich anzuziehen, das nasse Handtuch liegt auf seinen Schultern, es fällt ihm erst auf, wenn er anfängt zu frieren, da sind seine Haare schon fast getrocknet und das Handtuch auch.

Es ist ein allumfassender Rausch, in den er geraten ist, ein Wegspülen und Dagegenstemmen und Mitschwimmen, eine Gischt aus Worten und ein gleichbleibender, wellenförmiger Rhythmus aus Sätzen. Er kann es noch. Es ist ganz leicht, dieses Aneinanderreihen von Gedanken zu sinnvollen Gebilden, die wachsen und wachsen, die Wurzeln haben und ein verschachteltes System aus Handlungsmomenten. Stein für Stein setzt er drauf und spürt, dass das hält.

Es ist ein Tanz, und seine Finger geben den Beat vor, auf der Tastatur. Er folgt ihnen, folgt ihnen bereitwillig, und das, was er am deutlichsten spürt, neben der Aufregung, der Neugier, dem Kick, ist Erleichterung. Dass alles noch da ist, sein Talent, sein Wissen, seine Essenz, dass es nur

verschüttet war irgendwo in ihm, und ja, gut, er muss das eben akzeptieren. Dass er nicht zugreifen hat können auf das Schreiben, aus Gründen, die er nicht kennt. Was weiß man schon über sich selbst, nichts. Ein Gehirn hat der Mensch und kann doch mit demselben Gehirn nicht begreifen, wie es funktioniert. Geschweige denn verstehen, was es mit den Gefühlen auf sich hat. Über die man nicht reden kann, weil es aus dem Mund nie so rauskommt, wie man es im Inneren empfindet. Weil alles vergeudet ist, der Aufwand, so genau in sich hineinzusehen, die Mühe, dort etwas zu erkennen, und der Versuch, das dann mitteilen zu wollen. Wie sollen andere Menschen jemals Zugang zu dem finden, was man in sich trägt, wenn es sogar einem selbst versperrt bleibt?
Aber die Bücher können das. Die Geschichten. Man kann Fantastisches schreiben und Alltägliches, ein Haus zimmern aus Worten, man kann die Menschen einladen. Und nichts davon ist echt, das ist das Gute, das Blut ist nicht echt und die Intrigen nicht und die Liebe nicht, deswegen tut ein Buch niemandem weh. Es ist Fiktion, es ist ein Märchen, so erfunden wie jeder Gott. Es schmerzt beim Lesen nur dann, wenn etwas anklingt, wenn dieser Splitter tief innen sich rührt, wenn eine Stimme sagt, Ja, so ist es, ich fühle es doch die ganze Zeit, ich weiß. Wenn die Sätze im Buch plötzlich die Sätze sind, nach denen man gesucht hat so lange schon, die man nicht aussprechen konnte, an denen man sich abgearbeitet hat, um am Ende doch stumm zu bleiben. Es ist ein gutes Buch, wenn es durch all die Schichten schneidet, die man angehäuft hat, damit niemand sieht, wie nackt man in Wahrheit ist, wie allein.
Das Schreiben ist für Wenger ein Aufbrechen, gegen das er machtlos ist, ein Herausströmen und Ausgeliefertsein, wie ein Infekt, den der Körper ausschwitzen muss. In diesen Phasen, so war es immer schon, kann er nicht

interagieren, kann mit anderen Menschen nicht kommunizieren, weil er schutzlos ist. Es ist unmöglich, sich zu öffnen, vor dem Schreibtisch, vor dem Bildschirm, und sich dann, wenn man aufsteht, wieder zu schließen. Sie haben das nie verstanden, Patrizia und die Kinder, haben es persönlich genommen und gedacht, er war doch den ganzen Tag da drin, in seinem Atelier, er war doch allein den ganzen Tag, wieso will er jetzt nicht unsere Gesellschaft? Weil die Schleusen in beide Richtungen offen sind. Weil es, sobald er zulässt, dass alles aus ihm herausfließt, auch ungefiltert zu ihm hineindringt. Und wer, bitte wer, kann das ertragen?
Er hat deshalb auch das Handy nicht mehr eingeschaltet seit dem Abendessen mit den Kindern. Er hat sich abgeschottet, und zum ersten Mal seit seinem Auszug von zuhause ist er froh, allein zu wohnen. Plötzlich hat es Vorteile, dass er sich nicht rechtfertigen muss, dass er niemandem zuhören muss und es keine geregelten Abläufe gibt, an die er sich zu halten hat, gemeinsame Mahlzeiten, familiäre Pflichten, Kommunikation. Elisabeth nimmt es hin, dass er nicht spricht. Sie schleicht auf Zehenspitzen in die Küche und füllt den Kühlschrank, bedacht darauf, kein Geräusch zu machen, und ohne dass sie es sehen kann, grinst er dann. Weil es ihm vorkommt, als wären sie wieder Kinder, die spielen. Wer kann länger unbemerkt bleiben, wer kann leiser sein? Er legt ihr Geld fürs Einkaufen auf den Küchentisch und einen Zettel, da schreibt er *Danke* drauf oder ein Zitat aus einem Buch, das er mag, einen Satz oder ein paar Worte, die jetzt nicht mehr seine Feinde sind, mit denen er wieder großzügig sein kann. Elisabeth nimmt das Geld mit und die Zettel auch, und Wenger stellt sich vor, dass sie sie vielleicht zuhause aufhängt, alle nebeneinander, an einer Pinnwand.
An einem Freitag nach der Schule haben die Kinder ge-

klingelt, er hat nicht aufgemacht. Ist es fünf Wochen her oder sechs? Sie waren nicht sehr beharrlich, haben dreimal auf den Klingelknopf gedrückt, ihren Schlüssel haben sie nicht benutzt. Sie sind gegangen und nicht mehr wiedergekommen. Er ist froh darüber, er hat gerade keinen Nerv für sie und ihre abweisenden Gesichter, er will sie nicht um sich haben. Erst einmal muss er die Rohfassung fertigbekommen, einen roten Faden in dieses Gedankenknäuel bringen, das er im Kopf hat. Danach wird er sie anrufen. Er wird Zoey nach der Matura fragen und Spin nach dem Theaterstück. Bis dahin widmet er sich nur seinem Roman, sie brauchen ihn sowieso nicht. Bestimmt sind sie erleichtert, dass sie ihn nicht besuchen müssen.

Das Handy bleibt aus, aber Wenger hat trotzdem Sex. Nachdem er Tinder gelöscht hat, hat er sich bei zwei Dating-Plattformen im Internet angemeldet, und da saßen sie wie in einer gut gefüllten Bar, die Frauen, als hätten sie auf ihn gewartet. Die Atmosphäre ist angenehmer und stressfreier als in der App. Wenger unterhält sich mit ihnen per Chat und E-Mail, und das ist wie früher, im echten Leben, nein, eine optimierte Version sämtlicher realer Flirts ist das. Weil er eh schon im Flow ist, weil es ihm gut von der Hand geht mit den Worten und Sätzen und Komplimenten. Er schreibt die Frauen in sein Bett.

Die Verabredungen notiert er in seinem Kalender, und obwohl er zwischenzeitlich die Orientierung verliert mit den Tageszeiten und Bedürfnissen, ist sein Körper verlässlich. Er meldet sich, wenn er etwas benötigt, Essen, Wasser, eine Dusche, Sex. Vor allem ist er wieder gut in Form. Wenger trinkt keinen Alkohol mehr, weil er klar sein will und fokussiert, und der Verzicht hilft auch gegen die Trägheit, die ihn beherrscht hat in den letzten Monaten. Vor dem Computer wird sein Geist wieder beweglich, zwischen den Laken sein Körper.

Er hat den Grant abgelegt und das Unzugängliche. Und es bekommt ihm, nicht nur Beate hat das schon bemerkt. Sie besucht ihn regelmäßig und ist die Einzige, die er über Nacht bleiben lässt. Sie hält sich zurück, sie redet nicht viel. Vielleicht stört sie ihn deshalb nicht, oder vielleicht ist es auch ganz schön, nachts um drei, nach Fertigstellung eines neuen Kapitels, ins Bett zu kriechen und nicht so allein zu sein darin.

Als er an diesem Morgen die Tür hinter Beate zumacht, ist er noch nackt. Er dreht sich um und streckt sich ausgiebig. Er ist wieder mit vollen Segeln unterwegs, hat Kurs auf den Erfolg genommen. Er lässt den Blick durch die Wohnung schweifen, in der er sich wohlfühlt mittlerweile. Das liegt am Licht, mit der sie geflutet wird, nun, da der Sommer kommt. Und an seiner grundsätzlichen Zufriedenheit, die schon lang nicht mehr so groß war. Er greift sich an den Schwanz, und auch der zeigt, wie früher, dass Wenger wieder ein Macher ist und kein Opfer mehr. Eigentlich hat er heut Früh ja schon Sex auf dem Küchentisch gehabt, aber mit Sex ist es wie mit Geld, wer kann davon schon genug haben. Er widmet sich der Erektion nicht, wertet sie nur als Zeichen seines Triumphs. Später vielleicht, wenn er die heutige Mission beendet hat und beim Anblick des Tischs daran denken wird, wie gut Beates großer weicher Arsch ausgesehen hat darauf. Die Erinnerung daran ist sein persönlicher *Sturm der Liebe*.

Heute wird er das Geschriebene abschicken. Einhundertachtundsiebzig Normseiten sind es, und Wenger glüht vor Stolz. Er ist immer schon schnell gewesen beim Schreiben, aber so schnell noch nie. Sonst hat er geplottet und recherchiert, sich einen ausgefeilten Plan zurechtgelegt und diesen dann Seite um Seite umgesetzt, systematisch und ehrgeizig. Mit einem Gefühl dafür, was funktioniert und was nicht, was die Leser umgarnt und bei der Stange

hält. Seine Bestseller waren berühmt für ihre Sogwirkung und die überraschenden Wendungen, ein typischer Wenger, sagten die Leute, geht ja nie so aus, wie man es erwartet hat. Diesmal ist es über ihn gekommen wie ein Fiebertraum, zum ersten Mal hat er kein Storyboard und weiß auch nicht, wie es enden soll, er ist diesem Strom aus Einfällen und Bildern und Ereignissen einfach gefolgt.
Ein Mädchen, ein Mann, eine Begegnung. Das war der Anfang, und von dort hat er sich hineingegraben in diese Geschichte, aus der rasch ein Roman entstanden ist. In seinem Kern steckt ein Missverständnis, eine Anschuldigung. Hat er, ein aufstrebender Politiker Mitte vierzig, ihr, der jungen Friseurin mit kümmerlicher Bildung, das angetan, was sie behauptet? Oder steckt etwas anderes dahinter, ein Racheakt, ein Komplott? Wo verlaufen die Grenzen zwischen dem, was eine Frau will, und dem, was ein Mann nicht tun darf? Der Politiker scheitert, so kurz vor dem Ziel scheitert er. Jahrzehntelang hat er hingearbeitet auf seine Karriere, hat ein Opfer nach dem anderen gebracht, um diesen Erfolg einzufahren, hat mit den richtigen Leuten Bier getrunken und sich nicht mit den falschen fotografieren lassen, hat auf so vielen Events Hände geschüttelt und in Kameras gelächelt, dass ihm der Körper halbtaub geworden ist. Und dann reicht die Aussage eines Mädchens, um ihm alles zunichtezumachen. Aber was ist eigentlich passiert? Und ist überhaupt etwas passiert? So genau weiß man das nicht als Leser, Wenger lässt Raum für Spekulationen.
Dieses Scheitern, das kann er hervorragend beschreiben. Da muss er sich ja nicht mal was ausdenken dafür, das ist, wie sich in eine warme Badewanne reinzulegen, alles schon da, wie angenehm. Abgestürzt ist er, sein Politiker, verkrochen hat er sich vor der aufgeheizten Presse, mit Bier und Lieferpizza, umgeben vom Mief seiner geplatzten Träume.

»Herr Wenger«, werden sie ihn wieder fragen mit diesem süffisanten Lächeln, »erzählen Sie doch mal, was daran ist autobiografisch?«
»Alles«, wird er wieder antworten und sich über die Augenbraue streichen, manche werden sich erinnern, die meisten nicht, aber das macht nichts. Das Wichtigste wird sein, dass das Mysterium bleibt. Und dass er zurückkommt in jene Position, in der man so etwas überhaupt gefragt wird. Natürlich ist der erste Entwurf nicht perfekt und vor allem nicht fertig, doch die Basis ist da. Mehr als die Basis, und das werden sie auch erkennen, die Herren Agent und Verleger. Daran arbeite ich gerade, wird er ihnen schreiben, in vier Wochen ist es fertig. Ihr könnt schon überlegen, wie die Vertragskonditionen aussehen und welchen Programmplatz im Frühjahr ihr dafür freiräumt.
Wenger setzt sich nackt an den Schreibtisch, frisch gefickt und frisch geduscht, das sind die besten Voraussetzungen für eine schwungvolle E-Mail. Als er sie zehn Minuten später abschickt, mit dem Manuskript im Anhang, hat er einen Bärenhunger. In der Küche macht er sich einen zweiten Kaffee, schmiert sich ein Buttersemmerl, isst im Stehen und grinst dabei den Tisch an. Dann geht er ins Schlafzimmer, schlüpft in eine helle Leinenhose und ein kurzärmliges Hemd, im Bad kämmt und rasiert er sich. Jetzt wird er weiterschreiben, da muss er seriös aussehen.
Zurück am Computer, sieht er die Antwort von Sebastian. Er hat nach exakt sieben Minuten gemailt.
Wieso gehst du nicht an dein Handy?, hat er geschrieben. *Ruf mich sofort zurück!*
Vier Minuten später, in einer zweiten Mail: *Was soll das, Wenger? Ich bin dein Agent, warum hast du das nicht mit mir abgesprochen? Und dass du es dem Sternberger in derselben Mail schickst, dein ominöses Manuskript, ist wirklich unter aller Sau!!!*
Drei Ausrufezeichen, da ist aber einer sauer.

Lies es erst mal, antwortet er, klickt auf Senden und schließt das Mailprogramm. Natürlich weiß er, dass das unüblich ist, gelinde gesagt, dem Agenten und dem Verleger gleichzeitig eine neue Buchidee zu schicken, und natürlich war das Absicht. Er scheißt auf die Konventionen. Die haben ihn lange genug auf Abstand gehalten, die beiden, haben ihn in der Ecke stehen lassen wie einen unfolgsamen Schulbuben, und er hat die Schnauze voll. Sebastian braucht gar nicht zu glauben, dass er noch Wengers Vertrauter ist. Diesen Vorzug hat er längst verspielt, und die Freundschaft auch. Er, der wochenlang nicht ans Handy ging, als Wenger angerufen hat, der sich von seiner Sekretärin verleugnen ließ, will sich jetzt beschweren? Aber sicher nicht.

Er gibt ihnen drei Tage, ihm und dem Sternberger-Sohn, dann wird er sich an andere Verlage und Agenturen wenden. Und sein Name wird ein Türöffner sein, davon ist er überzeugt. Der letzte Flop ist lange genug her, um vergessen zu sein. Die Schlagzeilen dagegen, die es seinetwegen gab, sind neu. Das werden sie sich nicht entgehen lassen, die Cheflektoren, in ihrer Gier nach einer Sensation, nach einem Roman, mit dem sie sich brüsten können, weil er auf die *Spiegel*-Bestsellerliste kommt und auf die vom *Börsenblatt*. Und das in Zeiten, in denen nicht mehr gelesen wird. In denen Buchhandlungen zusperren und das Buch an sich als Fossil gilt, als totes Produkt ohne Zukunft. Er wird ihnen geben, was sie brauchen, die ratlosen Verlage, die nicht wissen, was sie den Streamingdiensten und der mangelnden Konzentrationsfähigkeit der jungen Leser entgegensetzen sollen. Einen Roman, der eben doch gelesen wird. Der im allgemeinen Abgesang ein Paukenschlag sein wird.

Die Stimmung, in der er ist, tut gut beim Schreiben. Leicht aufgekratzt und ein bisschen wütend, nachtragend, rach-

süchtig. Genau wie sein Protagonist. Der Tag verfliegt in hitziger Produktivität, und als der laue Abend anbricht, stinkt Wenger nach Schweiß, obwohl er sich keinen Meter vom Schreibtisch wegbewegt hat. Er stellt die Internetverbindung her und macht das Mailprogramm wieder auf. Drei Nachrichten von Sebastian.
Führ dich nur auf wie ein Kasperl, du wirst schon sehen, was du davon hast!, um 11.29 Uhr.
Okay. Hat Potenzial, um 16.43 Uhr.
Offenbar hat er die hundertachtundsiebzig Seiten sofort gelesen. Wenger lächelt zufrieden.
Der Sternberger hat mich grade angerufen, um 18.31 Uhr. *Meld dich, wenn du wissen willst, was er gesagt hat.*
Es ist aber auch eine Mail vom Verleger selbst da, scheinbar hat er ihm an Sebastian vorbei direkt geantwortet.

Lieber Herr Wenger,
wer hätte gedacht, dass ich von Ihnen noch mal was höre. Und dann gleich so voller Elan, so überzeugt von sich, mit einem halbfertigen Manuskript im Anhang, ein Mann der Taten UND der Worte. Ich habe es überflogen, das ging schnell, viel ist es ja noch nicht, und zwei Dinge möchte ich dazu sagen:
Sie hatten einmal Biss, Herr Wenger, und Mut. Beides vermisse ich in diesem Entwurf, ich möchte es noch nicht Roman nennen. Die heiklen Stellen sparen Sie aus, zumindest bisher, was geschehen ist oder nicht, lassen Sie im Unklaren. Stattdessen: ein alter weißer Mann, der lamentiert, der sich selbst leidtut, sein Scheitern zelebriert. Das ist gut geschrieben, das streite ich nicht ab, aber langweilig ist es auch. Und sehr eindimensional. Wo ist der Biss, Herr Wenger? Wo ist Ihr Mut?
Dass alte weiße Männer über alte weiße Männer schreiben, will einfach niemand mehr lesen. Get over yourself.
Herzlich,
Alexander Sternberger

Der glaubt ja auch, dass er den Heiligen Gral auf dem Nachtkästchen stehen hat. Dass der immer solche Mails schreiben muss, die zwischen den Zeilen untergriffig und voll pseudo-jugendlichem Gehabe sind, hat Wenger schon fast vergessen. Der Kerl ist Teil einer neuen Generation, die keine Scheu kennt und keine Zurückhaltung, schon gar keinen Respekt vor jemandem, der älter ist. Von den Jungen verspürt niemand noch Zweifel oder Frust, sie gehen raus in die Welt, sie haben das Rüstzeug dafür, die Ausbildung, das Selbstbewusstsein, und nehmen sich, was sie brauchen, den Rest bestellen sie im Internet. Verärgert drückt Wenger zwei Finger auf die Stelle über der Nase, zwischen die Augenbrauen. Man bekommt Kopfschmerzen von der Dummheit mancher Menschen. Er kann nicht verhindern, dass Enttäuschung sich in ihm breitmacht. Für einen Moment überlegt er, zurückzugehen zur Couch, sich ein Bier aufzumachen und es gut sein zu lassen. Aber er will ihm diesen Triumph nicht gönnen, dem jungen Sternberger, der mit seinen dreiunddreißig Jahren denkt, er hätte die Weisheit mit Löffeln gefressen und den Masterplan für die Zukunft der Buchbranche gleich dazu.

Und die Geschichte, die da in ihm brodelt, die wird er jetzt auch zu Ende erzählen.

Er würde sich gern an den Küchentisch setzen und mit Patrizia reden. Es gibt Momente in diesem Prozess, in denen ihm jemand von außen den Kopf geraderichten muss, und Patrizia konnte das stets gut. Sie würden ein Glas Wein trinken oder zwei, und er würde ihr darlegen, wie er sich das gedacht hat mit diesem Roman, und dabei, während er es erklärt, klarer sehen. Merken, wo etwas nicht schlüssig ist, erkennen, wie es funktionieren könnte. Patrizia sagte dann meist wenig, aber genau das Richtige, sie stellte zwei, drei kluge Fragen nach Zusammenhängen, und das setzte ein neues Denken in Gang, sodass es ihm gelang, manchmal Tage später, wenn die Saat aufgegangen war, die Probleme zu lösen. Und sie motivierte ihn mit ihrem unerschütterlichen Glauben. Für sie stand völlig außer Frage, dass er es schaffen würde, dass er alles schaffen würde.

Hat er ihr dafür jemals gedankt? Oder ist er irgendwann nickend aufgestanden, im Kopf bereits bei der nächsten Szene, ist zurückgegangen ins Atelier und hat sich Notizen gemacht, ohne ihr Anerkennung zu zollen? Weil es selbstverständlich war für ihn, dass sie ihn unterstützte, weil er beschäftigt war mit dem Buch, mit dem Erwartungsdruck. Mit sich selbst.

Er beschließt, erst mal eine Runde zu laufen, um auszulüften und zu überlegen, wie er am besten weiter vorgeht. Vor der Tür fällt sein Blick auf den Briefkasten, der überquillt, er schließt ihn auf, Prospekte fallen ihm entgegen. Er muss einen Keine-Werbung-Sticker anbringen, das ist ja nicht auszuhalten. Der Brief liegt ganz unten. Wenger geht noch mal in die Wohnung, wirft die gesamte Werbung in die Altpapierkiste, den Brief legt er auf den Schreibtisch, neben seinen Computer. Plötzlich hält er inne. Setzt sich langsam auf den Stuhl, in der aerodynamischen schwarzen Laufhose, mit der Stirnlampe auf dem Kopf. Er streicht über das säuberlich beschriftete Kuvert. Einmal, zweimal.

Wo ist der Biss, Herr Wenger? Wo ist Ihr Mut?

Nachdenklich beißt er sich auf die Unterlippe.

Langweilig ist es auch. Und sehr eindimensional.

Der dumme Sternberger hat recht. Weil etwas Entscheidendes fehlt.

Was hat seinen Erstling so besonders gemacht, was haben alle daran gelobt und geliebt? Dass er die Frauen hat erzählen lassen, die Prostituierten, die Huren. Dass nicht nur alte weiße Männer zu Wort kamen. Sondern jemand eine Stimme hatte, dem sonst nur selten zugehört wird in dieser Gesellschaft. Und jetzt, ausgerechnet in dieser Story, schweigt die Frau? Sie, die alles auslöst, derentwegen alles geschieht, die der wichtigste Teil der Geschichte ist? Das ist inakzeptabel. Das muss schärfer werden, wilder, erregender, tabuloser vor allem. Es darf nicht um ein Missverständnis gehen, um eine Anschuldigung, nein. Es braucht eine echte Tat. Da muss all das rein, worüber niemand redet, da muss die Gewalt nicht nur angedeutet, sondern gezeigt werden, in ihren Facetten, mit ihren Konsequenzen. Sonst ist es feig. Man muss das Brutale spüren können, das Beängstigende. Nur dann wird es das Comeback des Jahres, nur dann wird es der Roman, an dem niemand vorbeikann. Allerdings haben die Huren ja damals geredet mit ihm, haben sich angelehnt an seinen Portierstisch und bei ihm abgeladen, was so schwer auf ihnen lastete.

Statt den neuen Brief aufzureißen, holt Wenger die anderen aus der Schublade und klappt zugleich den Laptop auf. Er denkt nicht weiter nach, was er da tut und wieso, er liest die ersten Zeilen ...

Erinnerst du dich, dass Worte scharf sein können wie Messer? Weißt du noch um ihre Macht, um diese Schlingen, die sich auf dich legen, mit Eisenspitzen, die dir die Haut aufbrechen und die Knochen?

Daraus kann man doch bestimmt etwas machen ...

Ich will eine Schlinge sein, ich will ein Messer sein, in Eisen gegossene Unbarmherzigkeit. Ich will dich aufbrechen, ich habe zu lange geschwiegen. Öffne deine Augen. Schau her. Schau nicht mehr weg.

Alles ist schon da, er muss es nur entwirren, umschreiben ...

Jetzt ist die Stunde für meine Worte. Jetzt ist die Stunde für meine Rache.

Er tippt es ab.

Juli 2017

Das Leben zwingt uns, Missverständnisse umzuwandeln in Möglichkeiten, Verwundungen als Herausforderungen zu sehen, die wir gemeistert haben, die wir überlebt haben. Obwohl sie das nicht waren, obwohl wir geblutet haben wie auf der Schlachtbank. »Es ist besser so«, sagen wir, »ich habe viel gelernt daraus und bin stärker geworden«, sagen wir, »es hat schon seine Richtigkeit«, sagen wir, »wer weiß, wofür es gut war«. So reden wir, wenn etwas in uns zerbrochen wird für immer, wir lächeln dabei, und sähe jemand genau hin, könnte er das Schwert erkennen, das wir geschluckt haben.

Er hat es nicht selbst getan. Er kam, um den angerichteten Schaden zu begutachten, später. Und um nachzuforschen, ob ich einknickte, er war zu klug für direkte Worte. Ich habe lange die Verbindung nicht gesehen. Ich habe Monate gebraucht, um zu erkennen, dass ein Zusammenhang bestand.

Zuerst wurde in die Buchhandlung eingebrochen, fünfmal innerhalb von drei Monaten.

Es war das erste Hinein. Ein Zwängen, ein Durchbrechen. Irgendwann gibt alles nach, es gehorcht der Physik.

»Es schmerzt körperlich, wie eine Verletzung«, habe ich gesagt. Aber nur, weil ich keine Ahnung hatte.

Sie haben nichts gestohlen, sie haben alles verwüstet. Die Bücher zerrissen, auf dem Boden verteilt, schwarze Farbe über die Regale geschüttet, das Holz der alten Treppe zerschlagen mit einer Axt.

»Vandalismus«, sagten die Polizisten schulterzuckend, und ich rief die Versicherung an.

»Wahrscheinlich Jugendliche, denen langweilig ist«, sagte die Versicherung, »was sollen die auch mit Büchern.«

Ich installierte Alarmanlagen, eine teurer als die andere, und trotzdem brachen sie ein. Fünfmal. Warteten, bis wir aufgeräumt und geputzt und geordnet hatten, meine Mitarbeiterinnen und ich, warteten, bis wir wieder anfingen, dem nächsten Tag zu vertrauen, und waren dann doch raffinierter als wir. Mit jedem Mal wurde ihre Zerstörungswut größer, als hätten sie Spaß daran. Beim letzten Einbruch beschmierten sie die Bücher mit Scheiße. Es war bestialisch, es stank wie der Atem des Teufels, ein Akt der größtmöglichen Respektlosigkeit.
»Haben Sie Feinde?«, fragten die Polizisten und sahen sich um, überall wertlos gewordene Seiten voller Fäkalien.
»Aber wie kann eine Buchhändlerin Feinde haben«, murmelten sie gleich darauf und bedachten mich mit skeptischen Blicken.
»Hier gibt es nichts zu holen«, sagten sie und wunderten sich.
»Vielleicht sollten Sie einen männlichen Mitarbeiter einstellen«, schlugen sie vor und lachten.
Die Zeitungen berichteten. Die Kunden echauffierten sich, nein, so eine schlimme Sache, die Leut haben keinen Anstand mehr, sie schimpften auf die Ausländer, auf das Pack, das man sich ins Land geholt habe, weil früher, da hätt's das nicht gegeben. Jedes ihrer Worte ließ meine Müdigkeit wachsen wie einen Müllberg.
Die Buchhandlung war mein Reinraum, so viel mehr als ein Laden. Sie hatte meinem Vater gehört, wie das gesamte Haus, ich hatte dort lesen gelernt, mich über viele Stunden hinweg verankert in Geschichten, ich hatte dort Teile von mir deponiert wie in einer tief vergrabenen Schatzkiste. Indem sie mir zeigten, wie einfach es war, diesen Raum aufzubrechen, zu sprengen, zu knacken, demonstrierten sie mir, wie hilflos ich war. Es war ein Zeichen, eine Warnung. Es war ein Spiel. Nur beherrschte ich die Regeln nicht. Die nächsten Züge, ich habe sie nicht kommen sehen.
»Mein Angebot ist jetzt natürlich niedriger«, sagte er, »Sie befinden sich ja hier offenbar in keiner guten Nachbarschaft.«
»Sie haben doch gesagt, dass die Häuser nebenan Ihnen gehören«, antwortete ich, »somit sind Sie mein Nachbar.«

Ich sah die Lust in seinen Augen wie Lagerfeuerfunken. Seine Überlegenheit erregte ihn. Trotzdem dachte ich noch, ich hätte nichts zu befürchten. Ich dachte, mir könnte nichts geschehen, nicht in diesem Land, nicht in dieser Stadt, nicht in diesem Leben.
Ich habe so viel Hoffnung verschwendet.
Ich habe so viel Liebe verschwendet.
Ich habe das ganze Schwert geschluckt.

#fromwhereistand

Das Haus liegt direkt am Meer. Wir steigen aus dem Auto, ich halte inne für einen Moment, schaue hinaus auf das Blau. Der Wind fährt mir ins Haar, und ich atme aus, bis ich ganz leer bin. Es ist das erste Mal, dass das Zittern in mir aufhört seit dem Clash. Ich fange Spins Blick auf, er lächelt mich an. Ich sehe, er spürt es auch. Manchmal ist ans Meer zu fahren das Einzige, was einen befreien kann.

»Wie geil ist das denn!«, ruft Liv und drückt auf den Auslöser ihrer Handykamera, fotografiert das Haus, den Strand, den Horizont, den Himmel, ihre Füße in den goldfarbenen Sandalen.

Ich schaue mich um. Steinmauern und Oleander, verwittertes Holz, eine schmale, in den Felsen gehauene Treppe hinunter zum Wasser, kleine Kiesel überall. Es ist Mitte August und sehr heiß. Nach Salz und getrockneten Algen riecht es, ganz anders als zuhause am See, der einen Anfang hat und ein Ende, das man sehen kann. Das Meer ist nie still, es wirbelt und zieht, hat einen Rhythmus, es erzählt.

Mario öffnet den Kofferraum und fängt an, unser Gepäck auszuladen. Wir haben das Ferienhaus auf der Insel Cres für zehn Tage gemietet. Liv habe ich erst ein paar Stunden vor der Abreise gefragt, ob sie mitkommen will. Eigentlich wäre der vierte Platz für Jonathan gewesen.

»Ich hab einen Riesenhunger«, sagt Spin und will meine Reisetasche aus dem Auto heben.

Mario hält ihn davon ab.

»Lass das«, sagt er, »du sollst dich noch schonen. Ich mach das.«

Ich nehme meine Tasche selbst und Spins Rucksack auch. Den Gips ist er los, aber er steht noch ein wenig unsicher, und wenn er lange geht, meldet die zusammengeheilte Hüfte sich mit einem beleidigten Schmerz. Er hat abgenommen in der Zeit, in der er liegen musste, sein Gesicht ist eingefallen und seine Schultern auch, als hätte sein Körper keinen Grund mehr gesehen, die Muskeln zu bewahren und die Fettschicht drumherum. Schnell geht das, erschreckend schnell, dass so ein Körper anfängt abzubauen, worauf er am ehesten verzichten kann.

»Wir päppeln dich auf«, sage ich und kneife ihm in die Wange wie eine übergriffige Tante. »Wir essen jeden Tag Pljescavica und Ćevapčići und gegrillten Fisch. Und Pommes, okay? Viele, viele Pommes.«

Er nickt, sieht wieder hinaus aufs Meer. Die Schatten unter seinen Augen gefallen mir nicht und auch nicht dieser Bruch, der sein Lächeln schief macht seit dem Feuer. Mario streicht ihm über den Oberarm, ehe er unsere Sachen schultert und aufs Haus zugeht. Liv hat aufgesperrt und ruft von drinnen, ich kann sie nicht verstehen. Sie ist aufgekratzt, und ich weiß, sie will unbedingt, dass dieser Urlaub richtig gut wird. *Making memories* hat sie unter ein Selfie von uns im Auto geschrieben, *#summervibes* und *#bff* und *#neverstopexploring*. Anfang September wird sie nach London ziehen, um dort zu studieren.

Wir waren lange unterwegs, acht Stunden inklusive Stau und Pausen, zuerst hinunter an die kroatische Küste, dann von Zagorje mit der Fähre auf die Insel und weiter bis zu dem Haus bei Merag. Das Navi hat uns geleitet und Mario ist fast die gesamte Strecke allein gefahren, er hat als Einziger von uns einen Führerschein.

»Mein Vater hat mir das Fahren beigebracht«, sagte er, »jeden Sonntag haben wir unsere Runden gedreht und die nötigen Kilometer gesammelt für den Schein.«

Spin und ich schwiegen.

Liv löste ihn zweimal für eine Stunde ab, obwohl sie durch die praktische Prüfung gefallen ist.

»Die hole ich eh bald nach«, sagte sie achselzuckend, »ich hab nur nicht bestanden, weil der Prüfer ein Arschloch war.«

Und es war ein guter Trip, mit Musik und Gelächter und Nie-mehr-Schule-Rufen hinaus auf die Autobahn, mit Fahrtwind auf unseren Gesichtern und der Erleichterung, die sich nur einstellt, wenn man wegfährt.

Es ist unser erster Urlaub allein.

»Kommt schon!« Liv steckt den Kopf aus dem Fenster und gestikuliert wild. »Das müsst ihr euch ansehen!«

Spin und ich laufen zu dem Haus auf den Felsen, über dem Meer, die Luft flirrt, und das übermütige Lachen kommt ganz von selbst aus uns heraus.

Beim Abendessen bin ich zweigeteilt. Ich bin hier, auf der Insel, in dem Restaurant mit Blick auf eine Promenade, umgeben von Spin, Liv und Mario, ich kann mich genau verorten, und doch. In meinem Kopf läuft ein Film, den nur ich sehen kann, der mich heraushebt aus dem Jetzt. Ich frage mich, wie es gewesen wäre, wäre Jonathan mitgekommen. Ich frage mich, wie er sich verhalten hätte und was das gemacht hätte mit uns, gemeinsam zu verreisen. Ich habe ihm den Vorschlag beiläufig unterbreitet, als wäre es keine große Sache, mit einem Herzschlag bis in die Fingerspitzen.

»Wenn du willst, kannst du mitfahren, wir haben noch Platz in dem Haus.«

Als wären wir einfach eine Gruppe von Freunden, die zusammen Urlaub macht am Meer. Nichts weiter. Und er war begeistert von der Idee, hat sich auf meinem Handy die Bilder angesehen, hat zustimmend genickt.

»Das wär schon fett geil«, hat er gesagt, und natürlich habe ich mir Hoffnungen gemacht.

Mit seiner Absage hat er so lange gewartet, dass ich gedacht habe, sie bleibt aus. Erst kurz vor Mitternacht hat er eine Nachricht geschickt, *Ich kann leider nicht, sorry*, das war alles. Ich habe sie gelesen, die App geschlossen und Liv angerufen. Um fünf Uhr morgens sind wir losgefahren.

Und was bleibt mir? Forderungen kann ich keine stellen an ihn, Vorwürfe kann ich ihm keine machen. Wir sind nichts. Freunde waren wir einmal, eine Beziehung führen wir nicht, und weil wir nicht definiert sind, existieren wir nicht. Ich habe mich darauf eingelassen, ich habe mich selbst in diese Lage gebracht. Und was tue ich jetzt mit all diesen Gefühlen, die zu haben mir untersagt ist?

»Du hast ja fast nichts gegessen«, sagt Liv und stößt mich mit dem Ellbogen an.

Ich schaue auf meinen Teller mit Pommes, die kalt geworden sind, und schiebe mir welche in den Mund. Ich lächle Liv an.

»Ich freu mich, dass du mitgekommen bist«, sage ich.

Ich war am Bahnhof, mit der Kamera, um Bilder zu machen von der Bewegung, vom Fortstreben und Eintreffen und Weiterziehen. Ich wollte einen Abschied einfangen, ein Zusammenkommen oder ein flüchtiges Nicken unter Fremden, und da hab ich ihn gesehen. Er war ein paar Jahre älter als ich, Anfang zwanzig, und er hatte dieses Lächeln, das mir auffiel. Ein Lächeln, das man im Gesicht trägt, ohne es bewusst zu erzeugen, einfach, weil man nicht anders kann. Er stand am Gleis und wartete. Die Hände in den Hosentaschen, den Blick in die Ferne gerichtet, dorthin, wo der Zug auftauchen musste jeden Moment. Ein Mädchen stieg aus diesem Zug, sie gingen aufeinander zu. Ich fixierte die beiden im Menschengewühl. Sie taten nichts Besonderes, fielen sich nicht in die Arme, küssten sich nicht einmal. Schüchtern standen sie voreinander, eingehüllt in ihr Strahlen. Dann nahm er ihre Hand, und als ich beobachtete, wie er sie ansah, wurde mir klar, dass niemand auf mich wartete. Nicht so. Nicht mit dieser Geduld, dieser Ausschließlichkeit. Ich habe Fotos geschossen von den beiden, und ich glaube, sie sind schön, aber ich konnte mich nicht dazu überwinden, sie zu entwickeln.

Liv kreischt ein bisschen, wenn sie ins Wasser geht. Das Wasser ist nicht kalt genug dafür, ich glaube, sie tut das wegen der Show. Sie taucht nie unter, weil sie nicht will, dass ihre Haare nass werden. Ich finde es unter Wasser am schönsten. Ich liebe es, wie die Geräusche nicht durchdringen, wie es endlich still wird, nein, still ist es nicht, es rauscht und drückt und gluckert, ein ganz eigener Sound ist das, die Melodie des Meeres. Das Wichtigste ist, dass ich nicht mehr verstehen kann, was jemand redet, ja, dass es mir absurd vorkommt, dass man überhaupt redet. Wo doch dieses Dröhnen viel angenehmer ist, dieses Abgeschnittensein, man ist bei sich selbst unter Wasser, ist nicht abgelenkt von der Welt. Ich gehöre nicht hierher, mein Körper teilt es mir unmissverständlich mit, sobald ihm die Luft ausgeht, er drängt mich, aufzutauchen, die Lunge schmerzt, der Kopf auch, ich kehre zurück zur Sonne.

Spin sieht mich missmutig an, er hasst es, wenn ich so lange abtauche. Ich verstehe das, ich könnte, wäre er fort, auch nicht mehr atmen. Und trotzdem reize ich es aus. Tauche unter, bleibe im Rauschen, solange ich kann, gehe bis an die Grenze.

Im flachen Wasser ziehen die Wellen an mir. Sie ziehen nach hinten, sie schieben nach vorn, schwappen und formieren sich neu. Ich schaue meine Füße an, es wirkt, als hätten sie Halt gefunden, während sie in Wahrheit langsam im Schlamm versinken.

Ich schüttle meine Haare über Liv aus, sie quietscht und lacht. Sie trägt einen türkisfarbenen Bikini, und sie sieht so gut aus darin, mit diesen straffen Kurven, dem großen Busen, der hellen Haut und den tiefschwarzen Haaren.

Ich hole die Hasselblad aus meinem Rucksack und ignoriere, wie schnell mein Herz schlägt dabei. Ich habe noch nie vor anderen fotografiert. Liv beobachtet eine Gruppe holländischer Typen, sie sieht entspannt aus und neugierig, ich drücke auf den Auslöser. Vielleicht sieht sie, was ich sehe, wenn ich ihr ein Foto zeige. Vielleicht gelingt es mir, ihre Zartheit einzufangen.

Sie fährt herum, als sie das Klicken hört, ihre Augen weiten sich.

»Lösch das sofort!«, blafft sie mich an.

»Wie bitte?«

»Du sollst das löschen! Wenn ich so sitze, hab ich Speckrollen am Bauch.«

»Ich kann das nicht löschen, das ist eine Mittelformatkamera mit einem Film dr–«

»Eine was?«

Erst jetzt sieht sie sich die Hasselblad genauer an.

»Ist das so ein Hipster-Bullshit, ja? Kaufst du dir jetzt auch altes Klump aus den Siebzigerjahren, um dir cool vorzukommen?«

Sie schlüpft in ihr hellblaues Trägerkleid, vermutlich, um die Speckröllchen zu verbergen.

»Lass doch«, sage ich und deute auf ihren Bauch, »du bist gut so, wie du bist.«

Sie wendet das Gesicht ab.

»Es tut mir leid«, sage ich, »ich hätte dich nicht fotografieren sollen, ohne dich zu fragen.«

»Schon okay«, murmelt sie nach einer Weile.

»Du hast einfach nur so schön ausgesehen«, sage ich.

Sie schweigt.

»Ich hab gerade das Entwickeln gelernt«, fahre ich fort, es ist das erste Mal, dass ich darüber spreche, »und mich für ein paar Stipendien beworben. Vielleicht kann ich was machen, so mit ... also was mit Fotografie.«

Sie dreht sich wieder zu mir. Sie ringt mit sich, ich kann es sehen, sie mag es nicht, wenn ihr Körper thematisiert wird, auf welche Weise auch immer.

»Ich hab nur dein Gesicht ...«, setze ich an.

»Schon okay«, wiederholt sie, und jetzt lächelt sie.

Sie zeigt auf die Kamera.

»Erzähl.«

»Ich mag es, dass du so gleichgültig bist«, hat Jonathan gesagt, als wir nebeneinander in seinem Bett lagen, ohne Decke, ohne Schutz. »So tough und cool, wie du bist, will ich auch mal sein. Alles geht dir am Arsch vorbei.«

»Wie bitte?«, hab ich überrascht gefragt, und ich habe gedacht, ich bin doch nackt, Jonathan, ich liege neben dir und keine einzige Schicht ist zwischen uns, Haut an Haut, kannst du mich nicht sehen?

»Dieser arrogante Blick, den du hast«, hat er gesagt und mir über die Wange gestrichen mit zwei Fingern, »der ist sensationell. Du siehst immer aus, als wäre die ganze Welt dir scheißegal.«

Und ich habe geschwiegen. Wie kann man sich auch wehren, wenn einem jemand jegliches Gefühl abspricht? Ich habe in sein Gesicht hineingeschwiegen. Ich war so übervoll mit Emotionen, so übervoll mit dem Wunsch, sie ihm zu zeigen, sie ihm zeigen zu dürfen.

»Siehst du«, hat er gesagt und gelacht, »genau das mein ich.«

Und er hat mich geküsst, und nichts an mir war gleichgültig, und nichts an mir war tough.

Ich drehe mich um und atme tief ein, dann fange ich an zu fotografieren, hier, umgeben von Leuten, die mich dabei sehen, die vielleicht denken, Aha, da schau her, eine Hobbyfotografin, komischen Fotoapparat hat die, oder vielleicht denken sie nichts, es interessiert sich doch jeder nur für sich selbst. Für mich ist dieser Augenblick bedeutsam, ein Zugeständnis, ein Outing. Bestimmt werden die Bilder nicht gut, ich bin zu aufgeregt, doch das spielt keine Rolle. Der Himmel, das Meer, so viel verschiedenes Blau, helles, dichtes, ausgefranstes Blau, lachende Kinder, ein einziges Klischee, und dann kommen Spin und Mario aus dem Wasser. Sie sehen mich, ich betrachte sie durch die Kamera, und ich fühle mich nackt. Sie bleiben stehen, sie lächeln nicht. Mario legt den Arm um Spin, und so warten sie, ganz ruhig, ganz ernst, sie warten, bis ich sie fotografiert habe.

Am Abend, nach dem Essen, gehen wir tanzen. Die Jungs am Strand haben uns erklärt, wie man zur Disco kommt, irgendwo in einem anderen Teil von Cres, sie haben tatsächlich Disco gesagt, ich glaube, das Wort verwendet sonst nur Papa. Aber wir haben keine Wahl, wir sind auf einer Insel und wollen Spaß haben, Disco it is.

Es ist heiß und stickig, wir tanzen, wir trinken, wir tanzen, und wann immer ich die Augen öffne, bin ich umgeben von anderen Leuten. Sie sind jung, sie haben sonnengerötete, schweißglänzende Gesichter, sie singen und hüpfen, und da ist dieser Drang, etwas zu erleben. Weil sie im Urlaub sind, weil Sommer ist, und wenn jetzt nichts geschieht, dann bleibt das vielleicht das ganze Leben lang so. Ich singe und hüpfe mit und ignoriere das Stechen, sobald ich zwei beobachte, die sich küssen.

Die Luft ist erfüllt von Anspannung und Gier. In den Blicken schimmert leichte Panik, wie spät ist es, denken sie, wie viel Zeit hab ich noch, was, wenn ich niemanden finde? Ich lasse mich anstecken davon, ich bin betrunken, und vielleicht täte es gut. Vielleicht könnte ich an einen Körper fallen, irgendeinen Körper, um den Menschen zu vergessen, den ich so vermisse.
Immer wieder tanzt mich einer an, nähert sich von hinten, legt die Hände an meine Hüften. Das ist mir zu nah, viel zu nah sind mir alle, aber ich ertrage den Körperkontakt, Platz zum Ausweichen gibt es nicht. Ich kann mich nur dem Alkohol anvertrauen, der dafür sorgt, dass mich bald nicht mehr kümmert, wie viele schweißnasse Arme mich berühren.
»Lass uns rausgehen!«, ruft Liv, die plötzlich neben mir auftaucht, mit einem Kerl an der Hand, der kaum die Augen von ihrem Ausschnitt lassen kann.
Ich stehe rasch auf und gehe ihr nach, der Typ, der mir das letzte Getränk spendiert hat, folgt mir. Draußen klingt alles dumpf in meinen Ohren, überlagert von einem hellen Tinnitus-Pfeifen von der viel zu lauten Musik.
»Das ist …«, sagt Liv und dreht sich zu dem Burschen neben ihr um, »wie heißt du noch mal?«
Er nickt nur und lacht.
»Egal.« Sie lacht auch.
»Ich bin der Michi«, sagt der Typ neben mir.
Es ist dunkel, ich kann ihn kaum erkennen, er hat sehr kurze Haare, seine Zähne sind ein bisschen schief.
»Hallo, Michi«, sage ich.
»Wir fahren zu denen ins Hotel.« Liv fuchtelt mit den Händen, zeigt auf den Namenlosen, der den Arm um ihre Taille gelegt hat, und auf eine Gruppe von etwa vier oder fünf Jungs, die ein paar Meter entfernt stehen. Einer von ihnen pisst mitten auf den Weg, die anderen lachen.

»Okay«, sage ich und will mich zum Gehen wenden, doch Michi hält mich zurück.
»Und was ist mit mir?«, fragt er.
»Komm halt mit«, sage ich achselzuckend.
»Ja, komm mit!«, ruft Liv. »Wir feiern dort weiter. Die haben einen Pool!«
Sie stolpert zu mir, legt ihr Kinn auf meine Schulter. Sie riecht nach Alkopops und ihrem süßen Parfum. Ihre Haare sind verklebt, ihre Haut leicht feucht.
»Ich hab dich so lieb«, murmelt sie, »du weißt doch, wie lieb ich dich hab?«
Sie sagt das immer, wenn sie betrunken ist. Sie sagt es nur, wenn sie betrunken ist.
Ich streiche ein paar Strähnen aus ihrem Gesicht und drücke meine Lippen auf ihre verschwitzte Stirn. Die Kerle johlen.
Ein paar Schritte nur, schon umringen sie uns.
»Knutschen, knutschen, knutschen!«, skandieren sie.
Es braucht keine Überwindung, es braucht keinen klaren Gedanken. Es sind nur Lippen, Livs weiche, warme Lippen, und wahrscheinlich empfinde ich für sie ohnehin mehr als für so manchen Jungen, dessen Zunge ich berührt habe mit meiner. Die Begeisterung der Burschen springt uns an. Und für einen Augenblick genieße ich das, die Aufmerksamkeit, das Begehren, es ist ein Spiel, nichts als ein Spiel.
Liv nimmt meine Hand und zieht daran, um mit ihnen zu gehen. Sie sieht mich an.
»Scheiß auf Jonathan«, lallt sie, und als ich seinen Namen höre, da kann ich es nicht.
Mein Körper gefriert.
Die Losgelöstheit fällt von mir ab, die Geräusche dringen wieder durch.
»Was ist?«, fragt Liv, als sie merkt, dass ich stehen geblieben bin.

»Nicht.«
»Was hast du? Dafür sind wir doch hier!«
Ich schüttle den Kopf.
»Kommt ihr jetzt, oder was!«, ruft der Kerl, mit dem Liv rausgegangen ist.
»Bitte nicht«, sage ich noch mal.
»Dafür sind wir doch hier!«, wiederholt Liv lauter. »Mach dich mal locker.«
Sie hat diesen Ich-will-was-erleben-Blick, diese schimmernde Panik, kleine Sterne hat sie sich rund um die Augen gestempelt, sie sind längst verwischt. Es sieht aus, als hätte sie schwarze Farbe geweint. Und können wir noch Nein sagen, jetzt?
»Ich will nicht«, wiederhole ich, »lass uns nachhause fahren.«
Sie sieht mich an. Sie weiß genau, was ich meine.
»Was bedeutet es schon?«, fragt sie.
Ja, was bedeutet es schon?
Nichts, am Ende bedeutet es nichts.

In einem Winter, wir müssen etwa vierzehn gewesen sein, waren wir Eislaufen im Volksgartenbad. Jonathan, Liv, ein paar andere Leute aus unserer Klasse und ich. Eine Weile stand ich am Rand und sah ihnen zu, Liv, die Pirouetten drehte, Jonathan, der erstaunlich schnell fahren konnte, den Oberkörper nach vorn geneigt, sein Blick konzentriert und trotzdem entspannt. Er bremste vor mir, streckte mir die Hand entgegen.
»Na komm!«
»Ich hab das nie richtig gelernt«, sagte ich und traute mich nicht, seine Hand zu nehmen.
»Lässt sie dich abblitzen, Johnny?«, rief Florian.
Jonathan sah mich immer noch an, er ließ die Hand nicht sinken.

»Ich helfe dir«, flüsterte er.
»Vielleicht solltest du dir eine suchen, die nicht so eiskalt ist!«, rief Sebastian.
Ich schaute zu den beiden, sie klopften einander auf die Schultern und lachten.
»Ist doch egal, was die sagen«, erklärte Jonathan bestimmt, griff nach meiner Hand und zog mich aufs Eis.
Zuerst dachte ich, ich würde das Gleichgewicht verlieren, ich würde stürzen und ihn mit mir reißen. Uns beide blamieren. Doch er hielt mich fest, und ich vergaß die Glätte unter den Schlittschuhen, ich vergaß das Gelächter der anderen und meine Furcht. Wir fanden einen Rhythmus, es dauerte nicht einmal lange, wir glitten über die Fläche, und als wir an Florian und Sebastian vorbeikamen, rief Jonathan ihnen zu: »Ihr seid nur neidisch, weil Zoey die Coolste ist!«
Ich spürte seine Hand, mir war warm, so wunderbar warm, und nie wieder war irgendetwas so leicht, wie neben Jonathan auf dem Eis zu laufen.

Als ich aufwache, ist es Nachmittag. Das dünne Laken klebt an mir, ich kriege kaum Luft. Ich mache die Augen sofort wieder zu, im Haus ist es still. Vielleicht schlafen die anderen noch oder sind ohne mich an den Strand gegangen. Ich kann mich nicht erinnern, wie wir nachhause gekommen sind.
Plötzlich geht die Tür zu meinem Zimmer auf. Ohne ein Wort zu sagen, legt Spin sich neben mich. Ich blinzle kurz, mein Kopf tut weh. Durch die Fensterläden dringt das Licht in millimeterdünnen leuchtenden Streifen. Es ist stickig wie in der Höhle, die ich mir im Bett aus der Decke gebaut habe. Der fiebrige Tag in Griechenland fällt mir ein, als das Licht genauso war und Spin bei mir. Wir sind immer noch gleich, und der Schmerz ist es auch.

»Was ist los«, murmle ich, und zuerst reagiert Spin nicht. Ich drehe mich zu ihm, er liegt auf dem Rücken und starrt an die Decke. Er trägt eine dunkelgrüne Badehose, das Licht malt seinen Oberkörper an.
»Mario«, sagt er leise, »Mario hat gesagt, dass er mich liebt.«
Erst jetzt spüre ich, dass mein Bruder zittert. Nicht sehr stark, bloß ein bisschen, wie man es tut, wenn man sich beherrschen muss.
»Wie kann er so was nur laut aussprechen?«, redet er weiter, und das Zittern ist jetzt auch in seine Stimme gekrochen. »Wie kann er so furchtlos sein?«
Ich antworte nicht, weil das keine Fragen sind, auf die er eine Antwort braucht von mir.
»Wir sind aufgewacht«, sagt er, »er hat mich angelächelt. Er ist ganz nah hergekommen. Und dann hat er es gesagt. Als wäre nichts dabei.«
»Und du?«
»Ich bin sofort geflüchtet.«
»Du Arschloch.«
Er sieht mich überrascht an, dann nickt er kurz.
»So hab ich das noch nicht gesehen«, sagt er.
»Ich bin beeindruckt«, sage ich leise, »weil man sich das doch immer so einfach vorstellt, jemandem seine Liebe zu gestehen. Und dann, in der Realität, kann man es nicht. Man lässt den Moment verstreichen, in dem es möglich gewesen wäre, und den nächsten auch.«
Spin schweigt.
»Weißt du, wie oft ich mir vorgenommen habe, es Jonathan zu sagen? Mutig zu sein, auch wenn er mich nicht zurückliebt. Wie oft ich ihn anschreien und fragen wollte, wie es sein kann, dass wir all das haben, den Spaß, die Freundschaft, den Sex, und er trotzdem nichts für mich empfindet, wie das denn möglich ist?«

Spin verzieht beim Wort Sex das Gesicht, ich lache.
»Es liegt immer da, direkt in meinem Mund, gleich hinter den Zähnen, und trotzdem bin ich zu feig.«
»Hm«, macht Spin.
»Und jetzt ist es zu spät, ich hab meine Chance nicht genutzt.«
»Hm«, macht Spin noch mal.
»Das war verdammt mutig von Mario. Du solltest zu ihm zurückgehen und dich entschuldigen und das wiedergutmachen.«
»Ich kann ihm nicht sagen, dass ich ihn auch liebe.«
»Aber du tust es doch.«
Spin dreht sich auf die Seite, mir zugewandt, er legt den Kopf auf seinen ausgestreckten Arm und macht die Augen zu. Ich betrachte meinen Bruder, der mir so vertraut ist, und der Gedanke, dass wir nicht mehr viel Zeit haben zusammen, lässt meine Luftröhre eng werden. Ich möchte ihn umarmen, fest, sodass er die Umarmung nie vergessen wird, dass er sie aufbewahren und spüren kann, wenn ich fort bin.
»Das mit Mario ist was Gutes«, sage ich leise, »lauf nicht weg.«
»Es ist aber schwer, etwas so Gutes auszuhalten«, sagt er mit geschlossenen Augen.
»Wir wollten doch keine kaputten Menschen sein«, sage ich, »wir haben doch geschworen, niemals zu denen zu gehören, die sich selbst suchen.«
»Ich weiß«, flüstert er.
Und dann erzähle ich es ihm.
Wie schnell es gegangen ist, wie schwach ich war, wie wehrlos. Wie Freds Atem gerochen hat, wie drückend sein Gewicht war und wie unerbittlich seine Hand. Wie es sich anfühlt, wenn man keine Kontrolle mehr hat und nur noch Angst. Dass meine Haut seither dünn ist wie Papier, das

bei der kleinsten Berührung zerreißt. Dass ich nicht weiß, was meine Schuld war und was nicht.
Die Worte reihen sich von selbst aneinander, hier, in der dämmrigen Höhle, sind sie in Sicherheit. Spin hört mir zu, und einmal streicht er mir vorsichtig über den Arm, leicht genug, dass meine Haut intakt bleibt.
»Woher hast du gewusst, dass ich Fotografieren lerne?«, frage ich. »Ich hab dir das nie gesagt.«
»Du hast doch schon damals am See Bilder gemacht, mit der Polaroid. Und manchmal, da siehst du so weggetreten aus«, er macht ein entrücktes Gesicht, »als würdest du die Welt beobachten, ohne an ihr teilhaben zu wollen.«
»Du bist …«
»Und außerdem«, jetzt fängt er an zu lachen, »hab ich die Kamera in deinem Zimmer gesehen. So eine alte Sony.«
»Und ich dachte, du kennst mich besser als alle anderen!« Ich lache auch und schlage ihm leicht auf die Brust.
»Das tue ich doch.«
Wir lassen beide die Köpfe wieder auf die Kissen sinken, ich mache die Augen zu.
»Du solltest ihn anzeigen«, sagt Spin nach einer Weile, »Fred.«
»Ach, ich …«
»Du musst! Er hätte dich fast vergewaltigt, da gibt es nichts zu beschönigen.«
»Ich hab nicht geschrien«, sage ich, »ich hab kein einziges Mal geschrien. Wenn ich es nicht gewollt hätte, hätte ich doch schreien müssen?«
Ich gebe Spin keine Zeit zu antworten.
»Die Hasselblad«, sage ich, »die Kamera ist von ihm. Er hat sie mir gekauft, danach.«
»Dann musst du sie zurückgeben, Sis.«
»Ja«, sage ich.
»Warum hast du die Bücher angezündet?«, frage ich dann.

Spin gibt lange keine Antwort.
»Ich glaube, ich wollte ihm auch etwas wegnehmen«, sagt er dann.
Ich drehe mich zu ihm, betrachte ihn genau. Seine hellen Wimpern, die sonnengebräunte Haut, die Verletzlichkeit, von der er glaubt, man könne sie nicht sehen.
»Ich werde bald fortgehen«, wispere ich.
»Ich weiß«, flüstert Spin.
Als ich erneut aufwache, liegt er nicht mehr neben mir.

An unserem ersten gemeinsamen Wochenende mit Papa nach seinem Auszug ist er mit uns in ein Museum nach Bad Ischl gefahren. Das war, bevor er aufgehört hat, sich Mühe zu geben, bevor er angefangen hat, absichtlich zu verwahrlosen.
»Man sieht dort Oldtimer«, sagte Papa, »und alte Kampfflieger.«
»Warum sollte uns das interessieren«, fragte Spin.
Papa hat nicht geantwortet, und hingefahren sind wir trotzdem.
In dem Museum roch es komisch, nach Holz und Vergessenheit, als hätte die Luft eine andere Zusammensetzung, weil nie jemand herkam, um sie zu atmen. Dicht an dicht standen dort Autos und Motorräder und Panzer, ein hellblauer Trabant, ein Militärjeep, ein HMW-Volksmoped, stumm standen sie da, und Papa schaute sie an, als hätten sie ihm etwas zu erzählen. Dabei waren das einfach nur Sachen, die keiner mehr brauchte, eine Halle voll Schrott.
»So einen Opel Admiral«, sagte Papa und zeigte auf einen hässlichen beigefarbenen Wagen, »hatte meine Oma. Es muss ungefähr das gleiche Baujahr gewesen sein, 1969.«
»Aha«, machte ich.
»Sie fuhr wie eine gesengte Sau«, er lachte, »und rauchte dabei diese dünnen Zigaretten«, er lachte nicht mehr, der

Mund blieb ihm offen stehen, der Blick rutschte ihm weg. Er verstummte, weil die Wucht der Jahre ihm ins Gesicht schlug. Ich konnte es sehen. Weil es nichts davon mehr gab, die Oma nicht, das Auto nicht, ihn selbst als Kind nicht. So ist das mit der Vergänglichkeit, der Mensch fürchtet sich sehr vor ihr, und doch errichtet er ihr Museen überall, damit jeder hingehen und sich die Vergänglichkeit anschauen kann, und eigentlich gibt es nichts Lustigeres als das.

Beim Packen halte ich plötzlich den Sport-BH in der Hand, den Mama mir geschenkt hat. Obwohl ich nie vorhatte, ihn anzuziehen, hab ich ihn mitgenommen. Ich bin offenbar noch nicht so abgebrüht, wie ich es gern wäre. Unvermittelt steigt heftige Wut in mir auf, ich stopfe den Sport-BH ganz unten in den Koffer und lege meine dreckigen Schuhe darauf. Ich will das Scheißding nicht mehr sehen. Weil es nicht nur für Mamas Vorstellung von meinem Leben steht, sondern für so viel mehr, für Oberflächlichkeit und Schönheitswahn und Nichtalternwollen. Ich bin so genervt von den Standards, nach denen das Äußere der Menschen kategorisiert wird, sollen sie doch fett sein oder mager, sollen sie Locken haben oder Glatzen, warum ist das wichtig? Wenn es nach mir geht, können sie sich kleine Zöpfe in die Arschhaare flechten. Alles wird verurteilt, was nicht der Uniformität entspricht, dabei ist doch gerade das andere das Interessante. Und gleichzeitig prangern sie *#lookism* und *#fatphobia* an, es ist ein einziger Widerspruch, das gesamte Internet, von oben bis unten, diese ganze Menschheit. Sie erfinden ein Ideal, ein Narrativ, bilden es ab, überall, und kämpfen zur selben Zeit dagegen an, mit *#bodypositivity* und *#loveyourself*, wer hat es denn kaputt gemacht, möchte ich schreien, wer hat denn damit angefangen?

»Bist du fertig?«, ruft Spin.
Wir wollen ein letztes Mal abendessen gehen. Zu unserem kroatischen Fischlokal, wo man inzwischen unsere Namen kennt und uns mehr Wein als Fanta in den Mišmaš kippt. Morgen Früh um sieben müssen wir das Haus verlassen, damit die Reinigungskraft ausreichend Zeit hat, bevor um zehn die nächsten Gäste kommen.
»Gleich!«, rufe ich und hole den Sport-BH wieder aus dem Koffer.
Ich sehe mich im Zimmer um, hebe die Matratze an, lege ihn drunter und lasse die Matratze wieder fallen. Manchmal stelle ich mir vor, wie ich mich mit Mama an den Computer setze und ihr Bilder mit dem Hashtag *#saggyboobsmatter* zeige. Ich liebe die Fotos von hängenden Brüsten, von Runzeln und Speck und überdehntem Bindegewebe, von so viel fucking Coolness.
Vor dem Spiegel über dem winzigen Waschbecken in meinem Zimmer beschließe ich, mich nicht zu schminken. Nicht einmal die Haare kämme ich mir, sie sind zerzaust vom Wind, an den Spitzen steif vom Salz. Ich starre mich an. Ich will lernen, nichts darauf zu geben, was andere von mir denken, ob sie mich hässlich finden oder schön, ich will ein Leben führen, das losgelöst ist von solchen Bewertungen. Ich lasse mir kaltes Wasser über die Handgelenke laufen, um mich zu beruhigen, abzukühlen. Ich glaube, Mama liebt Reto nicht. Sie liebt sich selbst in ihrer Entscheidung für ihn. Die Beziehung zu ihm ist eine Verlängerung ihrer selbst, eine Spiegelung ihrer selbst. Und das will sie auch von mir.
Auf dem Weg zum Restaurant geht Mario neben mir. Er hat die Hände in den Hosentaschen und sieht entspannt aus. Er sieht eigentlich immer entspannt aus. Eine wohltuende Ruhe geht von ihm aus, etwas Beschwichtigendes. Man vergisst, sich aufzuregen in seiner Gegenwart, man

denkt, dass es gar keine Gründe gibt, sich aufzuregen. Er ist der Richtige, um auf Spin aufzupassen.

Wir sehen beide auf Spins Rücken vor uns.

»Er ist ein bisschen kaputt«, sage ich, »dabei hab ich mir solche Mühe gegeben, ihn zu schützen.«

»Er ist gut so, wie er ist«, sagt Mario, »ich würde nichts an ihm ändern.«

»Was bedeutet für euch Liebe?«, hat Frau Inglberg gefragt im Unterricht. Alle haben erstaunt die Augen aufgerissen, aber niemand hat den Mund aufgemacht.

»Anders gefragt«, hat sie gesagt, »gibt es die Liebe noch? Oder stirbt die Liebe aus?«

Da kam das erste Kichern.

»Wir werden heute über Liebe reden«, sagte sie, »und über Sex. Das kann euch peinlich sein oder auch nicht. Tatsache ist, dass jeder, der keinen Redebeitrag leistet, zuhause einen Essay zum Thema schreiben wird.«

Sofort gingen die ersten Zeigefinger hoch.

»Na bitte«, sie lächelte, »war doch gar nicht so schwer.«

Sie war jung, unsere Professorin für Psychologie und Philosophie, gerade mal Anfang dreißig, und sie war die einzige Lehrerin, die etwas zu meinem Undercut gesagt hatte.

»Geile Frisur«, dazu ein anerkennendes Grinsen.

Die Jungs nannten sie Kampflesbe, weil sie manchmal ein Shirt mit der Aufschrift *Female Future Force* trug und sich die Achselhaare nicht rasierte.

»Würden Männer Kinder bekommen, wären Schwangerschaftsstreifen eine Trophäe«, war einer ihrer Lieblingssprüche.

»Könnt ihr euch vorstellen, dass Romeo sich aus Liebe umgebracht hat?«

Aus dem Kichern wurde Gelächter.

»Der Depp!«, rief einer.
»Genau«, sagte sie, »der Depp. Es ist nicht mehr zeitgemäß, aus Liebe zu leiden. Oder sich gar das Leben zu nehmen. Was würdet ihr tun, wenn ihr Liebeskummer hättet?«
»Ich hab nie Liebeskummer«, rief ein anderer, »ich mach den Weibern Kummer!«
Frau Inglberg ignorierte ihn.
»Ihr würdet abwarten und darauf vertrauen, dass er vergeht, richtig? Oder euch an Freunde wenden, vielleicht an Experten«, sagte sie, »denn es gibt eine ganze Industrie der Selbsthilfe, mit Ratgebern und dem Versprechen, dass jeder Kummer überwunden werden kann.«
»Und dadurch auch jede Liebe«, sagte Liv.
Es war mir unangenehm, bei diesem Thema im selben Raum zu sein wie Jonathan. Ich hätte das Klassenzimmer gern verlassen, so sehr fürchtete ich, ich könnte mich unabsichtlich verraten, mich und meine Verliebtheit.
»Aber was hat die Liebe ersetzt?«, fragte Frau Inglberg. »Wenn die Liebe ausgestorben ist, was haben wir stattdessen?«
»Sex!«, rief Sebastian, und alle lachten.
»Natürlich.« Die Professorin sagte es so ernst, dass das Lachen verstummte. »Wir haben Sex. Ich zumindest, bei euch weiß ich es nicht.«
Darüber lachte nur sie. Wir wichen einander peinlich berührt mit Blicken aus.
»Wir haben Sex, wann und wo und mit wem wir wollen. Ihr seid die erste Generation, die in völlige sexuelle Freiheit hineingeboren wurde.«
»Orgie! Jetzt!«, rief Tim.
»Die Ehe ist keine Verpflichtung auf Lebenszeit mehr«, fuhr sie fort, und man merkte, dass sie die Aufmerksamkeit der Klasse hatte, trotz der blöden Sprüche zwischendrin, »entstigmatisiert sind außerdem Homosexualität,

Singledasein und uneheliche Schwangerschaft. Wer von euch ist unehelich?«

Wieder gingen einige Hände hoch.

»Seht ihr, und es ist egal. Es ist keine Schande mehr.«

Wir nickten brav.

»Ihr könnt genießen, was die Generationen vor euch erkämpft haben, Individualität ohne Einschränkungen. Nicht Klassenzugehörigkeit, nicht Hautfarbe, nicht Religion darf heute noch ein Ausschlusskriterium sein. Alle stehen jederzeit zur Wahl.«

Sie hatte eine Tätowierung am Handgelenk, *riots not diets*.

»Die Wahl des Partners ist absolut individualisiert. Niemand entscheidet für euch, nicht die Eltern, nicht die Gemeinschaft. Ihr könnt euch nur auf euch selbst verlassen, ob ihr jemanden lieben sollt oder nicht«, sagte sie.

»Oder nicht«, sagte Liv leise und grinste mich an.

»In einer Welt, in der jeder verfügbar ist und man um niemanden mehr kämpfen muss, weil genügend andere zu haben sind, gibt es womöglich wirklich keine Liebe mehr.« Frau Inglberg ließ den Blick über uns schweifen, es war plötzlich sehr still.

Und ich wusste, dass ich Jonathan nicht an mich binden konnte, nicht mit Sex. Mit Sex vermutlich am allerwenigsten. Aber womit dann? Wenn er meine Liebe nicht wollte, wenn Freundschaft nicht ausreichte? Ich beobachtete ihn. Er kritzelte mit einem Bleistift auf seinen Bankschoner. Er sah erschöpft aus, und ich hätte mich gern mit ihm ins Bett gelegt, ohne küssen, ohne ausziehen. Auch ohne reden, einfach so.

»Wenige kontrollieren das Spiel, sie stehen an der Spitze der sexuellen Pyramide«, sagte Frau Inglberg, »das erotische Kapital ist die Zahl der sexuellen Erfolge.«

»Also, mein Playbook ist fast voll«, warf Tobias ein, und wir rollten mit den Augen.

»Voll von Frauen, von denen du nachts träumst«, sagte Gwen und wurde mit ein paar Lachern belohnt.
Da hob Jonathan den Arm. Mein Herz hüpfte beunruhigt. Die Sonne fiel so durchs Fenster, dass seine Wimpern goldfarben aussahen. War es moralisch verwerflich, dass ich mit ihm schlief, obwohl er eine Freundin hatte? Das hätte ich die Lehrerin gern gefragt. Oder war das bereits Standard, das Fehlen von Regeln, diese Lockerheit, die uns so sehr prägte, dass wir alles Feste scheuten wie Fesseln aus Stacheldraht? Ich musste cool sein und tun, als wäre es mir egal. Als verletzte es mich nicht, dass er sich nicht festlegte, nicht auf mich, nicht auf Maja, und wer wusste, mit wem er sonst noch schrieb, sich traf, ins Bett ging.
»Die Frage ist nicht, stirbt die Liebe aus«, sagte er, »die Frage ist, hat es die Liebe je gegeben?«

Auf der Heimfahrt denke ich, dass ich mit Mama reden muss. Dass ich Mama mehr erzählen muss, dass ich nicht so abweisend sein darf und so verschlossen. Weil ich doch eigentlich anders sein möchte als sie, weniger muschelig, und wirklich, ich muss ihr eine Chance geben. Ich nehme mir vor, mich zu ihr an den Tisch zu setzen und ihren Tofu zu essen, ihr zu beschreiben, wie das Licht ausgesehen hat abends am Meer, wie die Tomaten geschmeckt haben. Und vielleicht schaffe ich es sogar, das Fotografieren zu erwähnen, wenigstens am Rande.
Doch als wir die Haustür öffnen und unsere Koffer reintragen, als der vertraute Geruch von Zuhause mir entgegenschlägt und ich höre, wie Mama mit Reto in der Küche redet und lacht, da fällt ein derart schweres Gewicht auf meine Brust, dass es mir alle guten Vorsätze aus dem Körper presst und die Worte dazu.
»Hey, da seid ihr ja«, begrüßt Mama uns, »wir haben für

euch gekocht, ihr habt bestimmt Hunger. Wie war die Reise?«

Spin antwortet, ich höre nicht zu. Es wäre schön, wenn ich sie umarmen könnte, ja, doch, das wäre es.

»Hattest du eine gute Zeit?«, fragt Mama mich, sie steht nur zwei Schritte entfernt.

Ich nicke, ich lächle, ich antworte nicht.

Zwei Schritte.

3

Wenger langweilt sich in der Oper zu Tode. Das ist ja der schlimmste Teil an den Salzburger Festspielen, dass man tatsächlich Aufführungen besuchen muss. Die Leute kommen wegen des roten Teppichs, wegen der Paparazzi, um aus der *Kronen Zeitung* zu grinsen am nächsten Tag, sie kommen wegen der Aftershow-Trinkrunden im *Triangel* und im *St. Peter Stiftskulinarium*, wegen der Inszenierungen kommen sie nicht. Gibt halt nur keiner zu, dass man da drinsitzt und das Gähnen unterdrückt, weil man sich furchtbar fadisiert. Er ist im Großen Festspielhaus und sieht sich *Lady Macbeth von Mzensk* an, und das Elend in vier Akten ist auch noch auf Russisch. Nina Stemme singt die Katerina, Maxim Aksenov den Sergej, er kennt beide nicht, und es ist ihm längst zu anstrengend geworden, die Untertitel zu lesen. Das einzig Verlässliche an der Oper ist ja, dass am Ende alle tot sind, darauf wartet er jetzt.

Er hat die Karte von Christian Glück bekommen, einem jener reichen Unternehmer, die dabei gesehen werden wollen, wie sie Kultur konsumieren, und die dadurch die Festspiele finanzieren. Sie kaufen Abonnements und verschenken sauteure Tickets, lassen sich Anzüge maßschneidern, loben die ach so mutigen Intendanten und verpassen sich selbst einen intellektuellen Anstrich damit. Die Glücks machen ihr Geld mit hochkomplizierten Mikrochips, die von namhaften Herstellern in kleine Geräte verbaut werden, auf dass sie die halbe Menschheit bespaßen. Die andere Hälfte kämpft ums Überleben und kann sich keine Bespaßung leisten. Aber mit denen, die es können, verdienen die Glücks immer noch ausreichend.

»Geh doch mit«, hat Christian ihm gemailt, »wir waren schon lang nicht mehr gemeinsam unterwegs.«
Und erst wollte Wenger absagen, aber dann hat er sich gedacht, dass er eh mal rausmuss, dass er ja nicht immer nur am Schreibtisch sitzen kann und außerdem wieder anfangen sollte, die alten Kontakte aufzuwärmen, sein Netzwerk zu reaktivieren. Sich siegessicher zu zeigen, bevor er seinen Triumph einfährt. Bald.
Jetzt bereut er es allerdings, denn eigentlich würde er die Zeit lieber zum Schreiben nutzen, und das russische Gejaule geht ihm mächtig auf den Sack. Er beobachtet Christian, der neben ihm sitzt, zusammen mit seiner Frau Angelika, und beide haben diesen ausgehängten Blick. Wer weiß, woran sie grad denken in ihrem Versuch, stundenlang hier auszuharren. Vermutlich an etwas Naheliegendes, sie an die kleinen Schweißtropfen auf der Stirn ihres zwanzig Jahre jüngeren Tennislehrers, er an das Vibrieren des Sportwagens unter seinem Hintern, wenn er auf 250 beschleunigt.
»Ich freu mich auf das Bier nachher«, flüstert er in Christians Ohr.
Der schaut ihn erst überrascht an, grinst dann und macht eine Geste, als würde er gleich einschlafen.
Na bitte, er hat's doch gewusst.
Auf der Bühne gibt Katerina Sergej die Strümpfe, ohne zu wissen, dass eine andere Frau nur im Tausch dagegen mit ihm schlafen will, und Wenger seufzt leise. Sex als Zahlungsmittel, das alte Lied. Er hat sich im Programm die Beschreibung der Oper durchgelesen, um wenigstens zu verstehen, worum es geht, und um nachher zwei, drei kluge Bemerkungen machen zu können. In der Novelle von Nikolai Leskow verhindert die in ihrer Ehe gelangweilte und selbstverständlich sehr schöne Katerina, dass die alte Köchin vergewaltigt wird, und lässt sich dann vom selben

Kerl flachlegen. Ein Narrativ, das in Wengers Augen der Realität sehr nahe kommt. Ist es für Frauen nicht das Natürlichste der Welt, sich dem Stärkeren zu unterwerfen? Hat die Natur der Frau nicht sogar die Lust an der Unterwerfung mitgegeben? Das ist doch der beste Beweis dafür, dass das ursprüngliche Verhalten von Mann und Frau bar jeder Zärtlichkeit war, dass dieses Verzärtelte eine Erfindung der Neuzeit ist, um Romantikwochenenden mit Heublumenbädern zu verkaufen.

Ihren Schwiegervater bringt Katerina um, ihren Ehemann auch, und wegen der Sache mit den Socken muss Sergej ebenfalls dran glauben, sie schubst ihn von einer Brücke. Immerhin springt sie gleich hinterher, und das ist ein Glück, denn nun sind, soweit Wenger sehen kann, alle relevanten Personen ums Leben gekommen, und endlich gibt es den Schlussapplaus.

»Eine wilde Geschichte«, raunt Angelika beim Hinausgehen, »ich bin schockiert.«

»Darüber, dass die Frauen berechnende Fotzen sind?«, fragt Wenger in seiner aggressiven Stimmung.

Angelika reißt die Augen auf.

»Er hat sich nicht verändert, der Maximilian«, sagt sie zu ihrem Mann und lacht.

»Dasselbe Schandmaul wie eh und je«, antwortet Christian.

Sie waren früher oft zu Gast bei Veranstaltungen wie diesen, Patrizia und er, Christian und Angelika, beim Life Ball in Wien, beim Hahnenkammrennen in Kitzbühel und bei allen anderen Zeigt-her-eure-Kleider-Events, bei denen es zu beweisen gilt, dass man dazugehört. Sie haben gemeinsam gefeiert, gelästert und getrunken. Jemand mit einem schlichten Gemüt hätte vielleicht sogar gesagt, dass sie Freunde waren. Auf Patrizias Party im März haben diese vermeintlichen Freunde allerdings kein Wort mit ihm geredet, und dass sie ihn jetzt in die Oper eingeladen haben, bedeutet nicht, dass er rehabilitiert ist, sondern nur wieder interessant genug, dass sie gesehen werden wollen mit ihm.

»Sie hat eben mit brutalen Mitteln auf die Brutalität um sie herum reagiert«, sagt Angelika, und Wenger weiß genau, in welcher Zeile des Programms das stand, links unten.

»Stalin hat das Stück ja verbieten lassen damals«, sagt Christian, und das stand, Wenger erinnert sich, am Ende der Beschreibung.

»Mich müsst ihr nicht beeindrucken«, sagt er, »ich hab mich auch gelangweilt.«

Sie lachen wieder, und es ist gut, einen gewissen Ruf zu haben, weil der einen Freibrief darstellt. Niemand nimmt einem übel, dass man ein loses Mundwerk hat, im Gegenteil, die Leute amüsieren sich. Und ein bisschen erleichtert sind sie auch, dass ihre Gedanken kanalisiert werden, während sie selbst sich nicht trauen, sie auszusprechen.

Beim Hinausgehen nickt Wenger denselben Menschen zu wie beim Hineingehen, schüttelt die restlichen Hände. Er lächelt, die anderen auch. Ein Schutzraum ist dieses Lächeln, deshalb muss es sehr breit sein, damit man viel dahinter verstecken kann. Dass man nicht weiß, was man hier tut, zum Beispiel, dass man die Bekannten, deren Hände man ergreift, saublöd findet, und dass sich die ganze Sache anfühlt wie ein Kostümfest, ein großes Schauspiel mit einer Bühne für die Sänger und einer eigenen für das Publikum. Als Mann trägt man offenbar Mittelblau in dieser Saison, dazu braune Schuhe, das hat Wenger ja schon bei Sebastian gesehen, und der Bart ist zurück. Die Damen schieben gern ein Bein durch den hohen Schlitz der bodenlangen Kleider, wär ja schade, wenn man das schöne Bein nicht sehen könnte und die Verlockung, die es darstellt. Wenger entdeckt vertraute Gesichter aus

der alten Runde, auch ein paar Promis und Politiker, die natürlich niemandem zunicken, weil sie dazu zu wichtig sind. Es ist ein Schaulaufen, er läuft mit.
»Wo trinken wir das besagte Bier?«, fragt Christian, als sie draußen sind.
Verstohlen schauen sie, wohin die anderen gehen, welches Lokal bevorzugt wird, man kann das vorher nie so genau wissen. Aus diesem Grund geht keiner voran, alle wollen lieber folgen, und es entsteht ein Tanz aus vor und zurück, ein Trippeln von Lackschuhen, kombiniert mit abwartenden Blicken.
»Wir gehen in den *Stiftskeller*«, sagt Wenger und marschiert los.
Angelika und Christian bemühen sich, Schritt zu halten, und weil da plötzlich Bewegung in die Menschenmenge kommt, entsteht ein kleiner Sog, an der Spitze Wenger. Er lächelt zufrieden.
Der rote Teppich ist umrandet von Messingpfeilern mit Kordeln, liegt aber wieder auf gewöhnlichem, grauem Asphalt, die Episode mit dem goldfarbenen Belag ist längst vergessen. Das Gold, das den Boden der Hofstallgasse kurz zierte, sah sowieso mehr aus wie ein helles Braun, als hätte sehr lange niemand die Pferdeäpfel der Salzburger Fiaker weggeputzt, und diese semikluge Geschichte sagt alles aus über die Salzburger Stadtpolitik, was man wissen muss. Eine Stadt des Lamentierens und Stehenbleibens ist sie in Wengers Augen, in der bewahrt und auf Hochglanz poliert wird, was seit Jahrhunderten halt so rumsteht, damit die Touristen was zu fotografieren haben. Salzburg ist ein Ding hinter Glas, das man anschauen, aber nicht anfassen darf, in einer Vitrine, bei der Uroma. Die Vitrine ist zugesperrt, das Ding, das besondere, sammelt Staub an. Weil, oh Gott, es könnt ja was kaputtgehen. Fortschritt passiert überall anders, nur nicht hier. Er schaut hinauf zur be-

leuchteten Burg, diesem weißen Wahrzeichen, für ihn ein Sinnbild von Provinz und Ewiggestrigkeit. Und was es gekostet hat, den Asphalt golden anzumalen, darüber redet auch keiner mehr.

»Schon schön, gell«, sagt Angelika neben ihm, und da muss Wenger plötzlich lachen, richtig aus dem Bauch heraus.

Er weiß gar nicht, wann ihm das zuletzt passiert ist.

Er merkt Angelika an, dass sie sich wundert, zugleich aber ein bisschen freut, weil sie ihn zum Lachen gebracht hat, und ja, er würde ins Bett gehen mit ihr. Überhaupt gibt es nur wenige Frauen, mit denen er nicht ins Bett gehen würde, aber bei ihr hat er sich das bereits früher gedacht.

»Ja«, sagt er und sieht sie eindringlich an, »schon schön.«

Faszinierend, was man mit ein bisschen Anzüglichkeit in der Stimme auslösen kann, obwohl die Worte selbst nichts verraten. Angelikas Gesicht reagiert sofort, und gleichzeitig versucht sie, das zu verbergen. Locker zu bleiben, belustigt zu bleiben.

»Müsste man auch mal rauf«, sagt er.

Angelika blinzelt zweimal, und ihr Lächeln ist nur noch halb. Ist das eine harmlose Doppeldeutigkeit oder auch so ein typischer Wenger-Spruch, fragt sie sich bestimmt, der kann sich ja alles herausnehmen, der Wenger mit seinem Freibrief.

Am *Stiftskeller*, neuerdings ein wenig eleganter *Stiftskulinarium* genannt, werden sie erwartet von Fackelbeleuchtung und beflissenen Kellnern, deren Hauptgeschäft darin besteht, den Gästen das Gefühl zu verkaufen, dass sie etwas Besonderes sind. Man schreibt sich hier auf die Fahnen, das älteste Restaurant Europas zu sein, ein Treffpunkt für Weinkenner und Bonvivants, die in exklusiver Atmosphäre das Geld aus ihren Taschen tröpfeln lassen. Während die plaudernde Meute hinter ihm in den erhellten Innenhof mit seinem wuchtigen steinernen Gemäuer strömt, an die mit weißem Stoff überzogenen Stehtische, an denen gleich der Champagner in die lippenstiftroten Münder fließen wird, ein Schluck zwischen »Hast du die Traudi gesehen, nein, wie die dreinschaut, seit ihr Mann mit der Jüngeren« und »Der Bernhard soll ja kurz vor dem Konkurs sein, vielleicht ist bald deren Finca zu haben« bleibt Wenger stehen. Er sieht sich um.

Man will immer so viel von der Welt, von den Menschen, denkt er. Dass sie einem ihre Aufmerksamkeit schenken und einen damit anfüllen bis obenhin, sodass man sich angenommen fühlt in ihrer Mitte und weniger allein. Dabei ist das nur Luft, mit der man angefüllt wird, nur Heuchelei und Schmäh, und solange man es nicht merkt, hält man sich trotzdem für geerdet. Wenger ist stets mitgeschwommen in diesem Champagnerstrom, in diesem Fluss der Eitelkeiten, das war sein Planschbecken. Die Bühne, auf der er brilliert hat, auf die er immer ein bisschen mehr Anrecht gehabt hat als die anderen, schließlich ist er selbst ein Künstler.

Jetzt fühlt er sich nicht im Geringsten geerdet, und die Vorstellung, dass er mit den Unternehmern und Arztgattinnen und Scheidungsanwälten dieser Stadt reden muss, dass er ihre spitzen Fragen beantworten muss, »Gut gebaut ist er ja, der junge Schweizer von der Trixie, sind deine Blessuren schon geheilt?«, »Es ist halt keine gute Zeit mehr für so was Analoges wie Bücher, gell, Wenger?«, graust ihn derart, dass er sich abrupt umdreht und wieder hinausgeht auf die Gasse zwischen Stiftskirche und Dom. Denn das Schöne ist, er muss nicht. Gefallen muss er nicht, gemocht werden auch nicht, um Akzeptanz betteln schon gar nicht. Er hat das alles längst verloren, und das hat ihn vielleicht ein bisschen einsam gemacht, aber auch frei. Sie werden nicht merken, dass er fehlt, sie werden ihn nicht

vermissen, es sind genug andere Leute da, über die sie sich das Maul zerreißen können.
Er schlendert zu seinem Auto, mit einem letzten Blick zurück auf die Burg, die Domkuppeln, die stille Silhouette der Stadt. Sie ist eine attraktive, exaltierte Geliebte, für die man viel Geld braucht. Im Gegenzug lockt sie Gäste aus aller Welt an, und ja, doch. Sie ist schon schön.
Daheim setzt Wenger sich sofort an den Schreibtisch, bevor die Müdigkeit kommt. Er will aufschreiben, wozu ihn das Erlebte inspiriert hat, und er will es tun, ehe es verblasst. Für seinen Protagonisten, den Politiker, der in die Oper geht, der die Salzburger Festspiele besucht, wird der Abend zu einem Spießrutenlauf. Wie Hyänen schleichen sie um ihn herum, die Journalisten und Klatschliebhaber, Männer genauso wie Frauen, sie flüstern hinter vorgehaltener Hand, aber so, dass er es sehen kann, dass er es fast hören kann. Denn nur dann funktioniert eine Demütigung, wenn der Gedemütigte sie auch mitbekommt.
Wenger schreibt alles aus sich heraus, schreibt es hinein in das Buch, und es kümmert ihn nicht, dass manch einer sich angesprochen fühlen wird. Ein bisschen Ironie und Nestbeschmutzung lieben sie doch, die Österreicher, weil das Jammern und Schimpfen ein Nationalsport ist, in dem sie fast noch besser sind als im Skifahren. Wenger ist ohnehin in Ungnade gefallen, da kann er es sich auch gleich gemütlich machen darin.
Die russische Lady Macbeth verarbeitet er ebenfalls, greift ihre Mordlust auf und ihre Rachsucht, ihre Skrupellosigkeit, die ihr als letzter Ausweg bleibt. Und die ja nur deshalb so schockierend ist, weil die Schwachen für gewöhnlich mit schwachen Waffen kämpfen und dadurch ewig unterdrückt bleiben. Machen sie sich die Methoden der Starken zu eigen, können sie diese besiegen. Nur gehen sie halt selber dabei drauf.

Der neue Tag hat bereits angefangen, als er zum ersten Mal aufsieht. Viel fehlt nicht mehr, er hat beinahe alles in die Tastatur gehackt, was diesen Roman ausmacht, das Fiese und Feige, das Niederträchtige, das Ausweglose. Nur in der Mitte ist ein Loch. Dorthin gehört die Schlüsselszene. Um sie herum hat Wenger den Anfang gebaut und das Ende, einen steten Reigen an Kapiteln, gruppiert um ein bisher leeres Zentrum. Das ist das Schwierigste, zu dem er vordringen muss, zu dem es bisher keinen Brief gab und keine Worte. Diese Szene braucht er noch für seinen großen Coup, und sie muss messerscharf sein. Damit ihnen allen die Champagnerlaune vergeht, damit ihnen der nächste gehässige Kommentar im Hals stecken bleibt, wenigstens für einen Augenblick, bis der Tafelspitz serviert und ihr halbleeres Glas aufgefüllt wird, weil ein Glas, wenn sie es halten, immer voll sein wird.

August 2017

»Drei Männer haben mich bedroht«, habe ich gesagt, und ich habe erwartet, dass sofort etwas geschehen würde, dass sie aufstehen und Aktionen in Gang setzen würden, eine Suche starten, einen Haftbefehl ausrufen, doch die Polizisten nickten erst einmal nur langsam.

»Es ist nicht einmal eine halbe Stunde her«, habe ich gesagt, »und ich kann sie beschreiben.«

Mit einer schwerfälligen Bewegung zog einer der beiden einen Zettel zu sich heran und nahm einen kleinen Bleistift.

»Dann erzählen Sie doch mal«, sagte er.

Mir sprang die Stimme aus dem Mund vor Aufregung. Die Schritte hinter mir, das Festhalten, das An-die-Wand-Drücken, die harten Hände an meiner Brust. Das heisere Gelächter.

»Ich kann sie beschreiben«, wiederholte ich, aber niemand fragte, wie sie ausgesehen hatten.

»Gehen Sie öfter mit Männern nachhause?«, fragten sie stattdessen.

»Waren Sie in diesem Kleid unterwegs?«, fragten sie.

»Ziehen Sie sich gern aufreizend an?«

»Haben Sie einen festen Partner?«

»Wie oft in der Woche verkehren Sie mit verschiedenen Männern?«

Da sprang mir nichts mehr aus dem Mund. Ich verstummte, und ich verstand.

Das gab es also wirklich.

Ich wusste, man nannte es victim blaming, aber es nützt dir einen Scheiß, dass du den Namen dafür kennst, denn wenn sie es mit dir machen, fühlst du dich, als hätten sie dir Benzin ins Herz gegossen und ein Streichholz hinterhergeworfen.

Ich erstattete Anzeige gegen unbekannt in dieser Nacht, doch es würde mich nicht wundern, wenn sie den handbeschriebenen Zet-

tel in den Papierkorb geworfen hätten, kaum dass ich die Polizeiwache verlassen hatte.
In Deutschland führt nur jede zwanzigste Anzeige wegen eines sexuellen Verbrechens zu einer Verurteilung, weniger als zehn Prozent aller angezeigten Gewalttaten dieser Art kommen vor Gericht. Nur fünfzehn Prozent der Frauen gehen überhaupt zur Polizei, in anderen Studien ist die Rede von acht Prozent, von fünf.
Und keiner der Beamten in den Strafbehörden ist geschult im Umgang mit traumatisierten Opfern.
Das ist es, was die Menschen draußen nicht wissen, die Menschen, denen nichts passiert ist und die denken, es gebe da jemanden, an den sie sich wenden könnten im Fall der Fälle.
Ich konnte nicht schlafen, auch in den darauffolgenden Nächten nicht. Ich konnte nicht essen, ich konnte nicht denken. Es dauerte, bis ich begriff, dass es Angst war, was mich mit eisigem Grauen erfüllte, denn ich hatte noch nie Angst gehabt.
Zwei Wochen später bedrängten sie meine Mitarbeiterin Anna. Sie berichtete mir am nächsten Morgen davon, tat es mit einem Lachen ab, konnte jedoch nicht aufhören, sich selbst über die Oberarme zu streichen.
»Einer hat mir unter den Rock gegriffen«, sagte sie, »ein anderer hat mich kurz am Hals gepackt.«
»Ich hatte aber eh eine Strumpfhose an«, beschwichtigte sie sofort, ich war so wütend.
Sie war dreiundzwanzig und wurde danach jeden Abend von ihrem Vater abgeholt, einem breitschultrigen, bärtigen Mann, der mich schweigend und vorwurfsvoll ansah.
»Wir haben uns erkundigt«, sagten die Polizisten, »bei den Nachbarn.«
»Worüber?«
»Sie scheinen des Öfteren Männerbesuch zu haben in der Buchhandlung. Da gibt es offenbar mindestens einen Herrn, der ein und aus geht. Und zwar nach Ladenschluss.«

»Das ist meine Privatsache«, sagte ich.
»Eh«, sie grinsten, »aber er soll verheiratet sein, und das, Gnädigste, wirft kein gutes Licht auf Sie.«
Ich unterdrückte alles, was ich tun und sagen wollte, drehte mich um und ging.
Und ja.
Dieses Unterdrücken! Es ist in mir, in uns, hineingepresst in vielen, vielen Jahrhunderten. Es ist in den Frauen, die als hysterisch gebrandmarkt in Anstalten verschimmelten, in den Frauen, denen ihre Künstlermänner die Bilder gestohlen haben und die Worte, um sie als ihre eigenen auszugeben, es ist in den Frauen, die mit Kindern am Rockzipfel in Küchen gesperrt wurden, wo ihre Träume verreckten. Es ist in den Studentinnen, deren Forschungsprojekte schlechter finanziert werden als die der Männer, es ist in jeder Angestellten, die weniger Gehalt bekommt für dieselbe Arbeit, in den Köchinnen, deren Tätigkeit bei Männern zu Haute Cuisine wird, in den Schneiderinnen, deren männliche Kollegen Modedesigner heißen. Es ist in den Kellnerinnen, die mit Trinkgeld fürs Grapschen entschädigt werden, in den Programmiererinnen im Silicon Valley, in deren Start-ups nur investiert wird, wenn sie auf Sexpartys gefällig sind. Es ist in jedem Frauengrab.
Aber wenn all dies bloß ein Konstrukt ist, eine menschengemachte Idee, dann ist sie auch änderbar. Dann wird es uns gelingen, irgendwann. Ich werde es nicht mehr erleben, und dennoch glaube ich daran. Wir sprengen das Patriarchat.
Wir kommen, und wir sind viele.
Danach attackierten sie Martina. Noch einmal mich. Dann Susanne. Kurze, bizarre Zusammenstöße mit Fremden, die uns schubsten, einkesselten, begrapschten. Verschont blieb nur die Auszubildende, sie war erst siebzehn. Jeden einzelnen Vorfall zeigten wir an, Susanne war geistesgegenwärtig genug, die Täter mit ihrem Handy zu filmen.
»Was soll das beweisen?«, fragten die Polizisten. »Da sieht man drei Kerle, die hinter ihr gehen.«

»Lassen Sie doch wenigstens die Gesichter durch Ihre Datenbank laufen«, schlug ich vor.
»Na, t'schuldigen'S, wir sind hier nicht in einem Fernsehkrimi.«
Keine von uns hatte Verletzungen davongetragen, nicht einmal blaue Flecken, nichts, was man sehen konnte.
»Wahrscheinlich Ausländer«, sagten sie, »die sich einen Spaß erlauben. Die kennen das in ihrer Heimat nicht, dass Frauen so offenherzig sind.«
Ich nannte den Polizisten seinen Namen. Ich erklärte, dass er hinter allem stecken könnte, möglicherweise.
»Das ist ein angesehener Bürger unserer Stadt!«, riefen sie. »Ist Ihnen klar, dass Sie mit solchen Anschuldigungen das Leben eines Unschuldigen zerstören können? Und Beweise haben Sie auch keine.«
Kein einziges Mal war bei den Vernehmungen eine weibliche Beamtin anwesend.
Jetzt bleibt nicht mehr viel zu sagen, jetzt gehe ich in den Sturm. Von selbst wird er sich nicht auflösen, er wütet, er zerrt, er fordert mich heraus. Ich stemme beide Beine in den Boden, und du warst ja dabei.
Wir gingen Hand in Hand, es war dunkel, Januar, fast Februar, wir waren essen gewesen und unterhielten uns über »Winters Garten« von Valerie Fritsch, ein Buch, das mich nachhaltig beeindruckt hat, erinnerst du dich? Wir waren noch zusammen, wir waren noch Vertraute. Das waren unsere letzten Minuten. Bevor du mich verraten hast.
Es waren dieselben drei, sie kamen auf uns zu und schossen mehrere Fotos von uns mit einer blitzenden Handykamera.
»Guten Abend, Herr Trattner«, sagte einer, und ich konnte spüren, wie du neben mir zusammenschrecktest.
»Wir haben etwas mit Ihrer Freundin hier zu besprechen«, fuhr er fort und zeigte auf mich, »würden Sie uns wohl einen Moment allein lassen?«
»Wer sind Sie?«, fragtest du.

Er zeigte das Handydisplay mit unseren erleuchteten Gesichtern.

»Nur ein paarmal tippen«, sagte er, »und Ihre Frau bekommt dieses sehr gelungene Bild.«

Ich griff nach deiner Hand und griff ins Leere.

»Sie haben ein schönes Haus in Linz, Herr Trattner, gleich neben einem Park, und Ihre Kinder fühlen sich hoffentlich wohl im Akademischen Gymnasium.«

Jetzt bleibt nicht mehr viel zu sagen, du hast mich dort stehen lassen.

Ich habe seither so oft an deinen Blick gedacht, dass er in meiner Erinnerung zerfallen ist in tausend Scherben. Jede einzelne davon schneidet mich auf, wann immer ich die Augen schließe.

Sie haben es in der Buchhandlung getan, natürlich. Mit dem Messer am Hals habe ich die Tür aufgesperrt, mit dem Messer am Hals habe ich es erduldet. Ich habe sie hineingelassen, weil etwas nachgeben muss, wenn der Druck zu groß wird, das ist Physik. Glas, Haut, ein Knochen. Wo die Klinge mir den Hals aufgerissen hat, habe ich eine Narbe, ich streiche jeden Tag darüber. Das ist die Art des Körpers zu sagen, ich habe Beweise.

Sie haben es zwischen und auf und neben den Büchern getan, meinen Kopf auf die Bücher gepresst, mein Gesicht, meinen Oberkörper, die Bücher blieben still und unbeteiligt. Sie hatten blinde Rücken und verloren ihre Bedeutung für mich, trösten würden sie mich nie wieder können.

Wie hat es sich angefühlt, das ist eine der Fragen, die du mir nicht stellst, wie war es, das zu erleben? Und ich habe keine Antwort darauf, denn ich war anwesend, aber ich war nicht dabei. Ich war irgendwo geblieben, draußen neben dir war ich geblieben, in diesem Schneespaziergang, in diesem Gespräch über einen Roman, in dem die Welt untergeht, in der Küche meiner Oma war ich geblieben, in der es so gut nach Buchteln roch, die im Ofen aufgingen, in meinem Kinderbett war ich geblieben, in dem mein Vater mir vorlas vom Hotzenplotz und dem kleinen Gespenst, von einer Räubertochter, die nicht einmal die Druden fürchtete. Überall dort,

verteilt in der Zeit, verteilt in der Welt, war ich, nur bei diesen drei Männern, die in meinen Körper stießen, bis er blutete, die auf meinen Mund schlugen, bis er schrie, dort war ich nicht.
Ich wartete nur.
Im Schneespaziergang wartete ich und in der Küche, in meinem Bett, gut zugedeckt und behütet von der väterlichen Stimme, dort wartete ich, und mein Körper sammelte. Ins Krankenhaus würde ich sie tragen, all die Spuren, ohne zu zögern, einen Wirbel würde ich entfesseln, sämtliche Frauennotrufe des Landes würde ich anrufen, meine Geschichte in die Zeitungen kotzen und ins Internet und bis hinauf zum Bundespräsidenten, wenn es sein musste – und das wussten sie.
»Schau ihn dir genau an«, sagte einer und hielt mir seinen Schwanz vor die Augen, die danach zuschwellen würden, vielleicht von den Hieben, vielleicht, um sich auszuruhen.
»Morgen ramme ich ihn in deine Auszubildende«, sagte er, »mit siebzehn ist sie viel frischer als du altes Dreckstück.«
Das war der Grund.
Ich unterschrieb und ich packte und ich ging.
Ich bin nicht wie du, ich habe niemanden im Stich gelassen.

#fuckyouall

Ich liege im Bett, und das Vermissen liegt auf mir drauf. Ich kann mich kaum bewegen unter seinem Gewicht. Die Sonne scheint mich durchs Fenster an und ermahnt mich, dass der Sommer bald zum Herbst wird, dass ich rausgehen muss, wenn ich noch was erleben will. Aber ich will nicht. Ich schaffe es nur ins Bad und wieder zurück, und ich schleppe mich bloß in die Dusche, weil ich dort besser weinen kann. Das Wasser wäscht die Tränen weg, mein Schluchzen klingt in dem Rauschen nicht so quälend laut. Dann lege ich mich wieder unter die Decke, nackt und nass und wund.

In mir zieht sich alles zusammen, als wäre ich ein leeres, pulsierendes Etwas, das sich windet. Bis in die Fingerspitzen spüre ich die Krämpfe, die durch meinen Körper schießen. Am intensivsten sind sie in meinem Bauch, in meiner Brust. Dass man so weinen kann, habe ich nicht gewusst.

Als ich das Warten noch hatte, war der Schmerz nicht so groß, weil die Hoffnung ihn gedämpft hat. In Kroatien dachte ich, bestimmt schreibt Jonathan bald und fragt, wie der Urlaub ist, ob es uns gefällt, danach dachte ich, er fragt, ob ich wieder da bin und zu ihm komme. Nichts davon ist passiert, und inzwischen kann ich mein Handy kaum noch in die Hand nehmen, weil ich es so sehr hasse, dass sein Name nie auf dem Display steht. Die Erkenntnis, dass er mich nicht sehen will, dass ich ihm nicht fehle, hat mich mit Wucht getroffen, sie hat mich umgeworfen.

Den restlichen August und den halben September haben Spin und ich in sommerlicher Trägheit verbracht, im

Freibad und am See, in der Eisdiele, im Gastgarten, am Fußballplatz mit einem Bier in der Hand, während hinter uns die Sonne unterging. In einem Kreis aus wechselnden Freunden, irgendwer war immer da, habe ich gelacht und getrunken und getanzt, im Hinterkopf stets die Frage, ob er vielleicht auftaucht, wo er ist, wann er kommt. Gesehen habe ich Jonathan nie, vier Wochen lang nicht, sein Kreis hat sich nicht mit meinem überschnitten, er war an anderen Pools, mit anderen Freunden.

Barbara kehrte zurück für die Zeit, in der Mama im Urlaub war, wir riefen sie an, wir baten sie, zu kommen. Plötzlich stand wieder Obst auf der Küchenanrichte, das erinnerte mich an früher, Erdbeeren, Kirschen, sie schnitt Melonen klein und Nektarinen, es lagen immer kleine Gabeln dabei. Und nie sagte sie, wenn wir nachhause kamen und uns als Erstes die Früchte in den Mund stopften, Kirschsaft am Kinn und mit großen Gesten erzählend, dass wir uns zum Essen setzen sollten, sie lachte. Sie hörte zu und lachte, und wenn wir erst irgendwann später aßen, was sie gekocht hatte, störte es sie nicht. Es war eine gute, sorgenfreie Zeit, mit Barbara im Haus und dem Sommer in unseren Gliedern, die nachts schwer waren und warm, und ich hab nicht damit gerechnet, dass mich da noch etwas einholen würde. Dass da überhaupt noch etwas war, das mich einholen konnte. Dann begann der nächste Ferientag, nichts hatte sich verändert, nur ich konnte nicht mehr aufstehen. Einen Moment lang wunderte ich mich, dann kam die erste Welle. Sie traf mich unvorbereitet, füllte meinen Mund mit Salzwasser und die Augen auch.

Es wird vorbeigehen, beruhigt mich mein Verstand, es wird vorbeigehen, aber vielleicht hat er unrecht. Ich frage mich, was verkehrt an mir ist, was ich falsch gemacht habe, wieso ich nicht genüge. Keinen Bissen kann ich essen, nichts bringe ich hinunter. Es fühlt sich permanent an, als müsste ich mich übergeben. Vielleicht könnte ich die Wut aus mir herauskotzen und die Traurigkeit. Doch wenn ich mich über das Waschbecken beuge, kommt nichts.

Ich weine, weil ich so verliebt bin. Ich weine, weil es dumm ist, sich zu verlieben. Wegen Mama weine ich und wegen Papa, wegen Spin und weil ich nicht weiß, wo ich hinsoll, wie ich weitermachen soll und wo. Ich weine, weil der Clash in mir aufsteigt wie Galle, bitter, unglaublich bitter, und weil ich nie wieder unbeschädigt sein kann.

Ich lerne, dass man noch mehr weinen muss, wenn man seine eigenen Tränen sieht. Dass man erneut anfängt zu weinen, sobald man daran denkt, dass man vorhin geheult hat. Das alles ist mir neu, und ich habe keine Ahnung, wie man diesen endlosen Strom aufhalten kann, dessen Quelle in mir liegt. Ich habe aufgegeben, es zu versuchen, ich stemme mich nicht gegen den Fluss, es kostet zu viel Kraft. Und die brauche ich, um Luft zu holen in den Zwischenmomenten.

Ich muss daran denken, wie Jonathan im Unterricht gefragt hat, ob es die Liebe je gegeben hat, und ich will sagen, sie ist doch hier, die ganze Liebe ist bei mir, ich habe sie. Und dann, dass ich sie nicht mehr möchte, dass ich sie nicht brauche, dass jemand kommen und sie mitnehmen und mich befreien soll von ihr.

Ich vermisse seine Hand auf meinem Bauch, wenn wir dalagen, nach dem Sex, ich vermisse den kleinen Leberfleck unter seinem linken Ohr, ich vermisse seine Grübchen und seinen Geruch.

Und es ist erstaunlich, wie gut man sich in seiner eigenen Familie verstecken kann. Vielen Menschen gelingt das jahrelang. Sie leben nebeneinander und aneinander vorbei, lächeln sich zu und sehen sich doch nie. Hinter verschlossenen Türen, wenn sie allein sind, fließt aus ihnen heraus, worüber sie niemals sprechen.

»Wann fängst du an, bei mir zu arbeiten?«, hat Mama gefragt und mich festgehalten mit ihrer sonnengetönten Hand.
Ich habe keine Antwort gegeben, es war keine da.
»Spätestens Anfang Oktober erwarte ich dich an deinem Schreibtisch«, hat sie gesagt und mich losgelassen, aber den Griff hab ich immer noch gespürt.
Über das Wochenende in Tirol haben wir kein Wort mehr verloren.
Als Spin nach zehn Tagen sanft meine Schulter berührt und sagt: »Komm. Steh jetzt auf«, tue ich, was er sagt. Ich schaue kurz zurück zum Bett, das so viel von meiner Traurigkeit aufgesogen hat. Es ist trotzdem noch so viel Traurigkeit in mir übrig. Ich ziehe mich an, gehe Spin nach in die Küche und esse folgsam den Toast, den er mir gemacht hat.
Ich halte das nicht aus, denkt man, wenn etwas passiert, wenn man zerreißt, nie im Leben halte ich das aus, und dann hält man es doch aus.
»Danke«, sage ich und fahre zur Dunkelkammer.

Manchmal sieht man sich etwas an, das man selbst gemacht hat, und findet es gut. Das ist ein seltenes Gefühl, ein schönes, nicht zersetzt von Zweifeln und noch nicht in Berührung gekommen mit den Urteilen anderer, eine in sich geschlossene Zufriedenheit. Die Idee zu der Bilderserie kam mir nach dem Urlaub am Meer, und es hat eine Weile gedauert, sie umzusetzen. Ich musste erst Menschen finden, die sich fotografieren ließen von mir, die mir genügend vertrauten, um sich hinzustellen und in die Kamera zu schauen mit allem, was sie nicht mochten an sich selbst. Und das, obwohl ich ihnen fremd war.
Die Negative scannte ich ein, die Körper bearbeitete ich mit Photoshop. Die halben Körper, um genau zu sein.

Einer molligen Frau Ende vierzig, sie hieß Silvana und war aus Bulgarien, ersetzte ich einen Arm und ein Bein durch die Gliedmaßen eines Magermodels, einem schmächtigen Mann mit Brille, ein Chemielehrer namens Richard, fügte ich den viel zu großen Sixpack aus einer Fitnesswerbung ein. Dass das nicht zusammenpasste, konnte man sehen, das war Absicht. Ich druckte die Bilder aus, fotografierte sie erneut ab, ritzte mit der Nadel Hashtags in die unfertigen Abzüge,
#effyourbeautystandards
#idontoweyouprettiness,
legte mehrere Schichten übereinander, bis die Körper aussahen wie Traumbilder, surreal und auf seltsame Weise befreit von jeder Idealvorstellung. Eine Kombination aus alter Fotografie und modernen Verfremdungsmethoden. Ich nannte die Serie
#distorted
und schickte die Collagen an mehrere Stipendiumsstellen, allerdings nur an jene, die Aufenthaltsstipendien ausschreiben, ganz egal, wo. Alles hat seinen Reiz für mich, alles, was woanders ist.

In der Dunkelkammer umfängt mich Stille. Ich habe viel Zeit hier drin verbracht in den letzten Monaten, allein. Ich habe mich selbst geformt in diesem Raum, habe vielleicht den Blick gefunden, den ich auf diese Welt werfen möchte. Ich nehme die Hasselblad in die Hand, diese Kamera, die mich viel gelehrt hat und von der ich mir dennoch wünsche, ich hätte sie nie bekommen. Nicht so.
Ich betrachte die Schalen und die restlichen Bilder, die ich zum Trocknen aufgehängt habe, bevor die Traurigkeit mich ins Bett gedrückt hat. Und da sehe ich es. Es hängt zwischen den anderen Fotos, als meinte es nichts Böses, aber ich erkenne sofort, dass es nicht von mir ist. Oder

besser gesagt, dass es von mir ist, weil ich nämlich darauf zu sehen bin. Ich gehe zwei Schritte näher und betrachte das Foto. Ich schaue darauf nicht in die Kamera, ich habe eine Hand erhoben, in einer Geste der Abwehr, in meinem Gesicht mischen sich ein Rest Genervtheit und der Beginn von Angst. Rings um mich fällt Schnee.

Das war, kurz bevor es passiert ist.

Als ich verstehe, wer das Foto gemacht hat und wann, stolpere ich zurück. Mein Herz fängt mit einer Dringlichkeit an zu rasen, die mir den Brustkorb eng macht. Warum hat Fred es ausgedruckt und hier aufgehängt? Ist das eine Warnung? Oder ein hämischer Versuch, mir zu zeigen, dass er jederzeit eindringen kann, überall? Dass er es nicht vergessen hat? Vielleicht war es gar nicht er, sondern seine Assistentin. Um mir stumm zu sagen, dass ich fliehen soll? Plötzlich erscheinen mir die Dunkelheit und das rote Licht gefährlich. Ich muss weg, schnell. Ich wollte der Traurigkeit entkommen, doch hierher hätte ich nicht fahren sollen. Es ist Wochenende, niemand ist im Studio. Oder vielleicht doch? Ich schnappe das Bild und zerreiße es hektisch in kleine Einzelteile. Dann greife ich mir die Hasselblad, hole tief Luft und donnere sie mit einem Schrei an die Wand. Ich schreie, während sie splittert, ich schreie, als sie zerbricht, ich hebe sie auf und werfe sie zu Boden, wieder und wieder, dann springe ich darauf, bis ich das Gefühl habe, dass sie wirklich, wirklich kaputt ist.

Dass niemand das je wieder reparieren kann.

Ich lasse den Schlüssel zur Dunkelkammer fallen, neben die zerstörte Kamera, dann reiße ich die Vorhänge der Lichtschleuse ab, schleudere sie hinter mich, als ich hinausgehe. Draußen ramme ich ohne nachzudenken meine Faust in die Hausmauer, es blutet sofort. Der Schmerz fährt mir als weißer Blitz ins Gehirn und macht mich seltsam klar. Nur das Wimmern aus meinem Mund, das scheint gar nicht zu mir zu gehören.

Beim Gottesdienst am ersten Schultag in der zweiten Klasse des Gymnasiums saß Jonathan auf der harten Holzbank neben mir und versuchte, ernst dreinzuschauen. Es gelang ihm nicht, seine Mundwinkel zuckten, umspielt von einem Grinsen.
»Was ist denn so lustig?«, flüsterte ich.
»Da«, flüsterte er zurück und zeigte auf einen der Ministranten, der in der Nase bohrte und den Finger an dem Stoff abwischte, von dem er wohl dachte, es wäre sein Kittel. In Wahrheit schmierte er seine Popel in die Robe des Pfarrers, der neben ihm saß. Ich fing ebenfalls an zu kichern. Es dauerte nicht lange, und wir wurden von unserer Religionslehrerin mit einem scharfen »Scht!« ermahnt. Längst war der Pfarrer aufgestanden, die Hände zum Segen erhoben für ein gutes, erfolgreiches Schuljahr, mit Rotz an seinem bunten Kleid. Wir konnten nicht aufhören zu lachen, wie es passiert, wenn man nicht lachen darf, wenn man sich darauf konzentriert, es zu unterdrücken, dann blubbert es im Bauch wie Wackelpudding und schießt durch die Nase heraus. Die Religionslehrerin fackelte nicht lange, packte uns und zog uns aus der Sitzreihe in den hinteren, leeren Teil der Kirche.
»Ihr bleibt hier stehen, und wenn ich auch nur einen Mucks höre, hat das ernsthafte Folgen, habt ihr verstanden?«, zischte sie und ging dann, kopfschüttelnd, wieder nach vorn. »Dass ihr euch nicht schämt«, hörten wir noch, dann standen wir da und wagten es nicht, einander anzusehen, weil wir wussten, das Lachen, das noch zwischen uns in der Luft lag, wäre sofort zurückgehüpft in unsere Münder. Es war nur ein Moment, kein besonderer eigentlich, mit zwölf lacht man ja oft über dämliche Dinge und

wird dafür gescholten, mal zu Unrecht und mal nicht. Es war ein Zufall, nichts sonst, aber wir wurden Freunde in der von Gesang erfüllten Kirche, und das blieb dann so. Jonathans Hand streifte meine Hand, streifte sie noch mal, hielt still. Die Finger umschlangen einander, und etwas rastete ein.

Ich will nicht nachhause fahren, weil dort noch die alten Tränen in meinem Bett gesammelt sind, und jetzt ist die Wut bei mir. Die Wut ist größer als mein Körper, umgibt mich wie flüssiger Stickstoff und macht aus meinem Atmen ein Schnauben. Ich bin so zornig, dass ich meine Hände nur in Fäusten halten kann, und am zornigsten bin ich auf mich selbst. Ich habe das zugelassen, ich habe alles zugelassen, ich habe mich nicht beschützt, habe gute Miene zu den bösen Spielen gemacht. »Schieb dir die Kamera in den Arsch, ich zeige dich an«, hätte ich zu Fred sagen müssen, »Ich will mehr als das, ich liebe dich«, hätte ich zu Jonathan sagen müssen, »Ich werde Fotografin, scheiß auf Jura«, hätte ich zu Papa sagen müssen, und nie war ich mutig genug, für gar nichts. Ich bin zurückgewichen, weiter und weiter, bei jedem von ihnen, als würde ich die Wand nicht spüren, zu der ich mit dem Rücken stand.
Ich steige in den Bus, mein Kopf eine hasserfüllte, eisenharte Kugel. Der Anblick des Fotos hat etwas in mir gesprengt, und jetzt fliegt Steinschlag durch mich.
Auf dem Fußweg von der Haltestelle zu Papas Wohnung versuche ich, mir zurechtzulegen, was ich sagen will zu ihm, aber meine Gedanken lassen sich nicht strukturieren. Ich werde losschreien und so lange nicht damit aufhören, bis der Steinschlag rumpelnd zum Erliegen gekommen ist. Das muss er aushalten. Ich muss ja auch immer alles aushalten, sein Desinteresse, sein Verstummen.

Doch als ich bei ihm Sturm läute, macht niemand auf. Das war ja klar, dass der ausgerechnet jetzt nicht da ist. Ich wühle in meinem Rucksack nach dem Schlüssel und öffne die Tür. Die Wohnung ist aufgeräumt und still. Als ich Papas Bett sehe, lasse ich mich hineinfallen. Es riecht nach ihm, und das versetzt mir einen Stich. Ich bleibe so, mit dem Gesicht in seinem Kissen, bis aus dem Schnauben wieder ein Atmen geworden ist und es draußen dunkel wird.

Vielleicht ist es besser, dass er nicht da war, als ich dampfend vor Zorn angekommen bin, dann kann ich, wenn er eintrifft, in Ruhe mit ihm reden. Als das Grollen in mir leiser ist, suche ich in der Küche etwas zu trinken und sehe mich in Papas Bleibe um. Ich war noch nie allein hier, und es ist genau der richtige Ort für mich in diesem Moment, weil ich in dieser Wohnung zuhause bin und gleichzeitig nicht. Ich bin nicht fehl am Platz, aber auch nicht mit allem so vertraut wie in meinem Zimmer, das mir sämtliche Empfindungen verstärkt zurückwirft wie ein Echo.

An einer Cola aus Papas Kühlschrank nippend, wandere ich durch das kleine Wohnzimmer, von draußen fällt immer weniger Licht herein, die Dämmerung weicht der Nacht. Kurz überlege ich, nach den Briefen zu suchen und sie erneut zu lesen, doch ich habe Angst, dass sie mich aufwühlen, dass sie mich zurückschleudern in die Wut oder ins Weinen gar, und das ertrage ich heute nicht mehr.

Auf dem Schreibtisch liegt ein ausgedrucktes Manuskript.

Maximilian Wenger

Ruf

Roman

steht darauf.

Ich stelle die Coladose ab, nehme das erste Blatt und beginne zu lesen.

Eine Woche nach dem Brand bin ich nach St. Wolfgang zur zerstörten Villa gefahren. Ich wollte Bilder machen, ich dachte, die Ruine sei vielleicht ein gutes Motiv, wie oft hat man schon die Möglichkeit? Wobei es, wie ich enttäuscht erkannt habe, gar keine Ruine ist, das Haus, nichts ist eingestürzt, aus der Ferne sieht es beinahe normal aus. Das Unheil lauert innen. Ich stieg über die Absperrung, hielt die Kamera auf die schwarzen Fenster ohne Glas, auf die langen Streifen Ruß an der Mauer neben dem Eingang, auf den geborstenen Balkon. Es nieselte, das Licht war perfekt. Es roch nicht nach Feuer, ich fühlte nichts. Und dann war da der Schuh. Im Garten, etwa vier, fünf Meter neben der Hauswand, ich konnte mir nicht erklären, wie er da hingekommen war. Sonst lagen keine Dinge herum, ein Feuer vernichtet gründlich. Nur der Schuh, ein schwarzer Turnschuh mit grünen Bändern, ich starrte ihn an, suchte instinktiv mit den Augen nach dem zweiten. Ich konnte mich nicht überwinden, näher hinzugehen, und als ich ihn fotografieren wollte, zitterte meine Hand bereits. Es war mein Schuh. Die Bücher fielen mir ein, die es jetzt nicht mehr gab. Das Bett, in dem ich oft nicht hatte einschlafen können, weil es im Sommer so lang hell war draußen. Die lockere Keramikfliese im Bad neben dem Waschbecken, gegen die ich immer gedankenverloren gedrückt hatte beim Zähneputzen. Die zu klein gewordenen Kleider, die nach Sonnenmilch gerochen hatten, nach dunklem Seewasser, nach Kindheit, und die ich deshalb nicht hatte weggeben wollen. Alles fiel mir ein, und alles war fort, zerplatzt, geschmolzen. Ich fragte mich, ob ich es sicher genug abgespeichert hatte in meinem Kopf. Und vielleicht hatte ich vergessen, darauf zu achten, dass man sich merken muss, was einem etwas bedeutet, dass man sich immer alles merken muss, weil es sein kann, dass man sich umdreht, eine Sekunde nur, und alles verschwunden ist.

»Du Arschloch!«, schreie ich.
Papa reißt verdutzt die Augen auf, hält in der Bewegung inne, den Schlüssel noch in der Hand.
»Zoey«, sagt er.
Ich nehme die Manuskriptseiten, die ich bereits gelesen habe, mit beiden Händen und werfe sie in die Luft.
»Was ist das?«, brülle ich ihn an. »Was soll das, kannst du mir das erklären?«
»Das ist mein neuer Roman«, sagt er und sieht sich um, ob noch jemand hier ist, erkennt dann, dass ich allein bin. Er schließt die Tür hinter sich und kommt zwei Schritte auf mich zu.
»Beruhig dich«, sagt er und streckt die Hand nach meinem Oberarm aus. Er ist sorgsam darauf bedacht, nicht auf die herumliegenden Blätter zu treten.
»Ich will mich nicht beruhigen«, zische ich, »und wehe, du fasst mich an.«
Er zieht die Hand zurück und macht ein erschrockenes Gesicht.
»Was ist denn in dich gefahren?«
»Dieser Scheißdreck da!«, rufe ich und zeige auf die Seiten, die noch auf dem Schreibtisch liegen.
»Ich verstehe nicht …«
»Du bist ein Dieb. Du bist ein Fälscher, ein … Betrüger!«
Papa zwinkert kurz, schüttelt rasch den Kopf.
»So ein Blödsinn«, sagt er, »was redest du denn da.«
Jetzt mache ich die Schublade auf. Und sehe ihm dabei in die Augen.
Jetzt ziehe ich die Briefe heraus. Und er erwidert meinen Blick.
Aber da ist dieses Flackern, das ihn verrät.
»Du hast die Briefe abgeschrieben«, sage ich langsam und leise.
Er überlegt.

»Nicht abgeschrieben«, sagt er, »ich habe sie geschrieben.« Seine Abgebrühtheit bringt mich zum Lachen. Dabei ist es nicht verwunderlich, dass ein Mann, der sein Leben lang gelogen hat, sehr gut darin ist.
»Das gehört zum Buch«, fügt er schnell hinzu. »Sozusagen, um die Geschichte authentischer zu machen.«
»Das ist nicht mal deine Handschrift.«
»Eine Handschrift kann man verstellen.«
»Sie sind nicht an dich adressiert! Und in Italien abgestempelt!«
Er überlegt erneut, doch diesmal fällt ihm nicht schnell genug etwas ein.
»Gib es zu. Du hast diese Briefe für dein neues Buch benutzt. Wahrscheinlich gäbe es das Buch ohne sie gar nicht.«
Er sieht überrascht aus, als wäre ihm dieser Gedanke noch gar nicht gekommen.
»So«, ich halte die Briefe vor sein Gesicht, »so kannst du nämlich gar nicht schreiben, Papa.«
»Ich kann alles schreiben, was ich will.«
»Aber keine Frauen! Du bist wieder und wieder an ihnen gescheitert, und schließlich hast du sie weggelassen. Deine letzten Romane waren scheiße, weil du die Frauen oberflächlich behandelt hast, wie Puppen. Ohne Einsichten, ohne Innenleben, leblose Stereotype. Und das haben dir die Leserinnen nicht verziehen. Ein Mann, der nur über Männer schreibt, Papa, muss sich nicht wundern, dass die Frauen das Interesse verlieren.«
Er antwortet nicht.
»Und ich weiß jetzt auch, warum. Weil du verfickte vierundfünfzig Jahre alt bist und keinen blassen Schimmer hast, wie eine Frau sich fühlt, nicht wahr? Weil du nie hingesehen hast, nie zugehört hast.«
»Du kennst die Briefe?«, fragt er.

»Ja.«
»Und du hast meine Bücher gelesen?«, fragt er.
Ich lache noch mal.
»Ich hab alles gelesen, was du je geschrieben hast. Ich wollte … dir nahekommen. Verstehen, womit du dich beschäftigt hast und warum ich dich teilen musste damit. Ich hab mich für dich interessiert, was du dir«, ich steche ihm mit dem Finger in die Brust, »nicht vorstellen kannst, weil du dich nicht für mich interessierst.«
»Das ist doch nicht wahr, Zoey«, sagt er und macht Anstalten, sich hinzusetzen.
Ich hindere ihn daran, indem ich den Drehsessel mit dem Fuß wegschubse.
»Es ist wahr«, sage ich, »denn ich könnte solche Briefe schreiben.«
Er sieht mich verwirrt an.
Und auf diesen Moment hat das Weinen gewartet. Es kommt zu mir zurück mit einem Gurgeln.
»Ich habe dich angerufen«, da klingt meine Stimme schon verwaschen, da liegt schon das Heulen darin, »du hast mich weggedrückt«, da krümmt sich bereits mein Körper. Papa blinzelt verwirrt, will mich in den Arm nehmen. Ich stoße ihn mit einem Schrei von mir.
»Ich hab gesagt, du sollst mich nicht anfassen!«
Er will etwas sagen, ich fahre dazwischen.
»Immer müsst ihr mich alle anfassen«, brülle ich, »und wenn ich um Hilfe rufe, ist keiner da.«
»Ich bin doch da«, sagt Papa.
»Ich hätte dich gebraucht«, stöhne ich, es tut mir weh, das zuzugeben.
Er lässt die Arme hängen und sieht mich an, als müsste ich Mitleid mit ihm haben. Es ist das Gesicht, das er macht, um eine Situation zu seinen Gunsten zu drehen. Um die Spannung rauszunehmen, indem er den Unterlegenen

spielt, der ja nur geliebt werden will. Und da rasselt mein ganzer Hass auf ihn mit lautem Getöse aus mir heraus, weil er nirgends mehr Halt findet. Zurück bleibt eine dumpfe Leere, gefüllt mit kalter, frischer Luft, wie nach einem Gewitter.

»Ist schon gut«, sage ich, »jetzt brauche ich dich nicht mehr.«

Vom Dürrnberg kann man aus großer Distanz hinunterschauen auf die Stadt. Die Höhe macht den Unterschied, die Menschen rücken in die Ferne, der Blick schärft sich. Man meint, alles klarer zu sehen, als gewinne man mit dem äußeren auch inneren Abstand. Als wir mit der Schule das Salzbergwerk besucht haben und eine Stunde lang durch die finsteren Stollen gestapft sind, der Geografielehrer vorneweg, die Geschichtslehrerin hintendrein, alle gekleidet in das weiße Schutzgewand, habe ich nachgedacht über die Zeit. Dass sie hier unten genauso vergeht wie oben und überall, dass es unerheblich ist, auf welchem Fleck dieser Erde man sich befindet. Die Kelten haben einst hier Salz abgebaut, die Bergknappen wurden vor Jahrhunderten von hier vertrieben, so viele Menschen waren schon da und sind längst fort. Irgendwann wird der Berg die Schächte eindrücken und sich zurückholen, was immer ihm gehört hat, irgendwann wird er einstürzen mit einem erleichterten Seufzen. Auch so ein Rumpeln, auf das endlich Ruhe folgt. Draußen vor den Bergwerkstoren habe ich hinuntergeschaut auf die kleinen Häuser und winzigen Straßen, kaum noch erkennbar, auf die schimmernde S-Kurve der Salzach, weit weg. Ich habe hinuntergeschaut und mich gefragt, wie lange es noch dauert, in Zeit gemessen, bis die Menschen aufhören, sich die Köpfe einzuschlagen und die Herzen.

Ich werfe Papas Haustür hinter mir zu und atme tief ein. Dann noch mal und noch mal. Der Mond ist hinter Wolken verborgen, auf den Straßen ist es sehr still, wer hier wohnt, ist längst im Bett. In mir wühlt der Zorn, heiß und flüssig und nicht im Geringsten abgeschwächt. Im Gegenteil, es fühlt sich an, als würde alles gerade erst beginnen. Ich sehe auf die Uhr, fast Mitternacht. Das ist vielleicht zu spät für den Besuch, den ich noch machen muss, doch es ist Samstagabend, außerdem kümmert die Uhrzeit mich nicht. Ich habe noch etwas zu erledigen, noch etwas zu sagen. Und ich kann nicht mehr warten. Wenn sich sowieso niemand an irgendwelche Regeln hält, warum sollte ich es tun?

2

Wenger hat die Autofenster geöffnet, den lauen Abendwind im Gesicht, und singt mit.

»Und da bist du wieder candy«, grölt er, »komm vorbei in meinem Bungalooow! Ich hab Snacks für die Late-Night-Show«, und irgendwie ist Bilderbuch ja schon geil, diese Band, deren Texte niemand versteht und vor deren Sound sich jeder ein bisschen graust.

Er ist über Nacht in München geblieben, mit Sebastian und dem Herrn Sternberger, den er jetzt Alex nennt. Sie haben sich die Hand auf das Duwort gegeben, und umarmt haben sie sich auch, sie waren sehr betrunken. Und da ist es ja dann egal, welcher Generation man angehört, ob X oder Y oder Golf, der Alkohol macht alle locker, auch die plastikharten jungen Leute, die sonst bloß als kabellose Verlängerungen ihrer MacBooks existieren, mit blau beleuchteten Gesichtern und geisterhaften Augen.

»Das wird groß«, hat Alex gesagt, und Wenger ist regelrecht angeschwollen vor Stolz.

»Ich wusste, dass du es noch draufhast«, hat Sebastian gesagt, und Wenger hat ihm großzügig verziehen.

Wenn man wieder auf dem Siegertreppchen steht und hinuntersieht auf die anderen, vergeht der alte Groll. Wer wird denn so nachtragend sein, ist doch Schnee von gestern.

Sie haben sich am Freitagnachmittag getroffen, in der Agentur, um die Verträge zu unterzeichnen und zu reden. »Es wär gut, wenn wir das persönlich machen«, hat Sebastian erklärt, also sind Autor und Verleger nach München gefahren. Und haben sich an einen Tisch gesetzt.

»Das ist sehr ungewöhnlich«, hat Herr Sternberger gesagt, da waren sie noch nicht per Du, »dass wir einen Titel noch so kurzfristig ins Programm aufnehmen.«
»Ich weiß«, hat Wenger entgegnet.
»Das ist auch bloß möglich, weil Sie jetzt so schnell waren mit der Fertigstellung des Manuskripts.«
»Ich weiß.«
»Ich will das Buch am 9. Oktober in den Regalen haben. Pünktlich zur Buchmesse.«
»Auch das weiß ich«, hat Wenger gesagt.
Und sich gefreut. Auf den Trubel, der ihm in knapp einem Monat bevorsteht, auf die überraschten Blicke, die Interviews, die Partys. Er ist so was von bereit, nie zuvor war irgendjemand so bereit.
»Wir nutzen den Messerummel, um alle anzustacheln und neugierig zu machen. Seit gestern haben wir ja das Cover, am Freitag gehen wir in Druck, zeitgleich startet die Social-Media-Kampagne. Wir streuen überall. Und die Pressefrau flutet den Verteiler.«
Blond ist der junge Herr Sternberger und sehr erwerbsfähig. Er hat grüne Augen und einen ordentlich getrimmten Bart, ein wenig seriöser Jungunternehmer, ein wenig cooler Hipster. Leistungsorientiert und diszipliniert, wie die in den Achtzigern geborenen Leute sind, die sich nicht mehr treiben lassen können vom Leben, die sogar eine Auszeit durchplanen, mit einem strategisch gepackten Rucksack und dem Ziel, etwas zu finden auf der Reise, irgendetwas, eine neue Berufung, eine Erkenntnis, sich selbst. Weil es einen Output geben muss, damit etwas einen Wert hat für sie. Auf die Anzugjacke hatte der Herr Sternberger verzichtet, er kombinierte ein schlichtes weißes Hemd mit Jeans und knallroten Sneakers. Diese Turnschuhträgerei hat Wenger noch nie verstanden. Da bekommt er das Gefühl, gleich würden alle aufspringen und die Besprechung

bei einem Halbmarathon weiterführen, zuzutrauen wäre es ihnen, diesen hypergesunden, smoothietrinkenden Firmenchefs, die zur Männermaniküre gehen und zum Sushi-Kochkurs, dabei ist das Sportliche nichts weiter als ein Styling-Element. Niemand, der solche Schuhe trägt, läuft tatsächlich einen Halbmarathon. Wobei, der junge Sternberger wäre dynamisch genug, der sieht aus wie ein Runtastic-User, körperbewusst und siegreich über seinen inneren Schweinehund, wie Reto. Ein Mann, der sich trimmt. Der Selbstzweifel abschüttelt wie ordinäre Gefühle.

»Dann können wir ja nun zum gemütlichen Teil übergehen«, hat Sebastian gesagt, als alles unterschrieben und besprochen war, und ihnen einen Gin Fizz serviert, der so stark war, dass der Abend wirklich schnell gemütlich wurde.

Darin waren sie immer schon gut gewesen, Sebastian und er. Männerfreundschaften zu schließen, Geschäftspartnern den Eindruck zu vermitteln, den Deal ihres Lebens gemacht zu haben, ein bisschen was preiszugeben, aber nicht zu viel. Sodass man hinterher vertrauter war als vorher, oder die anderen das zumindest glaubten. Sie waren ein eingespieltes Team. Sie tranken, sie lachten, sie redeten, als wäre nichts gewesen, als hätte es die Jahre des Schweigens und der Distanz nicht gegeben. Weil halt ein bisschen Gutes viel Schlechtes aufwiegen kann, der Mensch ist immer geneigt, sich einlullen zu lassen.

Sie gingen in eine Bar und dann in eine andere, sie aßen Burger mit Krokodilfleisch und tranken Whisky Sour, Sebastian bezahlte, er trug ebenfalls Sneakers, sie waren leuchtend blau. Wenger bedachte ihn mit einem anerkennenden Blick, auf seine eigenen braunen, leicht abgewetzten Lederschuhe schaute er lieber nicht. Obwohl er nicht gewillt war, sich zu genieren und zu verbiegen, er hatte eben seinen eigenen Stil, auch das war etwas wert in dieser Welt der Individualisten.

»Lalalalalass mich nicht looos«, singt Wenger, »lelelelelelег dich zu miiir!«

Und vielleicht legt sich ja nachher noch eine zu ihm, gegen halb zwölf wird er zuhause sein. Er könnte der Beate eine SMS schicken. Oder er schreibt Valerie auf Facebook, ob ihr schon recht langweilig ist mit dem Glatzköpfigen.

Drei Wochen, dann ist er wieder Autor, und zwar ein aktiver, kein arbeitsloser. Drei Wochen, dann feiert er sein Comeback. Für die Produktion ist das extrem knapp, die Korrektorin bekommt nur einen Tag Zeit, und Wenger sieht schon die Flüchtigkeitsfehler vor sich, die im Buch stehen bleiben. Aber wen interessiert das. Es wird mit Sicherheit eine zweite Auflage geben, in der sie die ausbessern können. Hauptsache, das Ding wird noch vor der Messe ausgeliefert und vor dem Weihnachtsgeschäft.

Diesmal wird es auch Leseexemplare für die Blogger geben. Und das ist heikel, denn die Blogger haben Maximilian Wenger noch nie gemocht. Als sie aus dem Boden schossen wie Schwammerl aus dem feuchten Waldboden, in den beginnenden 2010er-Jahren, war sein Stern bereits am Sinken, und dass er unterging, dazu haben sie beigetragen. Die Betreiberinnen dieser virtuellen Tagebücher mit Namen wie *Sandra's Bücherstube*, der Deppenapostroph war anscheinend zwingend, *Nordeule* oder *Regenbogenleserin* konnten mit seinen Romanen nichts anfangen, und das taten sie lautstark kund. Sie tippten den Klappentext ab, weil sie unfähig waren, den Inhalt eigenständig wiederzugeben, kotzten sich dann aus über das Buch. Die Vlogger hielten die Romane in die Kamera und gaben minutenlang labernd ihr unfundiertes Urteil ab, und da konnte Wenger die giftigen Feuilletonisten zum ersten Mal verstehen. Warum sie wetterten gegen die sogenannten Laienrezensenten, warum sie sie lächerlich machten und ihnen jedes Verständnis von Literatur absprachen. Weil die ja auch keins hatten! Pixie-Bücher waren noch zu anspruchsvoll für diese Pest an Hobbykritikern!

Von da an hatte Wenger jedes Mal, wenn er einen Satz schreiben wollte, das gehässige Feedback im Ohr. Er war verwöhnt gewesen, natürlich, regelmäßig hatten die Kulturteile der Zeitungen ihm halbe Seiten gewidmet, ihm Fragen gestellt und seine Antworten sogar fast so gedruckt, wie er sie gegeben hatte. Dann kam der allgemeine Verfall, das Feuilleton schrumpfte, die Kulturteile wurden kleiner, halbe Seiten erhielt niemand mehr, außer er hatte sehr dunkle Haut und schrieb über den Rassenkampf. Irgendwann hat Wenger angefangen, die miesen Rezensionen auf den Blogs zu kommentieren, und das war ein gravierender Fehler.

»Lern erst mal die deutsche Rechtschreibung, bevor du über Literatur redest«, schrieb er. »Nur Deppen setzen einen solchen Apostroph«, »Das Buch ist wohl eine Nummer zu groß für dich«, er wollte sie mit ihren eigenen Waffen schlagen, doch sie konnten besser umgehen damit. Den Shitstorm hat er nicht kommen sehen. Sie machten Screenshots, die unter dem Hashtag *#wengerweint* viral gingen. Sie twitterten und verhöhnten ihn auf Facebook, und wenn jemand keine Kritik vertrug, hieß es eine Zeit lang »da wengert einer«.

»Du Trottel!«, schrie Patrizia ihn an. »Du musst sofort damit aufhören!«

Aber er konnte nicht.

Die Romane traf es hart. Wenn alle ein Buch mögen, wird es auch jemanden geben, der es zerreißt. Umgekehrt ist das aber nicht so. Finden es alle scheiße, dann finden es alle scheiße. Das ist wie bei einem Brechdurchfall, damit steckt sich jeder an.

Am schlimmsten trieben sie es mit *Die Fallhöhe der Menschen.* Es geht darin um einen Mann Ende vierzig, der nicht weiß, ob er ausbrechen soll aus seinem Alltagstrott, ob er Frau und Kinder verlassen oder weitermachen soll bis zu seinem Tod mit dem Einheitsbrei, der sein Leben ist. Sie machten einen Sport daraus, das Buch fallen zu lassen. Von einem Schrank, aus einem Auto, von einem Balkon. Auf YouTube gab es eine Sammlung solcher kurzen Videos. Natürlich geschah das alles in einer Filterblase, so viele beteiligten sich nicht, so viele bekamen das nicht mit, doch Wenger schmerzte es jedes Mal, wenn er sah, wie das Buch mit einem flatternden Knall irgendwo aufschlug.

»Bei *Ruf* machen wir das anders«, hat Alex gesagt, da waren sie schon per Du, »wir binden die Blogger von Anfang an ein. Wir schicken ihnen ein schönes Päckchen, das lieben die, das können sie vor laufender Kamera öffnen und juchzen dabei, wir machen ein Gewinnspiel mit einem Jahresabo für Bücher aus dem Verlag und bieten ihnen ein Meet and Greet mit dir.«

»Mhm«, hat Wenger gemurmelt und sich ein bisschen gefürchtet.

»Wir gehen voll auf das Thema. Wir schreiben ihnen, wie wichtig das ist, wie modern, wie hochaktuell. Sie werden nicht daran vorbeikönnen.« Er klang sehr überzeugt.

»Mhm«, machte Wenger noch mal.

»Und das Feuilleton auch nicht«, hat Alex gesagt, »sexuelle Gewalt ist im Trend. Emanzipation. Female Empowerment. Bäm!«

Sein Grinsen war siegessicher, und Wenger hat sich gefragt, ob einer wie der Alex eigentlich noch heiratet. Der glaubt doch sicher nicht an die Monogamie, und recht hat er. Der tindert sich durch die europäischen Metropolen und hinterlässt nichts als Zufriedenheit, weil er biologisch abbaubares Duschgel ohne Mikroplastik benutzt und sorgfältig küsst und zu den neuen Männern gehört, denen der weibliche Orgasmus wichtiger ist als der eigene. Den neuen Männern, die sich nicht genieren, eine Algenmaske aufzulegen, die sich zugestehen, soft zu sein, die eine Frau entkleiden, als wickelten sie eine Rose aus Seidenpapier, die geduldige Zungen- und Fingerkünstler sind. Sie widmen sich erst der Frau und dann sich selbst, ja, sie ziehen ihre Befriedigung aus der Bestätigung, dass sie eine Frau dazu gebracht haben, sich hinzugeben, sich fallenzulassen, zu kommen. Die Lust der Frau ist ihr Qualitätssiegel als Mann. Und das führt dazu, dass Frauen so ein Verhalten von allen Männern erwarten, auch von den alten, dass sie Köpfe nach unten drücken und als selbstverständlich erachten, was früher ein Bonuszuckerl war.

Mit Schwung fährt Wenger auf den Parkplatz vor seiner Wohnung. Als er an der Tür der Nachbarin vorbeigeht, nimmt er sich vor, sie endlich zu fragen, wer eigentlich sein Vormieter war, dieser Albert Trattner. Ob sie den gekannt hat und wohin er verschwunden ist. Er stellt ihn sich ja als so einen typischen Mittelmaßmann vor. Aus der Schicht der Leute, die es zu nichts gebracht haben, die ein fades Leben haben und grad so am Glücklichsein entlangschrammen, die jeden Sommer im Auto ans Mittelmeer fahren, dort dicht an dicht liegen mit den anderen Mittelmaßmenschen, die sie eh schon kennen aus dem Schrebergartenverein, und dann müssen sie von den paar Sonnentagen am Meer zehren, den ganzen Winter lang muss das reichen. Und was soll man sagen, es reicht halt nie.

Kaum hat er das Wohnzimmer betreten, fliegt seine Tochter ihn an. Vor Überraschung versteht er nicht, was sie schreit, und was macht sie überhaupt hier? Sie ist blass und die Haare stehen ihr vom Kopf ab, als hätte sie gerade noch geschlafen. Geschminkt ist sie auch nicht, unter den Augen hat sie dunkle Ringe.

»Zoey«, sagt er und will sie umarmen.
Da kreischt sie, dass er sie nicht anfassen soll, und bei dem Tonfall ist Wenger eh schon genervt. Wie stellen Frauen sich das vor, dass man ihren Tiraden folgen soll, wenn sie klingen wie ein Martinshorn? Er murmelt etwas Beruhigendes, das sie aber offenbar nur noch mehr anstachelt, denn in einer theatralischen Geste schmeißt sie sein Manuskript auf den Boden.
»Du bist ein Schwein«, schreit sie ihn an, »ein Betrüger!«
Geht es schon wieder um die Sache mit den anderen Frauen? Wenger hat gedacht, dass sie das bei dem schrecklichen Gespräch im *Kellerbauer* geklärt haben. Er wird einfach ruhig bleiben, sich anhören, was sie zu sagen hat, und warten, bis sie fertig ist damit. Er kann sie ja schlecht rauswerfen. Sie zieht die Schreibtischschublade auf, in der die Briefe liegen, und starrt ihn dabei an wie ein Hund, der gleich zubeißt.
»Du hast die Briefe abgeschrieben«, sagt Zoey, und ihm fällt auf, dass ihre Fingernägel abgekaut sind, der Lack gesplittert. Sehr dünn sieht sie aus unter dem Schlabberzeug, das sie anhat, und ihre Hautfarbe ist irgendwie ungesund. Plötzlich fällt ihm dieser Griechenlandurlaub ein, bei dem sie krank geworden ist, er weiß nicht mehr, was sie hatte. Sie war fiebrig und lag ein paar Tage lang im Bett, sie war noch klein, sie hatte diesen Mädchenkörper mit den dünnen Beinen, die schnell braun wurden, und einen seltsam wachsamen Blick. Der ist ihr geblieben.
Sie reiht Vorwurf an Vorwurf, und er weiß, wenn er ihr jetzt sagt, dass sie ihrer Mutter ähnelt, wird sie endgültig hysterisch, also verkneift er es sich.
Er hätte ihr den Schlüssel für seine Wohnung abnehmen sollen.
»Du kennst dich nicht aus mit Frauen«, schimpft sie, »du glaubst, du weißt alles besser, aber in Wahrheit weißt

du nichts. Du gehörst zu denen, die nur nehmen und nie geben.«
»Na, na«, entgegnet er, »wenn's ums Geld geht, hältst du ja auch gern die Hand auf, Fräulein.«
»Ich hab mein eigenes Geld«, schleudert sie ihm entgegen, »ich hab wochenlang gearbeitet.«
»Ach, das ist mir neu.«
»Ja, weil du dich nicht für mich interessierst.«
Der Scheiß schon wieder. Das hat er sich jahrelang von Patrizia angehört, und da sagt er es doch.
»Du klingst wie deine Mutter.«
Ihre Augen funkeln, ihr Gesicht ist verkniffen. Sie gibt dem Schreibtischsessel einen Tritt, sodass er an die Wand donnert. Wenn Frauen überreizt sind, ist nichts vor ihnen sicher. Sie bohrt ihm mehrmals den Finger in die Brust, was ganz schön wehtut.
»Ich hätte diese Briefe schreiben können«, sagt sie, und er schweigt. Er will sie ja nicht beleidigen, aber wie kommt sie auf die Idee, dass sie schreiben könnte? Ist ja nicht jeder ein Schriftsteller, nur weil der Vater einer ist.
»Du hast mich im Stich gelassen«, sagt sie, »ich hab dich angerufen und du hast nicht abgehoben.«
»Ich kann doch nicht permanent am Handy kleben, ich bin ja nicht wie ihr.«
Da fängt sie an zu heulen. Auch das noch. Mit Tränen kann Wenger nicht gut umgehen, die kommen ihm vor wie Tropfen ätzender Säure. Weil sie ein Druckmittel sind, weil sie zur emotionalen Erpressung gehören, der er sich eigentlich nicht fügen will. Er macht noch mal zwei Schritte auf seine Tochter zu, da stößt sie ihn fest von sich. Er stolpert zurück, und jetzt hat er die Schnauze voll.
»Fass mich nicht an!«, schreit sie, knallrot im Gesicht und mit Spucke um die Lippen. »Du hast ja keine Ahnung, wie das ist, wenn dich einer angreift, obwohl du das nicht

willst! Wenn er stärker ist als du und größer und …«, vor lauter Weinen kann sie nicht weitersprechen.

»So schlimm ist das jetzt auch nicht«, sagt Wenger beleidigt, »ich wollte dich doch nur trösten.«

»Du verstehst wirklich gar nichts«, entgegnet sie und schüttelt den Kopf.

»Wie denn auch, du schreist hier rum, und nichts, was du sagst, ergibt Sinn!«

»Ja, weil du nicht zuhörst!«

»Ich höre doch zu. Ich bin ja da. Aber ich komme gerade aus München, ich bin müde und will ins Bett, können wir das morgen in Ruhe besprechen? Du kannst gern hier schlafen, wenn du magst.«

»Nein, vergiss es«, entgegnet sie und wischt sich den Rotz mit dem Handrücken ab, »wir brauchen das überhaupt nie mehr zu besprechen.«

Dann geht sie ohne ein weiteres Wort und lässt Wenger hinter dem Türenschlagen zurück. Er seufzt. Das sind diese Kinder, die dauernd gelobt und bestärkt wurden. Die dann ihren eigenen Vater konfrontieren mit unerschütterlichem Selbstvertrauen und Kälte in den Augen. Er sieht auf die Uhr, jetzt braucht er auch keine SMS mehr zu schreiben.

Wie hilflos man manchmal ist, so als Mensch. Da bekommt man direkt eine Lähmung. In allen Gliedmaßen und im Herzen. Weil man das Leben nicht aushält und gar nicht weiß, was man da soll und warum alles so schwer ist, warum die Arme so schwer sind, dass sie sich nicht um jemanden legen lassen, der Trost braucht, warum der Kopf so schwer ist, dass er sich nicht dorthin drehen lässt, wo man hinschauen sollte. Da fühlt man sich doch nicht verbunden mit irgendwem, da will man doch nur, dass das ein Ende hat, nur noch weg will man da.

Er bückt sich, hebt die Manuskriptseiten auf und die

Briefe. Er sieht erneut zur Tür, durch die Zoey gerade verschwunden ist, und denkt daran, wie traurig sie ausgesehen hat, wie ausgelaugt. Dann tut er das einzig Richtige. Er geht zum Waschbecken in der Küche und verbrennt die Briefe.

September 2017

Die Liebe ist gar nicht unsichtbar. Man kann sie deutlich sehen, wenn man nur seinen Blick dafür öffnet. Die Liebe ist in den Augen und in den Händen, sie ist in den Lippen und der Wärme, sie ist überall an und in den Menschen, nur in den Herzen ist sie nicht, das sind kalte Klumpen, mechanische Lebenserhalter. Mein Herz schlägt noch, und ich weiß nicht, warum. Treu ist es und tapfer und dumm.
Bald werde ich weiterziehen.
Ich wollte diese Geschichte aus mir herausschreiben, mich befreien von ihr, sie aus meinem Hals ziehen wie eine schwarze Schnur, und ich habe es getan. Wort für Wort habe ich in den Briefkasten tropfen lassen, immer in denselben, drüben in der Via Pietro Agosti, mit den schmalen Parkplätzen vor der Tür, auf die nur Mopeds passen. Das sind unsere Geschichten, unsere, aber sie werden von Männern erzählt. Du weißt nicht, wie müde uns das macht, wie müde und wie zornig.
Ich habe inzwischen vorgezeichnete Wege in San Remo, und es ist Zeit, die Stadt zu verlassen. Nichts verbindet mich mit ihr, außer dass sie mir eine Zuflucht war. Und ist es nicht ironisch, dass sie so sinnbildlich dafür steht, dass ich nicht vor konnte und nicht zurück. Hinter ihr die Berge, vor ihr die See, so geduldet San Remo sich seit Jahrhunderten.
Ich werde niemals wiederkommen.
Francesco im La Vita è Bella *ahnt wohl, dass ich bald gehe, denn er sieht mich wehmütig an. Ich schaffe es, zu lächeln, ein bisschen bloß, aber immerhin, ein Fortschritt. Er reserviert mir stets denselben Tisch, links in der Ecke, wo es ein wenig ruhiger ist, er tut es, obwohl die späten Sommergäste immer noch das Lokal fluten und mit lauten Stimmen nach Pizza und Gelati verlangen.*

Ich habe so viel Geld, Albibi. Ich habe so viele Nullen auf meinem Konto, Menschen würden morden dafür. Vielleicht sind es zwanzigtausend für jeden Stoß, hunderttausend für jeden Schlag, und trotzdem weiß ich nicht, ob diese Summe aufwiegt, was geschehen ist, was meinen Brunnen mit Fäulnis füllt und meine Nächte mit Blei. Wie viel ist das Bedrängen wert, das heisere Gelächter? Was kostet das Grinsen der Polizisten, was kostet eine Hand unter einem Rock, das Geräusch einer Gürtelschnalle? Wie viel bezahlt man für Gerechtigkeit, wenn sie nichts anderes ist als männliche Selbstgerechtigkeit?
Fragst du dich manchmal, warum?
Ich glaube, der Grund war Gier, aber auch Lust am Spiel, die Geilheit der Macht. Er hatte Spaß daran, und womöglich ist es so simpel. Er soll eine Mozart-Erlebniswelt gebaut haben in den drei Häusern, mit Förderungen von der Stadt und dank einem zugedrückten Auge vom Denkmalschutz. Wo einst meine Bücher darauf warteten, flüsternd ihre Geschichten zu erzählen, halten jetzt asiatische Touristen ihre Selfiesticks auf sich und Wolferls Partituren. Am Ausgang kaufen sie eine Schneekugel, die »Eine kleine Nachtmusik« spielt und dort zusammengeklebt wurde, wo sie herkommen.
Manchmal denke ich, du hast den Hinweis nicht verstanden. Ich habe dir das Buch geschickt, lange vor dem ersten Brief, das Buch von Ruffini, damit du wusstest, wo ich bin. Aber ich sollte aufhören, mir etwas vorzumachen. Wahrscheinlich wolltest du einfach nicht kommen.
Die Wunde ist nicht verheilt, und doch. Es sickert weniger heraus, von Tag zu Tag weniger. Wer weiß, was passiert, wenn ich dir nicht mehr schreibe und nicht mehr an ihr kratze. Es gibt keine stärkeren Menschen als jene, die zerbrochen waren und wieder zusammengewachsen sind.
In meinen Augen ist nichts, auch nicht an meinen Händen und meinen Lippen, keine Liebe, nirgends, und keine Wärme.
Aber vielleicht bin ich stärker.
Vielleicht kann ich noch mal leben, irgendwo.

#screamoutloud

Während ich auf das Taxi warte, verfluche ich Hallein. Es ist zu spät für den Bus, längst fährt keiner mehr, und warum musste Papa so weit rausziehen? Steht hier, fünfzehn Kilometer von Salzburg entfernt, das Auffangbecken der Gescheiterten? Ich finde Hallein unheimlich. Da ist etwas an der Stadt, das mich vorsichtig macht, sie wirkt wie jemand, der nichts zu verbergen hat, und das kann ich nicht glauben.

Ich bin aus Papas Wohnung gestürmt, voller Tatendrang, mit einem klaren Plan, jetzt stehe ich da und kann nicht weiter. Als das Taxi endlich kommt, würde ich am liebsten selbst aufs Gaspedal steigen, damit wir durch die Nacht pfeifen wie ein Geisterzug. Am Fenster zieht die Stille der Nacht vorbei, es sind kaum Autos unterwegs. Kein Wunder, wer will hier schon hin.

In Jonathans Haus brennt Licht, in allen Zimmern brennt Licht, durch den Garten torkeln Gestalten, und als ich aussteige, höre ich die Musik. Er feiert offenbar eine Party. Ich gebe dem Taxifahrer das Geld und sehe den Rücklichtern hinterher. Ich weiß nicht, ob ich etwas Kluges tue oder einen Fehler mache, den ich in wenigen Minuten bereuen werde. Das Haus ist groß, mit Blick auf die Salzach und die Villen am gegenüberliegenden Ufer, es hat zwei Garagen und einen Pool und so viele Zimmer, dass sich die Einsamkeit nicht verbergen lässt. Die meiste Zeit wohnt ja nur Jonathan darin. Seit sein Vater diese kitschige Mozart-Erlebniswelt in die alten Häuser im Zentrum gebaut hat, über die monatelang gestritten wurde in der Stadtpolitik, ist er noch weniger zuhause als vorher. Ich gehe

nicht durch das kleine Gartentor, sondern drücke auf die Klingel neben der Eingangstür. Lange reagiert niemand, ich läute noch mal.
Mit Schwung reißt Jonathan die Tür auf, und sein Anblick fährt mir in den Hals, sodass kein Ton herauskommt. Hinter ihm im Haus ist es sehr hell, ich blinzle mehrmals, bis meine Augen sich daran gewöhnen.
»Zoey!«, ruft er und überspielt seine Überraschung schnell.
»Keine Sorge«, sage ich, »ich bin nicht hier, um zu feiern.«
»Oh, aber du kannst gern ...«, setzt er an, dann fragt er: »Sondern?«
Er hat bloß eine Badehose an, knielange Shorts mit schwarzen Blumen. Sein Gesicht ist braun, er muss viel in der Sonne gewesen sein.
»Ich möchte dir etwas sagen«, beginne ich, und es ist viel schwerer als gedacht.
Er verschränkt die Arme vor der Brust und zieht fragend die Augenbrauen hoch. Wenn meine Hände doch nur einmal noch durch seine Locken fahren könnten, nur einmal.
»Du hast mir –«, beginne ich, und da taucht Maja auf.
Maja in einem goldfarbenen Bikini, natürlich muss er goldfarben sein, und ihre Haut scheint zu schimmern, die Haare sind leicht gelockt, es sieht sehr absichtslos aus. Was nur der Fall ist, wenn man sich richtig Mühe gegeben hat.
»Baby, was ist los, wo bleiben die Drinks«, ruft sie und dann »Oh«, als sie mich sieht.
»Zoey«, sagt sie auch, danach nichts mehr.
Ich betrachte die beiden, die nebeneinander stehen an der Türschwelle und eine kleine Mauer bilden gegen mich, die ich draußen bin, und weil es eh egal ist, weil ich das Weinen schon hatte und die Wut auch, sage ich es.
»Wir hatten Sex. Jonathan und ich.«

Sie fährt sich mit der Hand kurz durch die Haare, und ihre Armreifen klimpern eine fast aufdringlich schöne Melodie.

»Ich dachte, das solltest du wissen«, sage ich, während Jonathan die Luft einzieht, aber nicht genervt, eher amüsiert.

»Okay«, meint Maja und zuckt mit den Achseln.

Warum ist sie nicht sauer, nicht einmal erstaunt? Ihre gleichgültige Reaktion nimmt mir den Wind aus den Segeln. Doch dann fällt mir auf, wie ihr linkes Auge zuckt, ganz leicht, dass sie eine Gänsehaut bekommen hat, und ich erkenne endlich, dass ihr Lächeln so eins ist, wie ich es Mama gebe.

»Weil er nicht so mit dir umgehen sollte«, sage ich und zeige auf Jonathan, »mit uns.«

»Jetzt mach mal halblang, Zoey«, fällt Jonathan mir ins Wort, »wird das eine Szene, oder was? Bitte erspar uns die Peinlichkeit.«

Er sagt es mit einer Arroganz, die mich vertreiben soll, die mich treffen soll, und sie trifft mich tatsächlich.

»Er kann doch ficken, wen er will«, sagt Maja und wendet sich ab.

Sie geht durch den Flur zurück ins Wohnzimmer, der goldene Bikini ist so knapp, dass er kaum ihren perfekten kleinen Hintern verdeckt.

»Ich dachte, ihr seid zusammen«, sage ich zu Jonathan, der noch dasteht, der zwar ein finsteres Gesicht macht, aber nicht weggegangen ist.

»Ich bitte dich«, entgegnet er, »Beziehungen sind so was von Nullerjahre.«

Und wie er das sagt, frage ich mich, ob ich ihn überhaupt kenne.

»Du hast gesagt, du bist ihr Freund. Der beste Freund, den man sich wünschen kann.«

»Wir sind on und off. Mal so, mal so. Who cares.«

Ich denke daran, wie er jeden Tag nach der Schule zu ihr ins Auto gestiegen ist und sie die Sonnenbrille hochgeschoben hat für seinen Kuss. Ich denke daran, dass er ein Foto von ihr neben seinem Bett hängen hat, ein einziges Foto hat er da, und es ist von ihr, und daran, dass er mit ihr geknutscht hat auf meiner Geburtstagsfeier, als wolle er sie bei sich haben für immer.

Und da verstehe ich.

»Das tut mir leid für dich«, sage ich.

Er will unbekümmert aussehen, und als ich merke, dass es ihm nicht gelingt, habe ich ein neues Gefühl. Es ist weich, es ist sanft, es ist Mitleid. Ich schaue seine Hand an und dann meine. Er hat sie lange schon losgelassen. Was ich an meinen Fingern gespürt habe, war nur eine Phantomhand.

»Die Liebe gibt es sehr wohl, Jonathan«, sage ich, »ich fühle sie. Ich bin verliebt in dich. Ich liebe dich.«

Ich drehe mich um, ehe ich eine Reaktion in seinem Gesicht erkennen kann, ehe er antworten kann, ich will nichts sehen, ich will nichts hören, nichts Verlogenes und die Wahrheit schon gar nicht. Ich drehe mich um und gehe los, ich gehe sehr schnell und sehe nicht zurück. Das war ein anderer Abschied als gedacht, viel leiser, viel trauriger und viel kürzer. Aber als ich hastig meine Schritte nacheinandersetze, diese Schritte, die mich von Jonathan wegführen, diese Schritte, die ich nicht machen will, noch einen, noch einen, frage ich mich, wie soll ein Abschied schon sein? Jeder Augenblick davon ist unerträglich, jeder Augenblick ist ein Ende.

Zwei Wochen nach dem Eislaufen hatte Jonathan seinen ersten Kuss. Mit Alena aus der Parallelklasse. Als er mir davon erzählte, konnte ich nur nicken und lächeln, so sehr musste ich mich darauf konzentrieren, mich nicht auf den Boden zu legen und zusammenzurollen. Er beschrieb mir den Kuss in Einzelheiten, aufgeregt war er und fröhlich, wir waren beide spät dran, die anderen hatten längst. Jetzt blieb ich als Einzige ungeküsst zurück.

Zuhause verkroch ich mich in meinem Zimmer und drückte ein großes Kissen gegen meinen Bauch, in der Hoffnung, er würde dann weniger schmerzen. Als jemand klopfte und hereinkam, dachte ich, es wäre Barbara. Doch als ich mich umdrehte, saß Mama neben mir auf dem Bett.

»Magst du mir erzählen, was passiert ist?«, fragte sie.

Zuerst schüttelte ich den Kopf, doch schon zwei Sekunden später brach es aus mir heraus. Ich sagte ihr alles, und sie hörte zu.

»Ich wollte, dass sein erster Kuss mit mir ist, dass es für uns beide ...«, ich brach ab, weil ich sonst angefangen hätte zu weinen.

Mama legte sich neben mich, schob einen Arm unter meinen Kopf. Ich konnte mich nicht erinnern, wann wir zuletzt so nah beieinander gewesen waren. Sie war größer als ich, damals noch, sie konnte mich umfangen. Sanft strich sie über mein Gesicht und meine Locken.

»Das Einzige, was dagegen hilft, verletzt zu werden«, sagte sie, »ist, eine Muschel zu sein.«

»Eine Muschel?«, entgegnete ich verdutzt und stellte mir vor, wie Mama in Form einer Muschel auf dem sandigen Meeresboden lag.

»Dann kann nichts zu dir hinein«, sagte sie.

Ich dachte an eine Schale, an Härte und Verschlossenheit. An Schutz. Und dass Mama vielleicht recht hatte. Erst nach einer Weile kam mir ein anderer Gedanke.

»Aber vielleicht hat die Muschel eine Perle in sich, die dann keiner sieht«, sagte ich, »vielleicht hat sie Gefühle in sich, die dann keiner spürt.«

»Nun ja«, murmelte Mama in mein Haar, »ich finde, das ist ein angemessener Preis.«

Ich gehe zu Fuß durch die Nacht nachhause. Es ist nicht weit, zwanzig Minuten, und ich brauche diesen Weg, der von Jonathans Haus zu meinem führt und den ich nie wieder in entgegengesetzter Richtung zurücklegen werde. Ich brauche ihn, um mir das bewusst zu machen. Der Verstand ist oft weit voraus, ich habe doch gesagt, dass es vorbeigeht, nickt er zufrieden, aber das Herz ist schwerfällig, es hat keine Ahnung, dass etwas vorbei ist. Es fühlt sich nicht vorbei an.
Ich denke mich durch die Begegnung in all ihren Einzelheiten. Ich frage mich, was danach geschehen ist, ob Maja Jonathan zur Rede gestellt oder sehr viel getrunken hat, um runterzuschlucken, was ihr auf der Zunge lag. Ob er zu ihr gegangen ist und ihr Beschwörungen ins Ohr geflüstert hat, damit sie aufhört zu schmollen, oder ob er so getan hat, als wäre nichts geschehen, als wäre dieser Störfaktor namens Zoey nicht der Rede wert.
Vor sechs Jahren sind Jonathan und ich Freunde geworden, im hinteren, stillen Teil der Kirche, und irgendwann später ist er abgebogen, ohne dass ich es gemerkt habe. Ich bin weitergegangen, allein, und habe gedacht, er geht neben mir, habe gedacht, er müsste nur den Kopf drehen, um mich zu sehen. Dabei war er längst dort, wo man die richtige Schuhmarke tragen muss und das Wort Liebe nur ironisch verwenden kann.
Ich atme die Nachtluft ein, und erst jetzt, da mir kalt wird, erst jetzt, da ich die Arme um mich schlinge, stelle ich fest, dass ich einen ausgeleierten schwarzen Pullover trage und eine Jogginghose. Ausgerechnet eine Jogginghose! Ich habe Papa meine Meinung gesagt und war dabei gekleidet wie er an seinen schlimmsten Tagen, ich habe Jonathan und Maja konfrontiert und dabei ausgesehen wie eine Trashqueen von RTL 2. Ich habe keinen Gedanken an meinen Look verschwendet, ich war mein hässlichs-

tes Selbst. Ungeschminkt, verquollen, mit verstrubbelten Haaren. Und da fange ich an zu lachen. Es kommt mir im selben Moment merkwürdig vor, nachts um halb zwei am Salzachkai entlangzuspazieren und laut zu lachen, doch ich kann es nicht aufhalten, und wen soll es stören, es ist niemand hier. Die Bäume über mir rauschen, die Lichter strahlen geduldig die Schönheiten Salzburgs an, die Salzach drängt sich weiter und weiter, ein wühlendes Wasser, so allein wie ich, und ich lache.

Das Haus schläft, es ist zwei Uhr morgens. Vorsichtig öffne ich die Tür zu Spins Zimmer. Ich lege mich nicht zu ihm ins Bett, ich setze mich auf das kleine Sofa neben seinem Schreibtisch, auf einen Haufen Klamotten, und höre ihm für eine Weile beim Schlafen zu. Die Gleichmäßigkeit seiner Atemzüge und die Stille drumherum beruhigen mich. Ich hole mein Handy aus der Hosentasche. Ich lösche den Chat mit Jonathan, dann lösche ich Jonathans Nummer. Anschließend lese ich meine neuen Nachrichten, nur die wichtigen. Spin hat mir vor Stunden geschrieben, *Hab Post für dich in dein Zimmer gelegt*. Ich mache das Handy wieder aus und lege den Kopf zurück. Es ist seltsam, als Einziger wach zu sein in einem großen Haus. Die anderen sind da und gleichzeitig nicht. Dieser Zustand, dieses vertraute, aber schweigsame Nebeneinander in der Nacht, bringt vielleicht am besten auf den Punkt, wie wir als Familie sind. Ich schließe die Augen und bin froh über die Ruhe, die mich erfüllt. Ich bereue nicht, die Worte ausgesprochen zu haben. Ich habe sie so lange in mir drin gehört, vielleicht können sie jetzt endlich verstummen. Ich stehe auf und gehe leise durch den dunklen Vorraum zu meinem Zimmer. Ich bin an diesem Ort verankert, verwurzelt wie ein Baum, doch dass hier mein Ursprung liegt, bedeutet nicht, dass ich nicht woanders hinwachsen kann.

Ich stehe in meinem Zimmer. Ich bin zurück, alles ist gleich, ich bin anders. Auf dem Bett liegt der Umschlag, den Spin gemeint haben muss. Er ist von der Herbert-Tronjan-Stiftung für Angewandte Kunst. Ich zerfetze das halbe Kuvert, so hastig reiße ich es auf.

1

Am 5. Oktober 2017 decken zwei Journalistinnen in einem Artikel in der *New York Times* auf, dass Harvey Weinstein seit dreißig Jahren Schauspielerinnen und Assistentinnen sexuell nötigt. Die Wogen gehen ruckartig hoch und schlagen über Weinstein zusammen. Am 8. Oktober wird er von der Weinstein Company als Vorstandschef abgesetzt, Hillary Clinton und Barack Obama verurteilen sein Verhalten, die Academy, die den Oscar verleiht, beschließt seinen Ausschluss. Ermittlungen werden eingeleitet, und immer mehr Stimmen werden laut. Stimmen von Frauen. Sehr vielen Frauen.

Am 9. Oktober 2017 erscheint *Ruf*, ein Roman über eine Vergewaltigung, verübt von einer Machtperson.

Und über Maximilian Wenger bricht die Hölle los.

Sein Handy klingelt in einem Rhythmus, den er nie gehört hat. Die Anfragen stolpern übereinander, türmen sich auf, lassen seine Mailbox überquellen. Das Thema, sein Thema, ist auf einmal das, worüber alle reden. Keine Zeitung, keine Internetseite, kein Newsticker kommt vorbei an dem Skandal in Hollywood. Und weil Hollywood weit weg ist und Harvey Weinstein nicht greifbar, wollen die Journalisten und TV-Reporter mit Wenger reden. In der Hoffnung, dass er etwas zur Debatte zu sagen hat, dass sie ein gutes Statement bekommen von ihm. Plötzlich ist er der Mann der Stunde.

Und er reitet die Welle.

So kurzfristig hat er im *Frankfurter Hof* kein Zimmer mehr bekommen, ausgebucht ist man zu Messezeiten für Monate im Voraus, aber er hält sich mit einer Selbstverständlichkeit in dem Fünf-Sterne-Hotel auf, dass jedermann denkt, er nächtige dort. In Wahrheit wohnt er in Niederrad, weil alle, die sich nicht früh genug um eine Bleibe kümmern, in Niederrad schlafen. Im allgemeinen Dusel morgens um vier merkt keiner, dass er nicht auf die Toilette und in seine Suite geht, sondern sich hinausschleicht und in ein Taxi steigt. Es ist nur ein kleines Täuschungsmanöver, aber ein wichtiges, denn wenn man etwas gelten will auf der Buchmesse, führt am *Frankfurter Hof* nun mal kein Weg vorbei. Hier werden die Stoffe verhandelt, aus denen die Bücher von morgen gewebt sind. Das Who is who der Literaturbranche prostet sich im gediegenen Ambiente der Bar zu, die sogar Autorenbar heißt, und gibt sich gepflegt die Kante. Wenn man rauchigen Whiskey und süffigen Apfelweincocktail trinkt, in breiten Ledersesseln sitzend, lässig zurückgelehnt und die Anzughosenbeine übereinandergeschlagen, wenn es Stunden dauert, bis man betrunken ist, und man über Literatur redet dabei, dann hat so ein Besäufnis einfach viel mehr Klasse.

Wenger wird begrüßt wie der alte Bekannte, der er ja ist.

»Wo hast du denn diese Überraschung hergezaubert, hm, hast du einen direkten Draht zu Weinstein?«, bekommt er zu hören und: »Der Inhalt ist fast schon egal, solange das Buch zur richtigen Zeit erscheint, nicht wahr?«

Keiner der anwesenden Agenten und Verleger und Autoren wird sein Buch lesen, jetzt nicht und später schon gar nicht, weil es für sie bereits ein alter Hut sein wird nach der Messe, das gilt auch für die Agentinnen und Verlegerinnen und Autorinnen, die man heutzutage gesondert nennen muss, damit wenigstens die Sprache Gleichberechtigung vermittelt. Sie alle, ob männlich oder weiblich, versuchen gerade, da ist Wenger sich sicher, Kapital aus der Weinstein-Welle zu schlagen, denken über erzählende Sachbücher nach, werfen hastig erstellte Konzepte auf den

Tisch und überlegen, welche Schauspielerin man wohl gewinnen könnte dafür und welchen Ghostwriter und bis wann, denn es muss schnell gehen, will man auf einem Trittbrett mitfahren. Doch wie sehr sie sich auch anstrengen, niemand wird zeitlich so nah dran sein wie Wenger.

»Du hast es verdient«, sagen sie zu ihm, »wenn es einer verdient hat, dann du«, und sie meinen damit: Du warst ja schon ganz unten.

Wenger nickt, stößt an, überhört die Untertöne und trinkt. Bombay Crush mit Gin, Kumquats und braunem Zucker. Trinkt noch mehr, weil da so viel ist, das er runterschlucken muss.

Die Messeluft dringt ihm in die Nase wie ein lang vermisster Duft. Es riecht nicht nach Büchern, weit gefehlt, es riecht nach Hektik und Geltungsdrang. Wer etwas zu melden hat, der hat in Frankfurt keine Zeit. Im Halbstundentakt wuseln alle durch die riesigen Hallen zum nächsten Meeting, winken einander grüßend zu, kennen auf den Rolltreppen jeden und lächeln im Vorbeifahren mit diesem entschuldigenden Du-weißt-ja-wie-es-ist-Blick. In diesen Tagen werden die Romane der Zukunft verkauft. Es ist ein knallhartes Business, von dem die Leser nichts mitbekommen. Wenn sie ab Samstag die Messe stürmen, um ihre Lieblingsautoren zu hören und sich Autogramme zu holen, sind die Fachbesucher, die Lektorinnen und Presseleute, die Verleger und Key-Accountants längst abgereist, die Taschen gefüllt mit Büchern, die erst noch geschrieben werden müssen.

Wenger hat bis Sonntag zu bleiben, Fragen zu beantworten, Interviews zu führen, aus dem Buch zu lesen, das Meet and Greet mit den Bloggern zu machen. Darauf hat er ja am wenigsten Lust. Aber auf die Interviews hat er Lust, auf die Treffen beim *Spiegel* und bei der *ZEIT* und der *Welt*, weil sich dort die wahre Buchmarktprominenz tummelt, die

Elite. Und weil er auf den wichtigsten Listen steht. Wenn er sieht, wie seine Pressefrau telefoniert, während er Fragen beantwortet, während er gefilmt wird fürs *heute-journal* und für *titel thesen temperamente*, wie sie weitere Anfragen bekommt, Termine vereinbart, kann er kaum verhindern, dass sich was regt in seiner Hose. Dass er wieder derart begehrt ist, ist einfach zu geil.

Und er schlägt sich gut. Auf der Bühne in der Österreicher-Ecke hat er an diesem Morgen bereits an einem Panel teilgenommen zum Thema »Kavaliersdelikt oder Straftat: Sexismus und Machtmissbrauch in der Literatur der Gegenwart«. Das haben die schnell zusammengezimmert, um tagesaktuell zu sein. Gut vorbereitet ist Wenger nicht, aber das war eh niemand, und er hat einfach über seinen eigenen Roman gesprochen. Der ist ja fiktiv. Nichts davon ist je geschehen, alles frei erfunden, jedes Wort.

Jetzt ist er auf dem Weg zum Verlagsstand und hat Hunger. Man hat das ganze Jahr nicht so einen Hunger wie auf der Messe in Frankfurt, außer vielleicht auf der Messe in Leipzig. An den Stehtischen gibt es nichts als Salzstangen, Bonbons und Prosecco, in den Kantinen der Durchgänge liegen zwar trockene Brötchen in den Vitrinen und auf dem Platz vor den Hallen stehen Foodtrucks, aber überall warten Leute. Da stellt man sich nicht an, wenn man etwas auf sich hält, weil man ja schon den nächsten Termin hat, nein, sogar zu spät dran ist eigentlich, und deswegen hungert man. Was dabei hilft, schneller betrunken zu werden.

Bei den österreichischen Verlagen gibt es aber, wie könnte es anders sein, ein Café, und er hat dort immerhin eine gute Melange bekommen. Er hat eh schon lange den Verdacht, dass viele Verlagsleute nicht wegen der Bücher in Halle 4.1 zu den Österreichern gehen, sondern weil der Kaffee dort besser ist.

Am Stand wird er von einem sauber rasierten Alex empfangen, dessen Strahlen wohldosiert ist, da kommt ein wichtiger Mann, sagt es, aber er soll sich nur nicht zu wichtig nehmen. Der Stand ist klein, das Roll-up mit dem Foto von Wenger ist groß. Die anderen Autoren des Verlags wirken mit ihren kleinen Bildern fast ein wenig wie Nebendarsteller. Na gut, okay, nicht nur fast.

»Maximilian«, sagt Alex und macht dieses großräumige Händeschütteln, das zugleich ein halbes Umarmen ist, jovial und männlich, »wie geht's dir?«

»Ich bin im Stress«, sagt Wenger, wie das Protokoll es von ihm verlangt.

»Gut so«, entgegnet Alex, »gut so. Ging es noch lang am Montag?«

Seine Sneakers sind hellgrün. Bestimmt läuft es sich gut durch die Gänge mit solchen Schuhen, ein federleichtes Gehopse stellt Wenger sich vor.

»Ach, ein Absacker noch, dann sind wir ins Bett«, sagt er.

Robert Menasse hat den Deutschen Buchpreis verliehen bekommen, und Wenger war dabei. Vorher war es ihm ja egal, dass *Ruf* zeitlich gesehen nicht buchpreistauglich ist, für dieses Jahr zu spät für die Einreichfrist und im nächsten Jahr schon eine Alterscheinung. Darüber hat Wenger nicht so gründlich nachgedacht, er war nur froh, dass der Verlag das Buch doch noch wollte, unbedingt und sofort. Aber als er dann im ehrwürdigen Kaisersaal saß und dem Menasse zuhörte, der über das vereinte Europa redete, darum geht es nämlich in seinem Roman und irgendwie auch um ein Schwein, das hat Wenger nicht genau verstanden, hat es ihn doch gewurmt. Dieses Mal hätte es klappen können, fast schon klappen müssen. Das Thema! Die Brisanz! Der Mut und der Biss!

Doch obwohl er nicht Buchpreisträger ist, obwohl er jetzt, realistisch betrachtet, überhaupt niemals Buchpreisträger

sein wird, hat sich nach der Verleihung eine Traube um Wenger gebildet, ihm wurden Fragen gestellt und Fotos wurden von ihm auch gemacht, deswegen war der Blick, mit dem er zum Menasse schielte, bloß halb eifersüchtig.
»Politisch einwandfreie Entscheidung«, sagt Alex, »den Robert gewinnen zu lassen.«
Sind die also auch per Du, aha.
»Das würde auf *Ruf* ebenfalls zutreffen«, sagt Wenger.
Alexander mustert ihn, kneift kurz die Augen zusammen.
»Ich wollte nicht bis zum Frühjahr warten, und ich denke, wenn du dir den soeben losgetretenen Skandal ansiehst, der uns mitreißt, haben wir den besten Zeitpunkt erwischt, oder nicht?«
»Nur konntest du das nicht wissen«, sagt Wenger.
Dass er glaubt, dass der Verlag einen starken Titel gebraucht hat fürs Herbstprogramm, sehr dringend gebraucht hat, um nicht noch mal rote Zahlen zu schreiben, sagt er nicht. Dass die Bücher da hinter ihnen, aufgereiht auf dem Regalbrett, wohl kaum was reißen werden, auch nicht.
»Ich hatte das im Gespür«, behauptet Alex, »ich hab doch gesagt, das Thema liegt im Trend.«
Jetzt ist es Wenger, der kurz die Augen zusammenzwickt. Die Backen hat er voll mit Entgegnungen, aber bitte, er ist zwanzig Jahre älter als der Turnschuhbub, er weiß, dass man manchmal besser den Mund hält.
»Du hattest einen guten Riecher«, sagt er und lächelt.
»Wir beide«, gibt Alex zurück und lächelt auch.
Es ist ja einfacher, ein Kompliment zu teilen, das man bekommen hat, als selbst eins zu machen.
»Und gestern?«, fragt Alexander. »Bei der Eröffnung von Open Books?«
»Da hat der Menasse auch geredet«, sagt Wenger und fügt ein bisschen ätzend hinzu: »Der *Robert*.«

»Na, du wirst ja selbst noch auf dem Blauen Sofa sitzen. Und auf der ARD-Bühne. Kein Grund, neidisch zu sein.«
Wengers Lächeln ist inzwischen recht dünn, er presst die Lippen aufeinander.
»Hanna wartet in Halle 3 auf dich, wegen der Gesprächsrunde, du musst nur hier drüben rausgehen und –«
»Danke«, fällt Wenger ihm ins Wort, »ich war hier schon unterwegs, da hast du noch Bilderbücher angesabbert.«
Das hat er sich jetzt doch nicht mehr verkneifen können.
»Na dann«, macht Alex betont gleichgültig, »wir sehen uns am Abend vor der Schirn.«
Er streicht sich übers Kinn, als vermisse er seinen Bart. Er sieht noch mal zehn Jahre jünger aus, als er eh schon ist, die Rasur war keine gute Idee. Aber auch das ist etwas, das er irgendwann noch von selber lernen wird.
Wenger nickt und reiht sich wieder ein in den Strom der marschierenden Menschen. Sein Handy vibriert in der Hosentasche, er fischt es heraus und meldet sich.
»Hallo Max, hier ist die Tami von *Vice*, darf ich dir schnell zwei, drei Fragen stellen?«
»Entschuldigung, kennen wir uns?«, fragt Wenger, wieso duzt die ihn?
»Ganz sicher nicht«, sagt sie lässig, »aber vielleicht kennst du *Vice*? Wir machen unbequemen Journalismus zu allem, was die Leute bewegt.«
»Aha«, entgegnet Wenger und fragt sich, wann Journalismus jemals hätte bequem sein sollen.
»Was denkst du, schafft das Patriarchat sich selbst ab?«
»Äh«, macht Wenger, »nein.«
Es ist so laut, dass er kaum verstehen kann, was Tami sagt. Der Messelärm ist ein Lärm, der von allen Seiten kommt, auch von oben und von unten, als vibrierte die Luft von den Stimmen und Schritten. Er stellt sich Tami mit schwarzer Brille vor und einer verwuschelten Masse

an Haaren, chaotisch am Hinterkopf zusammengeknödelt, mit einer übergroßen Strickjacke, weil junge Frauen ihr Frausein heutzutage ja gern verstecken. Er biegt in den Gang mit den Comics und Graphic Novels ein, da ist es ruhiger, die Nerds kommen erst am Wochenende.

»Geht das auch ein bisschen genauer?«, fragt Tami.

»Das ist eine absurd blöde Frage«, schimpft Wenger, »wie soll sich das Patriarchat bitte selbst abschaffen und vor allem, warum? Das müssen schon die Frauen machen.«

»Sie müssen die Männer vom Thron stoßen?«

»Nein. Ich bin für ein Miteinander, ein Annähern auf Augenhöhe, nicht für ein Gegeneinander.«

Das hat er doch gut gesagt. Das verwendet er ab sofort in jedem Interview.

»Das find ich nicht so griffig«, seufzt Tami, »versuchen wir es anders. Ist das Prinzip Mann überholt?«

Wenger verliert kurz die Fassung. Er steht da, umgeben von Mangas mit riesigen Augen und aufgepumpten Superhelden, ein Dröhnen, ein Schwirren, ein Hetzen um ihn herum, und die verwuschelte Tami stellt ihm Fragen, die sie von der Website *Feminismus für Dummies* runtergeladen hat.

»Was soll das denn sein, das Prinzip Mann?«, fragt er zurück.

»Na alles, wofür der Mann an sich steht. Gewalt, Machtmissbrauch, Gender Pay Gap, ungerechte Verteilung der Hausarbeit.«

»Das bisschen Haushalt macht sich von allein.« Wenger kichert.

Was wirft die da alles in einen Topf? Es wäre doch klüger, sich auf die Fakten zu konzentrieren, solide zu recherchieren und mögliche Konsequenzen abzuleiten. Mit Logik vorzugehen. Was muss jetzt geschehen und wie können wir es erreichen? So würde ein Mann es machen. Stattdessen schreien die Frauen ihren generischen Männerhass heraus, alles Schweine, alles Idioten, zahlen uns zu wenig, lassen uns nicht in den Chefsessel, und wir müssen die Kinder kriegen! Wenn das die Art ist, auf die diese Debatte geführt wird, na dann gute Nacht.

»Das gehört zu den alten Machtstrukturen, die abgeschafft werden. Da kommt was Großes. Harvey war erst der Anfang«, entgegnet Tami. Auf Wengers Witz geht sie nicht ein, wahrscheinlich ist sie zu jung, um das Lied zu kennen.

»Ach, so ein Schmarrn«, sagt Wenger, »dieser Skandal ändert doch gar nichts.«

»Und wieso nicht?«

»Weil alle davon gewusst haben«, sagt Wenger, »verstehst du? Keiner kann mir erzählen, dass der dreißig Jahre lang Frauen vergewaltigt hat, ohne dass es jemand mitbekommen hat. Halb Hollywood hat Bescheid gewusst. Comedians haben sogar Witze darüber gemacht! Jetzt will keiner was geahnt haben, aber ich bin überzeugt, in der ganzen Branche waren seine Machenschaften bekannt. Und niemand hat etwas dagegen unternommen.«

»Und was sagt uns das?«

»Dass einer, der Macht hat, geschützt wird von allen. Da kann er noch so ein Arschloch sein. Das ist die Mentalität des Zulassens, das hat schon Robert Musil beschrieben.«

»Wer?«

»Das war ein österreichischer Schrift- ach, weißt du was, googel das doch einfach.«

Für einen Moment bleibt es still in der Leitung, und Wenger grinst.

»Ich brauch noch eine klickbare Aussage«, sagt Tami und klingt nicht sehr zufrieden. »Ist der weibliche Widerstand da, um gebrochen zu werden?«

»Nein!«, ruft Wenger entsetzt und erntet einen erstaunten Blick von einem Comicstand.

»Um Gottes willen«, fügt er leiser hinzu, »mit einem solchen Statement will ich auf keinen Fall in Verbindung gebracht werden. Und jetzt muss ich weiter. Wenn du noch was wissen willst«, setzt er nach, »kannst du ja mein Buch lesen«, dann legt er auf.

Sie wird ihm sowieso Worte in den Mund legen, die er nie gesagt hat, oder ihn gar nicht zitieren, weil er nichts Klickbares geliefert hat. Er ärgert sich nicht länger über solche Dinge. Eine dickere Haut ist ihm in der Krisenzeit auf jeden Fall gewachsen, er wengert nicht mehr. Aber wehe, sie dichtet ihm an, dass weiblicher Widerstand nicht ernst zu nehmen sei, dann klagt er sie in Grund und Boden.

»Das wird halt auch heikel«, hat Sebastian zu ihm gesagt, als *Ruf* in Druck gegangen ist, »das weißt du, nicht wahr?«

»Es ist so lange her«, hat Wenger geantwortet.

»Das spielt keine Rolle. Sie werden es hervorzerren und dir mit einem genüsslichen Lächeln servieren, um dich zu provozieren. Du kennst sie so gut wie ich.«

»Und wenn schon. Sie können mir keinen Strick daraus drehen. Ich bin sauber.«

Sebastian hat lange geschwiegen.

»Sei vorsichtig«, hat er dann gesagt.

Und es ist schon erstaunlich, wie sich alles verändert hat. Damals ging es nur um das Alter des Mädchens, ob es minderjährig war oder nicht, von Nötigung war nie die Rede. Frech fanden die Leute sein Verhalten und unverschämt, zügellos, amüsant. Dass der Wenger sich, weil er den Preis nicht erhalten hat, etwas anderes genommen hat. Und das hat sie neugierig genug gemacht, sein Buch zu kaufen. Es war der Auftakt, heute wäre es sein Ende. Weil alle sich politische und sexuelle Korrektheit an die Brust heften. Sie würden ihn, dem Trend folgend, an den Pranger stellen, ans virtuelle Kreuz nageln. Wenn man als Mann in einer gewissen Position kurz die Hand an einer falschen Stelle hat, und vielleicht wollte die Hand ja nur mal freundlich fragen, hat man gleich was ganz anderes am Hals. Einen Skandal nämlich und ein Untersuchungsverfahren. Und es war ja nicht einmal die Hand, mit der Wenger in der Preisträgertochter war. Himmel, sie würden ihn zur Sau machen und durch sämtliche Dörfer jagen. Da hätte er dann wieder was zu schreiben, der Menasse.

Die Pressefrau winkt ihm, als Wenger auf die Plattform zusteuert, auf der drei leere Stühle stehen. Sie ist blond und groß, mit feinen Sommersprossen auf der Nase. Sie begleitet ihn fast rund um die Uhr und läuft mit ihm zu den Terminen. Oder eigentlich läuft Wenger mit ihr, sie hat alles auf dem Schirm und dirigiert ihn mit sanfter Strenge. Sie lässt nicht zu, dass er trödelt oder sich verquatscht, und er findet ihren Befehlston sexy.

»Ich hab sensationelle Neuigkeiten«, strahlt sie ihn an, sie trägt einen cremefarbenen Hosenanzug mit Bluse und Ballerinas, die sie sich erlauben kann bei ihrer Körpergröße. Vermutlich erlauben muss, damit sie die männlichen Geschäftspartner nicht überragt, mit denen sie zu tun hat. Das hat man zu bedenken als Frau, dass denen das unangenehm ist.

»Das klappt mit dem *FAZ*-Empfang am Samstag«, sagt sie mit einem triumphierenden Grinsen, »und zur Verleihung des Friedenspreises am Sonntag sind Sie auch geladen.« Sie sieht ihn erwartungsvoll an mit ihren blauen Augen, ihre Wimpern sind sehr hell.

»Wow«, macht Wenger möglichst beeindruckt, »gute Arbeit.«

»Und«, sie hat auch auf der Oberlippe ein paar Sommersprossen, »Sie dürfen an der *arte*-Gesprächsrunde teilnehmen, die gefilmt und übertragen wird.«

»Mhm«, murmelt Wenger, »*arte*. Das sind doch die mit ...«, er sucht hektisch nach etwas Nettem, »der bunten Wand.«

Sie ignoriert das und gibt ihm ein dicht beschriebenes Blatt. Er sieht, dass sie vorn, am Rand der erhöhten Bühne, einige Exemplare von *Ruf* aufgestellt hat. Er mag es, wenn Frauen mitdenken.
»Das ist Ihr Plan für morgen, es fängt gleich um zehn an mit –«
»Ach«, fällt Wenger ihr ins Wort und gibt den Zettel zurück, »den brauch ich doch nicht«, was soll er jetzt damit, wo er doch gleich auf die Bühne muss, »ich folge dir sowieso wie ein Schoßhündchen.«
»Okay«, sagt sie und schiebt das Blatt wieder in ihre Mappe.
Er berührt sie leicht am Oberarm.
»Bitte entschuldige«, sagt er, »jetzt hab ich dich unabsichtlich geduzt. Das passiert mir manchmal bei einer schönen Frau.«
Er weiß nicht, wie oft er den Spruch schon gebracht hat. Er weiß nur, dass er funktioniert hat, jedes einzelne Mal. Keine Frau hat bisher das Duwort von Maximilian Wenger abgelehnt. Ein bisschen hat er das Gefühl, dass Hanna ihn durchschaut hat, ihr Blick ist leicht spöttisch. Trotzdem gibt sie ihm die Hand.
»Hanna«, sagt sie.
»Maximilian«, sagt er und fügt hinzu: »Ist ja angenehmer so, wir haben jetzt schließlich viel miteinander zu tun.«
Sie antwortet nicht darauf, dabei hätte er erwartet, dass sie »Das freut mich« entgegnet oder so was in der Art. Aber es hat ja auch seinen Reiz, dass sie ein bisschen spröde ist. Der erste Schritt ist getan, er darf es nicht gleich übertreiben.
Wie alt kann sie sein, achtundzwanzig, noch keine dreißig? Frauen unter dreißig sind viel entspannter, weil die Zeit auf ihrer Seite ist. Das kippt, sobald ihre Eierstöcke anfangen zu schrumpeln, dann kriegen sie diesen verkniffenen

Zug um die Lippen. Sie verlieren ihren Sinn für Humor und haben stattdessen geplatzte Träume.
Auf der Bühne werden Headsets verteilt und die Mikrofone eingestellt, die Moderatorin ist schon da und noch eine Frau, vermutlich Wengers Gesprächspartnerin. Zwei Frauen und er, wie wunderbar, als Hahn im Korb ist er ja ganz in seinem Element.
»Bis später, du«, sagt er zu Hanna und betritt das Podium.
»Der Ruf nach Vergeltung: Sexuelle Strafdelikte in Realität und Fiktion«, liest er auf dem Bildschirm. Viel zu breit gefasst, da könnte man ja drei Tage drüber reden. Aber schön, wie sie den Titel seines Romans eingebaut haben, er grinst zufrieden. Und dann gefriert ihm das Grinsen im Gesicht, weil die Frau sich umdreht und ihn ansieht. Die schwirrenden Geräusche sind plötzlich weit weg, stattdessen hört Wenger einen alarmierend hohen Ton in den Ohren. Es fällt ihm schwer, weiter geradeaus zu gehen, seine Kniekehlen sind aus Beton, jeder Schritt eine Überwindung, lieber würde er sich abwenden und wegrennen, von der Bühne, aus der Halle, aus der Stadt.
»Hallo, Maximilian«, sagt Charlotte, ihre Stimme ist warm.
Sie reicht ihm nicht die Hand, und er ist froh darüber, sie würde sonst sicher bemerken, dass er zittert. Ein Reflex ist es, der ihm den Kopf dreht, er sucht im Publikum nach Hanna, doch sie unterhält sich mit einem großen, auffallend feschen Mann und sieht nicht in seine Richtung. Er würde sie gern zumindest mit Gesten fragen, was das soll, warum Charlotte hier ist und wieso er nicht gewarnt wurde. Haben die vom Verlag das gewusst?
Der unterbrochene Blickkontakt hilft ihm, einigermaßen die Fassung zurückzugewinnen. Er lässt sich mit dem Headset ausstatten und nimmt den ihm zugewiesenen Platz ein. Die Moderatorin erklärt ihm den Ablauf, er hört

nicht zu. Wo die Kameras sind, zeigt sie ihm, und Wenger gibt ihr schroff zu verstehen, dass er ein alter Hase ist. Das ist ja nicht seine erste Diskussion, die gefilmt und live übertragen wird. Es ist nur die erste, bei der er neben der Frau sitzen muss, deren Gesicht er manchmal nachts vor sich sieht, wenn er zwischen Wachen und Träumen festhängt. Ein Gesicht, das in diesen Momenten jünger ist als jetzt, auf der Bühne, umgeben von Fremden, dreiundzwanzig Jahre später.

Er hat sie nie wiedergesehen.

»Wir gehen live in drei ... zwei ... eins«, sagt der Aufnahmeleiter, und schon spricht die Moderatorin ihre Grußworte. Sie ist ein nüchterner, herber Typ mit Dutt und Brille, die wird er nicht mit seinem Schmäh einwickeln können. Unter dem Jackett ist Wenger längst der Schweiß ausgebrochen. Er kann sich kaum konzentrieren auf die Sätze, mit denen die Moderatorin das Programm, das Thema und dann ihn vorstellt, zu nah ist ihm Charlotte. Da, wenige Zentimeter von ihm entfernt, er müsste nur den linken Arm bewegen, um sie zu berühren. Er möchte sie genauer anschauen, aber er traut sich nicht, den Blick hinüberwandern zu lassen. Zwei Kameras sind auf ihn gerichtet, ganz zu schweigen von den vielen Augenpaaren im Publikum. Er ist nervös, doch dumm ist er nicht. Einen »jahrzehntelang dominierend erfolgreichen Bestsellerautor« nennt die Moderatorin ihn und redet über *Ruf*, den »progressiven Roman«, dann widmet sie sich endlich Charlotte, und da ist Wenger ganz Ohr.

»Ich begrüße auch sehr herzlich Charlotte Valont«, hört er, »sie ist als Anwältin spezialisiert auf sexualstrafrechtliche Delikte, arbeitet für die Gleichberechtigungsanwaltschaft in Wien, ist tätig am Institut für Gewaltprävention und im Bundesverband für Frauennotrufe.«

»Vielen Dank für die Einladung«, sagt Charlotte, und jetzt

kann er doch mal rüberschauen zu ihr, jetzt schauen ja alle sie an.
Sie trägt ein rostrotes Kleid, dazu einen Blazer und schwarze Schuhe. An den Fingern mehrere Ringe. Sie ist eine stilsichere Frau Anfang vierzig, das Mädchen, das Wenger gekannt hat, ist wohl bereits vor vielen Jahren verschwunden. Nur ihr Haar ist schwarz wie damals, und diese toughe Aura, die er anziehend fand, hat sie nicht verloren.
»Beginnen wir mit der ersten Frage, Frau Valont«, sagt die Moderatorin, und da fällt Wenger auf, dass Charlotte einen anderen Nachnamen hat als früher. Das ist gut, das ist sogar sehr gut. Dann wird niemand die Verbindung herstellen. Im Messepublikum nicht und vor dem Fernseher auch nicht. Außer natürlich, die von der Redaktion wissen Bescheid. Aber vielleicht ist das alles nur ein grotesker Zufall. Kaum zu glauben, eigentlich. Allerdings wäre es nicht das erste Mal im Leben, dass das Schicksal einen derart fickt.
»Ich möchte gleich zu Beginn ein Argument aufgreifen, das immer wieder gebracht wird, nämlich dass viele Anschuldigungen erfunden seien, dass Frauen bloß behaupten, sie seien genötigt oder vergewaltigt worden. Was können Sie uns dazu aus der Praxis sagen?«
»Da gibt es keine eindeutigen Zahlen«, antwortet Charlotte, und Wenger kann jetzt diesen warmen Ton zuordnen, den sie hat, er kommt vom Trösten und vom Zuhören, »weil das nicht überprüfbar ist. In manchen Studien ist die Rede von sieben Prozent, in anderen von zwei. Damit sind ausschließlich jene Fälle gemeint, in denen die Falschaussage bewiesen werden konnte. So oder so ist davon auszugehen, dass es nur sehr, sehr selten vorkommt, dass eine Frau eine Vergewaltigung erfindet. Wird ein Verfahren aus Mangel an Beweisen eingestellt, bedeutet das noch lange nicht, dass das Opfer gelogen hat.«

Wenger schnürt es den Hals zu bei dem, was Charlotte sagt. Wie kann das denn sein, dass er all diese Jahre später mit ihr auf einer Bühne sitzt, ausgerechnet mit ihr, und über dieses Thema redet, ausgerechnet dieses Thema. Da brennt es ihm die Sicherung durch, wenn er nur kurz drüber nachdenkt.

»Trotzdem ist es so«, sagt die Moderatorin, »dass man bei einer Google-Suche zum Thema sofort eine Menge Seiten von Anwälten findet, die Männern versprechen, sie zu verteidigen, sollten sie eines Sexualdelikts beschuldigt werden. Wird da mit Angst Geld gemacht?«

»Aber natürlich«, entgegnet Charlotte amüsiert, »wo nicht?«

»Bedeutet das denn, dass Männer sehr oft aus ebendiesen Gründen einen Anwalt brauchen?«

»Ja«, sagt Charlotte, »weil sie nun mal sehr oft Sexualdelikte begehen.«

Sie sagt es mit einem leicht ironischen Ton, auf den die Moderatorin nicht reagiert. Wenger wundert sich nicht darüber, so ist das mit den Deutschen. Sie haben ein stiefmütterliches Verhältnis zu Humor.

»Dann ist aus Ihrer Sicht die Angst der Männer, mit einer Falschaussage angeklagt zu werden, nicht berechtigt?«

»Nein«, sagt Charlotte sehr bestimmt.

»In Ihrem Roman jedoch«, sagt die Moderatorin und sieht Wenger an, »verteidigt der Protagonist, ein ranghoher Politiker, sich von Anfang an mit der Behauptung, er werde verleumdet. Ist es denn glaubwürdig, dass er sich so verhält?«

»Absolut«, sagt Wenger, »so geschieht es doch in hundert Prozent der Fälle. Ein Mann versucht, sich von einem derartigen Vorwurf reinzuwaschen, indem er die Frau, die ihn anklagt, mit Dreck bewirft. Er setzt alles daran, ihre Glaubwürdigkeit zu untergraben, und meist steht Wort gegen Wort, weil die Beweise fehlen.«

Er spürt Charlottes Blick auf sich und muss sich ganz darauf konzentrieren, ruhig zu atmen.
»Sie lassen ihn aber im Buch nicht damit durchkommen. Sie geben der Frau eine Stimme und rechnen mit dem Mann ab. Warum?«
Und da weiß Wenger plötzlich, wie er es machen muss. Er sieht die Strategie, die ihn rettet, klar vor sich. Die Selbstsicherheit strömt in ihn zurück, er richtet sich auf.
»Weil wir Männer uns seit Jahrhunderten zu viel herausnehmen«, sagt er, »und weil damit endlich Schluss sein muss.«
Er lässt die Moderatorin nicht zu Wort kommen, spricht zwar schnell, aber betont gelassen.
»Dass Männer Frauen übervorteilen, unterdrücken und missbrauchen, muss ein Ende haben. Wir haben das viel zu lange getan, und jetzt, da die Frauen Gleichberechtigung verlangen, sollten wir einfach nur froh sein, dass sie keine Rache wollen.«
»Das sind ja ganz ... neue Töne«, sagt die Moderatorin überrascht und lacht schief, damit hat sie nicht gerechnet. Niemand hat damit gerechnet, auch Charlotte nicht, das spürt er.
»Dann stehen Sie auf ... der Seite der Frauen?«
»Ja, absolut. Und das sollten viel mehr Männer tun. Es ist Zeit«, entgegnet Wenger mit einer Überzeugung, als würde er wirklich denken, was er da sagt, »dass sich etwas ändert. Das Prinzip Mann ist überholt.«
Er unterdrückt ein Grinsen beim Gedanken an Tami. War das Gespräch mit der biestigen Feministin also doch für was gut.
»Seit so vielen Generationen glauben wir Männer, der Widerstand der Frauen sei da, um gebrochen zu werden«, sagt Wenger, »dieser Glaube ist fest in uns verankert, wir übernehmen ihn von unseren Vätern und geben ihn weiter

an unsere Söhne. Das ist zutiefst falsch. Ich habe dieses Buch nicht geschrieben, um reich zu werden damit«, fährt er fort und macht eine Handbewegung, die zeigen soll, wie abstrus das wäre, wird doch heutzutage eh niemand mehr reich beim Bücherschreiben, »sondern um etwas zu verändern in unserer Gesellschaft.«

Er sieht Charlotte an. Ihr Blick ist unergründlich, er kann nicht deuten, ob sie ihm glaubt. Aber das ist doch ein schönes Statement, mit dem er gern zitiert werden kann, das sogar viral gehen darf seinetwegen.

»Sie beide«, sagt die Moderatorin, sie schaut in ihre Notizen, und er sieht an ihren Augenbewegungen, dass sie mehrere Fragen überspringt, dass sie die nicht mehr stellen kann, weil er ihr den Wind aus den Segeln genommen hat, »haben ja auch eine Verbindung, die ... Jahre zurückreicht, wenn ich richtig informiert bin.«

Jetzt kommt es, denkt Wenger, jetzt kommt es. Darauf hat er nun zwanzig Minuten gewartet. Oder vielleicht eher über zwanzig Jahre. Die Moderatorin bemüht sich um einen neutralen Gesichtsausdruck, doch er merkt ihr an, wie sie den Augenblick genießt. Sie hat sich darauf gefreut.

»Finden Sie in Anbetracht dessen, was 1994 geschehen ist«, spricht sie weiter, »Ihre Aussagen hier nicht ein wenig ... scheinheilig?«

»Nicht im Geringsten«, sagt er lächelnd, »ich nehme mich ja nicht aus. Ich bin ein Mann. Und als Mann sage ich heute klar und deutlich: Wir haben Fehler gemacht. Wir sollten dazu stehen. Und dann die Gleichberechtigung neu denken.«

»Nun ja«, sagt Charlotte und hat wieder diesen sarkastischen Unterton, »denken ist ein Anfang.«

»Wir müssen sie nicht nur neu denken, wir müssen sie auch leben. Deshalb finde ich es sehr schön, dass wir beide heute hier sitzen, Charlotte«, sagt Wenger, obwohl er lieber woanders wäre, in einem Céline-Dion-Konzert beispielsweise oder nackt auf einem Nagelbett, »weil es für mich ein Anfang ist, mich bei dir zu entschuldigen.«

»Das …«, setzt Charlotte an, doch er redet einfach weiter, bevor ihm der Schwung ausgeht und der Mut.

»Ich hätte mehr Anstand haben sollen dir gegenüber und mehr Respekt.«

Er hat sie überrumpelt und nicht nur sie, auch die Moderatorin, die geglaubt hat, er würde sich verteidigen, die geglaubt hat, sie könnte ihn in die Ecke drängen und ihn schlecht dastehen lassen, weil derjenige, der sich verteidigen muss, immer in der schwächeren Position ist. Aber nicht mit ihm. Da müssen sie schon früher aufstehen, die zwei Ladys, wenn sie Maximilian Wenger in die Pfanne hauen wollen.

»Ich hoffe, du nimmst meine Entschuldigung an«, fügt er hinzu und hält Charlotte die Hand hin.

Sie sieht die Hand an, dann ihn, und in ihren Augen blitzt etwas auf, das er nicht zu interpretieren weiß, weil er sie nicht gut genug kennt. Sein Herz schlägt sehr schnell, während seine Hand da in der Luft schwebt. Was, wenn sie ihn auffliegen lässt, wenn sie ihn konfrontiert, so richtig, wenn sie ihn zur Sau macht, hier, mitten auf der Frankfurter Buchmesse, auf einer Bühne, live im Fernsehen?

Ihre Finger sind eiskalt, als sie seine Hand ergreift und drückt.

Er weiß, dass eine Menge Handys auf sie beide gerichtet sind in diesem Moment. Das hat er inzwischen gelernt, die Allgegenwärtigkeit der Smartphone-Kameras nicht zu unterschätzen.

»Um etwas zu bewegen«, sagt sie, »müssen Männer und Frauen zusammenarbeiten.«

Dieses Mal fehlt die Ironie in ihrer Stimme. Wenger sinkt ein wenig zusammen vor Erleichterung, und schlagartig wird ihm schlecht. Er legt die Hand wieder in den Schoß und spürt noch Charlottes Kühle auf seiner Haut.

Da applaudieren die Leute plötzlich. Ein paar Minuten wären noch verblieben für die Diskussion, doch die Moderatorin scheint einzusehen, dass es vorbei ist. Sie schaut Wenger säuerlich an. Er hat aus dem Talk eine Show für sich selbst gemacht. Er behält das reumütige Lächeln bei, das er in sein Gesicht graviert hat.

Schuldeingeständnis war das ja keins. Nach wie vor wird ihm niemand einen Strick draus drehen können, im Gegenteil. Er hat sich zum Büßer gemacht, hat Asche auf sein Haupt gestreut, und in der gegenwärtigen Gemütslage der Nation ist es genau das, was alle hören wollen. Sie werden ihm nicht noch eine reinhauen, sondern ihn feiern.

Kaum hat er sein Headset abgegeben, sieht er, dass Hanna aus dem Publikum auf ihn zusteuert. Und Charlotte, die neben ihm steht, die immer noch so nah ist, macht den Eindruck, als wolle sie gleich reden mit ihm, ohne Mikro, ohne Fernsehteam, das kann er nicht zulassen. Also macht er einen Schritt zur Seite, dann noch einen, taucht ein ins Gewühl, und ohne ein weiteres Wort verdrückt er sich von der Bühne zur nächsten Toilette, wischt sich über die schweißnasse Stirn, drückt schwer atmend die Tür auf und übergibt sich kniend in die Schüssel.

Am Abend trinkt er schnell und gezielt. Er seilt sich, sobald er kann, vom Österreich-Empfang im Kunstmuseum ab. Jedes Jahr belustigt es ihn, dass die da wie bei einem Regierungsgipfel einlaufen, die Hanseln vom Bundesministerium, in schwarzen Anzügen und mit Beerdigungsgesicht. Die Veranstaltung selbst mag er sehr, das Ambiente in der mit milliardenschwerer Kunst gefüllten Location ist großartig, und zu essen gibt es auch was Gutes, die Österreicher können ja nicht nur Kaffee. Nachdem er die wichtigsten Hände geschüttelt und den schmerzend leeren Magen mit Tafelspitz und Kasnocken gefüllt hat, macht er sich auf den Weg zur Schirn. Hanna lässt er im Kunstmuseum zurück. Ihm ist nicht danach, mit ihr zu reden.

Im Taxi hat er einen Durchhänger und würde dem Fahrer am liebsten bitten, ihn nach Niederrad zu bringen, damit er schlafen kann. Doch das wäre fatal. Zur Messezeit werden den ganzen Tag über Geschäfte gemacht, große, größere und riesige Geschäfte, doch die wirklich wichtigen Dinge, die geschehen nachts. Auf den Empfängen, Veranstaltungen, Partys. Wie in einer mächtigen Firma ist das, da passiert auch das ganze Jahr über nicht so viel wie am Abend der Weihnachtsfeier. Und deshalb muss Wenger sich bei der Schirn, auch wenn er müde ist und niedergedrückt von den Ereignissen des Tages, wenigstens kurz blicken lassen.

Die paar Schritte in der kalten Nachtluft, die er zu Fuß geht, ernüchtern ihn nur so weit, dass er noch mehr Lust auf Alkohol hat, und so schnappt er sich, kaum angekommen, ein erstbestes Glas und kippt es. Schon wieder Sekt, er kriegt noch Sodbrennen davon.

Und da stehen sie dann, wie immer. Alle wollen eine Einladung für diese Veranstaltung, aber nicht alle, die auf dieser Veranstaltung sind, haben eine Einladung. Das bedeutet, dass die Menschentraube draußen, in der Rotunde der Kunsthalle, fast größer ist als jene drinnen.

Wenger wird eingesaugt von diesem Small-Talk-Konglomerat, begrüßt und beglückwünscht und befragt und anderen vorgestellt. Houellebecq sei gesichtet worden, heißt es, Frankreich ist das Gastland der Messe in diesem Jahr, einer will mit Kehlmann geredet haben, ein anderer mit Menasse, und ob das stimmt, ist egal, es geht nur darum, die richtigen Namen zu nennen. Auffallend viele junge Leute, die er nicht kennt, stehen in Grüppchen zusammen und haben ständig ihre Smartphones in der Hand.

»Das sind die Bookstagrammer«, bekommt er zugeraunt. Er nickt wissend, verdreht die Augen, wie die anderen es tun, und nimmt sich vor, das später zu googeln.
»Wir haben bereits 127.000 Views«, sagt plötzlich eine Stimme hinter ihm, eine Stimme, die ihm einen eiskalten Pfeil in den Magen jagt.
Er dreht sich um.
»Das hast du gut hingekriegt mit deiner kleinen Show«, sagt sie, aber nicht böse, nicht bissig, eher belustigt.
Sie trägt einen aufwendig bestickten Mantel und ist mit ihren High Heels so groß wie er. Fast goldfarben sehen ihre Augen aus in der nachtfahlen Beleuchtung, braun mit hellen Tupfen.
»Ich weiß nicht, was du meinst«, entgegnet er.
»Ach komm«, sie tippt mit einem Finger auf seine Nase, »jetzt können wir ja offen reden. Keine Kameras mehr da.«
»Ich hab alles gesagt, was ich zu sagen hatte«, erklärt Wenger und versucht, sich umzusehen, ohne dass es allzu offensichtlich ist. Werden sie beobachtet? Oder sind die Leute mit sich selbst beschäftigt? Wissen die überhaupt, wer Charlotte ist? Bei 127.000 Views wahrscheinlich schon.
»Ich bin Anwältin«, sagt sie, »ich erkenne eine gerissene Vorgehensweise, wenn ich sie sehe.«
Er schweigt. Das kommt ihm erst einmal sicherer vor als zu reden. Wieso war sie mit ihm auf dieser Bühne, hat die Redaktion nach ihr gesucht, um ihn auszubooten, oder kam das tatsächlich zufällig zustande, wegen ihres Berufs?
»Und es hat ja funktioniert. Selbstanklage als Verteidigung, sehr gut. Am besten gefallen hat den Leuten die Stelle mit der Rache, die wurde schon zigtausend Mal geteilt, willst du es sehen?«
Sie greift in die Manteltasche und hält ihr Handy hoch.
»Ich bitte dich«, sagt Wenger nur, sie steckt es wieder ein.
»Gute Werbung auch für dein Buch«, setzt sie noch hinzu.

»Ich hoff, es ist okay, wenn ich es nicht lese. Ich erleb jeden Tag schon genug solche Geschichten.«

»Bist du deshalb Anwältin geworden?«, fragt er und merkt, dass das die Frage ist, die ihm auf der Seele brennt, seit er gehört hat, wo Charlotte arbeitet. »Also, weil …«

Er lässt es unausgesprochen.

Ihr Blick ist durchdringend, und Wenger weiß, da sind viele Dinge, die sie ihm nicht sagen wird. Jetzt nicht und später auch nicht. Das Nichtwissen, das wird er aushalten müssen.

»Ja, schon deshalb«, antwortet sie, »aber nicht *deshalb*«, mit einer Kopfbewegung zu ihm.

Wie ist es ihr ergangen, so generell? Das fragt er sich und auch, mit wem sie verheiratet ist. Ob das eine gute Ehe ist und ob sie Kinder hat, Töchter womöglich, die sie nachts nicht allein rausgehen lässt.

»Ich hab mir nichts zuschulden kommen lassen«, platzt er heraus. »Wir haben in jener Nacht beide …«

Er verstummt in der Hoffnung, dass sie ihm zustimmt, dass sie den Satz weiterführt für ihn.

»Weißt du«, sagt sie, »ich hab das alles gemacht damals, ich hab ausgesagt, dass es einvernehmlich war, ich hab das Gerede ertragen und die Blicke, die Paparazzi, die Presse, die Vergleiche mit der Nutte in deinem ersten Buch, ich hab provozieren wollen mit der Sache, schon klar, aber ich hab nicht damit gerechnet, dass mir das so um die Ohren fliegt, also bin ich weggegangen zum Studieren, in die Schweiz, mein Vater hat mir bis heut nicht verziehen. Die Sache hat mein ganzes Leben verändert.«

»Das tut –«

Sie unterbricht ihn sofort.

»Es ist ein gutes Leben«, sagt sie, »ich mag es.«

»Ich wünschte, ich hätte den Kontakt aufrechterhalten zu dir«, gibt Wenger zu.

Er würde sie gern umarmen, der Drang, sie in den Arm zu nehmen, sie zu umfangen und festzuhalten, ist so stark, dass sein Körper ein wenig schwankt. Als sei Charlotte der Magnet und er das Metall, und wie schön wäre es, sie mitzunehmen in sein Zimmer, ihr diesen Mantel auszuziehen und das rostrote Kleid, das Gesicht zu vergraben in ihren Haaren und alles richtig zu machen, diesmal.

Und dann geht sie, einfach so, geht ohne ein Abschiedswort, und Wenger hat den Eindruck, dass da noch so viel zu sagen wäre und zu fühlen auch. Aber sie dreht sich nicht einmal mehr zu ihm um. Er sieht ihr nach, bis sie im Gedränge verschwindet, und ist auf einmal derart abgeschnitten von den Leuten um ihn herum, dass er nicht weiß, wie er jemals ein neues Gespräch anfangen soll mit ihnen.

Die Tränen fallen ihm aus den Augen, als er um die Ecke gebogen ist, als er nicht mehr umgeben ist von Menschen, und er ist zu überrascht, um sie aufzuhalten. Er weint lautlos, eine Hand auf den Augen, er schmeckt das Salzige auf den Lippen, und es ist so kalt in seiner Brust.

Sein Handy vibriert, er sieht auf das Display. Patrizia. Was könnte sie wollen um ein Uhr morgens? Er mag nicht mit ihr reden, mit niemandem mag er reden, aber sie hat ihm beim letzten Telefonat schwere Vorwürfe gemacht, weil er so lange nicht erreichbar war. Weil er nicht einmal gewusst hat, dass die Villa ausgebrannt ist und Spin im Krankenhaus war.

»Du warst immer ein beschissener Ehemann«, hat sie gesagt, »aber als Vater bist du noch beschissener.«

Er räuspert sich, wischt sich die Tränen von den Wangen. »Ja?«, fragt er, und sie hält sich nicht auf mit Begrüßungsfloskeln, mit Wie-geht's-dirs und Wo-bist-dus, sie sagt sofort atemlos und heiser: »Zoey ist verschwunden.«

Oktober 2017

Man muss loslassen, sagen die Menschen, man muss sich ausrichten auf die Zukunft, nicht zurückschauen. Doch am meisten schmerzen uns die Dinge, die wir nicht in der Hand haben, man hat sie uns auf die Körper gelegt und in die Herzen, und wie lässt man das los, frage ich dich, wie, wenn man es nie genommen hat, wenn die Finger leer sind, so oft man sie auch öffnet und schließt? Es gibt kein vorne im Leben und kein hinten, es ist nicht möglich, sich zu verorten in diesem Fluss, der die Zeit ist.
Es ist alles schon geschehen, nichts davon ist änderbar.
Die Verbindung besteht, wir können uns nicht erneuern. Wir sind die Sammlung unserer Gefühle, unserer Erlebnisse, wir sind Wände, an denen jeder eine Spur hinterlässt im Vorbeigehen, manche nur eine flüchtige Berührung, andere einen warmen Fleck, und dann gibt es die, die dir Kerben machen. Am Ende siehst du die Wand an und erkennst das Gemälde, das du bist, das Bild, das dir gezeichnet wurde, und du erkennst auch, dass du stehen geblieben bist, all die Zeit, dass du niemals umgefallen bist, und vielleicht muss das genügen.
Nichts davon kann man loslassen, es ist gespeichert in jeder Zelle, in jedem Stein, der diese Wand trägt.
Und das ist in Ordnung.
Es spielt keine Rolle, wie ich mich verhalte und wo ich bin. Es spielt auch keine Rolle, ob ich dich wiedersehe, ob wir einander in sternklaren Nächten begegnen, wenn die Rehe im Wald wachsamer sind als sonst. Es macht keinen Unterschied, das Hadern nicht, das Zurückschauen nicht, die Wut nicht und der Hass.
Es ist alles schon geschehen, nichts davon ist änderbar.
Seit ich das verstanden habe, bin ich frei.
Ich halte nichts fest, ich lasse nichts los. Ich fürchte mich nicht mehr

vor dem Weitergehen. Ich habe mir einen Tag gesetzt, den 1. November, an dem ich San Remo verlassen werde, und dann.
Dies ist mein letzter Brief.
Ich bin eine Wand. Voller Farben bin ich, voller Abdrücke, ich habe das Lächeln gespeichert und die Gefühle, wenn man die Hand auf mich legt, bin ich noch warm, wie ein Stein in der Sonne. Ich trage die Kerben.
Ich habe dich geliebt, lass mich das einmal aufschreiben.

Ola aus Schweden macht Knoten. Ruhig sitzt er da und verknüpft Fäden. Ola macht große Knoten und kleine, ein ganzes Gebilde, eingespannt in einen Holzrahmen, und wenn man davorsteht und lange schaut, verliert man den Blick für die einzelnen Stränge, es schiebt sich etwas Ganzes daraus hervor.

»What is this?«, traue ich mich an diesem Morgen endlich zu fragen, und er lächelt mich an.

»This is us«, sagt er, »all the people.«

Ich will einwenden, dass es viel mehr Menschen gibt, als er Wolle hat, aber ich tue es nicht, denn ich habe schon gelernt, dass alle hier seit langer Zeit Künstler sind. Sie sind so daran gewöhnt, Künstler zu sein, dass sie nichts verwunderlich finden.

Sein Bart ist blond und seine Haare auch, das muss so sein, wenn man aus Schweden kommt, außerdem trägt er immer einen dicken roten Pullover, der dermaßen skandinavisch aussieht, dass ich mir kein anderes Kleidungsstück vorstellen kann an ihm. Es ist kalt in der Halle, beheizte Arbeitsräume gibt es bloß zwei, und von draußen drückt der nahende November grimmige Luft herein. Wir haben stets unsere Jacken an, manchmal auch Mützen und Handschuhe.

Ola sieht zufrieden aus, und das gefällt mir am meisten an ihm. Er ist jeden Tag der Erste im Studio. Sobald ich angezogen bin und gefrühstückt habe, sehe ich ihm beim Knotenknüpfen zu. Es stört ihn nicht. Wir reden kaum, er scheint zu spüren, dass seine Nähe mich beruhigt, und er stellt mir keine Fragen. Das ist das Beste hier in Řeporyje, niemand fragt. Sie signalisieren, dass sie da sind, sie hören zu, wenn man bereit ist, zu erzählen. Doch die meiste Zeit ist jeder beschäftigt mit sich und seinem Projekt, jeder hat diesen nach innen gekehrten Blick, auf der Suche nach einer Antwort auf die Inspiration. Trotzdem ist da eine Verschworenheit in der kleinen Gruppe.

Ola legt eine blaue Kordel um eine rote und verknotet sie. Verschiedene Techniken wendet er an, vielleicht hat er ein Buch von Seefahrern gelesen oder geht gern zum Klettern in die Berge, womöglich hat er jeden einzelnen Knoten erfunden, wie ein Kind, das nicht richtig Schleifen binden kann und trotzdem will, dass etwas zusammenhält.

»What if they loosen?«, frage ich. »What if the knots get untied?«

Er lächelt.

»Then we can start anew.«

Er hat leise gesprochen, und doch ist es, als würden seine Worte in der Halle nachklingen. Das Studio Bubec ist groß, tausendzweihundert Quadratmeter auf einem Areal von insgesamt zehntausend Quadratmetern, und was für ein Areal das ist. Einst als Ziegelfabrik erbaut, wurde das Gebäude später als Warenhaus und Lager genutzt, es hat diesen Industriecharme, den Künstler lieben. Es muss ein bisschen rough sein und abgefuckt, Wellblech, Rost, Beton, damit man kreative Dinge gestalten kann darin. Der Zug vom Prager Hauptbahnhof nach Řeporyje braucht nur fünfundvierzig Minuten, in dieser Zeit wird man hinausgebeamt aus der normalen Welt. Dass der Ort so klein, so schäbig, so unbedeutend ist, hat mich zum Lachen gebracht. Tschechisches Hinterland, umgeben von Grün, von Armut, von Langeweile, ich hatte mich gerade noch über Hallein beschwert, das im Vergleich satt und zufrieden wirkt, und dennoch will ich nirgends lieber sein als hier.

Ich habe mich nicht verabschiedet. Ich bin durch das leere Haus gegangen, als niemand da war, habe mich in jedes Zimmer gestellt und die Augen kurz zugemacht. Mama, Papa, Reto, Spin habe ich nicht Auf Wiedersehen gesagt. Das Shooting in Wien war mein Ticket nach draußen. Ich brauchte keine Ausrede dafür, einen Rucksack zu packen, zum Bahnhof gebracht zu werden. Und es war erstaunlich leicht, wegzugehen. Aus dem Haus, aus meinem Zimmer, von meiner Familie. Ich habe bei dem Shooting meinen Job gemacht, umgeben von absurd teuren Designerstücken, die der Fotograf in einem Hallenbad abgelichtet hat, habe kurze Sequenzen gefilmt für ein Behind-the-Scenes-Video, es geschnitten und online gestellt. Der Fotograf hat mich mit überraschten Blicken bedacht, als ich ihm wie selbstverständlich assistiert habe, und die Trulla vom *Moutou*-Moderessort hat mir die hässlichste Tasche von allen am Ende geschenkt. Ich habe sie Mama geschickt mit einer Nachricht, damit sie sich keine Sorgen macht. Spin habe ich das Bild aufs Kopfkissen gelegt, als ich in seinem Zimmer war, das Bild von ihm und Mario, Arm in Arm, im Meer. *You deserve to be loved*, habe ich auf die Rückseite geschrieben. Sonst nichts, denn dass ich ihn liebe, das weiß er.

Es gibt Schlaf- und Arbeitsplätze für bis zu zehn Leute, im Moment sind wir zu sechst.
»They come back in summer«, sagt Petr, der Leiter, dessen Vater, der Bildhauer Čestmír Suška, Studio Bubec gegründet hat, »when it is cold, people think not about art, they think about eating soup and making babies«, und er hat geschmunzelt dabei.
Bei seinem Englisch schleifen die Sibilanten, die Grammatik folgt den Regeln nicht, und das ist eine Erleichterung. Korrekt zu sprechen hat hier keine Bedeutung. Korrektheit

an sich hat keine Bedeutung, Perfektion, Makellosigkeit, im Gegenteil, das ist vielleicht das Einzige, was es im Studio Bubec zu vermeiden gilt.
Ich bin froh, dass der Winter kommt. Die Kälte erinnert mich daran, mich zu bewegen, nicht zu verharren. Ich möchte frieren, meinen Atem in kleinen weißen Wolken sehen, klar sein im Kopf. Ich will mit Kunst konfrontiert werden und akzeptieren, dass ich sie nicht verstehe.
Ich möchte lernen.
»Tonight we go to the city«, sagt Ola, er sagt es mit dieser Mischung aus Bestimmtheit und Freundlichkeit, die typisch ist für ihn, »to eat there.«
»Okay«, antworte ich und merke, wie ich mich freue.
Ich bin seit drei Wochen hier und war noch nicht im Zentrum. Wir essen in der Gemeinschaftsküche, wo die resolute Aneta in großen Töpfen rührt und Portionen austeilt, die keiner aufessen kann. Sie hat einen riesigen Busen, und ihr Gulasch schmeckt wie zuhause, was davon zeugt, wie eng Österreich und Tschechien einmal verbunden waren miteinander.
»Mahlzeit«, sagt sie zu mir, seit sie weiß, woher ich komme, es klingt wie »Mallseit«, und ich antworte mit »dobrou chuť« und »děkuji«, guten Appetit und danke, sie lächelt dann nachsichtig. Bestimmt spreche ich es ungelenk aus.
Sashima kommt herein mit einer Tasse Kaffee in der Hand. Ich teile mein Zimmer mit ihr, sie stammt aus der Ukraine und malt. In ihrem Studiobereich ist das Bild aufgestellt, an dem sie arbeitet, es ist groß und düster, viel Schwarz, wilde Striche und der Schriftzug
They buried us.
Wenn man auf das Bild klopft, fallen Streifen heraus, grüne, glänzende Streifen, auf jedem steht ein Wort.
They
did

not
know
we
were
seeds.

Als Sashima es mir gezeigt hat, hat sie mich erwartungsvoll angeschaut. Ich habe keine Fragen gestellt, und da war sie zufrieden. Sie heißt nicht Sashima, aber hier darf sich jeder nennen, wie er möchte. Hier werde ich nie mehr Chloé sein. Nirgends, wo ich von nun an hingehe, werde ich je wieder Chloé heißen.

Sobald sie im Studio eintrifft und anfängt zu malen, gehe ich zurück in unser Zimmer. Ich mache die Fotos dort. Niemand soll mich sehen dabei, ich ziehe mich aus. Jedes Mal bin ich nackt, auch wenn ich nur einen einzigen Körperteil fotografiere. Die Polaroidkamera ist neu, ich habe sie in Wien gekauft, und wie damals habe ich mit dem Knie angefangen. Das Zimmer ist karg, es gibt zwei schmale Betten, die an die gegenüberliegenden Wände geschoben sind, zwei Nachtkästchen und einen großen Schrank. Es riecht nach Terpentin.

Ich habe noch nie meine Nächte mit jemandem geteilt, am Anfang konnte ich nicht schlafen. Jedes Geräusch von Sashima war erschreckend laut, ihr Schnaufen, Schmatzen, Umdrehen. Ihre Anwesenheit weckte ein Kribbeln in mir, unangenehm und verstörend, das mich wach hielt. In der dritten Nacht siegte die Erschöpfung, ich schlief so tief, dass ich morgens nicht einmal hörte, wie Sashima aufstand und sich anzog. Seither versuche ich, im Gleichklang mit ihr zu atmen, damit ich nicht merke, dass zwei Wesen im Zimmer sind und nicht nur ich allein.

»I wanted to marry last year«, hat Sashima eines Abends in die Dunkelheit hineingesagt, »back home«, und dann nannte sie einen Ort, ein krächzender Laut war das, den ich nicht wiederholen kann, das Slawische ein einziges Blitzeln und Gurren für mich, »but one day he said, once we are married, you can stop working on those stupid pictures, so I packed my things and left.«

Ich verstand, dass sie mir das anvertraute, um es uns leichter zu machen, diese Intimität auszuhalten, die entsteht, wenn man so nah beieinanderliegt.

»Do you miss him?«, fragte ich.

Sie schwieg, und damit war alles gesagt.

Im Bett steckt zwischen Wand und Kopfpolster das Album, das Barbara mir geschenkt hat. In der Nacht spüre ich es, stoße mit dem Kopf daran oder den Fingern. Ich weiß dann, dass es noch da ist. Eigentlich war dafür kein Platz in meinem Rucksack und für das Buch, das Spin mir geschenkt hat, auch nicht, aber ich hätte beides nicht zurücklassen können. Dafür habe ich weniger Kleidung mitgenommen, zwei Hosen, drei Pullover, ein paar Shirts, ich wasche sie oft, mehr brauche ich nicht.

Ich habe das Sparbuch. 75.600 Euro sind darauf, und ich habe das ausgerechnet. Wenn Papa und Mama achtzehn Jahre lang etwas auf die Seite gelegt haben für mich, waren das 350 Euro im Monat. Als er es mir hinschob, bei dem ätzenden Abendessen, wollte ich es nicht nehmen, was könnte er mir Einfallsloseres schenken als Geld, doch jetzt weiß ich es zu schätzen. Es gibt mir Freiheit. Was immer ich als Nächstes tue, ich muss nicht zwangsweise etwas verdienen damit.

Ich fotografiere meine linke Hand auf der weißen Bettwäsche. Die Fotos sind alle leicht verwackelt, und ich mache immer nur eins. Es ist nicht schlimm, dass sie nicht perfekt sind, ich will es so.

Begonnen hat es am 15. Oktober mit einem Tweet von Alyssa Milano, sieben Stunden später gab es dreißigtausend Antworten. *If all the women who have been sexually harassed or assaulted wrote ›Me too‹ as a status, we might give people a sense of the magnitude of the problem*, hat sie geschrieben, und die Welt hat reagiert.

Als ich die ersten Bilder gesehen habe von Frauen, die sich den Hashtag aufs T-Shirt schrieben oder in die Handfläche, die Schilder hielten oder die Worte an eine Wand sprühten, schmolz der heiße Kern in meinem Hals. Er verflüssigte sich und ich bekam wieder besser Luft, obwohl ich anfing zu weinen. Es war ein stummes Weinen, ohne Schluchzen, ohne Schmerz, ein simples Überlaufen, wie es passiert, wenn man einen Teil loswerden muss von seinen Empfindungen. Ich scrollte mich durch die Statusmeldungen, durch die Geschichten von missbrauchenden Lehrern, übergriffigen Stiefbrüdern, anzüglichen Chefs, und ich war so erleichtert.

Da waren sie, und sie waren viele.

Die Menge der Stimmen macht einen Unterschied. Es ist kein Angriff, kein Ausholen zum Gegenschlag, es ist ein Aufzeigen, eine Umkehr von Scham zum Beschämen. Zum ersten Mal können sie die Männer nicht mit einem metaphorischen Klaps auf die Hand zurück an ihren Arbeitsplatz lassen, können nicht sagen, dass die Frauen geflirtet und provoziert haben, dass »eh nix« gewesen ist. Zum ersten Mal fordern nicht nur Einzelne Konsequenzen, sondern die Gesellschaft.

Natürlich gibt es Gegenwind, natürlich kippt die Stimmung. Die Debatte wird zu emotional geführt, wie jeder Hashtag wird auch dieser sich abnutzen, die Leute werden bald die Augen verdrehen, wenn sie ihn sehen, und bis sich wirklich etwas ändert, das wird dauern.

»Man darf ja jetzt gar nichts mehr«, schreiben viele Kerle, »man wird schon verurteilt, wenn man einer Frau nur die Tür aufhält«, und wann immer ich so etwas lese, höre ich es in meinem Kopf mit der Stimme von Papa.

Ich sammle alle Informationen und filtere die wichtigsten heraus. Ich gestalte eine Videoinstallation, in der abwechselnd die Polaroids und kurze Sätze eingeblendet werden. *Laut einer Studie der Universität Wien erstatten nur acht von hundert vergewaltigten Frauen Anzeige* beispielsweise, *Von den Männern kein einziger.* Ich recherchiere, ich schreibe, ich zeichne auf. Ich lerne. *Der Tatbestand einer Vergewaltigung ist nur gegeben, wenn er mit Gewalt oder einer Gefahr für Leib oder Leben einhergeht. Nein zu sagen ist nicht ausreichend.* Ich arbeite und ich arbeite auf. Das ist mein Vormittag, danach muss ich hinaus. Mich befreien von dem, was ich gesehen und gelesen habe, gehen und atmen.

Řeporyje ist eingebettet in ein Naturgebiet, und tatsächlich liegt draußen diese herrlich weite Landschaft, die gerade dem Herbst zum Opfer gefallen ist. Die Farben sind verblasst, das Gelb und Rot der Blätter, sie zersetzen sich zu Erde, und es ist eine gute Jahreszeit, wenn man etwas zu verarbeiten und abzuwerfen hat.

Das Stipendium hier im Studio war nicht die einzige Zusage, die ich bekommen habe, aber die erste, und ich hab nicht gezögert. *#distorted* ist gut angekommen, und mit dem neuen Projekt werde ich mich im nächsten Jahr woanders bewerben. Es gibt viele Möglichkeiten. Eigentlich gibt es sogar alle Möglichkeiten.

Ich laufe durch den Ort und durch den Wald, inzwischen kenne ich mich hier aus. Ich fotografiere nicht. Ich habe nur die Polaroid, die ist für die Körperbilder, ich könnte sie nicht hineinhalten in die Landschaft, die Polaroid und die Landschaft würden einander nicht verstehen. Eine andere Kamera besitze ich nicht, doch ich werde eine finden. Bis dahin sehe und schaue und beobachte ich. Ich übe das Fotografieren, ohne Fotos zu machen.

In Řeporyje nickt man mir zu, dort ist man längst gewöhnt an die Verrückten aus dem Studio Bubec. Sie lächeln nicht, die alten Männer mit den faltigen Händen, die auf den Hausbänken sitzen, sofern die Sonne sich zeigt, auch die Frauen, die mehrere Röcke übereinander tragen, schauen mürrisch. Sprechen kann ich mit niemandem. Manchmal laufen Kinder über die Straßen und rufen mir etwas nach, meistens ist es dort so leer wie im Wald. An Mama und Papa denke ich ohne Groll.

Es wird früh dunkel, deshalb gehe ich am Nachmittag zurück. Ich dusche im Gemeinschaftsbad, dann schneide ich mir mit dem Rasierer vor dem Spiegel mit den blinden Flecken die Haare nach, wie Spin. Alle zwei oder drei Tage schreiben wir uns Mails. In manchen steht nicht viel, ein paar Sätze oder ein Gedanke, der einem von uns gekommen ist, und auch das ist ein Knoten, wie Ola ihn gemacht haben könnte, der stabilste von allen. Seit ich mein Handy nicht mehr habe, geht es mir besser. In den ersten Tagen habe ich ständig erschrocken gedacht, ich hätte es verloren, habe in meine Taschen gegriffen wie Papa, als er aufgehört hatte zu rauchen. Dann war es wie mit allem, das man länger nicht sieht, man denkt weniger und weniger daran. Jetzt gibt es keine unwichtigen Memes, Nachrichten und Foodpics mehr, die mir Zeit stehlen. Stattdessen habe ich diesen stillen Ort und seine Felder, diese Handvoll Menschen aus verschiedenen Ländern, die kuriose Dinge tun und sich dabei so sicher sind.

Wir alle haben etwas zurückgelassen, Sashima ihren Verlobten und ich Spin. Was es bei Ola ist, weiß ich noch nicht.

»How is your project going?«, fragt er, als ich ihn vor dem Studio treffe, er gleicht seine Schritte meinen an, und gemeinsam spazieren wir zum Bahnhof.

»Very well«, sage ich.

Ich möchte den kurzen Film in einer Endlosschleife auf eine Leinwand projizieren, die am Anfang weiß und leer ist. Jede Frau, die etwas beitragen will, darf auf die Leinwand schreiben oder zeichnen. Ihren Namen, ein Wort, ein Symbol. Ich stelle mir vor, dass die Installation an verschiedenen Orten gezeigt wird, in mehreren Städten, dass irgendwann kein Platz mehr ist auf der Leinwand, die dann ein Zeugnis abgibt.

Mit Ola funktioniert auch das Schweigen. Während der Zugfahrt unterhalten wir uns kaum, es ist nicht unangenehm. Er zwingt mir nie Körperkontakt auf, er ist in der Nähe, aber nicht zu nah. Als würde er wissen, welchen Abstand er einhalten muss. Den roten Pullover hat er gegen einen blauen eingetauscht, sein Parka ist an den Ellbogen abgeschabt wie ein Kuscheltier, das schon lange geliebt wird.

»How old are you?«, frage ich.

»Twenty-nine«, sagt er.

»My mother's boyfriend is twenty-nine«, rutscht mir heraus.

»You're shitting me«, sagt Ola, und da fange ich an zu lachen.

Er lacht mit, wir lachen lange und laut, ein sinnloses, befreiendes Lachen, der Zug rattert durch die Dunkelheit, und ja, doch, ich bin hier richtig.

Als ich auf dem Weg von Wien nach Prag war, stieg in Břeclav ein Mann mit einem großen Rucksack ein. Er setzte sich mir gegenüber hin, lächelte mich an. Ich schaute aus dem Fenster. Der Zug fuhr weiter, ich spürte, dass der Mann mich beobachtete, als überlegte er, ob er mich in Ruhe lassen oder mich ansprechen sollte. Ich würde ihn nicht verstehen, ich konnte ja kein Tschechisch.

»Bist du abgehauen?«, fragte er nach ein paar Minuten leise.

Ich sah ihn überrascht an. Weil er Deutsch sprach. Und wegen der Frage.

Er grinste und zeigte auf das Buch in meinem Schoß, es war der Magnum-Band von Spin.
Ich schob es schnell in meinen Rucksack.
»Wie kommst du darauf?«, fragte ich zurück.
Er hatte verwuschelte, blonde Haare und breite, starke Schultern. Wo kam er her, was machte er im tschechischen Nirgendwo? Wie ein Vagabund wirkte er nicht, seine Kleider waren sauber und gepflegt, aber wie jemand, der ein konkretes Ziel hatte, sah er auch nicht aus.
»Weil ich mich noch gut erinnere«, sagte er, »obwohl es fast zwanzig Jahre her ist.«
»Bist du auch abgehauen?«
Er grinste noch mal, ich hatte mich verraten. Dann nickte er.
»Wie alt bist du?«, fragte er.
»Achtzehn«, sagte ich schnell.
»Ich war ein paar Jahre jünger.«
Wir schwiegen eine Weile. Ich wollte ihn so viel fragen und gleichzeitig nichts.
»Ich bin in einem kleinen Dorf aufgewachsen«, sagte er, und ich mochte seine Stimme, ich mochte seinen Ton, der sich mit dem Rauschen des Zugs verband, als gehörte er zu ihm, »auf dem Dürrnberg.«
»Oh, den kenn ich«, sagte ich erstaunt und richtete mich auf.
Ich sah ihn mit neuem Interesse an. Seine Augen waren blau und hatten den Blick von jemandem, der nichts mehr sucht, gar nichts, der alles schon gefunden hat.
»Ich heiße Zoey«, sagte ich.
»Samuel«, sagte er.
Und die drei Stunden bis Prag verflogen, ohne dass ich es merkte, weil Samuel diese Augen hatte und diese Stimme, mit der er erzählte, bis wir angekommen waren.

Nach dem Essen gehen Ola und ich an der Moldau entlang. Es ist Jahre her, dass ich in Prag war, und ich habe vergessen, welche Wucht diese Stadt hat. Man fühlt sich erschlagen von der Mächtigkeit ihres Zentrums, sie ist schön und gewaltig und beeindruckend. Hell erleuchtet thront der Hradschin auf seinem Berg, und wir gehen so weit, bis man ihn nicht mehr sehen kann, bis es aufhört mit den Prachtbauten. Ich habe den Hashtag in meine Kniekehle geschrieben, mit schwarzem Stift, und erneuere ihn jeden Morgen. Ich denke daran, dass er dort steht, ganz klein, in meiner Kniekehle, die sich jetzt neben Ola durch die Dunkelheit bewegt, und dass er es nicht sehen kann. Dass er nicht einmal ahnt, was ich da mit mir trage, und so ist es doch mit allen Menschen. Was sie mit sich tragen, das wissen wir nicht, und deshalb sollten wir sanft zu ihnen sein.

Wir setzen uns auf eine Bank am Fluss, Ola wuzelt einen Joint. Das Gras schmeckt anders als zuhause, ein bisschen, als würde man in Laub beißen.

»After this«, sagt Ola und macht eine Geste, die die Stadt einschließt und vermutlich seinen Aufenthalt hier meint, »I'm going to London.«

Ich nehme einen tiefen Zug.

»You can come, if you like«, sagt er in einem Ton, als sei alles in Ordnung für ihn. Wenn ich komme, aber auch, wenn ich nicht komme.

Ich inhaliere noch mal, mache dabei kurz die Augen zu.

Es ist ganz hell und gut in mir drin.

»Maybe I will«, sage ich dann.

Und als ich mich umsehe, die Brückenbögen, das dunkle Wasser anschaue, spüre ich es deutlich. Obwohl ich in der Fremde bin, auf der Suche, auf der Reise, obwohl ich vielleicht Sehnsucht haben sollte und Angst, fühle ich mich vielmehr, als sei ich im Weggehen nachhause gekommen.

0

Vom Salzburger Flughafen fährt er zu Patrizias Haus, das einmal seines war. Und was für ein schönes Haus das ist! Er hat es immer gemocht, hier zu wohnen, so nah am Nonnberg, diesem wuchtigen Ungetüm mitten in der Stadt, das ein natürliches Bollwerk bildet gegen die Touristen. Die laufen durch die Getreidegasse, fotografieren den Mirabellgarten und erklimmen die Festung, aber durchs Neutor, das neben dem Festspielhaus durch den Nonnberg führt, gehen sie nicht. Und deswegen ist Wengers Haus mitten im Zentrum und dennoch ruhig. Sein Ex-Haus. Man wird ja als Geschiedener nicht nur von seiner Frau und seinen Kindern getrennt, sondern auch von den Räumen, in denen man zusammen gelebt hat. Den Blick vom Küchentisch in den Garten beim Morgenkaffee hat Wenger nicht mehr, das leise Knarzen der alten Treppen, wenn er nachts viel zu spät nachhause kam, nicht, das vom Tischler handgefertigte Bett aus Zirbenholz nicht und den glattgelaufenen Parkettboden unter den nackten Fußsohlen auch nicht. Wer hätte gedacht, dass er mal vor diesem Haus stehen und klingeln und warten würde, dass ihm jemand aufmacht, weil er hier nicht mehr wohnt. Er will da nicht hinein. Und die Dinge sehen müssen, die er vermisst. Und die Gerüche in der Nase haben, die ihm die Erinnerungen durch die Brust wirbeln.

Es ist Sonntagabend, er hat nicht früher heimfahren können. Da waren schließlich die Termine und Verpflichtungen, die Bühnen, die Veranstaltungslisten, die Interviews. Und er hätte eh nichts tun können, das muss man ganz realistisch sehen. Auch wenn es ordentlich rumort hat in ihm für den Rest der Zeit in Frankfurt, weil er diese Bilder im Kopf gehabt hat. Von seiner schmalen Tochter mit den kurzen Haaren und dem abweisenden Blick, der ihre Verletzlichkeit bloß verstärkt, wie sie durch eine fremde Stadt geht, im Finstern, wie sie vor einer Bar abgepasst wird von einem, der schon arg betrunken ist, wie sie auf einer versifften Matratze aufwacht und keine Erinnerung mehr hat an das, was war.

»Wie, verschwunden?«, hat er sich gewundert und auch darüber, dass Patrizia Zoey zum ersten Mal nicht Chloé genannt hat. »Wohin denn?«

»Frag doch nicht so deppert!«, hat sie ihn angeschrien. »Wenn ich das wüsste, würde ich dich nicht anrufen!«

»Seit wann ist sie weg?«

»Ich weiß es nicht genau. Seit zwei oder drei Tagen.«

»Du weißt es nicht genau?«

»Herrgott, Maximilian, sie ist achtzehn Jahre alt, ich muss ihr ja nicht mehr den Hintern abwischen! Sie war in Wien für ein Handtaschen-Shooting und hat mir im Anschluss die Bilder und Videos gemailt. Aber dann ist sie nicht nach Salzburg zurückgefahren.«

»Wie bitte, Handtaschen-Shooting?«

»Sie arbeitet seit Anfang Oktober für mich. Das war das erste Projekt, das ich ihr übertragen hab.«

Wenger hat versucht, sich vorzustellen, wie Zoey Handtaschen in Szene setzt, und es ist ihm nicht gelungen. Es hat ihn gestochen, dass sie anscheinend nicht angefangen hat zu studieren. Er hat geglaubt, das sei beschlossen. Er hat sich schon angeben sehen mit dem Akademikertöchterchen. Stattdessen hat Zoey sich von ihrer Mutter einfangen lassen und ist Teil von deren Onlineimperium voller Schuhe, Schminktipps, Klicks, Likes und Handtaschen geworden.

»Hast du Spin gefragt, wo sie sein könnte?«
»Ja, aber er behauptet, er wüsste von nichts.«
»Und glaubst du ihm das?«
Sie hat geschwiegen.
Wenn Wenger an seine Kinder denkt, dann wie an Nebenfiguren in einem Roman. Sie sind da, aber man konzentriert sich nicht so auf sie, man glaubt, sie seien nicht so wichtig. Doch das ist nicht wahr. Denn vernachlässigt man die Nebenfiguren, bricht das Ganze zusammen. Was man allerdings erst merkt, wenn der Geschichte, nein, dem ganzen Leben plötzlich die Stimmen fehlen, die die Melodie so vielschichtig gemacht haben.
Patrizia öffnet die Tür mit müdem Gesicht, das Haar unordentlich. Unter ihrem linken Auge klebt ein bisschen Mascara.
»Ach du«, sagt sie und geht zurück ins Wohnzimmer.
Mit einem Seufzen folgt Wenger ihr, sieht sich um und registriert jede Veränderung. Das Familienfoto von ihnen zu viert, das neben dem Eingang hing und fort ist. Die neue taubengraue Farbe an der Wand hinauf zum Obergeschoss. Die Männerschuhe, die da in der Garderobe stehen und nicht seine sind.
»Wo ist Reto?«, fragt er.
»Unterwegs«, sagt Patrizia.
»Ohne dich?«
»Man muss ja nicht permanent zusammenkleben«, blafft sie ihn an, und Wenger unterdrückt ein Grinsen. Da ist offenbar nicht mehr alles so harmonisch mit dem Jungspund. Er antwortet nicht, er erkennt ein Wespennest, wenn er eins sieht.
»Er kommt eh nachher zurück«, sagt sie, weil sie sich denken kann, was Wenger sich gerade zusammenreimt, und ihm versichern will, dass er damit falschliegt.
»Außerdem hab ich genug um die Ohren«, schiebt sie nach

und macht eine Geste, die das gesamte Haus umfasst, in Wahrheit aber Zoey meint.
»Sie wird schon wieder auftauchen«, sagt Wenger, »vielleicht macht sie sich noch ein paar gute Tage in Wien.«
Wortlos schiebt Patrizia ihm eine offene Handtasche mit einem scheußlichen Muster hin. Darin liegen ein Zettel und ein Handy. An der Hülle erkennt Wenger, dass es Zoeys iPhone ist.

Liebe Mama, ich funktioniere nicht so, wie du es dir vorstellst, ich weiß. Ich muss jetzt gehen, damit ich keine Muschel werde. Ich möchte dir nicht böse sein, irgendwann finden wir uns, du wirst schon sehen.
Zoey
PS: Sag Papa, ich schreib ihm vielleicht mal einen Brief.

»Oh«, sagt Wenger, als er die Nachricht gelesen hat.
»Das hat sie doch bloß gemacht, damit wir sie nicht über das iPhone tracken können«, sagt Patrizia und dreht den Zettel zwischen den Fingern.
»Es bedeutet aber auch, dass es ihr gut geht«, sagt Wenger, »und das ist das Wichtigste.«
Patrizia zuckt nur mit den Achseln.
Er kennt sie lange und weiß, dass sie sich nicht anmerken lassen will, wie sehr Zoeys Worte sie getroffen haben. Es hat deshalb keinen Sinn, das anzusprechen, sie wird sich nicht dazu äußern. Wird nicht aufmachen, ihn nicht hineinschauen lassen, ihn schon gar nicht, eher noch mehr mauern. Sie zu umarmen und ihr jene Sicherheit zu geben, in der sie echt sein kann, gehört außerdem nicht mehr zu seinen Aufgaben.
»Und wieso will sie dir einen Brief schreiben und mir nicht?«
»Das ist ein Insider«, sagt er, »zudem hast du doch schon ihr Handy bekommen. Die Kamera ist sicher gut.«

Sie schießt ihn mit einem giftigen Blick ab.

»Schau«, sagt er, »sie wurde nicht entführt, ihr ist nichts zugestoßen. Die Nachricht ist der beste Beweis. Ich bin froh, dass sie uns das geschickt hat.«

»Die Polizei sagt, man kann nichts tun«, flüstert Patrizia, und weil er nicht in Versuchung geraten will, sie doch noch zu umarmen, steht Wenger auf.

»Ich geh zu Spin«, erklärt er und nimmt die Treppe ins Obergeschoss.

Die Tür zum Schlafzimmer ist geschlossen, und er würde gern den Kopf hineinstecken. Nur kurz. Nur um zu sehen, ob sie das Zirbenbett noch hat, das duftende. Ob der Apfelbaum noch seine Zweige am Fenster vorbeistreckt. Er hat die Hand schon auf der Klinke liegen, drückt sie dann doch nicht hinunter. Wer weiß, was er zu sehen bekäme, und manche Bilder will man sich nicht ins Hirn brennen, wenn man es vermeiden kann.

Spin liegt auf seinem Bett und hört mit Ohrstöpseln Musik. Er sieht überrascht auf, als Wenger ins Zimmer kommt. Es riecht angenehm, auf dem Schreibtisch steht eine Duftkerze. Wenger fragt sich, welche anderen Gerüche sein halbwüchsiger Sohn damit überdecken will.

»Kerzen und Musik, bringst du dich in Stimmung?«, versucht er es mit einem Witz und sieht an Spins Gesicht, dass das schon mal nicht geklappt hat.

Einen Stöpsel nimmt Spin aus dem Ohr, demonstrativ nur einen.

»Wo ist Zoey?«, fragt Wenger ohne weitere Umschweife, mit Small Talk wird er sowieso nicht weiterkommen.

Spin sieht ihn ausdruckslos an und antwortet nicht. Das muss er auch gar nicht. Denn Wenger fällt auf, dass etwas fehlt. Es fehlt Sorge in Spins Augen, es fehlt Ungeduld in seinen Zügen, es fehlen Angst und Unruhe.

»Du weißt, wo sie ist«, sagt Wenger, und das ist keine Frage mehr.
Spin starrt ihn stumm weiter an, ohne etwas zu entgegnen. Einen Moment lang überlegt Wenger, sich auf ihn zu werfen, es aus ihm rauszuschütteln, zur Not rauszuschlagen, so schwer kann das nicht sein, einer wie Spin, der nicht sehr stark ist, der wehrt sich kaum, der gibt mit Sicherheit gleich auf. Aber dann denkt er an Elisabeth. An das Flüstern mit seiner Schwester unter der Bettdecke, an die Verschworenheit, an das gegenseitige Beschützen. Er hätte sie nie verraten, im Leben nicht, hat mehr als einmal Prügel eingesteckt für etwas, das er nicht getan hat, damit sie nicht den Gürtel vom Vater hat spüren müssen. Er hat für sie hingehalten und sie für ihn, denn umgekehrt war es genauso.
»Es ist okay«, sagt er und hört selbst, dass seine Stimme zittert, »solange du dich nicht sorgst, sorge ich mich auch nicht.«
Spin bleibt stumm.
»Ich hoff nur, dass ihr nichts passiert«, sagt er und würde sich gern hinsetzen.
»Passiert ist ihr doch schon längst etwas«, sagt Spin, und jetzt nimmt er doch den zweiten Stöpsel aus seinem Ohr.
»Wie bitte?«
Als wieder keine Antwort kommt, macht Wenger zwei Schritte auf das Bett zu.
»Sag schon. Was ist geschehen?«
Spin senkt den Blick, wickelt die Kopfhörerkabel um seine Finger, löst sie wieder. Wenger zwingt sich, zu warten, Geduld zu haben. Wenn er Spin zu sehr bedrängt, kommt vielleicht gar nichts mehr. Das Herz schlägt ihm viel zu schnell, er sieht sich im Zimmer um. Auf dem Schreibtisch türmen sich Graphic Novels, Ladegeräte, ein Kabelgewirr, dazwischen vollgekritzelte Zettel. Wenger reckt den Kopf,

kann aber die Schrift auf die Entfernung nicht lesen, die Brille hat er nicht dabei. Das Zimmer hat etwas Höhlenartiges, und gerade, als Wenger anfängt sich unwohl zu fühlen, hebt Spin den Kopf und nennt einen Namen.

Und vielleicht liegt es daran, dass Wenger generell überhitzt ist, was dieses Thema angeht, weil alle nur noch über sexualisierte Gewalt reden, über Weinstein und Einvernehmen und Gerechtigkeit, weil ihn das alles schon so wahnsinnig aufregt, dass er jetzt so reagiert. Vielleicht stecken da auch noch die Faustschläge in ihm, die er in seiner Vorstellung gerade auf Spin hat niederprasseln lassen. Er muss sofort hier raus, er muss sofort etwas unternehmen. Er stürmt aus dem Zimmer, poltert die Treppe hinunter und sagt nicht einmal Ciao zu Patrizia, er rennt raus und in Reto hinein. Während der ihn verblüfft mustert, zischt Wenger: »Du kommst mit«, packt den muskulösen Schweizer Oberarm und zerrt ihn zum Auto. Widerstandslos steigt Reto ein.

»Was ist los?«, fragt er, als Wenger mit quietschenden Reifen losbrettert. »Wo fahren wir hin?«

Da sagt Wenger ihm, was er vorhat.

Und wertet Retos Schweigen als Zustimmung.

Es ist gar nicht so schwer dann. Es ist sogar, das muss man ehrlich sagen, viel zu leicht. Mit dem ersten Schlag bricht Wenger ihm die Nase. Er kann es knirschen hören, er spürt das Nachgeben des Knochens, bevor der eigene Schmerz ihm durch die Finger bis in die Schulter schießt. Scheiße, tut das weh! Die größte Wut war in diesem Schlag und kein Zögern. Weil er nicht gleich noch mal zuhauen kann, tritt er Fred mit der Schuhspitze zwischen die Beine. Und dann geht es schnell. Er hat nicht geglaubt, dass es so einfach ist, jemanden zusammenzuschlagen, nur wenige systematische Hiebe und Tritte sind notwendig, dann knickt so ein Mensch schon ein, rollt sich zusammen und versucht nur noch, sich zu schützen, die Arme vor dem Gesicht, die Knie angezogen.

Als Fred auf dem Boden liegt, hören sie auf. Das ist Wenger zu arg, auf jemanden draufzusteigen, der sich krümmt, das schafft er nicht. Der Zorn ist kleiner geworden mit jedem Schlag, die Pflastersteine sind voller Blut, da vergeht ihm die Raserei.

»Lass uns abhauen«, sagt Reto und zieht an Wengers Ärmel.

Es ist dunkel in der Gasse vor Freds Wohnung, aber man weiß ja nie, jederzeit kann einer kommen. Er hat den Namen gegoogelt, auf dem Handy, als sie schon unterwegs waren, hat zwei Adressen gefunden, und bei der ersten hatten sie sofort Glück. Sie haben geklingelt, mehr war nicht dabei.

»Gleich«, antwortet Wenger und beugt sich hinunter zu dem Fotografen.

Er packt sein Ohr.

»Sie war erst siebzehn, du kleines Stück Scheiße«, sagt er in das Ohr hinein, »wenn du dich noch mal an einer vergreifst, schneiden wir dir den Schwanz ab und schieben ihn in deinen Arsch, hast du gehört?«

Fred wimmert, aber Wenger bildet sich ein, dass er nickt. Er lässt ihn los und folgt Reto, der ein paar Schritte vorausgegangen ist. Sie streichen sich die Jacken glatt und schauen nicht zurück. Sie laufen nicht, um kein Aufsehen zu erregen, sie gehen mit schnellen Schritten wie zwei, die noch ein Ziel haben in dieser Nacht, obwohl sie in Wahrheit fortwollen von ihrem Ziel, und eigentlich würde Wenger gern rennen, so aufgeputscht ist er. Noch mehr als damals, als er Reto eine reingehauen hat, da hat er ja nur ein einziges Mal ausgeholt. Jetzt aber hat er es dem Dreckskerl wirklich gegeben, hat ihm eine Lektion erteilt, die er nicht vergessen wird. So muss das abgegolten wer-

den unter Männern. Gewalt wird mit Gewalt aufgewogen. Er ist froh, dass er Reto mitgenommen hat. Es war gut, jemanden dabeizuhaben, der stark ist. Zu zweit zu sein, in der Überzahl. Reto hat Fred mit einem Griff umklammert, aus dem der sich nicht hat befreien können.
»Aber dass eins klar ist«, sagt Reto und schnauft nicht mal schneller, ganz ruhig atmet und redet er, diese Gesundheit findet Wenger fast schon aggressiv, »darüber werden wir nie sprechen.«
»Selbstverständlich nicht«, sagt Wenger und versucht, sein eigenes Schnaufen zu verbergen, »und erzählen werden wir es auch niemandem.«
»Nein.«
»Niemandem«, betont Wenger.
»Aber was soll ich Trixie sagen, warum du mich mitgenommen hast?«
Wenger zuckt mit den Achseln.
»Die hat doch gar nicht gemerkt, dass du da warst.«
Kaum sitzen sie im Auto, braust Wenger davon, viel zu schnell. Das Adrenalin schlägt Wellen in seinem Blut, eine Autobahn bräuchte er jetzt, eine lange, freie Strecke, und einen Song, zu dem er schreien könnte.
»Weißt du, wo Zoey ist?«, fragt Reto, kurz bevor sie das Nonntal erreichen, und er fragt es erstaunlich leise, aber so, als müsste er es unbedingt tun.
Wenger schüttelt den Kopf.
»Ich hoffe, es geht ihr gut«, sagt Reto noch, und Wenger wird klar, dass er sich nie überlegt hat, wie das für den Schweizerarsch ist. In ein Haus zu kommen, das ihm nicht gehört, in dem ein Platz freigeworden ist, noch warm vom Hintern des Vorgängers, zu Kindern, deren Aufwachsen er nicht teilt und von denen er nicht viel mehr erwarten kann, als geduldet zu werden. Will er etwa so tun, als sei Zoey ihm ans Herz gewachsen, als mache er sich Sorgen?

Für einen wie Reto ist doch das Herz nichts als ein pulsierender Leistungsmotor unter einem gut trainierten Brustmuskel. Wenger bedankt sich nicht bei ihm und sagt auch sonst nichts, als er ihn beim Haus abliefert. Der soll nur nicht glauben, dass sie jetzt Freunde werden.
Auf dem Weg nach Hallein hört er statt Musik die Geräusche in seinem Kopf. Das Knacken der Nase hört er, das dumpfe Schlagen, das Stöhnen. Er hofft, dass Fred mindestens einen Zahn verloren hat.
Das muss er in einem Roman verbraten. Diese Ekstase, in die man stürzt, wenn man auf einen draufdrischt, der es nicht anders verdient hat, diese dünne Membran, die einen von der Vernichtung eines anderen trennt. Vielleicht in einer Geschichte über einen Kerl, der sich anheuern lässt für so was. Der als Racheengel gebucht werden kann, wenn einer Streit mit dem Nachbarn hat, weil der jeden Sonntag um sieben den Rasen mäht, oder wenn einer der Frau des anderen in der Schlange beim Bäcker an den Arsch greift, solche Sachen. Er könnte einen Protagonisten erfinden, bei dem man ein blaues Auge buchen kann, eine zertrümmerte Kniescheibe. Nach *Ruf* muss er wieder was Brachiales liefern, das erwarten die Leute von ihm.
Zuhause angekommen, bleibt Wenger einen Moment im Auto sitzen. Es hat angefangen zu regnen, die Tropfen trommeln vor seinem Gesicht auf die Windschutzscheibe.
»Ich hätte diese Briefe schreiben können«, hat Zoey gesagt und es ganz anders gemeint, als er es verstanden hat.
»Du hast mich weggedrückt«, hat sie gesagt, und er weiß noch, dass das auf dem Rückweg aus München war. Das tut ihm jetzt schon ein bisschen weh, das kann er nicht leugnen. Man will das ja nur gut machen, mit den eigenen Kindern, wirklich. Aber dann türmt sich Versagen auf Versagen, sodass man kaum noch was sehen kann. Und irgendwann hat man auch gar keine Lust mehr, sich

dauernd zu verteidigen und zu rechtfertigen, für alles, woran man es angeblich hat mangeln lassen. An guter Absicht hat es nie gefehlt, möchte er ihnen sagen, ich hab euch nie verletzen wollen.

Schnell steigt er aus, bevor er sich noch völlig verrennt in seinen Gedanken, holt den Koffer vom Rücksitz und wischt sich die Regentropfen von der Stirn. Als er seine Tür aufschließen will, geht im Fenster der Nachbarin das Licht an, er sieht eine Bewegung. Rasch drückt er auf ihre Klingel. Heute ist der Tag der spontanen Entscheidungen, heute ist eh schon alles egal.

Sie öffnet einen Spalt, äugt misstrauisch heraus. Ein Weiblein im Hauskittel und mit Pantoffeln, die hat bestimmt vier Katzen oder mehr, und der Mann ist ihr lang schon weggestorben. Wenger schätzt sie auf siebzig.

»Guten Abend, Frau Winkler«, sagt er freundlich, »ich bin's, Ihr Nachbar.«

Sie vergrößert den Spalt und lächelt.

»Na, gön 'S, der Herr Schriftsteller!«, sagt sie.

Wenger lächelt ebenfalls.

»Ja, der bin ich.«

»Brauchen 'S was?«

»Na, wir haben uns ja erst zwei, drei Mal gesehen, gell, und noch nicht viel miteinander geredet ...«

»Sie sind ja auch ein vielbeschäftigter Mann!«

»Ja, grad war ich in Frankfurt«, sagt Wenger und zeigt auf den Koffer neben ihm, der zwar unter dem Vordach steht, aber inzwischen recht angespritzt ist vom Regen.

»Mei, Sie haben ein Leben!«, ruft die Nachbarin, und siehe da, schon streift die erste Katze um ihre Beine.

»Das ist der Muckerl«, erklärt sie und nimmt den Kater auf den Arm.

»Eh liab«, sagt Wenger und senkt dann die Stimme zu einem Raunen. »Ich wollt Sie nur kurz was fragen.«

»Ja, was denn?« Sie kommt einen Schritt näher, was dem Kater nicht passt, kalt ist es draußen und nass. Jetzt ist der Nachbarin schon klar, dass es um was Heikles geht, so wie der Wenger dreinschaut und geheimniskrämerisch tut, die Neugier blitzt in ihren Augen auf. Im Mundwinkel hat sie was Rotes kleben, Tomatensauce vielleicht. Wenger glaubt, einen säuerlichen Geruch wahrzunehmen.
»Haben Sie den Herrn Trattner gekannt? Der vor mir hier gewohnt hat?«
»Also, gewohnt hat der hier ja nicht richtig«, entgegnet sie und beugt sich noch weiter zum Wenger, als dürfe niemand hören, was sie sagt, obwohl sie eh allein sind, im Regen, in der Dunkelheit. »Der ist nur ab und zu mal hergekommen, immer in Begleitung. Ich hab ja gedacht, das war seine Frau«, sie macht eine kleine Pause, »war sie aber gar nicht.«
»Ach nein?« Wenger gibt sich schockiert.
»Seine echte Frau hab ich nämlich nachher kennengelernt, als sie die Wohnung ausgeräumt hat. Die hat ganz anders ausgeschaut. Und dass es die Wohnung überhaupt gibt, das hat sie gar nicht gewusst.«
Triumphierend richtet Frau Winkler sich auf, der Kater nutzt die Gelegenheit, springt von ihrem Arm und läuft zurück ins Warme.
»Das ist ja interessant.«
»Ja, und sie hat schön blöd geschaut, als sie da drin«, sie zeigt auf Wengers Fenster, »das Zeug gefunden hat. Pullover und Unterwäsche und ein Zahnbürstl von der anderen und was weiß ich noch alles. Dann stand die allein da, die Frau, mit den Kindern. Sind aber schon recht groß, die Kinder, ich glaub fünfzehn und siebzehn.«
»Wieso denn allein? Was ist mit dem Herrn Trattner passiert?«
»Das war mysteriös, Herr Wenger. Glauben 'S mir, da

könnten 'S ein Buch draus machen! Ja, wirklich, ein Stoff für einen Roman wär das.«

»Aha?«

Und jetzt ist Wengers Neugier nicht einmal mehr gespielt, jetzt will er wirklich wissen, was die Alte zu erzählen hat.

»Er war mit dem Auto unterwegs«, raunt sie, »und er hatte nichts dabei. Keinen Koffer, kein zweites Hemd, keine frischen Socken, gar nichts. Als hätt er sich einfach ins Auto gesetzt und wär losgefahren.«

Sie verschränkt die Arme vor der Brust, ein bisschen stolzgeschwellt, weil sie so etwas weiß. Wenger nickt ungeduldig.

»Er hatte bloß ein Buch auf dem Beifahrersitz, ein furchtbar altes, ich glaub aus dem neunzehnten Jahrhundert oder so. Hat mir seine Frau erzählt. Von einem Italiener war das, ich weiß den Namen nicht mehr, Roffino?«

Etwas klingelt in Wenger, davon hat er doch schon mal gehört, oder hat er das irgendwo gelesen?

»Dabei konnte er nicht mal Italienisch, der Herr Trattner.«

Sie macht eine theatralische Pause.

»Und in seinem Navi war als Ziel San Remo eingegeben.«

»Was?«, entfährt es Wenger.

»Ja! Dabei hatte er dorthin gar keine Verbindungen. Und seine Frau hat gesagt, sie sind noch nie da gewesen. Keiner kann sich erklären, was er da gewollt hat.«

Wenger spürt das Bedürfnis, das Gesicht in seinen Händen zu vergraben. Um kurz nachzudenken, um die Kittelfrau nicht mehr ansehen zu müssen, um sicherzugehen, dass er seine Emotionen unter Kontrolle hat.

»Vielleicht war er einem Geheimnis auf der Spur, Herr Wenger! Das ist wie in einem Krimi, oder?«

»Und dann?«, fragt er leise, die Worte wollen nicht recht aus seinem Hals.

Die Frau Nachbarin grinst. Die freut sich, dass sie die Geschichte noch mal erzählen kann, sonst kennt sie garantiert bereits jeder in ihrem Umfeld. Jetzt kommt ihre Pointe, und sie genießt es, sie Wenger zu überreichen wie ein kleines Präsent.

»Und dann ist er von der Straße abgekommen, nicht weit von San Remo entfernt, fünfzig Kilometer wären es noch gewesen, tragisch, gell, er hat sich mehrmals überschlagen und war sofort tot.«

Das Geräusch, das Wenger macht, klingt gar nicht wie von einem Menschen. Er hält sich schnell den Mund zu. Dann atmet er ein, noch mal, noch mal, murmelt hastig ein paar Abschiedsworte und hört nicht mehr, was die Nachbarin ihm nachruft. In seiner Wohnung nimmt er ein Bier aus dem Kühlschrank und trinkt es sehr schnell in der Hoffnung, dass es ihn beruhigt. War ja wirklich alles ein bisschen viel in den letzten Tagen. Viel Rummel, viel Konfrontation, er sollte sich ausruhen.

Ja, das wird das Beste sein.

Er setzt sich auf die Couch und wartet, dass das Rastlose aufhört, das in seinen Beinen kribbelt und in seinen Fingern. Dass sein Atem wieder normal geht und sein Herz nicht so schnell schlägt.

Er könnte sich zufrieden zurücklehnen, eigentlich. Er hat alles, was er wollte, außer vielleicht Patrizia und das Haus, seine Familie, aber sonst alles. Das Buch, den Erfolg, die Anfragen, den Ruhm, die Rache, die Weiber, den Triumph. Das ist sein Moment. Darauf hat er gewartet, darauf hat er hingearbeitet.

Alles ist da.

Alles ist gut.

Aber wieso, Herr im Himmel, fühlt es sich nicht so an? Wo bleiben die Erleichterung und die Zufriedenheit, was will er denn noch? Wieso kommt es ihm vor, als würde sich

plötzlich alles zuspitzen, als detonierte eine Granate nach der anderen direkt neben ihm?
Er zieht sich aus bis auf die Unterhose, auf seinem Jackett sind ein paar Tropfen Blut, er wäscht sie in der Küche mit eiskaltem Wasser aus. Das hat er von Elisabeth gelernt, vor langer Zeit schon, denn Blutstropfen gab es bei ihnen zuhause oft, als sie Kinder waren.
»Jetzt bist du wieder erfolgreich«, hat sie zu ihm gesagt vor ein paar Tagen.
»Du weißt doch, eine Raubkatze landet immer auf den Pfoten«, hat er entgegnet.
»Dann brauchst du mich ja nicht mehr«, hat sie gesagt.
»Du bist meine Schwester«, hat er geantwortet, »dich brauch ich immer«, und dann hat er sie umarmt, weil das jetzt wieder geht, weil die Schleusen geschlossen sind und die Bedürftigkeit sich umgekehrt hat. Zu seinen Gunsten. Es fällt immer leicht, jemandem zu sagen, dass man ihn braucht, wenn es nicht wahr ist.
Er ist aufgewühlt und unruhig, tigert durch das Wohnzimmer. Das Bier ist leer, hat jedoch nicht geholfen. Er spielt mit seinem Handy, schiebt die E-Mails in seiner Inbox rauf und runter und grinst dabei, weil es so viele sind. In drei Tagen bricht er zu seiner Lesereise durch Deutschland auf. Berlin, Hamburg, Göttingen, Düsseldorf, Frankfurt, München und viele andere. Hanna wird ihn zu einigen Lesungen begleiten, und vielleicht findet er ja heraus, ob sie eine echte Blondine ist.
Er öffnet den WhatsApp-Chat mit Zoey, um ihr eine Nachricht zu schicken, dann fällt ihm ein, dass sie ja das Handy nicht mehr hat. Dass er ihr nicht schreiben kann, dass da nichts mehr kommen wird von ihrer Seite. Er starrt die letzten Zeilen an, die sie ausgetauscht haben, es ist Wochen her. Jetzt würde er doch gern telefonieren mit ihr. Wie konnte er sie so ignorieren, seine eigene Tochter? Sie

hat ihn, es fällt ihm plötzlich auf, danach nie wieder angerufen. Es ist ein ungutes Gefühl, dass sie außer Reichweite ist. Auch, weil er nicht weiß, ob sie aus Rachsucht was Dummes tut, ihn anschwärzen zum Beispiel, ihn des Plagiats beschuldigen, öffentlich. Wobei, das traut er ihr nicht zu, sie würde sich nie auf ein solches Niveau herablassen. Zumindest hofft er das.

Er wird einfach Spin erzählen, dass er dem Hurensohn von einem Fotografen einen Denkzettel verpasst hat, und er soll es Zoey ausrichten. Dass ihr Vater sein Versagen wiedergutgemacht hat. Das ist sowieso die bessere Variante, dann muss Wenger Zoey gegenüber nicht zugeben, dass er Bescheid weiß. Das wäre ihm unangenehm, ein Vater-Tochter-Tabu. Was Fred ihr getan hat und wie viel, weiß er nicht, und er will es auch nicht wissen. So einen Gedanken hält man nicht aus als Vater, er mag sich ja nicht mal vorstellen, dass sein Mädchen freiwillig all diese Dinge tut, und sich auszumalen, dass jemand Gewalt angewendet hat, dass jemand sein Kind festgehalten und gezwungen und genötigt hat, sein Kind, das ihm vertraut hat, das gedacht hat, einen Vater hab ich, der mich beschützen wird, immer, dann hebelt es ihm den Magen aus und das Herz auch.

Wenn er doch nur wüsste, wo Zoey ist, dann könnte er ihr wenigstens Geld schicken.

Mit einem Seufzen lässt er sich aufs Bett fallen, etwas raschelt unter seinem Bauch.

Der verfickte Brief.

Er hat ihn sicher zehnmal gelesen. Es ist der letzte, zumindest hat sie das angekündigt. Am 1. November reist sie weiter. Das ist in knapp zwei Wochen. Dann kann Wenger aufatmen und zum Briefkasten gehen, ohne fürchten zu müssen, dass ihn gleich wieder ihre Worte aufspießen. Dann kann er sie vergessen, diese merkwürdige Frau mit der angeknacksten Seele. Ein rundes Ende ist das, sie hat abgeschlossen mit ihren Erlebnissen, er hat abgeschlossen mit seiner Kreativpause. Und je weiter sie weg ist, umso besser, dann bekommt sie nämlich nichts mit vom Hype rund um *Ruf*, der sich in Österreich und Deutschland abspielt, und es gilt hoffentlich noch, dass sie keine Bücher mehr liest. Nicht, dass er Angst hätte vor dem, was sie tun könnte, eh nichts, so ohne Beweise, nur die Scherereien wären halt unangenehm.

Er wird sie aber auch vermissen, die Briefe. Schließlich haben sie ihn aus der Lethargie gerissen. Ihm eine Geschichte erzählt, als er taub war für alles andere. Und ihn zu seinem fünfzehnten Roman inspiriert, zu dieser Punktlandung, dem Buch, über das alle reden und das zu verreißen sich noch keiner getraut hat. Nicht mal einer von den Bloggern. Im Nachbeben des Weinstein-Skandals und des großen Aufschreis der Frauen dieser Welt wird es sich einen Platz in den Bestsellerlisten erobern und sich dort eine Weile halten.

»Eine Abrechnung mit einer Gesellschaft, die zuschaut und wegschaut«, hat das Feuilleton geschrieben. »Ein Buch, das Pflichtlektüre sein sollte und alle Aufmerksamkeit verdient hat, nach der es ruft«, hieß es. »Fein austariert, sprachgewaltig, mit einer Poesie des Schmerzes, die so noch nicht erklungen ist«, und: »der beste, wichtigste, nein, DER Roman des Jahres«.

Seit Patrizia ihm gesagt hat, dass die Villa gebrannt hat, denkt er oft an die Bücher. An die, die noch da waren, er weiß nicht, wie viele Reto verkauft hat. Wie sie in Flammen aufgegangen sind, mit einem protestierenden Prasseln, so ein Feuer ist ja überraschend laut, wie sie sich gekräuselt haben für ein paar Millisekunden, um dann ergeben zu Asche zu zerfallen. Nichts ist mehr von ihnen übrig. In die Wehmut hat sich Erleichterung gemischt. Vielleicht ist es in Ordnung so, vielleicht ist das nicht mehr wichtig. Ein

Neuanfang steht Wenger bevor, ein allumfassender Neuanfang. Da hat es fast schon symbolischen Wert, dass die Altlasten verbrannt sind. Den Blick kann er jetzt getrost nach vorne richten, weil es hinten ohnehin nichts mehr zu sehen gibt.
Er faltet den Brief auseinander. Schade eigentlich, dass er Marlen nie antworten hat können. Und dass er ihr nicht schreiben kann, was mit ihrem Geliebten passiert ist. Vielleicht würde es ihr helfen, von seinem Ende zu erfahren. Es ist ja ein bisschen unverantwortlich, die Frau durch die Weltgeschichte gondeln zu lassen mit der Hoffnung im Gepäck, dass sie den Verflossenen in naher oder ferner Zukunft wiedersieht. Weil sie nicht weiß, dass ihr das frühestens im Himmel gelingen wird.
Die Frage ist nur, ob es ausgerechnet Wenger sein sollte, der ihr davon berichtet. Andererseits, warum nicht? Er weiß ja, wo sie ist.
Er setzt sich ruckartig auf.
Ein Akt der Nächstenliebe. Etwas, das Elisabeth machen würde. Und mit dem er sich bedanken könnte bei Marlen, die nichts ahnt davon, dass sie ihn zurück in die Literatur-Top-Ten gehievt hat mit ihren überspannten Zeilen und den düsteren Sprachbildern.
Er geht zur Couch und nimmt sein Smartphone in die Hand, die ihm wehtut vom Zuschlagen. Einfach mal schauen, ganz unverbindlich, ob da noch ein Nachtzug fährt. Wenn nicht, dann nicht, das kann ja das Schicksal entscheiden für ihn. Das hat sich eh mit ein paar irrwitzigen Ideen hervorgetan in letzter Zeit. Und zwei Tage Urlaub am Meer wären auch nicht schlecht, zum Energietanken, so eine Lesereise ist anstrengend.
Es gibt tatsächlich eine Verbindung nach Mailand, wo er umsteigen müsste morgen Früh, acht Stunden Fahrt, dann noch mal dreieinhalb bis San Remo. Mit dem Auto

wär er schneller, aber danach muss er ja rauf in den Norden, das ist zu weit in der Kürze der Zeit. Zudem wird er sich kaum ins Auto setzen und dieselbe Strecke fahren, auf der sich der Herrn Trattner überschlagen hat.
Eh arm eigentlich. Da schmeißt er alles über den Haufen, sein gesamtes Leben, springt ins Auto und fetzt los zu seiner einzig wahren großen Liebe. Will wiedergutmachen, was er verbockt hat, hofft auf eine zweite Chance und dass es noch ein paar gute Jahre gibt für sie beide. Und dann kommt er nie bei ihr an, sie erfährt nicht einmal, dass er unterwegs war zu ihr, dass er sie rausgeholt hätte aus ihrem Elend. So viel zu den Ideen, die das Schicksal hat.
Er schüttelt den Kopf über sich selbst.
Das wäre purer Leichtsinn.
Aber irgendwie auch geil.
Wenigstens mal einen Blick auf sie werfen, das würde er schon gern. Er hat das Gefühl, so viel Zeit mit ihr verbracht zu haben, sie zu kennen wie keiner sonst, und das ist die einzige Gelegenheit, sie zu sehen. Bevor sie von der Bildfläche verschwindet. Wenn sie ihm nicht gefällt, kann er ja einfach Miesmuscheln in Weißweinsauce essen, sich an den Strand legen und anschließend von Genua nach Hamburg fliegen, ausgeruht und mit einer feinen Bräune im Gesicht. Und wenn sie ihm gefällt, ist das doch eine sichere Bank, er weiß ja, was sie braucht.
Einen, der sie tröstet.
Und im Trösten ist Maximilian Wenger wirklich gut.
Er denkt nicht länger nach. Manchmal muss man sich einfach trauen. Muss nach dem Bauchgefühl gehen, dem Instinkt folgen. Um was zu erleben, um herauszuragen und nicht zu versinken in der Mittelmäßigkeit. Das ist ein Abenteuer! Das ist Aufregung! Da fühlt man sich doch erst lebendig! Er legt die Hemden aufs Bett, die Elisabeth ihm gebügelt hat, und den Roman, seinen Pass, Hosen, Pul-

lover, Socken und Unterwäsche, den Rasierer und diese fantastische Creme, die ihn jünger aussehen lässt. Auf die aufgeschürften Fingerknöchel der rechten Hand schmiert er ein bisschen Salbe. Sonst braucht er eh nichts, der Koffer ist schnell gepackt, und jetzt ist er ganz begeistert von seinem Vorhaben. Das ist genau das Richtige, die Krönung dieser Geschichte. Ein Moment im Leben, den man mit beiden Händen packen muss, für den man nicht zu feig sein darf.

Kurz bevor er die Wohnung verlässt, macht er noch mal kehrt und zieht ein Buch aus seinem Regal, ein altes, schmales Buch, er hat sie öfter als einmal gelesen, die *Schachnovelle*, er grinst gut gelaunt. Vielleicht sogar ein bisschen vorfreudig.

Er hört den Taxifahrer hupen und eilt nach draußen. Was für ein überstürzter Aufbruch, was für ein Wagemut! Patrizia würde den Kopf schütteln, wenn sie ihn sehen könnte, aber bestimmt lächeln dabei, weil er wieder ist wie früher, als er noch geglaubt hat, die Zukunft halte nichts als goldene Tage bereit.

Und es ist ja noch nicht zu Ende. Für einen wie ihn, der talentiert ist und gewitzt, der weiß, wie er es drehen, ja, wie er diese Talente nutzen muss, um davon zu profitieren, hat das Leben doch immer irgendwo ein bisschen was, das glänzt.

DANA
GRIGORCEA
2021
deutscher
buch
preis
DIE NICHT
STERBEN